スター作家傑作選

溺れるほど愛は深く

シャロン・サラ
クリスティン・リマー

Published by Harlequin Japan,
a Division of K.K. HarperCollins Japan, 2025

Contents

シャロン・サラ

強く気高い正義のヒーローを好んで描き、読者のみならず、編集者や作家仲間からも絶大な賞賛を得る実力派作家。“愛も含め、持つ者は与えなければならない。与えれば100倍になって返ってくる”を信条に、ファンに癒やしと感動を贈り続ける。

クリスティン・リマー

大型書店やUSAトゥデイ紙のベストセラーリストにたびたび登場する。RITA賞に2作品がノミネートされ、ロマンティックタイムズ誌でも賞を獲得した実力の持ち主。ロマンス小説家になるまで、女優、店員、ビルの管理人など実にさまざまな職業を経験しているが、すべては作家という天職に巡り合うための人生経験だったと振り返る。オクラホマ州に家族と共に住む。

愛は遠いあの日から

Shades of a Desperado

シャロン・サラ

葉月悦子 訳

主要登場人物

レイチェル・ブランド……救急救命士。
ジョーニー・ミルズ………レイチェルの親友。
グリフィン・ロス…………レイチェルの男友達。銀行家。
チャーリー・ダットン……レイチェルの同僚。
ブーン・マクドナルド……麻薬取締局の捜査官。
デンヴァー・チェリー……麻薬密売人。
マーシー・ホリスター……レイチェルの前世での名前。
ダコタ・ブレイン…………ブーンの前世での名前。

プロローグ

一八七七年
ダコタ準州　ブラックヒルズ

　手の中の銃は心をなごませるなじんだ感触がしたが、ダコタの目は、その名をもらったダコタの大地さながらに厳しく、険しかった。彼は小屋で唯一の小さなベッドから、獲物を狙《ねら》う鷹《たか》のように部屋の反対側にいるマーシー・ホリスターを見つめた。

　あのきれいな、大嘘《おおうそ》つきの顔。

　ダコタは弾丸が彼女の柔らかく白い体にあける穴を思い浮かべながら、二度、引き金に指をすべらせた。そしてそのたびに、みぞおちのあたりに痛みが走り、他人を信じた愚かさと、それ以上に、他人を愛した愚かさを思い知らされた。

　自分自身にも、いっさいが無に帰したことにも腹が立ち、ダコタは悪夢の名残を払うように顔を拭《ぬぐ》った。だが目を上げたときも、状況は変わらなかった。彼は法の手から逃げようとして、連れの女に裏切られ……それなのにまだその女を愛しているのだ。

　ダコタは一瞬だけ、横たえていた体を起こし、汚れた小窓の外をのぞいた。さっき平地に見えた土ぼこりがわずかに近づいている。保安官のアブ・シューラーと民兵隊に見つかったに違いない。

　ダコタはがっくりと壁に背中をつけた。マーシーが体を拭《ふ》こうと服を脱ぎながら歌っている甘い鼻歌も、ほとんど耳に入らなかった。彼女の裸体を目でなぞり、ダコタは金で自分を売った女を思い切れない弱さを呪《のろ》った。

　マーシーが行き先をばらしたのでなければ、見つかるはずがない。この隠れ家は三年以上使っているが、今まで警官が近寄ったことさえないのだ。だが、今までは女に秘密を打ち明けるほどばかではなかった。マーシーに出会うまでは。彼女を愛し、心を許すまでは。

おれの首にかかった賞金のためなら、きょうだいだっておれを裏切るだろう。なぜ娼婦《しょうふ》なら違うと思ったんだ？　なぜ保安官の情婦だった女なんかと恋に落ちた？　追ってくるのは、まさにその保安官じゃないか。何もかも、愛し合ったとき彼女が歓《よろこ》びの声をあげたから、そして命よりもおれを愛していると言ったからだ。なのに、それは嘘だった。

手の中の銃は重く、心にのしかかる重苦しさと変わらないほどだ。ダコタは体を拭くマーシーを見つめながら、自分に彼女が殺せるだろうかと考えた。

マーシーは彼の葛藤《かっとう》に気づかず、洗面器のなまぬるい水に布をひたした。お尋ね者との逃避行は予想以上につらかったが、後悔はない。三日前にダコタとともにトリニティを出てから、口に入ってくるのも体につくのも砂ばかりだった。それを落とせるのは天国のような気分だった。

それに、マーシーは生まれて初めての幸せを――本当の幸せを感じていた。屋根のある安全な生活や、あたたかい乾いたベッド、三度三度の食事と縁を切るには覚悟がいったけれど。そして、そういうもののために、町を通りすぎる男たちと誰彼なく寝ていたとしても。

お尋ね者を愛するつもりなどなかったが、ダコタに惹《ひ》かれずにいるのは難しかった。彼の目は黒く、髪はそれよりももっと濃い黒。でもダコタが笑うと、マーシーには道を誤る前の彼の姿が見えた。それにダコタの目に映る、本当の彼女の姿も。彼の顔には、マーシーがほかの誰にも見出《みいだ》せなかったものがあった。信頼だ。この人はあたしを愛するだけじゃなく、信じてくれている。自分の選んだ無謀な人生がこの先どうなるのかわからないが、ダコタさえ一緒なら幸せだ。

　ふいにマーシーは我慢できなくなった。体が汚れていようがいまいが、ダコタに抱かれたい。肌に触れる手を、重なる唇を感じたい。彼がすべてを忘れさせてくれるとき、いつも耳元でささやく言葉が聞きたい。

かわいいマーシー……おれをじらさないで《ハヴ・マーシー》くれ。

　マーシーは目を輝かせて振り向いた。しかし笑みは凍りつき、あとかたもなくなった。

　ダコタの顔に、初めて見るものが浮かんでいる。その冷たく恐ろしい表情に、マーシーの息は止まり、心臓まで止まりそうになった。銃に生きる男を愛してしまった現実を思い知らされ、マーシーは息をのんだ。

「ダコタ？」

　彼は答えなかった。身動きもしない。

　マーシーは裸なのも忘れてベッドに駆け寄った。おかしなことだが、ダコタは彼女の裸の姿に欲望を覚えなかった。むしろ、走ってきた青い目の女がいっそう純真に見えた。隠してることなど何もないと言っているかのようだ。

　もうだまされるな。ダコタは心の中でつぶやいた。だがマーシーが涙を浮かべて腕に飛びこんでくると、ダコタは押し寄せるいとおしさの波を呪った。

「いったいどうしたの？」マーシーが言った。

　ダコタは自分にもマーシーにも怒りを覚えながら、彼女をかき抱いて体をまわし、ほこりっぽい小さなベッドに組みしいた。しかし彼女の額に銃身を押しつけると、冷たい汗が噴き出し、引き金は引けなかった。

　マーシーは呆然《ぼうぜん》としていた。この六カ月、ダコタにこんな扱いをされたことはない。ほかの男ならいざしらず、彼だけは違うと思っていた。あまりに思いがけない出来事に、涙が止まらなかった。

「ダコタ！　わけを言って！　あたしがあなたを愛してるって知ってるでしょう！　なぜこんなことをするの？」

ダコタは頭をはっきりさせようと首を振ったが、彼女の姿がにじんで見えただけだった。

マーシーは今の状況が信じられなかった。ダコタの目には涙が浮かんでいるけれど、あたしは殺されるかもしれない。いったいなぜなの。

「やめて！」彼女は叫び、こぶしでダコタの裸の胸を叩《たた》いた。「怖いわ！　何があったのか教えてよ！」

ダコタの喉から出た言葉は荒々しく、怒りに満ちていた。「なぜだ？　なぜこんなことをした？」

「どういうこと？」マーシーは叫んだ。「あたしはあなたを愛しただけじゃない！」

彼女に償いをさせろ。ダコタは心の中で言い、マーシーが彼の重みで動けなくなるよう体をずらした。

気力を振り絞り、彼女の額につけた銃に力をこめる。撃鉄を起こしたとき、二人の目が合い、その小さな金属音が静まり返った一間きりの小屋に響いた。

マーシーは心底驚き、ダコタの思いつめた表情に気づいて恐怖に目を見開いた。

「ダコタ……いったい……やめて！　愛してるのよ！　それも、もうどうでもいいの？」

その言葉はダコタの胸の痛みを切り裂き、悲しい怒りが全身に広がった。彼は冷たく残酷な笑みを浮かべると、マーシーの震える唇を強引に奪った。手荒に扱われても、彼女はそれに応《こた》えた。

ようやくダコタは体を離したが、マーシーの下唇の縁ににじんだ血を見ても、さして気は晴れなかった。だが、打ち砕かれていたのは彼の心だけではなかった。口を開くと、声もまたひび割れていた。

「どうやら、おれはおまえを見くびっていたらしい。

たいしたつわものだよ、おまえは」

涙がマーシーの顔を伝い、頭の下に広がるゆたかな黒髪の中へ消えた。彼女はすがるように両手を上げながら、かぼそく震える声で言った。

「ねえ、どうしたの？　いったい何を言っているの？」

ダコタはかっとして彼女の手を払いのけた。「会う男を片っぱしからものにしてきたんだから、そう呼ばれても当然だろう」

マーシーは凍りついた。ダコタはこれまでただの一度も、彼女が娼婦なのをあてこすったことはなかった。なのに、彼のためにその仕事も何もかも捨てた今になって、そんなことを言うなんて。否定しようのないことを責められて、マーシーの目に怒りの涙があふれた。

「ひどいわ！」彼女はすすり泣きで喉をつまらせ、思い切りダコタの頬を打った。

ダコタはその平手打ちをまともに受けたが、銃はマーシーの頭を狙ったままだった。

「撃ちなさいよ。でなきゃ、あたしを放して！」マーシーは握りこぶしでダコタを叩いた。「そんなにあたしが憎いなら撃てばいいわ！　さあ早く！」

ダコタは動きも答えもせず、暗く怒りに燃える目で彼女を見つめた。

「ああ、あたしがばかだったわ！　何もかも捨ててあなたと逃げるなんて！　あたしは命がけで、賞金つきのお尋ね者と逃げたのよ。誰にもあげなかったものをあなたにあげたのよ」

マーシーの怒りはダコタを驚かせた。こんなに怒るのは、やましいところがない人間のはず……。だがマーシーは身に覚えがあるはずだ。そうわかっていても、ダコタは彼女の目を見るのが精いっぱいだった。

「大嫌いよ、ダコタ！　あなただけは違うと思ってたけど、大間違いだったわ！　あなたもあたしをもてあそんだ男たちと少しも変わりゃしない。それどころか、もっとひどいわ！　少なくとも彼らは、おためごかしの言葉を口にしてあたしの脚を広げさせたりしなかった。あなたの目的がそれだけだったら、どうしてそう言わなかったのよ？」

マーシーが挑むように体を押しつけてきた。そのときの彼女の目を、ダコタは決して忘れないだろうと思った。彼の中から怒りが消えた。一発も撃つことなく、撃鉄を下げる。するとマーシーは嗚咽《おえつ》に喉をつまらせ、安堵《あんど》のあまりぐったりとした。ダコタは彼女の首のカーブに顔をうずめ、すすり泣きをこらえた。

短い沈黙のあと、最初に動いたのはダコタだった。無言でマーシーから離れ、部屋の反対側の荷物を置いたところへ行った。そして振り向き、隠しきれないせつなさをこめて彼女を見てから、馬に乗る身支度を始めた。

マーシーは呆然と見つめていた。しかし、ダコタが帽子をかぶり、肩に鞍嚢《くらぶくろ》をかけてライフルをつかむと、彼女は恐怖にかられてベッドを飛び出した。ひどい！　あたしを置いていく気だわ！

「待って！」彼女は必死で服を着はじめた。

ダコタは戸口で立ち止まり、眼下の谷を険しい目で見つめた。が、ふいに心を決めたように振り返った。そして決心が変わらないうちに、マーシーにライフルを投げた。

「ほら」彼はものうげに言った。「銃は撃てるだろう？　おまえが口で言うとおりおれを愛しているなら、シューラーの手で縛り首にさせないでくれ」

マーシーが空中で銃を受けとった瞬間、ダコタはドアの向こうに消えた。彼女はすべてを悟った。この隠れ家が民兵に見つかったのだ。それに、態度からして、ダコタはあたしが裏切ったと思っている。

「ダコタ！　違うわ！」

しかしもう遅かった。彼が馬で走り去る音が聞こえた。

マーシーは気が狂いそうになりながら服をつかんだ。体が震える。ボタンが穴に入らず、服地が濡《ぬ》れた体にはりついて、焦る彼女の邪魔をした。靴紐《くつひも》を結ぼうとかがんだとき、スカートのポケットに入れておいたピストルが腿をこすった。思わず震え、短い祈りをとなえた。その直後、彼女は小屋を出た。手にはライフル。走り出した脚にピストルが当たった。

馬はマーシーの焦りを感じたのか、彼女が乗ろうとすると後じさりをして頭を振った。

「どうどう……落ち着いて、いい子だから」

あぶみに爪先をかけようとしたとき、下の峡谷から銃声が響いた。驚いた馬は後ろ足で立ち上がり、いきなり走り出した。マーシーは地面に落ち、ダコタを助けに行くこともできなくなった。

「ああ、どうしよう」

起き上がってライフルを拾うあいだに馬はどこかに消え去った。マーシーは長く曲がりくねった道を走り出したが、銃声は峡谷じゅうに響き、彼女の体を貫いた。

よろめきながら丘の上で立ち止まり、峡谷を見下ろして、マーシーは必死に目をこらした。遅かった！　ダコタは追いつめられ、もはや逃げ道はない。彼は死んだ馬を盾にして、民兵隊を撃ちつづけていた。

マーシーはうめいた。彼を助けなくては！

手が震えるので、片膝をついてライフルを構え、高ぶる気持ちで下方に狙いをつけた。だが、ダコタが投げてよこしたライフルには弾が二発しか残っておらず、希望は消えた。

「ひどいわ、ダコタ。なぜ？　銃に弾を装填《そうてん》してないことなんかなかったのに。なぜ今になって？」

　マーシーは銃を下ろした。二発とも命中させても、民兵隊がダコタを捕らえるのは止められない。捕らえられてしまったら、彼に頼まれたことを果たすのは無理だ。今でさえ、ダコタには裏切ったと思われている。たとえ何があろうと、彼を縛り首にはできない。

　長い時間がたったように思えたが、撃ち合いはわずか数分で、始まったときと同じように突然終わった。銃撃のあとの静寂は、次に来るはずのダコタの逮捕と同じくらい恐ろしかった。マーシーはすすり泣きをこらえた。ああ、ダコタはもう弾がないんだわ！

　保安官のアブ・シューラーが岩陰からあらわれ、降伏を呼びかけた。ダコタが立ち上がると、マーシーの心は沈んだ。そしてダコタが空の銃を砂地に投げて頭の後ろに腕を上げたときには、気が狂いそうになった。

　けれどマーシーが長年このダコタ準州で生き抜いてきたのは、弱気のおかげではなかった。それにダコタの最後の願いをかなえてあげなければ……。

　マーシーは立ち上がった。シューラーがあたしの恋人に手錠をかけようとしている。絶望がマーシーを襲った。

「やめて……」彼女の声は、つがいの相手を失った雌豹《めひょう》のうつろな絶叫のように峡谷に響き渡った。

　彼女の叫び声に驚き、余裕たっぷりに動いていた下の男たちは一瞬ぎくりとし、あたりを見まわした。そして、丘の上で女がライフルを構えているのを見ると、あわてて武器を手に物陰へ走った。

　ダコタは頭を上げた。シューラーにかけられたばかりの手錠も忘れ、目をこらして、最後にマーシーの姿を心に焼きつけようとした。たがいの距離が一気に縮まり、彼女が泣いているように見えた。彼は体を動かしてまっすぐにマーシーのほうを向き、彼女の正面に胸をさらした。

さあ、やるんだ。おれを愛しているなら、後生だからやってくれ！

マーシーのいる場所からでも、ダコタの動きはわかった。でも、生涯にたった一人愛した男の命を、どうやって断ち切れというの？

目の端に、シューラーがライフルをつかむ姿が映った。マーシーは体の位置を変えた。もう時間がない。肩にライフルをのせ、昔、兄に教わったとおりに構えた。

神様……。

彼女は撃鉄を起こした。

神様、お許しください……。

すべてはスローモーションのようだった。冬の氷が春の川で割れるときのような銃声が炸裂《さくれつ》した。その音は峡谷じゅうに響き渡り、ダコタの胸をまっすぐとらえた弾丸のように鋭く、マーシーの心をも貫いた。

マーシーはダコタが倒れるのを見つめた。彼女のいる場所からでは、雪が静かに舞い落ちるのを見ているようだった。苦しみの波がマーシーの全身を引き裂き、彼女は吐きけのあまり膝をついた。自分のしたことにどうしようもないほどの怒りがこみ上げ、号泣しながらライフルを後ろに引いて、眼下の広大な谷間に投げ捨てた。胸が締めつけられ、押し寄せる激情によろめいてマーシーは倒れた。ダコタの姿が見えなくなった。

息をするのが苦しい。弾丸がダコタの胸を貫いて心臓に達したときも、こんなふうに痛かっただろうか。マーシーがめまいに襲われて砂をつかんだ瞬間、ポケットのピストルが膝のあいだですべった。その直後、彼女はピストルを手にして、どこまでも広がる真昼の空を見上げた。そして、つい昨日、同じ蒼《そう》穹《きゅう》の下でダコタと愛し合ったことを思い出した。

触れてみると鋼鉄の銃はあたたかく、マーシーの求める安らぎと答えを与えてくれた。彼女は深く息をして、ピストルを持ち上げた。

アブ・シューラーはダコタが足元に倒れたとたん、銃を手に振り返った。怒りの波がどっと押し寄せた。この男が縛り首になるのを見られなくなってしまった。視線を上げると、マーシーのライフルが投げ出されるところだった。ライフルは空中に静止したように見えてからくるくるとまわり、下の岩に当たって音をたてた。シューラーは部下たちとともに、魅入られたように無言でそれを見つめた。しかしマーシーが地面にくずおれてスカートからピストルを取り出すと、彼はその目的を悟って恐怖に凍りついた。

シューラーは道を駆け出し、走りながら彼女の名を叫んだ。

十メートルも行かないうちに銃声が響き、シューラーは立ち止まった。まさかこんなことになるとは。さっきと同じように、銃声はたった一回だったが、それがやむと、不穏な静寂が峡谷をおおった。

それまではあたたかくおだやかな天気だったのが、ふいに突風が巻き起こり、泣き声のような音をたてて峡谷を吹き抜けた。その甲高い悲しげな音は、風が勢いを増すにつれ、どんどん大きくなっていった。男たちの一人はあわてて膝をついて祈り、別の一人は馬に駆け寄って、後ろも見ずに走り去った。

やがて歳月が流れ、この話は何度となく語られ、少しずつ内容が変わっていたが、一点だけは決して変わらなかった。民兵隊の男たちは一人残らずこう言ったのだ。あの日、神は失われた二つの魂をよみがえらせようと峡谷をお探しになった。そして自分たちは神の激しい怒りを感じたのだ、と。

1

現代
オクラホマ州南東部　カイアミーシ山地

ブーン・マクドナルドは小枝に鼻を打たれ、わいてきた涙をまばたきで払った。身をひそめている濃い下生えを無言でののしり、うっそうとした木々のあいだからもれてくる、まだ十一夜の弱い月光にも悪態をついた。カイアミーシのような密生した森で気配を消すのは難しい。オポッサムでさえ、音をたてずには動けないだろう。

前のほうから男たちの押し殺した声が聞こえて、ブーンは目の前の任務を思い出した。麻薬取締局では何度も秘密捜査官《アンダーカバー》として捜査をしたが、こんなに深いやぶの中での仕事は願い下げだ。犯罪組織への潜入《アンダー・カバー》も初めてではないものの、黒幕を見つけるのにこれほど手間取ったことはなかった。もう六週間も偽装生活を続けているのに、金を操っている人物の顔さえ見ていない。

この三十分というもの、目的の人物は十五メートルと離れていない場所にいた。長身でがっしりしたシルエットが月光に浮かぶたび、その顔が見えそうになる。だが、だめだった。男たちの動きはせわしく、誰の顔もはっきりとは見えなかった。

いらだちがつのる。切迫した任務に気を取られ、ブーンはうっかり蜘蛛《くも》の巣に突っこんでしまった。悪態をこらえながら、顔にはりつく糸を払う。

そのとたん、ブーンはぎくりとした。やつらが立ち止まった！　生存本能が極限まで張りつめる。息をひそめ、まわりの物音に神経を集中させた。

ブーンの考えでは、今の静寂には二つの可能性があった。自分が罠《わな》にはまり、この瞬間にも誰かに狙《ねら》われているか。でなければ、男たちが目的地に着いたかだ。万一に備え、ブーンはそっと後じさりして、さらに木立の暗がりへ入った。

頭上でふくろうが飛びたち、ブーンは鳥の巣の下で立ち止まった不運を呪《のろ》った。もし男たちが自分の存在に気づいていたら、今のことだけで、位置を知られてしまう。ブーンは黒いデニムジャケットの下のホルスターから三五七マグナムを抜き、弾を避けるために密生した低木の中にしゃがんだ。

物音と動きに全感覚を集中させ、あいまいなものの中から事実をふるい分ける。彼の黒い目は半眼のまぶたの下できらりと光ったが、心の中の動きは何一つ見せてはいなかった。

ブーンは危険と隣り合わせに生きる男だった――自分だけのルールに従い、そうすることで生き延びてきた。友人は少なく、家族はない。記憶するかぎり、ずっと一匹狼《いっぴきおおかみ》だった。おかげで子どものころは施設を転々とさせられた。

誰からも愛されていないのだと思い、ブーンも自分を守るため他人を気にかけなくなった。

そのために、少年のころから法に反する世界へ入ってしまった。しかし十六歳のとき、親友が頭を撃たれて死んだ瞬間、ブーンの中で何かが変わった。ショックがおさまると、彼は誓いを立て、まったく別の生き方を始めた。

警官になれば救われると思った。しかし、正義の側にいる今も、表面上は犯罪者の暮らしが続き、そのことが彼の心を焼きつくしてしまった。悪人と一緒の時間が長すぎて、もはやアウトローでいるのが日常なのだ。現実の世界のことなど何も覚えていない。人を信じることも。ブーンが信じるのは自分だけ――自分の本能だけだ。そして今、それは彼に動くなと告げていた。

三五七マグナムを握り直したとき、突然大きな笑い声が静寂を破った。ブーンは眉根を寄せた。見たところ、べつに笑うような状況ではない。

なおも耳をすませていると、明らかに車のドアが開閉したとわかる音が聞こえ、ブーンは立ち上がった。

「くそっ」木立のあいだを駆け抜け、なんとか目的の人物を見ようとした。しかし目に映ったのは、消えていくテールライトだけだった。また失敗だ！

ブーンは失望を顔ににじませて銃をホルスターに戻し、また次がある、と自分に言い聞かせた。デジタル時計の発光性の文字盤で時刻をたしかめ、森を戻りはじめる。計算では、トラックは三キロ離れた、ずっと上のほうにあるはずだ。

習慣で、下りてきたときとは違う場所を登っていった。仲間の悪党たちと同様、人目を避け、物陰を探しながら、注意深く道を選ぶ。十五分後、東に来すぎたと思ったとき、かすかな音が聞こえた。ブーンはいぶかしげな顔で、銃を探った。だが、ふたたびその音が聞こえると、彼はそれが何かに気づき、姿を隠すのも忘れて走り出した。

月光を全身に浴び、その女は身じろぎもせずにいた。小川の中に立ち、長い濡《ぬ》れたネグリジェの裾《すそ》が水につかっている。震える体に白く薄い布がはりつき、生身の人間ではなく白い彫像のようだ。だがブーンには、彼女が現実の人間だとわかっていた。彫像にはあんな流れるような黒い髪も、呼吸のたびに上下する胸もない。

彼の聞きつけたかぼそい、絶望に満ちた泣き声をもらしながら、女はまだ体を震わせて泣いていた。一度見たら忘れられないほど美しい女だ。何かを悲しんでいるらしく、その悲しみがブーンの胸の奥の記憶を呼び起こした。

「愛してるわ。ずっと愛してたのよ」女はかすれた声で言い、前へ手を伸ばして宙をつかんだ。

ブーンはさっと森の中へ下がった。闇《やみ》に隠れて目の前の光景を見つめ、近くにいるはずの男を探す。だが、誰の姿もあらわれなかった。

女はふたたびよろめき、涙で喉をつまらせた。

「なぜなの？」彼女は叫んだ。「なぜ手遅れになる前に、信じてくれなかったの？」

女が冷たい小川の中に膝をついたとき、ブーンは思わず森を出て、彼女のほうへ飛び出していた。今は九月。夜ともなれば川の水は凍るように冷たい。ブーンは彼女に呼びかけた。脅《おび》えさせたくはなかったが、どちらにしても助けなければならない。

レイチェル・ブランドはうめいた。頭の痛みが砕け散って全身に広がり、意識が戻る前の、しびれるような無力感が襲ってくる。だが我に返ると、またもや夢中歩行していたことに気づいた。びしょ濡れで凍えながら小川につかっているが、どうやってここに来たのかは記憶にない。わかっているのは、こうしたことがますます頻繁になり、今晩の状況から考えると、それが命にかかわるものになってきたことだ。真冬のカイアミーシでまたこんなことをしたら、死んでしまうかもしれない。

レイチェルは抑えきれないいらだちに、膝を叩《たた》いて立ち上がった。だが、深い声が夜のしじまを破って聞こえてくると、いらだちは恐怖に変わった。

「きみ……大丈夫か？」

恐ろしさのあまり、レイチェルは立ちすくんだ。誰かがいる！　彼女はぱっと振り向いた。ガウンが体にはりつき、ほっそりした肢体やゆたかな胸、柔らかい腰の広がり、長く引きしまった脚が浮き出していることも気づかなかった。

身の危険を感じて後じさりしたとき、背の高い、見知らぬ黒髪の男が森からあらわれた。彼が水際の木のない場所で青白い月光を浴びて立ち止まると、たくましい体つきや長い脚が見てとれ、レイチェルは逃げられないことを悟った。

「乱暴はしないで」彼女はそう言いながら、男の目的をうかがうように、少し後ろへ下がった。

ブーンは、できればバッジを出して、害は加えないと保証したかった。自分の外見がどう思われたかはわかっている。デンヴァー・チェリーのような連中とつき合うには、ならず者の格好が都合がいいのだ。

「怖がらないで。何もしないから。きみの泣き声が聞こえたんで、助けがいるかどうか見に来たんだ」

「いいえ、大丈夫よ！」レイチェルは叫び、後ろへ下がってほしいという身ぶりをした。「わたしにかまわないで。お願い！」

ブーンはその必死な声に眉を寄せた。これでは何もできない。本能は、今のうちにこの場を去れと告げていた。長くとどまるほど、誰かがあらわれる可能性は大きくなる。そうしたら、半裸で脅えている女性と森にいる理由を説明しなければならない。しかし彼女はひどく頼りなげで、ブーンはなぜかこの場を離れがたかった。彼は深く息を吸い、もう一度だけ試すことにした。

「神に誓うよ、きみを傷つけたりしない」

この男の声……あの言葉……。それがレイチェル自身さえ知らなかった記憶を呼びさました。あの声が、同じ言葉を言うのを聞いたことがある――そんな奇妙な感覚が彼女を襲った。

なぜだろうと必死に考えているうちに、体をしびれさせていた寒けが消えた。目の前から夜が消えはじめ、なすすべもなく見つめていると、ピンクと金色の残照が、ふいに一人の男の姿を浮かび上がらせた。森からあらわれた男のようにも見えたが、それでもはっきり違うところがある。

とうとう終わりだわ。レイチェルは思った。わたしは狂ったか、でなければ、死にかけているのよ。

男がほほ笑み、信じられないことに、レイチェルは自分も笑みを返したのを感じた。男が大きく足を踏み出し、見慣れた光を目に浮かべて近づいてきたとたん、世界が狂ったようにまわりはじめた。

彼は笑った。「ああ、本当におまえは信じられないくらいきれいだ」

彼女は彼の首に腕をからめ、キスを求めて顔を上げた。思ったとおりのキスだった。荒っぽくてすばやく、いつものように激しいキス。

「今の言葉が本気なら、あたしはずっとあなたのものよ」

不安が男の体の奥を締めつけた。彼女の率直さ、表情にあらわれた愛や信頼に不意を打たれたのだ。

「女はおれみたいな男を愛したりしない」彼はうなるように言い、彼女の腕をぎゅっとつかんだ。

彼の目が険しく光っているというのに、彼女はにっこりとほほ笑み、体に触れた。

「ばか言わないで。あなたさえその気になれば、トリニティじゅうの女が、今すぐあたしと替わりたがるわ」

彼は笑い出した。その短い、自嘲《じちょう》するような暗い声は、彼女を不安にさせた。彼の笑みに冷たさはなかったが、まなざしがすべてを語っている。

彼もあたしと同じように、今の気持ちを恐れているんだわ。普通なら、男たちはあたしのような女を愛したりはしない。あたしは金を求める。男たちは手に入れたものに金を払う。少なくとも、この人があらわれるまではそうだった。

「愛してはいけない男だとしたら、あなたは何者なの？」

苦悩が笑みを引き裂き、彼は彼女を放した。

「おれは負け犬だよ。法を敵にまわした男さ。おれは人を殺した。たぶんこれからも殺すだろう。祈ることも忘れたならず者《デスペラード》なんだ。おれにかまわないほうがいい」

彼女はやさしく彼の頬に触れた。「できればそうしたいけど。でも、聞いたことはない？　女の愛は、悪い男だって変えられるのよ」

痛みが彼の心臓を貫き、魂までも突き通した。彼は下を向き、彼女の顎を持ち上げて、まっすぐ向き合った。

「かわいいマーシー、わからないのか？　いったん道を踏み外した者は、二度と立ち直れやしないんだ」

雲が大地と月のあいだにかかり、ふいにカイアミーシのすべてを闇に包んだ。白日夢を見ていたレイチェルは息をのんだ。おかげで、残照も夢の男も消えた。どれくらい立ちつくして、心の中の光景を見ていたのかわからなかったが、世界は夜と現実に戻っていた。

まず、傷ついてしびれた足が冷たい水につかっていることが意識にのぼり、次に暗闇からあらわれた見知らぬ男のことを思い出した。とっさに、自分に彼が見えないなら、彼もこちらが見えないはずだと気づく。

レイチェルはネグリジェの裾をつかむと、小川を飛び出して丘を登り、眠りにつきまとう夢よりももっと恐ろしい、現実の悪夢から逃げた。

ブーンは水のはねる音を聞きつけた。

「待ってくれ！」ブーンは叫んだ。彼女が暗い森を走って怪我《けが》をしないかと心配だった。しかし雲が通りすぎて、山々がふたたび月光に浮かび上がったとき、彼は一人で小川のほとりに立っていた。

　それからしばらくあと、ブーンはトラックの運転席に乗ったまま、身動きもせずに今夜のことをじっくり考えた。

　一つだった謎《なぞ》が二つになってしまった。デンヴァー・チェリーの組織の黒幕は判明せず、出会った女性はこちらと同じくらい動転していた。おまけに、彼女の名前もわかっていない。

「つまり、早くここを離れろってことさ」ブーンは自分に言い聞かせた。「悪党をつかまえそこなったうえ、相手のいる女なんかにかまうんじゃない」

　ベッドにもぐりこんだときには、三時を過ぎていた。偽装のために住んでいるおんぼろトレーラーの静まり返った部屋が、あざ笑っているように思える。部屋はがらんとして何もない——まるでブーンの人生のように。

　明かりを消したあともずっと、興奮した神経は緊張し、波立ったままだった。あと一息で、デンヴァー・チェリーの黒幕がわかるところだったのに、またしても失敗した。この麻薬組織の全貌《ぜんぼう》をつかまないうちは、まだ偽りの暮らしを続けなければならない。

　ブーンは悪態をつき、腹這《はらば》いになった。枕《まくら》の下に手を突っこみ、目を閉じて、眠ろうとしてみる。だが、ようやく眠りが訪れたときも、安らぎはなかった。それどころか、黒髪で背の高い、ほっそりした女が夢にあらわれて、彼の名を呼び、やがて脅えて、叫びながら逃げていった。

2

レイチェルは編んだ髪をゴムでまとめ、背中へ払った。仕事着を着てキッチンへ向かうと、いれたてのコーヒーの香りがただよってきた。

レイザー・ベンドの救急救命士という仕事はストレスが多く、ときに危険をともなうが、レイチェルにとっては長年夢見ていた職業だった。物心ついて以来、医療以外の仕事を考えたことはなかった。

だが、実は自分で今の仕事を選んだわけではない。仕事のほうがレイチェルを選んだのだ。何年も前、救急救命士のすばやい判断と技術が、溺死《できし》しかけていた子どもの息を吹きかえらせたのを見たとき、レイチェルの心は決まった。

しかし、レイザー・ベンドに住んだのは偶然だった。二年前の夏休み、休暇を過ごしたガルベストンから、仕事場のあるセントルイスへ戻る途中、車のパッキングが吹き飛んでしまったのだ。レイザー・ベンドの整備工が部品を調達して取りつけるまでに、一日半かかった。出発できるようになったときには、レイチェルはすっかり山の中の小さな町の虜《とりこ》になっていた。今の彼女はれっきとしたレイザー・ベンドの職員だ。そして、最近になって夢中歩行が始まるまでは、万事うまくいっていたのだ。

レイチェルはキッチンに入り、カップにコーヒーをそそいだ。昨夜の頭痛があとを引き、肩がこっている。コーヒーを手に、窓の外を見た。先週ずっと続いた雨も上がり、絵に描《か》いたような晴天だ。

じきにカフェインが神経を静めてくれたが、気がゆるんだとたん、どっと記憶がよみがえった。それに、見知らぬ男に夢中歩行しているのを見つかったときの不安や恐怖も。

レイチェルはうめき、窓から離れた。心臓がどきどきと打ち、カップを握った手が震える。目を閉じると、暗闇《くらやみ》からあらわれた男の声が思い出された。大柄で怖そうな人だったわ。でも、わたしを脅すようなことはしなかった。声にも心配があふれていた。わたしは動転していたから、それが本心からの心配かどうかはわからないけれど。

なぜだろう？　なぜこんなことが起きるの？

山の上へ越してきて、明日で四週間になる。六週間前までは、夢中歩行などしたこともなかった。始まったのは七月の終わり。今はもう九月で、日を経るごとに頻繁になっていく。夢中歩行のとき、何を考えているのかさえ覚えていたら、その原因もわかるのに——もしかしたら、止める方法も。

最初のときは、ネグリジェ姿でレイザー・ベンドの裏通りにいて、心底仰天した。二度目は、気がつくとどしゃ降りの中を町外れまで来ていて、人目を避けてベッドに戻った。あのときは、誰かに見つかって職を失うかと思った。

幸運はレイチェルに味方してくれた。だが、いつまでもそれが続くとは思えなかったので、町の外の、近所に人のいない孤立した家に住むことにしたのだ……少なくとも、こうなった原因がわかるまで。

この家は文字どおり、孤立していると言えた。いちばん近い家は、三キロ以上も山を下ったところだし、あいだにはうっそうとした森が何エーカーも続く。けれども昨夜のことを考えると、ここへ来たのは間違いだったような気がする。昨夜はあやうく、仕事よりも大事なものを失いかけた。あの男から逃げなければ、どうなっていたかわからない。

腕の筋肉が引きつり、コーヒーがこぼれてカップを伝った。洗濯したばかりの制服の、ネイビーブルーのパンツにしみをつけずにすんだのは、幸運のたまものだった。

いらいらとため息をつき、レイチェルはカウンターにコーヒーを置いてペーパータオルで床の汚れを拭《ふ》きとり、腕時計に目をやった。勤務は八時に始まる。もう出かける時間だった。

バッグとジャケットをつかんで家を出たとき、ちょうど地平線の向こうに太陽が輝いた。立ち止まってひんやりと澄んだ空気にまじるさわやかな松の香りを吸いこむ。すると、りすが屋根のへりから、すぐそばの張り出した枝に飛び移った。レイチェルは笑いまじりの声で向こう見ずのりすをたしなめたが、東を向いて森の上に昇った太陽を見たとたん、ほほ笑みは凍りついた。

口の中がからからに乾き、喉がつまる。空が美しくあざやかな色に染まるのを見つめているうちに、レイチェルの顔は赤くなり、それから白く変わった。

何もかも思い出した。今やっと、昨日逃げ出す前に起きたことがよみがえってきた。昨夜、目の前で世界は別なものになった。わたしは時間が夜から昼へ逆転するのを見て、黒い目の危険な男に抱かれたのだ。

レイチェルは、見知らぬ男に会ったことも、自分をベッドから森に連れ出した夢の一部だと思おうとした。しかし今、この明るい朝日の中では、真実に向き合わざるをえない。あのときわたしは眠っていなかった。ちゃんと目をさまして、見知らぬ男に乱暴はしないでと訴えていた……。

レイチェルは朝日を見つめながら、寒けを覚えて震えた。

「どうかしているわ」

いきなり、車へ向かって走り出した。車に乗り、ドアをロックしてエンジンをかけ、なんとか筋道だったわけを考えようとしてみる。

「全部、想像よ。こんなところで、一人きりでいるからだわ」

ギアを入れ、車を出した。やがて山道の最後のカーブを曲がると、前方にレイザー・ベンドが見えてきた。見なれた光景にほっとして、ブレーキから足を離し、アクセルを踏む。しかし、町の境界線の標識を過ぎたとき、あることが頭に浮かんだ。昨夜はわざと考えないでいたことだ。

小川で出会った男が本物の人間で、夢の中のならず者はそうでないとしたら……どうしてわたしは、あのならず者が口を開く前からわかっていたのだろう。彼にマーシーと呼ばれることを。

その日の午後遅く、レイチェルは救急車の中で膝をつき、担架に清潔なシーツをかぶせて備品を補充していた。常勤の救急医療士で、この十六カ月彼女のパートナーであるチャーリー・ダットンは、さっき出動した件の書類を作成している。

レイチェルは昨夜のことが――またしても夢中歩行したことが、頭から離れなかった。森で見知らぬ男に出会ったときの恐ろしさや、そのこととまざり合ってしまった夢も。

チャーリーと出動したときだけは忘れていられた。しかし、今日のレイチェルは仕事をしていても、どこか違っていた。意識の一部ではそつなく仕事をこなしているのに、別の部分では、まるで別の人間の目で世界を見ているような感じなのだ。

ガーゼのパッドを補充。

彼は頭を下に向け、黒い目で彼女の表情を探った。

酸素ボンベの残量をチェックする。

いとしくて、かわいいマーシー。

使い捨て注射器を一箱、入れておかなくては。

いったん道を踏み外した者は、二度と立ち直れやしないんだ。

レイチェルはふたたび記憶にとらわれ、手が棚の上で止まった。あのならず者と唇を重ねた感触は、ひどくなまなましく……なつかしかった。レイチェルは震え、ため息をついた。誰かに相談し、打ち明けたい。けれど、信頼できる相手はいない。

チャーリーには話せない。心を病んだと思われてしまう。精神科医にかかることも考えたが、レイザー・ベンドのような小さい田舎町では無理だ。きっと誰かに知られ、その誰かが――あるいは別の誰かが、レイチェルは緊張をともなう仕事に耐えられないのだと判断するだろう。そうなれば、心から愛している仕事を失うことになりかねない。

といって、親友のジョーニー・ミルズに打ち明けるのがまずいことは、とっくにわかっていた。彼女は〈カーラーズ〉という美容院を持っているが、新しいニュースを仕入れるならCNNより〈カーラーズ〉だということは、町じゅうが知っている。

ああ、いったいどうすればいいの？

そんな思いが心をよぎったとき、膝をついた彼女に降りそそいでいた光が消えた。目を上げたとたん、レイチェルの心は沈んだ。グリフィン・ロスだった。

レイチェルはどうにか笑みを浮かべた。「足音が聞こえなかったわ」

グリフィン・ロスはにやりと笑ってかがみこみ、レイチェルを救急車から引っぱり出した。

「声をかけようかと思ったんだが、働いているときのきみは一生懸命で、うっとりするような表情をしているからね。ついのぞきたくなったんだ。驚かせてすまない。許してくれるかい？」

レイチェルが答えるより早く、グリフィンは彼女の頬にキスした。その行為に落ち着かなくなり、レイチェルはすばやく後ろに下がって笑顔を作った。

「許してあげるわ」

グリフィンはレイチェルを揺すぶりたくなった。口ではああ言っていても、彼女の目は別のことを語っている。つき合って何カ月にもなるのに、正直言って、徒歩で一塁に着いたというところだ。レイチェルは気を持たせるようなことは一度もしていない。今も、例によって困ったようにほほ笑み、顔をそむけてしまった。

グリフィンはなぜ来たのだろう。レイチェルはシーツの端をつかんで担架をおおい、中へ折りこんだ。彼女は、忙しいふりをしていれば別れたい相手とおしゃべりをしなくてすむ、と自分に言い聞かせた。

ロス貯蓄貸付会社の社長であるグリフィンは、レイザー・ベンドでもっとも人気のある独身男性だ。そのグリフィンにここ半年間求愛されているのに、今もレイチェルは、彼のキスで身震いした自分に気づいていた。

グリフィンの好意をうとましく思ったのは初めてではないが、ジョーニーに毎日のように聞かされたのだ――彼はハンサムで、お金持ちで、独身で、それにレイチェルに夢中だと。しかし、レイチェルは彼が好きになれなかった。

この数カ月、自分が女としておかしいのではないかと思ったことも何度かある。グリフィンのような男性から熱愛されるなんて、幸運に感謝しなければいけないこともわかっている。なのに、その気持ちはわいてこなかった。

グリフィンはレイチェルが顔をそむけたのを見て、眉を寄せた。生来自信家の彼にもようやく、レイチェルとのことは自分の一人ずもうにすぎないとわかりかけていた。なるほど、デートはしているし、彼が好んで〝情熱的なキス〟と呼ぶものも何度か交わしている。だが、それだけだ。たがいのあいだの情熱も、完全な一方通行だった。

しかしグリフィンがここまでのし上がったのは、すぐに負けを認めて引き下がってきたからではない。彼はレイチェルの肩に手を置き、手のひらの下で震えが走ったのには気づかないふりをした。

「レイチェル？」

彼女が目を上げた。

「ザ・エルクスのロッジで、週末に何かの基金設立ダンスパーティーがあるんだ。行かないか？」

レイチェルが答えるまで間があった。グリフィンはいらだちを陽気な笑顔で隠したが、チャーリー・ダットンがレイチェルの名を呼びながらオフィスから出てきたときには、彼の首をへし折りたくなった。

レイチェルは答えなくてすんだことに感謝し、振り返った。「ここよ！　どうしたの？」

チャーリーは、歩くというより、はずむように近づいてきた。が、レイチェルのわきにグリフィンがいるのを見たとたんに立ち止まった。

「ごめん。人がいるとは思わなかったんだ。デスクに鍵《かぎ》を忘れていっただろう」彼はにっこり笑って、レイチェルに鍵束を渡した。「なんで鍵にマニキュアがついているんだい？」

「玄関の鍵と裏口の鍵がそっくりなのよ。だからこっちには玄関《フロント》のF、こっちには裏口《バック》のBって書いておいたの」

チャーリーはにやりとした。「それじゃ、車の鍵にはなんて書いたんだい？　車《カー》のCかな、それとも、ドライブのD？」

「面白い冗談ね」レイチェルはポケットに鍵束を入れた。「あなた、ほかにすることはないの？」

「ないな」

レイチェルは天をあおいでみせた。調子に乗ったときのチャーリーは手に負えない。

「書類は書き終わったからランチに行こうって言いに来たんだ」チャーリーはわざとグリフィンを無視して言った。

レイチェルは胸に痛みを覚えた。チャーリーが友情以上の気持ちを持ってくれているのは、わかっていた。すばらしい男性だし、尊敬もしているが、彼に対してロマンティックなものは感じていない。しかし、二人はパートナーであり、勤務中は一人が出かけるなら、もう一人も一緒に行かなければならなかった。

「ちょっと待ってて」レイチェルは答えた。

チャーリーはうなずき、グリフィンにもう一度冷ややかな一瞥《いちべつ》を投げて歩き去った。

レイチェルはチャーリーの姿が見えなくなってから、グリフィンの申し出に答えた。「ダンスのことだけど……あとで連絡してもいい？」

グリフィンは顔の上でほほ笑みが凍りついたような気がした。「もちろんさ。二、三日中にきみの家に電話するよ、いいかい？」

レイチェルは彼がキスしようとしているのを見て、心の準備をしたが、いざ唇が触れ合うと、必死に嫌悪感を抑えつけた。グリフィンの唇は熱すぎるし、柔らかすぎるし、強引すぎる。どこからともなく、ある思いが浮かんだ。あのならず者の唇は、ひんやりとしていて、固くて……それでいて心がとろけるようだった。

通りでクラクションが鳴り、レイチェルはぎくりとして後ろへ下がった。グリフィンが名士であろうとなかろうと、仕事中にキスされることなど、あってはならなかった。

「グリフィン、やめて」レイチェルはすばやく言った。「誰かに見られるわ」

しかし通りの向こうを見ると、その注意も遅すぎたことがわかった。前にも見たことのある、いかにもごろつき然とした男が三人、ちょうど〈アダム・リブ・カフェ〉から出てきたのだ。

一人は背が低かった。二人目は、背も高いが体の横幅もある。背が低くてやせたほうは、ずうずうしくレイチェルに笑いかけ、ウインクまでしてきた。

しかし彼女の目をとらえたのは、二人よりもさらに背が高く、汚れた黒いデニムを着て、髭《ひげ》を三日ほども剃《そ》っていない男だった。

レイチェルのいる場所からでも、男が頭から爪先までなめるように彼女を見ているのがわかった。レイチェルはそのまなざしの激しさに、みぞおちを蹴《け》られたような気がした。グリフィンの存在は忘れられ、以前にもその男のまなざしにさらされたことがあるような胸苦しさを感じた。

グリフィンは顔をしかめ、今度は不愉快さを隠そうともしなかった。

「おいおい、レイチェル……」

しかしその言葉も、レイチェルが自分の肩の向こう側を見ているとわかると、途中でとぎれた。レイチェルの目は大きく見開かれて一点を見つめ、唇はわずかに開いている。グリフィンは彼女の熱っぽい視線に驚き、振り返って、その視線をたどった。

「おい、おまえたち、あの女の胸を見てみろよ」

スネーク・マーティンの言葉にそちらを見ると、救急医療ステーションの入口にカップルが立っていた。スネークのにやにや笑いは渦巻く茶色の濃い髭に隠れていたが、好色な目つきは隠しようもない。トミー・ジョーは、スネークは目がきくと認めたものの、デンヴァー・チェリーのことが頭から離れなかった。デンヴァーは彼らが食事を買って帰るのを家で待っているのだ。

「さあ、スネーク、今日はもっと大事な仕事があるんだ。デンヴァーが待ってるぜ。忘れたのか？」

デンヴァーの名を出しただけで、スネークの顔から笑いが消えた。

スネークはトミー・ジョーを振り向き、それから彼の肩ごしに、もう一人に目を向けた。

「それでも、あの女の胸はやっぱり最高だよな。そう思わねえか、ブーン？」

ブーン・マクドナルドは、スネークの喉にこぶしを突っこみたくなるのをこらえた。スネークも、今の状況も、うんざりだ。しかも驚いたことに、スネークが話しているのは、まさに小川で泣いていた女のことだった。

ブーンは警察に忠誠を誓って以来初めて、自分の仕事がいやになった。人は外見で判断されるものであり、彼は自分がどう見えるかわかっていた。長い時間をかけて綿密に自分のイメージを――偽装を作り上げてきたのだ。誰かが調べる気を起こしたなら、ブーン・マクドナルドなる人間が多くの前科を持ち、州の内外で服役したことがあって、怒るとすぐに暴力をふるうことがわかるだろう。

仕事のときには、本名も本当の姿も心の隅に隠してある。ブーン・マクドナルドなら、上品な女など眼中にないはずだ。昨夜は月夜とはいえ暗かったから、姿は見られていないと思っていた。しかし彼女の表情からすると、自分が森から出てきた男だと気づいたのかもしれない。

ブーンに思いついたのは動くことだけだった。それも今すぐに。彼女に指さされ、隣の気取った男に話されるのだけは避けたい。スネークとトミー・ジョーには、昨夜はカンザスにいたと思わせてある。カイアミーシをうろついていたことがばれたら、銃弾を食らいかねない。

「おい、ブーン、おまえにきいてるんだぜ」スネークが言った。

ブーンは目をしばたたき、彼女と見つめ合うのをやめてスネークを見下ろした。

「おれの好みじゃないな」ブーンはものうげに言った。「女はブロンドで頭のいかれたのがいい。脚が長くて、爪が真っ赤で」

スネークのにやにや笑いが濃い髭の中からあらわ

れ、口いっぱいの黄色い歯がのぞいた。

「ああ、そうだな。わかるぜ」

トミー・ジョーはスネークの顔の前で、油のしみた袋を振った。「さあ、もう行こう。ボスがスペアリブをお待ちかねなんだ、デンヴァーが腹をすかせるとどうなるか、知ってるだろう」

話題が彼女から離れたことに安堵《あんど》し、ブーンは二人がついてくるのも待たずトラックへ向かった。

目の端に、女がそばにいた男に腕をつかまれるのが見え、それから男が大きな声で彼女の名を呼ぶのが聞こえた。ブーンは立ち止まり、その響きを頭に刻みつけた。運転席に座ったとき、小さな満足そうな笑みが彼の顔に広がった。

名前はレイチェルというんだな。

3

秋に入ると、山の日暮れは早い。レイチェルが仕事を終えて二、三の買い物を終えたときには、もう夜だった。家へ車を走らせていると、道を渡ろうとした鹿《しか》がヘッドライトに浮かび上がった。大きな雄鹿は迫りくる光に立ちすくんだ。レイチェルが避けようとブレーキを踏むと、車はわずかに横へすべった。タイヤがきしんだ音をたてると、雄鹿は後ろから誰かに押されたように飛び上がり、ぴょんと道路を離れて姿を消した。

レイチェルはほっとため息をついた。ハンドルを握りしめたまま、ライトの向こうの暗闇《くらやみ》に目をこらし、鹿がいなくなったことをたしかめる。だがそうしているうちに、昨夜森からあらわれた男のことが頭に浮かんだ。とたんに恐怖が押し寄せて、彼女は思い切りアクセルを踏んだ。

家に入ってドアを閉め、鍵《かぎ》をかけると、ようやく心が静まった。部屋を通りながら、次々に明かりをつけていく。キッチンに着くころには、不安もほぼおさまっていた。制服を脱いで着古したジーンズと長袖《ながそで》のゆるいシャツに着替え、食事の支度を始めた。

しかし、一人ぼっちの食事のあいだも、そしてそのあとでさえ、かすかな不安は拭《ぬぐ》い切れなかった。レイチェルは自分の気弱さにうんざりし、ベッドに入ろうと明かりを消しはじめた。

最初のスイッチを切っただけでリビングは闇に包まれ、現実が戻ってくるまで、レイチェルはつかのま、小川で意識を取り戻したときのように混乱した。あちこちの物の影が、今にも目の前で動き出しそうな気がする。

「どうかしているわよ、レイチェル」彼女はつぶやき、まだキッチンに輝いている明かりを消しに行った。

夕食のにおいがまだ残っている。ボイルしたハム、バタービーンズと、厚切りにしたコーンブレッドのにおい。さっと部屋を見まわし、何もかもきちんとしていることをたしかめてから、またスイッチを切った。

しかし明かりが消えると、レイチェルははっと息をのんだ。暗い部屋に立ちすくみ、落ち着かない気持ちで家の裏手に目を走らせる。

寝室の明かりが廊下にもれ、床の上に印をつけている。そのあたたかい黄色の光が、安全だよと言っているように思えた。

ばかなことを考えるのはやめなさい。ここはわたしの家……ここにいれば大丈夫なのよ。だが、理性はそう言っても、レイチェルはいつのまにかキッチンの窓辺に戻り、もう一度外に目をこらしていた。

芝生がしっとり露で濡《ぬ》れている。月の光が草の上の雫《しずく》にまたたき、庭は霜が降りたように見えるが、それほど寒くないことはわかっていた。かすかな風が、こぶだらけのオークに下がったぶらんこを揺らしている。ポーチで何かが音をたて、レイチェルは窓から身を乗り出して、家の角をのぞいてみた。

転がったバケツが目に入り、ほっと緊張が解けた。バケツがポーチから落ちて、芝生のほうへ転がり、取っ手ががたがた鳴っているのだ。

「やっぱりなんでもなかったじゃない」彼女はつぶやき、それから、バケツが家から遠ざかっていくのを見て顔をしかめた。いちばんいいバケツなのに！朝まで放《ほう》っておいたら、動物にどこかへ持っていかれてしまうかもしれない。

ああ、もう。

静寂の中で玄関の鍵を外した音に思わずぎくっとしたことは考えないようにし、深呼吸をしてからポーチへ出た。そして幅広の石段に立ち止まり、探るようにあたりを見た。やぶに目を走らせ、光の届かない離れた場所を見やる。誰かが隠れて、待ち伏せしているかもしれない。

右のほうから低く悲しげな鳩《はと》の鳴き声が響き、どこか高いところから仲間が応《こた》えた。

今夜気弱になって脅《おび》えているのは、わたしだけじゃないんだわ。

顔を上げると、黒いベルベットの空には無数の小さな光がまたたき、いつ終わるともなくレイチェルにウインクをしていた。彼女はほほ笑んだ。石段を下りはじめると、蛾《が》が一匹、手をかすりながら飛んでいった。

「前をよく見なさいね。今夜外にいるのはおまえだけじゃないのよ」

いざ外に出てみると、レイチェルは家の中へ戻る気がしなくなった。バケツを取り戻し、風の当たらないところへ置いてポーチへ戻ったが、思いがけず楽しくなった夜を終わらせたくなかった。

古い石段に腰を下ろすと、昼間の熱でまだあたたかかった。レイチェルはぼんやりと髪をほどき、そのゆたかな長い黒髪を、ブラシのかわりに手で梳《す》きはじめた。背中にかかる髪は、心の重荷よりもほんの少し軽い。どこからともなく、この時を分かち合える相手がいたらいいのにという気持ちがわき上がってきた。

グリフィンではない誰か……。

突然わいてきた思いだったが、否定するには強すぎた。グリフィンのハンサムな笑顔が頭に浮かぶ。レイチェルはすまなさで、両手に顔をうずめた。

わたしはグリフィンを愛していない。好きなのかどうかさえわからない。なぜなの？　彼のどこがいけなくて愛せないの？

ふいに、夢にあらわれたならず者がグリフィンの顔に重なり、薄い色の髪は黒く、青い目は黒い目に変わった。一人の笑顔が消え、もう一人の思いつめたような表情が浮かぶ——間違えようもないほど激しい思いにあふれた顔が。

レイチェルは息をのんだ。そのイメージはあまりに強く、なまなましかった。目を上げたら、あの夢の男が立っているに違いない。

だが、そこには誰もいなかった。何も変わったことはなかった。

もう一度、ベッドに入ろうか。でも、そうしたらまた夢中歩行が起こるかもしれない。昨夜のことが頭に浮かび、レイチェルは家に逃げ帰ったときの自分の格好を思い出した。長い髪は乱れて水びたしになり、ネグリジェは濡れて体にはりついていた。

「きっとあの人も、わたしと同じくらいびっくりしたわね」

だが、そう思っても気は晴れなかった。思い出したくないのに、またしてもグリフィンの姿がよみがえる。彼とのことをどうするか、心を決めなくてはならない。それもすぐに。このまま気を持たせ、ありもしない好意を抱いているように思わせるのはフエアじゃない。

ふいに風が家をまわって吹き、首元をぞくりとさせた。まるで、じれた恋人の熱い息のように。やりばのないせつなさにため息をもらし、レイチェルはようやく事実を受け入れた。

この先自分の人生がどうなるかわからないけれど、そこにグリフィンの居場所はない。

石段に座ったまま夜に溶けこみながら、レイチェルは夢にあらわれたような男に出会いたいと思った。お尋ね者であろうとなかろうと、あたしにはあたたかくてやさしい人だったたわ。

レイチェルはぎくりとした。わたしは今、マーシーという女の人になって考えていた。理解できない胸騒ぎに襲われ、レイチェルは自分の体を抱いて震えた。

しかし、わたしは夢の世界に生きる女ではない。それに今日は、現実の世界に平手で打たれたようなものだった。現実のならず者がレイザー・ベンドの街角でこちらをじろじろ眺め、関心を隠そうともしなければ、仲間の非礼を詫《わ》びようともしなかった。

あの男にグリフィンとのキスを見られたくなかった。あの男がいなければ、グリフィンとのキスもすぐに忘れられただろうに。でも、彼は見ていた。だからレイチェルは忘れられなかった。それどころか、あのときは彼のまなざしがあまりに激しくて、顔に息がかかるような気がしたほどだった。髭《ひげ》が伸びていたけれど、あの浅黒い整った顔だちには心を引かれる。誰かを思い出させるのだ——昔知っていた誰かを。それが誰かさえわかれば……。

レイチェルはぱっと立ち上がった。絶対に違う。

「心を引かれたわけじゃないわ。絶対に違う。あれあれは……好奇心よ、それだけだわ」

自分自身にも、とめどない空想にもうんざりし、レイチェルは芝生を横切って、風に揺れる空っぽのぶらんこのほうへ行った。そして古びた板の椅子に勢いよく座ると、月光を浴びながら大きくこいで、満足そうな息をついた。

チャーリーのことを思い出し、笑いがもれる。

「彼が見たら、頭が変になったと思うわね、この暗闇で遊ぶなんて」

しかし、レイチェルは気にしなかった。顔に当たる風が心地よい。体の重さが消えたような感覚は、心を浮き立たせてくれた。いつのまにか、前へ後ろへと大きく空を切り、一こぎごとに足を強く押し出して、思いがけない喜びにひたっていた。

電話がつながるのを待つあいだブーンは、家とは名ばかりの缶詰同然のトレーラーに這《は》うごきぶりを見ていた。連絡をする時間は過ぎ、報告することもなかったが、ウェイコはかわいい部下たちの声を聞きたがっているはずだ。それは、ブーンの連絡員であり直属の上司でもある、ウェイコこと、スーザン・クロス警部からの冗談まじりの命令だった。

ブーンがかけた番号は、警部のオフィスの直通電話だった。それに、もし警部本人がいなくても、留守番電話で話してくれる声は低くセクシーで、彼女の本名を隠すコードネームと同様にユニークだった。

ベルが鳴った。一回、二回……。四回目で機械がかちりといい、テープではなく本物の、低くハスキーな声が流れてきた。ブーンの表情は明るくなった。

「ウェイコよ。声を聞かせて。今夜は長い、寂しい夜だもの」

「ヘイ、スイートハート、どうしてる？」

「ブーン……ダーリン、もっと早く電話してくれればいいのに」

ウェイコの甘くセクシーな声は、彼女の唯一の肉体的な武器だった。がっちりした小太りの体、短いグレーの髪、鼻にかけた金縁の半円レンズ眼鏡とは対照的である。

上司とはいえ、ブーンは彼女の声を聞くと、ほほ笑まずにいられなかった。

「わたしの坊や」ウェイコは甘えるような声で言った。「ほんとにいけない子ね。どうして約束どおり、昨夜《ゆうべ》電話してくれなかったの？」

ブーンはにやりと笑い、かがみこんでブーツのわきに転がっていた汚れた黄色いテニスボールを拾った。そして狙《ねら》いを定めてボールを投げ、一撃でごきぶりをつぶした。

電話の向こうから聞こえた鈍い音に、クロス警部の声が変わった。「今のは何？」

「ごきぶりパトロール」ブーンは答えた。

クロス警部は粗末な住まいに対する当てこすりを聞き流し、差し迫った仕事に取りかかった。

「それで、いつ来てくれるの、ハンサムさん？　あなたのかわいい顔にキスしてからずいぶんたつわ」

ブーンは笑った。「イエス、マム。たしかにそうですね」

マムと呼ばれると、クロスは椅子にもたれてにっこりした。「今は一人なのね」

「そのとおりです、警部」

クロスの声が鋭くなった。「オーケー、それじゃ仕事にかかりましょう。なぜ昨夜連絡してこなかったの？　警官隊を送りこんで、山狩りであなたの死体を探そうかと思ったのよ」

ブーンは携帯電話をもう片方の耳へ動かし、前かがみになって床を見つめながら、彼女に報告することとしないことを選《よ》り分けた。

「電話しかけたけれど、状況が変わったので……ちょっといいことがあって」

「あらまあ、それはすてきだこと。でもベッドでの武勇伝を聞かされるなんてまっぴらよ。必要なのは事実だけ。ちょっと時間がかかりすぎよ。あなたには手を引かせて、この組織は別の方向から攻めようかとも思っているの」

ブーンは飛び上がった。「だめだ」彼はクロスが議論にかかるときの、ぐっと顎を上げる姿を思い浮かべた。「それはだめですよ、警部……マム」

クロス警部はため息をついた。ブーンがときとしてひどく頑固になるのを、警部はよく知っている。それに彼は腕利きの部下だ。あいにく彼個人のことは、警部は部局のほかの捜査官よりも知らなかった。

「オーケー、それじゃ報告なさい」

「昨夜はチェリーと手下二人のあとをつけて、山へ入りました。彼らは一人の男と会っていて、たぶんそいつが、デンヴァー・チェリーを隠れみのにしている黒幕でしょう。新しい麻薬の試験所に行ったんだと思いますが、彼らに追いつくのが遅れてしまって、その場所や黒幕の正体まではわからなかったんです」

クロスは聞きながら、机の上のメモ帳に落書きをした。こんな報告を聞きたかったわけではない。ブーンが身分を偽ってレイザー・ベンドに行ってから、もう六週間だ。それなのに、いまだに一味から信頼を得るには至っていない。ブーンがその目で見て確認できたのは、連中の製造している薬がメタンフェタミンだということぐらいだ。

「わかったわ。あなたはチャンスを逃した、それだけのことね。一度の失敗は敗北にあらず、だわ」

ブーンはにやりとした。「どこでそんな名言を覚えたんです？」

「占いクッキーよ」

ブーンは笑い出し、気分が晴れるのを感じた。クロスもブーンに見られてないのを幸い、にっこり笑っていた。部下たちに自分の心が石ではなくガラス製であることを知られるのはまずい。

「それじゃ、今考えていることを話してちょうだい」クロスは声を強めた。

ブーンは緊張を解いた。普段なら、クロスがこっちの精神状態をたしかめているだけだとわかっただろう。しかし、そう尋ねられたとき、彼は自分が仕事ではなく、レイチェルという女性のことと、彼女の濡れたネグリジェ姿を思い浮かべたのに気づいた。

「さっきと同じことを繰り返しても仕方ないでしょう」ブーンはわざと甘い声を出した。

クロスは目をぐるりとまわした。「もう寝なさい。頭がすっきりしたらまた電話して」

ブーンは苦笑して顔をゆがめた。「あなたの目はごまかせないな、ウェイコ。愛してますよ」

ふんと鼻を鳴らす音に続いて、電話が切れた。ブーンはもう一度ほほ笑んだ。クロス警部は電話を切ったが、彼女はブーンがやりすごそうとしていた熱いうずきに油をそそいだ。このままでは眠れない。充分気をつければ、もう一目レイチェルを見るくらいいいだろう。深みにはまるほどではなく――楽に眠れる程度になら。

トラックに乗りこむとき、もう一度自分に言い聞かせた。ただ彼女を見るだけだ。彼女からは見られないようにして。

彼の考えでは、探しはじめる地点はたった一つ――昨夜彼女を見つけた小川だった。

ようやくその場所を見つけると、ブーンは月光の中に立ち、あの濡れた白いネグリジェが彼女の体を浮かび上がらせ、布地の下の柔らかい胸のふくらみや長くてほっそりした脚の形をあらわにしていたことを思い出した。

長い時間が過ぎ、そのあいだ、ブーンは自分の良心と闘いつづけていた。

そしてとうとう、うんざりしたようなかすかなうめき声をあげ、冷たく浅い流れの中を歩き出して、彼女が消えた方向へ丘を登りはじめた。

その家は暗闇の中で輝き、日曜の教会のように内側から光を放っていた。医療ステーション近くの路上で見たのと同じ彼女の車が、木の下に停《と》まっている。家の中は明かりがついていて、カーテンからもれてくるそのあたたかな黄色い光は、寒いところにいないで中に入ってと誘っているように思えた。

だが、入ることはできなかった。この垣根に囲まれた幸せに満ちた暮らしは、ブーンには縁のないものだ。今も、たぶんこの先も。彼には、偽装上の姿でいるほうが、自分の人生を生きるよりもたやすかった。本当のブーンは孤独だった。仕事上の偽装なら、ただの一匹狼《いっぴきおおかみ》でいられる。

そのとき、レイチェルが家から出てきた。ブーンは山を登る前に自分に言い聞かせてきたことをすべて忘れた。

そして十分が過ぎたときも、ブーンは森に深く身を隠したまま暗闇の中に立ち、ぶらんこに乗った彼女を見つめていた。彼女は頭を後ろに倒し、両腕をまっすぐに伸ばしてロープをつかみ、空中を行き来するたびに脚を曲げたり伸ばしたりしている。背中にたれた長い黒髪がふわりと持ち上がり、風に揺れる未亡人のベールのように彼女の顔を包んでいた。

十時から真夜中へ流れる時のどこかで、ブーンは静かに恋に落ちた。それはありえないはずのことだった。彼女を見たのは、これまでにたった二度。一度目は小川に膝までつかり、そこにはいない男を求めて泣いていた。二度目は別の男に抱かれていた。しかし、そんなことはどうでもよかった。ブーンは彼女の名がレイチェルだと知っていた。それに、自分が彼女に恋してしまったことも。

デンヴァー・チェリーはテレビの前を歩きながら、出っぱった腹を無意識に撫《な》で、携帯電話を耳に押しつけた。六十間近の、年を重ねたこの元バイク乗りは、今でも髭と揃《そろ》いの灰色の髪を長く伸ばしていた。両腕と腹のいれずみは、シアトルでつき合っていた女の名残だ。百八十センチにあとわずかという身長だが、何十キロも贅肉《ぜいにく》のついた脚は、今まで何度折ったかわからない。最後のギプスが取れたとき、ようやく大型のバイクを売って小さなトラックを買い、バイク用の革パンツをジーンズに変えた。だが乗り物と外見は変わっても、デンヴァーの仕事は変わらなかった。彼は揺るぎない人生訓の持ち主だ。〝法に背けば、いい暮らしができる〟

今している電話を優先して、テレビの音は消してあったが、それでも『マンデー・ナイト・フットボール』中継の内容はわかっていた。フォーティナイナーズがボールを受けそこなうと、デンヴァーは顔をしかめ、ひそかに悪態をついた。この試合には二十ドルを賭《か》けたのに、もう逆転する時間はない。おまけに、耳元ではボスが、デンヴァーにはどうしようもないことで文句を言っている。

「おれはおれなりに苦労してるんだぜ」デンヴァーはぼそぼそと言った。「あんたの差し向けたでかい荷がパードレ島沖に沈んだのは、おれの責任じゃねえ。あのパイロットはヤク中だし、信用できないって言っただろう」

沈黙が流れ、デンヴァーは言いすぎたかとあやぶんだ。

長年のあいだに、金よりも権力を好む連中は山ほど見てきた。だが、このボスには彼を落ち着かなくさせるものがある。何かが普通ではない。目を向けられたとたん、腹わたを抜かれるような気がしたこともある。

耳元で怒りに満ちた声が低くうなり、デンヴァーは不安な気持ちでつばをのんだ。

「覚えているとも、チェリー。だが、おまえも覚えておいたほうがいいことがある。わたしは失敗が嫌いだし、おまえが使っている二人の間抜けは役目を果たしているとは言えないぞ」

デンヴァーは顔をしかめた。それは否定できない事実だった。前回の取り引きでトミー・ジョーがへまをしたときは、デンヴァー自身が彼を撃ちたくなった。スネークが現場を見た警備員を撃ち殺さなかったら、全員ぱくられていたところだった。

「新しいのを一人入れたよ」デンヴァーは言った。

「そいつが今日顔を見せたら、二人と一緒に行かせるつもりだ」

「ばかを言うな、チェリー。わたしは新顔は好かない」

ボスであろうがなかろうが、もうたくさんだ。デンヴァーは、どすのきいた声で言った。「よく聞けよ――こっちからブツを運ぶためにおれを雇ったのはあんただ。だから、首にするのも縁を切るのも、好きにしな」

しばらくのあいだ、なんの音もしなかった。やがて警告するような低い声が聞こえ、デンヴァーは背すじがぞくっとした。「わかった。その新顔はおまえが責任を持て」

デンヴァーの耳に電話の切れる音が聞こえた。彼は肩をすくめた。電話を置き、かわりにリモコンを取る。たちまち部屋にざわめきがあふれ、トミー・ジョーの入ってきた音はかき消された。

テレビに影が映り、ようやくデンヴァーは自分が一人ではないと気づいた。肩ごしに目を走らせ、トミー・ジョーに座れと手を振った。だが、彼が断ったので、何かまずいことが起きたのだとわかった。

デンヴァーはまたもやテレビの音を消し、椅子から立ち上がった。何がまずいのかはわからないが、とりあえず、トミー・ジョーの相棒がいないことから話を始めるのがよさそうだった。

「スネークはどこだ？」

トミー・ジョーは足をもぞもぞ動かし、それからデンヴァーの怒りを避けようと床に目を落とした。

「留置場」

デンヴァーの顔が朱に染まった。「なんだと！　だったら保釈させろ。今夜は取り引きがあるんだぞ」

「無理だよ。判事は明日まで町にいない。警察《サツ》の連中が、火曜の午後にならなきゃ罪状認否はできないってさ」

デンヴァーはこぶしを握りしめ、うさばらしにトミー・ジョーの顔に一発見舞いたくなるのを抑えた。

「今度は何をやったんだ？」

トミー・ジョーは肩をすくめただけだった。ついに、いらだち続きの一日を過ごしたデンヴァーの堪忍袋の緒が切れた。彼はトミー・ジョーの喉をつかみ、思い切り壁に押しつけた。

「誰に向かって話をしてるんだ、このくそ――」

「どうやらお楽しみに遅れちまったようだな」

二人がぎょっとして顔を上げると、ブーン・マクドナルドが腕を組んで戸口に寄りかかっていた。着ている黒いデニムが、冷たいあざけるような笑いとよく合っていた。

デンヴァーは顔をしかめた。険しい目の一匹狼に、我が物顔で家に入ってこられるのは気に食わない。

「引っこんでろ、ブーン。今は気分が悪いんだ」デンヴァーはすごんだが、怒りのピークはもう過ぎていた。彼はぶつぶつ言いながらトミー・ジョーを押しのけ、椅子に戻った。

ブーンは今のことには無関心を装い、肩をすくめながら、ひそかに安堵《あんど》した。トミー・ジョーは彼が一味に近づく手づるだった。スネークはブーンをよく思わず、敵対視している。デンヴァーが腹立ちのあまりどちらかを追い出すなら、スネークのほうであってほしい。

しかし、ブーンが自分に有利な点を数えているあいだ、デンヴァーはブーンの冷たい表情を満足げに見つめていた――少なくとも、こいつの頭には、両耳のあいだに髪の毛以外のものがありそうだ、と。

「何か用だったのか？」デンヴァーは尋ねた。

ブーンはトミー・ジョーのほうへ頭を傾けてみせた。「やつを捜してたんだ。次にオクラホマ・シティに行くときは、連れてってくれって言われててね。今から行くところなんだ」

デンヴァーは椅子の中で背すじを伸ばした。これなら差し迫った問題が解決できる。ボスには新顔を使うと断ったし、ちょうど当の本人が来合わせて、目的の方向へ行こうとしているのだ。

「オクラホマ・シティにそんなに面白いものがあるのか？」デンヴァーはきいてみた。

ブーンは肩をすくめた。「おれの女がいるのさ。ときどき顔を見せて、ベッドにほかのやつを引きこまないようにしておかないとな」

デンヴァーはもの言いたげに目を細くした。「おまえが女房持ちとは知らなかったぞ。おれは身軽じゃないやつを仲間にしたくないんだ」

ブーンの脈拍はわずかに速まった。仲間？　ようやく仲間と認めてもらえるのか？

ブーンは眉を上げ、それから前ファスナーに手をすべらせて、ここぞとばかり自分の役どころを演じてみせた。「結婚なんかしてないさ。だが、頭のある男なら、ウェイコみたいな女は長く一人にしておかないね。それに、あんまり女をしっかり者にしちゃまずい。わかるだろ？」

デンヴァーが笑い出したので、ブーンは安堵し、反対側の壁で身を縮めている男に目をやった。

「それで、トミー・ジョー、まだ乗っていく気があるか？」

トミー・ジョーはデンヴァーをちらりと見やり、それからがくりとうなだれた。「やめておくよ。今夜はスネークのところに行く約束なんだ。また今度な」

ブーンは無関心なふりをしてうなずいたが、神経は張りつめていた。スネークとトミー・ジョーが忙しいときは、麻薬の取り引きがあるとわかっている。

「好きにしな」

ポーチまで半分行ったところで、ブーンはデンヴァーに呼び止められた。立ち止まり、振り返って、でぶの男がひょこひょこと近づいてくるのを見つめた。

「なんだ？」ブーンは尋ねた。

「ちょっと頼まれてくれる気はないか？」デンヴァーが言った。

ブーンは一歩も動かず、内心の興奮を押し隠した。

「ことによるな」

「今夜、ちょっとしたものを運ぶんだ。スネークがぶちこまれたんで、人手が欲しい」

ブーンはわざと眉根を寄せて腕時計に目をやり、それからトミー・ジョーを見た。

「彼じゃどうなんだ？」ブーンは言ってみた。

デンヴァーの声には気分がそっくり出る。彼はいらいらとじれったそうに言った。「こいつはまだ車の免停中なのさ。熱心なおまわりに違反で止められて、おれのものを取られちゃかなわねえからな」

ブーンは姿勢を変えた。「なあ、チェリー、おれは聖人じゃないし、そうばかでもない。運ぶものが何か知らないうちは、誰の頼みも聞く気はないぜ」

そしてにやりと笑ってみせた。「それでなくても、刑務所《ムショ》には長居してるんだ。ぱくられるにしても、自分で選びたいね」

一瞬、デンヴァーはよく考えずに話を持ち出したことを悔やんだが、引き返すには遅すぎた。「メタンフェタミンだ」

ブーンはうなずいた。「それから、ほかにもきいておきたいことがある」

「なんだ？」デンヴァーはぶつぶつと言った。

「おれの取り分は？」

デンヴァーは笑い出した。やっぱりこいつを選んだのは正しかった。

「たっぷりさ」デンヴァーは答えながら、まだくっくっと笑っていた。「それで、その気があるのか、ないのか？」

「場所はどこだ？」

「地図を描《か》いてやるよ」

ブーンは庭に立ち、腕時計を見て、徹底して気の進まないふりを続けた。

「何かまずいのか？」デンヴァーが言った。

「ウェイコさ。顔を見せてやらないと、ごねられちまう」

デンヴァーはにやりとした。「なあに、大丈夫さ。パーティー会場はおまえの行く途中の場所なんだから」

ブーンは階段を戻った。「オーケー、ボス。あんたの勝ちだ」

デンヴァーはボスという言葉に気分をよくし、メモとペンを探して引き出しをかきまわした。分をわきまえてるやつというのはいいものだ、と思いながら。

4

　高速三五号線はやや混《こ》んでいた。ブーンは違反切符好きのパトロールに止められないよう、軽トラックの速度を一定に保った。運んでいる荷は、麻薬取り引きとしては小さい。取り引きが失敗してもデンヴァーの懐はさして痛まない。ブーンが命令を果たして買い手も満足すれば、結構というわけだ。

　だが、この仕事には何か引っかかるものがある。なぜデンヴァーは、トミー・ジョーを一緒に来させなかったのだろう。しかしブーンは肩をすくめ、緊張を解いた。たぶんこれはテストなのだろう。

　バックミラーに目をやり、ウインカーを出して追い越し車線へ入った。すると、数台後ろの車がじきに同じことをした。彼はとくに気にしなかったが、やがてもう一度同じことが起きた……そしてもう一度。ブーンは尾行されているのを悟った。

　どっと押し寄せた緊張は、その車に見覚えがあると気づいたとたんに消えた。ヘッドライトの片方が黄色で、もう片方は白。ブーンはにやりとして、トミー・ジョーとスネークが電球を交換した日のことを思い出した。スネークが片側の電球を入れ、トミー・ジョーがもう片方をやった。二人は夜になってやっと電球を間違えたことに気づいたが、そのまま放《ほう》っておいたのだ。

「なるほど、でぶのデンヴァー、あんたはおれを信用してないってわけか」ブーンはつぶやいた。

　彼は道路の右側へ戻り、携帯電話を取った。

　すぐに低くハスキーな声が甘く答えた。「お話しして、ベイビー」

「仲間に入りました」ブーンが言うと、深い安堵《あんど》のため息が聞こえた。

「どんなふうに？」

「車に荷をのせて、三五号線を北へ向かっているところです。荷は大きくないが、尾行がついてます」

「連中がテストしていると思うのね？」

「ええ」

「そうでなかったらどうするの？　この仕事よりあなたの命のほうが大事よ」

ブーンの笑みが消えた。「もっと優秀なやつが、もっとつまらないことで命を落としてきましたよ」

「話にならないわね」クロス警部は声を張りあげた。

「罠《わな》だと思うなら、早く逃げなさい！」

「おや、本当に心配してくれているんですか」

「言うとおりになさい。取り引きの場所は？」

ブーンはノーマン市の数キロ南にある郡道だと言った。クロスは立ち上がって机の後ろの地図に顔を近づけ、応援を差し向ける時間を計算した。

「それじゃ先に応援を送っておく時間がないわ」

「応援はいりません。チェリーのボスを捕らえたいんです。だから、この取り引きは無事に終わらせなくちゃ」

クロスは顔をしかめ、痛み出したこめかみをもんだ。「つまり、こういうこと？　あなたは、誰かのぬくもりが欲しくて電話してきただけなのね？」

ブーンは笑った。警部はたしかに言葉のセンスがある。「とんでもない、ウェイコ。窓に明かりをつけておいてくれって言いたかったんですよ。パパはもうすぐ帰るからね」

笑い声のような、疑わしげに鼻を鳴らす音がして、電話が切れた。ブーンはふたたびバックミラーに目をやった。白と黄色の目が後ろから迫ってくる。彼は冷たい笑みを浮かべた。

「オーケー、デンヴァー、手下の腕試しといこう」

ブーンはアクセルを踏みこんだ。スピードメーターの針が百三十キロを超え、百五十キロを超え、レッドゾーンに入っても目もくれなかった。針は上がりつづけ、やがて表示の外に出てしまった。

　右側のものすべてがかすんだ。追い越す車が形と光と色のひらめきに変わる。ブーンの目は前方の暗《くら》闇《やみ》と、その闇を裂く細い光線だけを見つめていた。

　しばらくして、バックミラーを見てみると、尾行者のやぶにらみのヘッドライトはもうなかった。

　ブーンは右側へ戻り、ねぐらへ帰る鳥のように出口車線に移った。そして度胸だけを頼りに三五号線にかかる郡道の橋へ入り、取り引き場所に向かった。

　一時間もしないうちに、デンヴァーが地図で示した場所に着き、道を下りて、廃屋になった農家の車寄せに入った。右側には、元は干し草小屋だったらしい建物へ続く、かすかなわだちがついていた。

　デンヴァーの指示どおり、ブーンは小屋の後ろへまわり、道路から見えないように車を止めた。

　五秒、十秒、三十秒がたち、しだいに目が暗闇に慣れてきた。空は曇り、月の光もほとんど差していない。さらに一分が過ぎた。それからまた一分。張りつめた神経は、緊迫のあまりうなりはじめていた。

　そのとき突然、三人の男が小屋から飛び出し、こちらへ歩いてきた。緊張が押し寄せる。三人は銃を持っている！　ブーンは深呼吸をし、三五七口径を抜くと、いつでも撃てる用意をしてトラックを降りた。パーティーの始まりだ。

　男の一人がうなった。「スネークはどこだ？」

「留置場さ」ブーンは答えた。「デンヴァーはかわりにおれをよこしたんだ」

　一人がライフルの撃鉄を起こし、ブーンの全身は張りつめた。一歩前へ出て、武器を持っているのが彼らだけではないと教えてやった。

　別の男がささやいた。「気をつけろ、スリック。こいつは銃を持ってるぞ」

「おまえは誰だ?」スリックと呼ばれた男がきいた。

「ブーン・マクドナルド。おれが相手じゃいやなら、取り引きはご破算にしようじゃないか」

そわそわと三人が動き、ささやきが交わされる。

ブーンはトラックに背中をつけ、引き金に指をかけていた。この先どうなるかは連中しだいだ。

やがて、スリックがライフルを下げた。「予定を変えるときは連絡しろとデンヴァーに言っときな。新顔は好かねえ」

ブーンは軽く鼻を鳴らした。「そいつはおたがいさまさ。さて……金を見せてもらおうか」

またしてもひそひそ声が静寂を破った。ようやく、固まっていた男たちの一人が離れ、小屋へ入った。

男はじきに袋を手に戻ってきて、それをブーンに投げた。ブーンは袋を受け止め、開けてみた。予想どおり、使用ずみの二十ドルと百ドル紙幣の大きな束が、月の光に浮かび上がった。ブーンは三人から目を離さず、トラックに戻ろうとした。

「まだ動くな」スリックが警告した。

ブーンは立ち止まった。「ブツはシートの後ろにある。自分で取ってくれ」

またスリックがその場をしきった。「行ってこい、ドニー」

ブーンはわきにどいて、その背の高いやせた男に道をあけた。男はつばを吐いてから、かがんで中の荷を取り、スリックに渡した。

「もう少し待ってくれ」スリックは荷の中身を探り、金と引き換えたものをたしかめようとした。

「かまわないぜ」ブーンは言った。「それで気がすむなら」

ブーンは男たちが満足して笑うのを待った。ようやく三人が笑みを浮かべると、彼は帰る用意にかかった。取り引きの場に長居は命取りだ。

「楽しいパーティーだったな」ブーンはトラックの

運転席にすべりこんだ。三人組もすぐに立ち去りたがっているようで、彼はほっとした。

男たちは小屋の中に消えた。だがすぐにライトが光り、汚れた黒い四輪駆動の車が戸口から飛び出して、猛スピードで走り去った。

彼らが消えると、ブーンはやっと体の力を抜いた。今夜の半分は片づいた。スリックたちのように小屋へトラックを隠し、まだ自分を追ってくるはずの別のエンジン音が聞こえるのを待った。

十分あまりが過ぎ、ブーンはデンヴァーのことは思い違いだったのかと考えはじめた。彼はトミー・ジョーをよこさなかったのかもしれない。しかし、そう思ったときに、全身に緊張が走った。

道路を走る車が一台、スピードを落とした。ヘッドライトが草だらけの車寄せに入ってくる。ブーンはにやりとした。やぶにらみライトの車が小屋の裏へ向かってくると、彼はデンヴァーの金を持って、そっとトラックを出た。

トミー・ジョーは心配でたまらなかった。デンヴァーがどんなに怒ることだろう。三五号線でブーンを見失ったばかりか、ここへ到着するのも遅れ、取り引きが予定どおりすんだかどうかもわからないとは。

トミー・ジョーは車から降りて、そのまわりを二度まわり、あたりの野原にいらいらと目をこらした。

みんなスネークのせいだ。あいつがつかまらなきゃ、こんなことにはならなかったのに。

トミー・ジョーは草むらを蹴《け》り、地面から出ていた石に爪先をぶつけてうめいた。さんざんな夜に似合いの幕切れだ。あとは戻ってデンヴァーに事実を話すしかない。車に戻りかけたとき、干し草小屋が目に入った。

小屋だ！　いちおう様子を見ていったほうがいい

だろう。トミー・ジョーは小さく悪態をつき、小屋を調べてから帰ろうとそちらに向かった。

数分後、いきなり誰かに喉をつかまれた。だがそれも、耳元でささやいた声にくらべれば、半分も恐ろしくなかった。

「探し物かい？」ブーンが尋ねた。

トミー・ジョーはあえぎ、息苦しさに手をばたつかせた。「やめろ、ブーン」彼は悲鳴をあげた。「放せよ！」

ブーンは手をゆるめたが、その前に警告するように力をこめた。トミー・ジョーはどさりと壁にもたれた。そして首をさすりながら、怒りにぎらつくブーンの目に震えそうになるのをこらえた。

「そんなに怒るなよ」トミー・ジョーはぶつぶつと言った。「おれは命令どおりにしただけなんだ」

ブーンが袋を目の前に放ると、トミー・ジョーは反射的に受けとった。中をのぞくと、いつもの軽い気分が戻ってきた。しかし、目を上げたとたん、その笑いは消えた。ブーンが心底怒っているのは明らかだった。

ブーンはトミー・ジョーの胸に手のひらを食いこませ、彼を壁に押しつけた。

「おまえは命令に従うのが得意らしいから、おれも命令してやるよ」

トミー・ジョーはうなずき、それから、暗闇の中ではブーンに見えないかもしれないと思い、おどおどとつけ加えた。「オーケー」

「デンヴァーに金を持っていけ。それから、やつに伝えるんだ。おれは嘘《うそ》をつくやつは信用しないってな。さあ、おれはもう女のところへ行くが、またあの車でついてこられるのはごめんだぜ」

冷たい銃口が額に押しつけられ、トミー・ジョーは恐怖に襲われた。「やめろ！　撃たないでくれ！」

「黙ってろ！」ブーンは言った。「まだ話は終わってない。もう一つデンヴァーに言っておけ。おれは二日後に貸しを取りに戻る」

「伝えるよ」トミー・ジョーはすぐに答えた。

ブーンはきびすを返して小屋を出ると、トミー・ジョーの車に向かった。

突然銃声がして、トミー・ジョーは地面に這《は》いつくばった。ようやく覚悟を決めて頭を上げたとき、ブーンに撃たれたのが自分ではなく自分の車の右タイヤだと気づいた。

「何するんだよ？」トミー・ジョーはぺしゃんこのタイヤを見て叫び、金の入った袋を車の中に投げた。

ブーンは銃をホルスターに戻してから振り返った。

「急いだほうがいいぞ。誰かが今の銃声はなんだろうと思って、見に来るかもしれないからな」そう言うと、彼は歩き出した。

「待ってくれ！」トミー・ジョーは叫んだ。「スペアタイヤをくれよ。おれは持ってないんだ！」

ブーンがにやりと笑い、トミー・ジョーは彼からずっと離れていたにもかかわらず、体が震えた。

「デンヴァーはおまえが免許証を持ってないと言ったが、それでも運転してきたんだろう。十キロくらいむこうに、終夜営業のスタンドがあったぞ。どうやら、リムだけで走っていくしかないようだな」

トミー・ジョーは必死にポケットをかきまわした。

「新しいタイヤを買う金なんかないよ」

ブーンは大きく笑い、車を指さした。「あるとも。おまえの車のフロントシートに、金のつまった袋があるじゃないか」

トミー・ジョーはうめいた。洗濯していないドラッグマネーに一ペニーでも手をつけたら、デンヴァーに殺されてしまう。

おまけに、ブーンのトラックのテールライトが消えると、雨が降りはじめた。

灰色の重苦しい朝だった。雨の気配は刻一刻と強まったが、まだ降り出してはいない。うれしいハプニングが起きたのは、レイチェルが仕事について二時間もしないときだった。グリフィンとダンスに行かなくてすむ大義名分が手に入った。同僚のケン・ウェイドの家にとりこみがあり、職員全員の週間スケジュールが変わったのだ。

レイチェルはオフィスに飛びこみ、ドアを閉めて一人になってから電話のところへ行った。グリフィンの番号をダイヤルする。

彼の秘書が出た。「ロス貯蓄貸付です」

「ロイス、レイチェルよ。グリフィンは今、忙しいかしら？」

ロイス・クレインの陽気な笑顔は凍りついた。他人をうらやむのはキリスト教徒にあるまじきことだが、それでも彼女は、レイチェルがグリフィンの人生に占めている場所が心底うらやましかった。

「彼はいつも忙しいわ。でも、あなたは特別だもの。ちょっと待ってね、電話をつなぐわ」

ロイスの声は硬く、レイチェルは自分がその原因であることをすまなく思った。ロイスがボスに夢中なのは誰もが知っている。

「あっ、待って！」レイチェルはほとんど叫ぶようにして言った。

ロイスは眉を寄せた。「いいわよ、ほかにも何かあるの？」

レイチェルは深呼吸をした。みえみえにならないよう、慎重にしなければ。「あの……土曜の晩の基金集めのことなんだけど」

気が抜けたせいでロイスの表情がやわらいだ。

「それが何か？」

「あなたは行くの？」

「いいえ、行かないわ」ロイスは答えた。

「まあ、残念ね、でも気持ちはわかるわ。わたしも行かないの」

ロイスは好奇心に眉を上げた。「でも、たしかあなたは……」

「仕事が入ったの」レイチェルはわざとがっかりしたようにため息をついてみせた。「グリフィンが一人で行くことになったら悪いわ。誰かまだ予定の決まっていない人を見つけないと、同伴者なしで出席しなければならないんじゃないかしら」

今度はロイスの唇も、眉に合わせて上がった。

「そうよね！」彼女はレイチェルの言葉から受けとった遠まわしなヒントが信じられない思いだった。

「ええ」レイチェルは言った。「だから……もしグリフィンが忙しくなければ、電話をつないでもらえるかしら。彼に残念な知らせを伝えなきゃ」

「わかったわ」ロイスは明るく言った。「そのまま待ってね」

小さくかちりと音がし、グリフィンの低くゆたかな声が聞こえてきた。

「グリフィン・ロスです」

レイチェルはびくりとした。これまでに何度も、グリフィンを思いとどまらせようとしたが、そのたびに彼に言いくるめられ、うまくかわされてきた。でも、今度は引き下がるわけにはいかない。

「グリフィン、わたしよ、レイチェル。お仕事中、申し訳ないけれど――」

「きみならいいんだよ！」彼は楽しげに言い、おしゃべりをしようと椅子にもたれた。

「土曜の晩のことだけど」レイチェルは話を始めた。

「六時ごろ迎えに行くよ。きっと向こうは――」

「わたし、行けないの」

グリフィンはぱっと体を起こした。

「仕事が入ってしまって」レイチェルは話を続けた。「ケン・ウェイドの家族にとりこみがあって、みんなの勤務時間が変わったのよ」

た。グリフィンは反論しようとしたが、むだだと悟った。ウェイドの家庭にトラブルがあるのは聞いていた。それでも、何か言わずにいられなかった。「残念だよ、レイチェル。きみが僕たちのことを考えて、わがままを言わずにたがいの関係を大事にしてくれれば、あんな血生ぐさい仕事はしなくてすむのに」

レイチェルは自分の性格に対する侮辱は聞き流したが、いちばん大切なもののためには険しい表情で立ち上がった。「グリフィン、あなたは全然わたしをわかっていないわ。わたしは仕事が好きなの」

グリフィンはあわてた。彼女のこんな厳しい声は聞いたことがない。「ダーリン、悪かったよ。ちょっとがっかりしただけなんだ。今夜電話していいかい？　また別の機会を作って——」

「いいえ、やめておきましょ」

グリフィンは汗をかきはじめた。「怒らせるつもりじゃなかったんだ。頼むよ、レイチェル。僕がきみをどう思っているか知っているだろう」

レイチェルはため息をついた。「ええ、まあね。だからこそ、もう終わりにするときだと思うの。あなたのことは好きよ、グリフィン。でも、それ以上の気持ちはないの」

「でも、いつかはきみも——」

「もう終わりなのよ」レイチェルは言った。「わたしの気持ちは変わらないわ」

グリフィンは今聞いたことが信じられなかった。常に人の上にいた彼は、これほど完全に希望を断たれたことも、はっきり拒まれたこともないのだ。

彼は青ざめ、やがて血色が戻ってきたときには、顔は怒りにたぎる黒ずんだ赤に変わった。おだやかな声を保ち、考えをまとめるには、ありったけの自制が必要だった。

「正直言って、悲しいよ。でも、僕がいつも言うように、人生はフェアじゃない。自分だけでなく、きみの気持ちも理解するべきなんだろうな」

レイチェルはほっとして体の力が抜けた。思っていたよりずっと簡単にすんだ。「残念だと思っているわ、グリフィン」

「ああ、僕もだ」

「わかってくれてありがとう」レイチェルはそうつけ加えた。そして電話を切ると、心の重荷がなくなったうれしさで小躍りした。

いったいどうなっているんだ。グリフィンはそう思いながら電話を切った。わけを突き止めるまで、このまま終わらせはしないぞ。

目をさますと雨が窓を叩《たた》いていた。ブーンはあくびをし、体を伸ばして、清潔なシーツとキングサイズのベッドの寝心地をたんのうした。昨夜は上出来だったな。三対一の取り引きに飛びこんだのはまずかったが、そうなってしまったのだから仕方がない。

レイザー・ベンドに戻ることを思うと、彼の表情は曇った。ごきぶりだらけのトレーラーも、スネークやトミー・ジョーの絶え間ないばか話も、それに何よりも、ブーン・マクドナルドになることがいやでたまらなかった。だが、レイザー・ベンドを去れば、レイチェルから離れることになり、ブーンは自分が本当にそうしたいのかどうかわからなかった。彼女には恋人がいて、僕には隔たった生活がある。それを邪魔してはならない。

自分自身にも、仕事に私情をまじえたことにも腹が立ち、ブーンは体をまわしてベッドから出た。

シャワーを浴びたあと、ロス警部に電話をかける前に報告用のメモを見直し、いくつか訂正を入れた。警部がこれまで知っていること以外、さして報告することはなかったが、彼女はブーンにとって現実とのつながりだった。そして、現実を受け止めることこそが、命をつなぎ止めてくれるのだ。

5

トミー・ジョーを三本しかタイヤのない車で帰してから、一晩と二日が過ぎた。その間にデンヴァーもいろいろ考えたはずだ。もし思惑が外れてデンヴァーに仲間から追い出されたとしても、ブーンはもうどうでもよかった。彼らを泳がせて様子をうかがうのに疲れていた。

天気もブーンの気分に劣らず悪かった。寒冷前線が州南の上空で停滞している。この二日間、空模様は一時間ごとに変わっていた。オクラホマ・シティを出て南に向かったときは晴れていたのに、車で走っているこの二時間ばかりは、雨が降ったりやんだりしている。

ブーンは標識を見て顔をしかめた。レイザー・ベンドまであと数分。麻薬の運び屋に戻る時間だ。ミスター・ナイスガイよさらば。ブーン・マクドナルドのお帰りだ。

でこぼこの路面で水たまりが光り、そこを走るとトラックの下で水しぶきが上がった。

ふいに一台の小型車があらわれ、すごいスピードでトラックを追い越すと、ブーンはぎょっとした。

「ばかなやつだ」車が水しぶきを上げて水たまりを突っ切るのを見て、ブーンはつぶやいた。「気をつけないと、あれじゃ水でスリップするぞ」

フロントシートのカップルは笑いながらしゃべっていて、少しも危険に気づいていないようだ。ブーンが後ろから見ていると、若い女が、話をするだけでなく触れてもいたいとばかりに、ドライバーのほうへ手を伸ばした。別々に座っていても、二人が愛し合っているのは一目瞭然《りょうぜん》だった。

その光景はブーンの心に、誰かにそばにいてほしいというせつない思いを呼び起こした。病気のときに看病してくれる誰か。一緒に笑ってくれる誰か。生きているかぎり毎朝隣で目ざめたいと思ってくれる誰か。

一瞬、奇妙な感覚がブーンを襲った。今走っている道がどこにも続かず、道に迷ってしまったような気がする。自分はレイザー・ベンドに向かっていて、そこでデンヴァーと会うことになっている。だが、そのあとは……何があるんだろう？　また悪党どもとつき合うのか？　別の町で、別の偽装をして、別の嘘《うそ》をつくのか？　ブーンは生まれて初めて明日より先の未来を考え、その見通しに嫌悪を覚えた。

レイチェル。

ふいにその名前が浮かんだ。ブーンは小さく鼻を鳴らして座り直した。

彼女がどうしたというんだ？　相手は僕の存在も知らないというのに、どうして彼女と自分を結びつけて考えてしまうのだろう。

「手に入らない女のことなんか忘れろ」ブーンはつぶやいた。そしてラジオをつけようと手を伸ばしたとき、目の前の光景が一変した。

最初に目に入ったのは、前の車のブレーキライトが異状を告げる、あざやかな赤い光だった。ブーンはとっさにブレーキを踏み、速度を落とした。

ブーンは事故の現場を何度も見てきたし、事故に巻きこまれたこともあったが、このような状況を目にしたのは初めてだった。

さっきの小型車が二回スピンしてから横転するのを見て、ブーンは息をのみ、やがてうめき声をあげた。車の窓は閉めてあり、かなり離れてもいるのに、小型車が文字どおりばらばらになる音が聞こえた。金属のつぶれる音、ガラスが砕ける音……。タイヤが一本転がって林の中へ消え、車はあお向けの状態で止まった。フードの下から煙と蒸気がもくもく上がり、ホースが飛び出し、配線がずたずたになっている。

ブーンは衝撃を受け、幸福がいともあっけなく壊れてしまうのを目にして、つかのま悲しみに襲われた。だが、感傷にひたっている暇はない。彼は隣のシートから携帯電話をつかんだ。

ボタンを押しているあいだに、頭の中で考えをまとめる。警察が応答すると、ブーンは短いが的確な言葉で事故を通報した。

「レイザー・ベンドの北西六キロのハイウェイわきで、車が一台大破している。人が二人、まだ車内にいるんだ。すぐに救急車とレッカー車をよこしてくれ」

接続が悪く、相手の声が聞こえにくかったので、ブーンはトラックを降りながら、できるだけ大きな声でもう一度事故の状況を繰り返した。

通報を終えると、ブーンは携帯電話をシートに放《ほう》り、道路わきの草の生えた斜面へ飛び下りて、泥に足をとられながら、さかさまになった車のほうへ走った。

右の前輪はまだ回転しており、フードの下から出ている蒸気が車内に充満していて、中の様子がわからない。無気味なほど静かだ。蒸気のもれる音を除けば、ブーンに聞こえるのは自分の心臓の音だけだった。

「おい、聞こえるか?」彼は呼びかけた。

答えがなかったので、足早に車の周囲をまわり、蒸気がラジエーターからもれていて、爆発や引火の心配はないことをたしかめた。

助手席側で四《よ》つん這《ば》いになり、割れた窓ガラスに手を差しこんでみた。そこで中の人間もさかさまになっていることを思い出し、女性のいるあたりを手で探った。何も触れない。車に体を寄せ、もっと先へ手を伸ばしてみた。指が布地に触れた。次に髪。そして、あたたかくて湿った肌。何年も訓練を重ねてきたにもかかわらず、ブーンは思わずびくりとした。

「きみ！　きみ、聞こえるか？」

答えはない。ブーンが前へ乗り出すと、濡《ぬ》れてもつれた髪の毛の中に指が入った。彼は身震いした。なんてむごいんだ。彼女はついさっきまで笑っていたのに。

ブーンは細い首すじにそっと指をすべらせた。弱いが、たしかに脈が感じられ、彼はほっとした。急いで起き上がり、ねじれて折れ曲がった金属の残骸《ざんがい》を引っぱる。だが、ドアはどうしても外れない。彼は歯ぎしりして、もう一度かがみこんだ。

「すぐに助けが来るよ」

そう呼びかけてから、反対側なら二人を助け出せるかもしれないと思い、運転席のほうへまわった。そちら側も窓はなくなっていた。ブーンは膝をつき、這って中へ入ろうとしたが、ぐったりと動かないドライバーの体に阻まれた。

つぶれたダッシュボードに押さえつけられたドライバーが死んでいるとわかるまで、長くはかからなかった。煙と蒸気ごしに、その若い男の顔と、この世の最後の光景の恐ろしさに凍りついて大きく見開かれた目がかいま見えた。

「くそっ」ブーンはつぶやいた。だが、窓から外に戻ろうとしたとき、煙と蒸気の向こうから小さな手があらわれ、彼の指を驚くほど強く握りしめた。小さなブレスレットが細い手首をすべり、彼はブレスレットの飾りらしいものが肌に当たるのを感じた。

なんてことだ！　子どもがいる……女の子だ！

彼は握ってくる指を手で包み、安心させるようにそっと引っぱった。さかさまにぶら下がっているところからみて、子どもはチャイルドシートのようなものでで固定されているらしい。

「やあ、おちびちゃん」ブーンは緊迫した状況を声に出さないようにしながら、やさしく言った。「痛いとこはある？」

それを聞くと少女は泣き出した。脅《おび》えたような号泣ではなかったが、その弱々しいすすり泣きに、ブーンの胸はかきむしられた。

「いい子だ、もう大丈夫だよ」彼は急いで言った。「すぐに出してあげるからね。ほんとだよ、絶対に出してあげる」

「ママ。ママはどこ？」幼い少女はすすり泣いて、ブーンの手をさらに強く引っぱった。

ブーンは少女の母親の脈拍が今にも消えそうに弱かったことを思い、救急車が間に合うよう祈った。

「ママは今ねんねしてるんだよ。泣いちゃだめだ、いい子だね……ママはきっと起きてくれるからね。わかったかい？」

「パパ……パパはどこ？」

ブーンの胸は痛んだ。この子はまだ小さい。自分をこの世に送り出してくれた父親の記憶は、まったく残らないかもしれない。父親は名前と古い家族写真で見る顔だけの存在になってしまうのだ。

「パパもねんねしてるんだ」

少女はさらに強く手を握ってきた。ブーンだけが生き延びる頼みの綱だとわかっているかのように。

だが、少女はひどくおとなしく、静かすぎた。ブーンはそのときやっと、少女が内臓に傷を負っているかもしれないと気づいた。ふいに、名前すら知らない子どもの命が、何よりも大切なものに思えた。

どうか、神様。この子を死なせないでくれ。

サイレンの音が聞こえ、ブーンは言いようのない安堵《あんど》を覚えた。

「聞こえるかい、おちびちゃん？　助けが来たよ……みんな助かるからね」

そのときブーンの手を握る小さな指の力がゆるみ、彼はぎくりとした。

「おい！」大声で呼ぶと少女の指に力が戻ったので、少しほっとした。骨が折れたり関節が外れたりしているかもしれないので、気をつけながらやさしく、しかし急いで彼女の指を引っぱった。

「名前はなんていうの、おちびちゃん？　名前を教えてくれるかな？」

「出して。外に出して」少女はすすり泣いた。

「僕の名前を教えるから、きみも教えて」ブーンはなおも言った。「僕の名前は……」そこで言葉を止めた。こんなときに嘘をつくのは大きな罪かもしれない。だが、彼はすぐにその考えを振り払った。名前なんかどうでもいい。この子に聞かせなければならないのは自分の声なのだ。「僕の名前はブーンだ。言えるかい？　ブーンって言ってごらん」

「ブー」少女は繰り返した。

訂正はしなかった。好きなように呼んでもらえばいい。突然少女が喉をつまらせ、ブーンは心臓が止まりそうになった。息苦しさにあえいでいるのか、泣いていてむせたのか、わからないのだ。

「おちびちゃん……名前を教えてくれる？」

答えはない。

「ねえ……僕はブーンだよ。覚えてる？　きみの名前は？」

やっと彼女が発した声は、ブーンにとって世界でいちばん甘い響きがした。

「パンキン」

ブーンは喉がつまり、目の奥が熱くなった。

「パンキン？　かわいい名前だね。きっときみはすごくかわいい子なんだ。そうだろう？」

「パパは、かわいいって」少女の屈託のない言葉に、ブーンは伸ばした腕に頭を押しつけて涙をこらえた。

ブーンは何度も父親の体を乗り越え、パンキンに近づこうとしてみた。姿を見たかった。その息を顔に感じて、彼女がこの九月の雨の日のあとも、ずっと生きていくことをたしかめたかった。しかし車はつぶれ、二人のあいだにある父親の体はびくとも動かない。助けが来てくれなければ、これ以上ブーンには何もできなかった。

そのとき、やっと救急車が到着した。箱型の白い車の上で赤と青のライトが点滅し、サイレンの余韻が静寂にのみこまれた。

この数分間というもの、ブーンの中で彼方《かなた》に押しやられていたレイチェルが、いきなり彼の隣に膝をつき、腕をつかんで事情を尋ねた。ブーンは手短に状況を説明した。

「ドライバーは死んだ。助手席は女性だ。彼女は生きている……というか、僕が来たときは生きていた。ドアが開かないんだ。子どもが二人のあいだに閉じこめられている」

レイチェルはブーンの肩に手を置いた。大きな目が彼を見つめる。

「下がっていてください」彼女はそう言い、ブーンを押しのけようとした。

ブーンは自分にゆだねられた小さな手を放してしまうのを恐れ、顔をしかめた。「僕はこの子のそばにいないと」

「お願いですから」レイチェルはブーンの大きな体のわきを抜けようとしながら言った。「あなたがいると、その子にわたしの手が届かないんです」

ブーンは仕方なく幼い少女の指を握っていた手をゆるめたが、体の一部が奪われてしまったような気がした。彼が手を離すと、少女はパニックに襲われ、大声で叫び出した。ブーンは、煙の充満した車内でさかさまにぶら下がった少女が最後の命綱を失ってどんなに怖がっているだろうかと、いてもたってもいられなかった。

しかし、彼より小柄なレイチェルも、父親の体を乗り越えることはできなかった。それに、少女は息をつく暇もなく叫び、レイチェルが何度話をしようとしてもだめだった。彼女は入ったときと同じように車から這い出た。

「すみません」レイチェルはてきぱきと言った。「あの子を落ち着かせていただけませんか。わたしたちは反対側から救出にかかってみます」

ブーンは喜んで膝をつき、車の中に手を差し入れた。脅えているパンキンの手を握ってやるのは、願ってもないことだった。

「パンキン、僕だ、ブーンだよ。いい子だから、泣かないで」

少女は彼の手にしがみつき、やがて叫び声はしゃくり上げるようなすすり泣きに落ち着いた。

「ブー……外に出たい。外に出して」

「ちくしょう、早くしてくれ！」ブーンは怒鳴った。「この子はさかさ吊《づ》りなんだぞ」

彼の声は怒りを帯びていた。だがレイチェルには、それが恐怖のせいだということがわかった。彼女は事故車をまわってチャーリーが作業をしている助手席側に急ぎながら、反対側にいる男に見覚えがあることより、目の前の仕事に集中しようとした。彼は〈アダムズ・リブ・カフェ〉から出てきたあの男だった。

「ドアが開かない」チャーリーはドアの外枠を引っぱりながらうなった。

「レスキュー隊がすぐ来るわ」レイチェルは言った。「もう到着するころよ。わたしは救命固定具と頸部《けいぶ》固定カラーを取ってくるわ。子どもを出す前に、首を固定しておかないと」

「僕が取ってくるよ」チャーリーは救急車へ走った。

レイチェルは割れたガラスごしに手を差し入れ、女性のいるあたりを探った。ありがたいことに蒸気の噴出は収まりはじめ、女性の姿が見えてきた。レイチェルは脈を調べた。脈はあったが、弱かった。

またもやサイレンが響きながらカーブを曲がってきた。レスキュー隊の到着だ。レイチェルはすぐさま立ち上がり、彼らのほうへ駆け出した。

「ジョーズを持ってきて」彼女は叫び、事故車から怪我人《けが》を救出するための、強力な装置を指さした。

制服姿の男たちが小型車の残骸のそばに集まってきた。そうしてあらゆる手がつくされているあいだも、ブーンが気にかけていたのは、奇妙なほど彼を頼っている子どものことだけだった。

蒸気はほとんど消え、車の中の様子がはっきり見えてきた。割れたガラスの上にジュースのパックが倒れ、中身がこぼれている。グレープジュースの香りが、焼けたゴムとこぼれたガソリンのにおいにまじり、一つの命がいかにあっけなく終わったかを強烈に物語っていた。ブーンは若いドライバーの死体の状態以外に意識を集中しようとした。そして、初めて少女の顔をはっきりと見た。

さかさまになって、頬は赤く、涙で目も腫《は》れていたが、かわいらしい子だった。ゆたかな茶色の巻き毛が、ぽっちゃりした赤ん坊らしさの消えはじめた顔を包んでいる。上を向いた鼻と、ばらのつぼみのような口。両頬にあるくぼみはえくぼだろうか。ブーンは彼女の指を引っぱって笑った。

「やあ、パンキン。僕だ、ブーンだよ」

信じられないことに、少女は笑い返した。彼は少女の目が、やはり今初めて何が起こったのかを見るように、ゆっくりと父親へ向き、次に母親へ向くのを見守った。なんと言ってやればいいかわからない。こんな小さな子どもに、目の前のことが理解できるのだろうか。

「パンキン……？」

パンキンはふたたびブーンを見た。「ねんねしてる」少女は小さな声で言った。「パパ、ねんねしてる」

涙がブーンのわずかな視界をさえぎった。「そうだよ、おちびちゃん、パパはねんねしてるんだ」

レイチェルが負傷した女性の脈をもう一度調べていると、幼い少女の声が聞こえてきた。レイチェルは車の反対側にいる男に目を向けた。彼は子どもに笑いかけていたが、瞳が見えないほど黒いその両目は涙で光っている。そして彼は子どもの手をそっと、握っていた。

そのとき、チャーリーが背中を叩《たた》いた。「レイチエル、後ろに下がってくれないか。ジョーズを使うそうだ」

水圧式の鉤爪《かぎづめ》が仕事にかかると、車の残骸はばりばりと音をたててはじけた。たちまち助手席のドアが開けられる。レイチェルは消防士のわきを抜けて、中にいる若い母親のところへ行った。その女性のまぶたがぴくぴくと動いたのを見て、レイチェルはほっとした。チャーリーが首の固定具を持って、隣に膝をつく。二人は自分たちの仕事を始めた。

ブーンが気づいたときには、パンキンと母親を乗せた救急車はライトを点滅させ、サイレンを鳴らして去っていくところだった。彼は身震いした。幼い少女の叫び声にあまりにもよく似た音だ。消えていく救急車を見送っていると、別の車が到着した。郡の検死官だ。パンキンの父親の検死に来たのだ。

かわいそうに。

ブーンは頭の中が真っ白になった。引っかき傷と血で汚れた両手を見下ろした。今朝着た薄いブルーのTシャツにも血が飛んでいる。黒の革ジャケットは濡れて泥だらけだ。おまけに、立っているうちに、また雨が降り出した。今にも泣き出してしまいそうで、次に何をするべきか考えられない。ブーンは目を閉じて、顔を空に向けた。今まで目にしていた光景の記憶を洗い流してしまいたかった。

体を動かすたびに疲れを覚え、自分のトラックのところに戻ったとき、おなじみの黒と白のオクラホマ・ハイウェイ・パトロールの車が現場に到着した。ブーンはあきらめきったようにフェンダーにもたれ、警官が近づいてくるのを待った。

ブーンは何も考えられないまま、一度も止まらずにレイザー・ベンドの町を走り抜け、気がつくとデンヴァーの家の前庭に車を止めていた。レイザー・ベンドに戻ってきたのは、仕事を終わらせるためだった。終わらせるか……それともこちらが終わりにされるか。彼はポーチに上がり、ノックもせずに中へ入った。

ブーンを見たとたん、デンヴァーは彼に思い知らせてやろうと思っていたことをすべて忘れてしまった。ブーンのシャツには血が飛び散り、服が濡れて体が透けている。何があったのか知らないが、ブーンの目はデンヴァーを落ち着かなくさせた。

「金を取りに来たんだろうな」デンヴァーはボスとしての権威を維持しようとしながら言った。

ブーンはふりではなく怒ることができた。デンヴァーは欲しいものを得るためなら、誰をどうやって傷つけようと気にしない。それなのに、デンヴァーは生きていて、あの若い父親は死んでしまった。ブーンは怒りをのみこんだ。

「金額を決めてなかったたな」デンヴァーは言い、ブーンが両手のこぶしを握りしめるのを見て目をそらした。トミー・ジョーに尾行をさせたことで、ブーンが怒ったかもしれないとは思ったが、まさかこれほどとは。

「さっさとよこせ。やることはやったんだからな」ブーンは言った。

デンヴァーが肩をすくめて札束を渡すと、ブーンは数えもしないでポケットに突っこんだ。そして、このままここにいてはどちらかが怪我をすることになると思い、くるりときびすを返した。

「おい、ブーン」

足は止めたが、ブーンは振り返りはしなかった。

「ご苦労だったな。もし興味があるなら、また仕事をまわすぜ」

ブーンはごくりとつばをのみ、目を閉じて、自分がここにいる理由を思い起こした。

「ああ、頼む」彼はぼそりと言った。「だが次はあんたの手下《イヌ》は最初から一緒に来させるか、でなきゃ紐《ひも》でつないでおけ。いいな?」

デンヴァーはにやりと笑った。「気難し《ハード・ナット》いんだな」

ブーンは目をしばたたいた。今日、自分は泣いた。今夜は酔っ払いたい。そうなればたしかにばか《ナット》になれるだろうが、心の痛みをやりすごせるほど強《ハード》いわけではない。

「おれの連絡先はわかってるな」そう言うとブーンはドアをばたんと閉めた。

数時間後、彼は眠れずに目を開けたまま、ベッドに横になっていた。封を切っていないジャック・ダニエルのボトルは、何時間も前に置いたところにまだあった。ある思いが彼を悩まし、駆り立て、自分でも抑えられない願いで分別を忘れさせていた。あの事故車から救出された母と娘がどうなったのか知りたい……。そして、レイチェルに会いたかった。

レイチェルの仕事ぶりには驚いた。事故現場で指示を出す彼女には、暗闇《くらやみ》で身も世もなく泣いていた女の面影はなかった。今日の彼女は冷静で、落ち着いていて、有能だった。血や死体を見ても取り乱さなかった。熟練した警官でもなかなかああはいかないものだ。

長くはかからない、とブーンは自分に言った。レイチェルの家を訪ねて、怪我人の容態をきくだけでいい。彼女なら何か知っているはずだ。

体をまわしてベッドから下り、ブーツに手を伸ばした。眠る前にどうしても彼女の声を聞きたかった。

レイチェルは寝る前の用事をのんびりとすませ、雨が小降りになってきたのには、おぼろげにしか気づかなかった。木の葉から屋根に落ちる雨の音は、部屋の中ではほとんど聞こえないくらいにかすかで、おだやかになっている。昼にはなかった夜のおだやかさがありがたかった。

昼間の光景が繰り返し頭に浮かんでいた。あまりに早くこの世を去った若い父親。危篤状態の若い母親。濡れた布の人形を抱きしめていた子ども。

レイチェルは裏のポーチの階段に腰を下ろし、両手に顔をうずめた。仕事で耐えがたいのは、患者が死ぬことだ。精いっぱい手をつくしても力の及ばないことはあるのだとわかっているつもりだったが、今夜は確信が持てなかった。

スクリーンドアから夜の闇に音楽が流れ、人間の手による調べが母なる自然の調べとまざり合っている。雨だれの音はどこか涙のしずくを思わせ、流れている曲の歌詞によく合っていた。

空を見上げると、ちょうど雲の陰から月が顔を出したところだった。芝生の上の、ぶらんこの横の暗闇の中に、背の高い、明らかに男とわかるシルエットが浮かび上がった。レイチェルは息をのんだ。心臓が早鐘のように打ち、彼女はぱっと立ち上がった。

「待ってくれ、きみ！」

レイチェルはぎくりとした。男の顔は見えなかったが、聞いたことのある声だ。背すじを伸ばし、殴られるのを覚悟しているように少し脚を開いて立つ姿にも、見覚えがある。小川でわたしを見つけた男だ！

ブーンはあのときと同じように森を抜け、一歩ごとに、こんなことをしてはいけない、このままでは銃を頭に向けて引き金を引くようなものだ、と思いながら歩いてきた。彼が今していることはすべて、秘密捜査官にあるまじき行為だった。

レイチェルが家から出てくるのが見えると、ブーンは心の中でいけないと叫びながらも、彼女の家へ、彼女へと近づいていった。レイチェルが階段に座ると、彼も一緒に座りたいと思い、彼女が両手の中に顔をうずめると、同じように心を痛めた。

きみも悲しんでいるんだね――ブーンはそう思った。

家の中から流れる音楽が、夜の闇に乗って聞こえてきた。そしてある一瞬、彼は聞こえてきた声と歌詞に息をのんだ。

それはイーグルスの古い曲だった。何年も前に一度、満員のコンサートホールの後ろのほうで聞いたことがある。

『ならず者《デスペラード》』だ。

あのときはただの歌詞にすぎなかった言葉が、警告のように深く彼の心に突き刺さった。

ブーンは傷を負ったようにその場でよろめいた。

〝手遅れになる前に、誰かを愛するんだ〟だって？　もう遅い。狂った生活のせいで、世間から見れば自分はまさにならず者――善良な女性には不似合いなアウトローになってしまったのだから。

「警察を呼ぶわ」レイチェルが叫んだ。

ブーンは自分のせいで彼女が脅えた声になっているのに気づき、胸が痛んだ。

「やめてくれ。ききたいことがあって来たんだ」

レイチェルはドアノブに手を置き、男があと一歩でも近づいたら、すぐ中へ入るつもりだった。だが、男が動かなかったので、彼女もそのままでいた。

「なんなの？」

「今日、事故車の被害者の救助をしていたね」

その言葉の意外さに、レイチェルは心底驚いた。暗がりにいて名乗りもしない男なら、何かいやなことや、卑猥《ひわい》なことを言うに決まっていると思っていたのだ。

「自分をパンキンと呼ぶ、小さな女の子がいただろう」

レイチェルは目を見開いた。なぜ知ってるの？

「あの子は大丈夫なのか？」

レイチェルは答えても危険はないと思ったが、声はまだ震えていた。「ええ、大丈夫だと思うわ」

「母親のほうは？」

レイチェルはドアノブから手を離して体のわきに下ろした。「最後に聞いたときは、容態は安定しているということだったわ」

ブーンはほっとしてゆっくりと息を吐いた。「そうか。よかった」

「どうして知ってるの？」レイチェルは尋ねた。

だがブーンは別の質問で答えた。「パンキンは……きみが帰るとき、まだ泣いてたかい？」

レイチェルは眉を上げた。まだ？ なぜあの子が泣いていたのを知っているの？ 知っているのは……。

「いいえ。家族の方が来ていたから。わたしが最後に見たときは、おばあさんに抱かれて眠ってたわ」

「ありがとう」ブーンは言った。

「あなたは誰？」彼女が尋ねたとき、流れていた曲の最後の調べが夜の中に消えていった。

「誰でもないよ」

男の声にはまぎれもない寂しさがあった。レイチェルはいけないと思いながらも、恐怖でなく、同情を感じた。

そのとき、男が動いた。だが、こちらに近づくのではなく、背中を向けて森に戻ろうとしている。彼が木の陰から月明かりの中に出ると、肩に月光が当たって、肩幅の広さと背の高さが際立った。どこか見覚えがある。レイチェルは衝動的にポーチの端へ走って叫んだ。

「待って！」

ブーンは驚き、考える前に振り向いてしまい、そのあとで自分の姿が夜の闇に隠れていないことに気づいた。二人のあいだに距離はあるものの、もう顔を隠すことはできなかった。

ああ……まさか……レイチェルは両手のこぶしを握りしめた。

どちらも口をきかなかった。どちらも動かなかった。まだ残っていた雨雲が、月と大地のあいだを通った。

しばらくして、雨雲は去り……そして男も消えていた。

寒けがレイチェルの背中を走った。彼女は家に戻ってドアを閉め、鍵《かぎ》をかけた。安全な家の中に入っても、夢中歩行中に出会った男、いつも暗闇の中からあらわれる男が、幼い子どもの涙を心配していた男、ごろつきたちと一緒にいたあの男だということが忘れられなかった。

その夜、レイチェルはやっと寝入ったあとに夢を見た。だが、それまでと同じ夢ではなかった。快活な黒い目の男の夢、愛を交わすのと同じ情熱で人を殺す男の夢だった。

6

目ざましのアラームが鳴ると、レイチェルは体をまわしてするりとベッドを出た。昨夜も習慣で目ざましをセットしてしまったことに気づいたのは、アラームを止めたあとだった。今日と明日は仕事が休みなのに。今は午前六時で、早起きしたところですることはない。

「あーあ」彼女はもう一度シーツのあいだにもぐりこんだ。

しかし習慣というのは変えがたい。枕《まくら》に鼻をうずめ、明るさを増していく朝日にさからって目をぎゅっと閉じても、眠ることはできなかった。

とうとうあお向けになり、窓のほうを見た。雨は降っていなかったが、ベッドに近い窓の下のアザレアが風にしなっている。ときどき、長く伸びた枝が窓ガラスを叩《たた》いたり、引っかいたりして、人間か何かが中へ入りたがっているように聞こえた。

いろいろな想像が頭に浮かび、腕に鳥肌が立った。安全なのはわかっていたが、起き上がってキッチンへ行った。

コーヒーを二杯飲んだあとも、レイチェルは小川で出会った男は何者だろうと考えていた。きっとよからぬことをしている人だわ。そんな感じだったもの。彼の仲間や、グリフィンと自分のキスを臆面《おくめん》もなく見ていたあの目を思い出すと、体が震えた。

それでも、彼に称賛すべき点があるのは認めざるをえない。昨日彼があの事故にでくわさなかったら、おそらくあの母親は死んでいたし、誰かが見つけるまでにあの子どもがどうなっていたかは神のみぞ知る。それに、彼は危険な事故現場から離れたがらず、車に閉じこめられた子どものところへ戻ろうとした。それればかりか、昨夜は子どもの容態をききに来るほど心配していた。

「ああ、もう」レイチェルはつぶやき、コーヒーの残りを流しに捨てた。「他人の不幸に涙を流したってだけで、悪人かもしれない人を美化しているわ」

自分自身にも、自分の〝過剰空想〟にも腹を立て、彼女は今日することのリストを作り、着替えに行った。

家を出ようとしたとき、電話が鳴った。出なければいけないと思ったが、立ったまま、電話が二回、三回とけたたましく鳴るのを聞いていた。四回目で留守番電話が作動し、レイチェルは玄関に立ってグリフィンの声を聞いた。

彼が電話の理由をもっともらしくしゃべっているあいだ、奇妙な不安感がレイチェルの体の奥にわいてきた。玄関を出てドアに鍵《かぎ》をかけたときも、グリフィンはまだ何か言っていた。レイチェルは車を走らせながら、彼から逃げられてなぜかひどくほっとしたが、すぐにばかばかしいと自分に言い聞かせた。警戒する相手はグリフィンではない。思いがけない場所にばかりあらわれるのは、彼ではないのだから。

ブロークン・ボウで一日たっぷり楽しんだあと、レイチェルはレイザー・ベンドに戻った。四時十五分前。ちょうど学校が終わる時間だ。黄色いバスが一列に並んで信号が青になるのを待っている。

彼女は大通りをそれて〈ジミーの店〉の外にある、セルフサービスのガソリンスタンドに車を止めた。そこではディーゼル燃料とガソリン、それに注文を受けてから作る、町でいちばん脂っこいハンバーガーを売っていた。町で唯一のパンク修理所でもある。レイチェルはパンク修理の必要はなかったが、ガソリンのタンクに用があった。渋滞が緩和されるまで道路を離れているにはいい口実だ。

レイチェルはギアをパークに入れてエンジンを止め、バックシートに置いてある食料品の袋を振り返った。冷蔵庫に入れなければならないものは何もないから大丈夫だろう。それに、見たいと思っていた映画のビデオも二、三本借りてきた。彼女は口元をほころばせながら車を降りた。

しかし、ポンプのほうを向いたとたん、ぎくりとした。茶色い頬髭《ほおひげ》を伸び放題にしたいたちのような男が、前に立ちはだかったのだ。彼はいやらしい目つきで、ゆっくりと冷やかすように口笛を吹いた。

「やあ、こんちは……」スネークは言った。

レイチェルはその厚かましさに驚いたが、やがて前にどこで男を見たかを思い出して狼狽《ろうばい》した。〈アダムズ・リブ・カフェ〉の前で、自分とグリフィンを見ていた三人組の一人だ。

引き下がるものですか。怖くなんかないわ。彼女は顎を上げ、怒りに目を光らせて、男が道をあけるのを待った。

「すみませんが、どいてください」

スネークは笑った。「おや……つれないじゃないか。ガソリンを入れたいんだろ。やさしいスネーク兄さんが入れてやろうか？」

レイチェルは男をにらんだまま、冷ややかにそっけなく言った。「結構よ」

彼女は男をよけて、ポンプのところに行こうとした。しかしスネークはいやがらせをやめなかった。レイチェルの動きに合わせ、またしても彼女とポンプのあいだに割って入った。そして、彼女の目が大きく開くのを見ると、その驚きにつけこんで腕をつかんだ。

突然体に触れられて激しい嫌悪を感じたレイチェルは、あわてて男の腕から逃れようとした。

「放して！」

「おいおい、そうあわてなさんな」スネークはささやいた。「あんたみたいな美人が一人はよくないぜ。男が必要だよ……おれみたいな。すっごく大事にしてやるからさ——いてっ！　ブーン、放せよ」

レイチェルがぎくりとして肩ごしに振り返ると、あの男が後ろにいて……顔に怒りをたぎらせていた。

今度こそレイチェルは怖くなった。

ブーンはスネークの骨ばった手首を締め上げ、レイチェルから離した。

「何をしてるんだ？」ブーンは言った。

「大きなお世話だ」スネークはそう言うなり、自由なほうの手でこぶしを作って殴りかかった。

ブーンは頭を沈めもしなかった。彼はスネークが殴りかかった瞬間、つかんでいた手首を放してわきへよけた。はずみでスネークは体が泳ぎ、前のめりに地面に倒れた。

だが、ふたたび立ち向かおうとしたとき、スネークは自分が大きなブーツに踏まれ、怒りに満ちた冷酷な男の顔を見上げていることに気づいた。

「あんたを刑務所《ムショ》から遠ざけておくのがおれの仕事なんでね」ブーンはおだやかに言った。

スネークはひるんだ。ブーツが首元にめりこんで痛い。

「おい、ブーン。おれはこの人になんにもしてないぜ。そうだろ、お嬢さん？」

二組の目がレイチェルに向き、一組は悪巧みを見逃してくれと乞《こ》い、もう一組は冷たく険しい視線で彼女を釘《くぎ》づけにした。レイチェルは、このごろつきたちには勝手に喧嘩《けんか》をさせて、車で逃げてしまおうかと思った。しかし、それは無理だ。燃料計はゼロを指しており、どこにも行けはしない。

あたたかな風が吹いてきて〈ジミーの店〉で出すフレンチフライの古い油のにおいと、ポンプのガソリンのにおいを運んできた。だが、レイチェルが男たちの無言の問いかけに答える前に、異変が起きた。

レイチェルの頭上の日よけが、ぐにゃりと形を崩した。顔に日光が当たり、砂ぼこりが目を刺す。背後の大通りを走る車の音が消え、右のほうで馬がいななき、綱を引っぱりながらいらいらと足を踏み鳴らした。

にぎやかな商店街は消え、ペンキも塗ってない羽目板張りの建物や、風雨でぼろぼろになったテントの見慣れない町並みが、風の中にあらわれた。

一人の男が誰かの名を呼んだ。それを聞いたとたんレイチェルの血は燃え上がり、次に恐怖で冷たくなった。

「ダコタ！　聞いてるのか！」

ダコタは道の真ん中に立っていた。両脚を踏んばり、腰の低い位置にさげた銃の台尻に緊張した指をかけている。彼の声は低く、物腰にはぞっとするものがあった。

「何度言ったらわかるんだ。おれはあんたの金を盗んじゃいない」ダコタはうなるように言った。

マーシーはうめき声をあげた。ダコタに呼びかけた鉱夫は知っている。年じゅう、酒とギャンブル漬けの男だ。彼の金がなくなったなら、酔って前後不覚のときに賭《かけ》ですってしまっただけだろう。

そのとき鉱夫が動いた。

彼女は叫んだ。「ダコタ、気をつけて！」

黙っているべきだった。鉱夫は決闘を申しこみ、銃に手を伸ばした。

ダコタはその表情と同じように、冷徹に銃を抜いた。こうなることはわかっていた。いつものように。彼にはどうしようもないことなのだ。

ダコタの銃の先端が火を吹いた。見物人たちの耳から銃声が消えないうちに、鉱夫は倒れこんだ。

マーシーは安堵《あんど》にくずおれそうになりながら、死んだのが自分の恋人でなかったことを神に感謝した。

ダコタの体に触れたい……力強く打っているあの鼓動を感じたい。マーシーはやみくもに彼のところに行こうとしたが、誰かに肩をつかまれ、乱暴に振り向かされた。

アブ・シューラーのシャツの胸に留められた錫《すず》のバッジが、日光に光った。マーシーの心は沈んだ。

でも、シューラーだってダコタを逮捕できやしないわ。彼が悪いわけじゃないんだから。

「公正な決闘だったわ。みんな見てたもの」マーシーは言った。

シューラーは顔をしかめた。彼は、一人の女に愛と憎しみを同時に抱くとは思いもしなかった。だが、マーシーの心が自分からただのガンマンに移ったのを知った今、彼の気持ちはまさにそれだった。

「いったい、おまえはどうしたんだ」シューラーはうなるように言い、マーシーの目をさまさせてやろうと腕をひねった。しかし、冷たいぞっとするような声で名前を呼ばれると、怒りは恐怖に変わった。

シューラーはマーシーの腕をつかんだまま振り向いた。ダコタが二メートルも離れていないところに立ち、銃を向けていた。

「彼女を放せ」ダコタは警告し、撃鉄を起こした。

マーシーは腕を放されてその場に倒れた。

レイチェルはよろめき、両手で顔をおおった。ああ、どうしよう……どうしたらいいの……。

ブーンは彼女がふらついているのを見て、倒れる前に自分のほうへ引き寄せた。一瞬――たったそれだけのあいだ、ブーンはレイチェルを抱いた感触を知ることができた。だが、彼女がしっかり立てるようになると、すぐに手を離した。そしてスネークを振り返り、すさまじい声で怒鳴って彼を飛び上がらせた。「うせろ！」

二度言う必要はなかった。スネークはレイチェルをにらみ、足音も荒く歩き去った。

ブーンは、レイチェルの顔が色を失い、目がうつろなのに気づいた。そして妙だと思った。毎日、人間の生死をまのあたりにしている女性が、男に触れたくらいでこんなに取り乱すとは思えない。

「大丈夫か？」ブーンはそう尋ねた。もう一度彼女を抱き、顔から恐怖を拭《ぬぐ》いとってやりたかった。

レイチェルの体が震えた。彼の声……まるで……

彼女は目を上げた。目の前の顔と名前が一致したとき、現実が衝撃とともに押し寄せてきた。

ブーン。あなたはブーンというのね。

なぜだか不似合いな名に思えた。彼の顔には冷たい、残忍とも言える表情が浮かんでいたが、真っ黒な黒い目は以前とは違う。彼のことをよく知らなければ、そこに輝いているのが愛だと思いこんだかもしれない。

ブーンは心配になってきた。なぜ彼女は答えないんだろう？

「きみ、大丈夫か？」彼はもう一度尋ねた。

脅《おび》えていることを彼に知られたくない。レイチェルはできるだけ落ち着いた声で言った。「ありがとう、大丈夫よ」

ブーンはいつまでもたわいないやりとりをしていたい気持ちを抑え、気が変わらないうちにその場を去ることにした。

レイチェルは彼を目で追いながら、あらためて思った。なぜいつも、以前に――レイザー・ベンドに来る前に、彼に会ったことがあるような気がするのだろう。

「わたしがあんな人を知っているはず――」

心臓が一瞬止まり、彼女はガソリンポンプにつかまって体を支えた。

ダコタだわ！　ああ、彼の歩き方は夢に出てきた男にそっくりだ。

「おーい、レイチェル。手伝おうか？」

振り向くと〈ジミーの店〉のあるじがドアから身を乗り出して返事を待っていた。

肝心なときにはどこにいたのよ？「いいえ、大丈夫」彼女はつぶやくように言い、ポンプからホースを外した。

ガソリンを入れるあいだ、レイチェルはずっと前に気づくべきだった事実を受け入れようとしていた。

ついさっき、自分の知っている世界と頭の中の世界は二つに分かれていた。夢を見ていたのではない。それなのに、小川にいた夜のように、そのあいだ現実は意識から消えていた。もはや夢中歩行があとを引いているせいだと思いこむことはできない。何か理解できないことが起こっている。おまけに、わたしにはそれをどうすることもできないのだ。

デンヴァー・チェリーはお気に入りの安楽椅子でゆったりとくつろぎ、片手にテレビのリモコン、もう一方の手にはこの一時間で三本目のビールを持っていた。

だが、玄関のドアが風でばたんと閉じ、近くの窓をがたがた鳴らすと、彼は歯ぎしりをした。

デンヴァーは振り向き、目をつり上げた。「ノックってもんを知らないのか」彼はブーンをにらんで毒づいた。

ブーンはスネークを指さした。スネークはその名のとおり蛇のようにするりと、部屋の向こう側に置いてある椅子へ行こうとしていた。

「もうたくさんだ」ブーンは言った。「おれを仲間にするのか、つまみ出すのか、はっきりしろ」

デンヴァーは顔をしかめた。最後通告は好きではない。ボスは自分なのだ。

「ちょっと待てよ……」彼はうめくように言った。だが最後まで言うことはできなかった。

　ブーンはデンヴァーの太った腹を指で突いた。「いや、言わせてもらう。あんたたちはただの小悪党の集まりだ。おれを雇ったときは、いずれ組織の中で出世できるって話だったな……おとなしく待ってれば仕事をさせてやるって」彼は深呼吸をした。次に言うことには多くのものがかかっている。失敗するわけにはいかない。「だが、もうわかった」

「何がだ？」デンヴァーが言った。

　ブーンは声にあざけりの色をにじませた。「おれがだまされてるってことだ。あんたは後ろ盾がいると言った。大金を稼がせてやると言った。おい、デンヴァー、この前の夜に荷を運んだのを除けば、おれがやらされてるのは、あんたの手下の尻拭いだけだ」

　デンヴァーは最初にブーンを、次にスネークをにらみつけた。ブーンがこんなに怒っているからには、何かとんでもないことがあったに違いない。デンヴァーはスネークをにらみつけた。「何をやらかしたんだ？」

「おれは何も――」

「黙れ！」ブーンが低い声で言った。

　スネークは言われたとおりにした。ブーンは今にも警官が押し入ってくるかのように、そわそわと落ち着きのない様子で行ったり来たりしはじめた。

「こいつは人がわんさかいる場所で、いやがる女にからんだんだ。かなりの人間が見ていたはずだ。おれはこいつがムショに戻されないうちに女から引き離し、女は〈ジミーの店〉のガソリンポンプのところに残してきた。おれの見たところじゃ、あの女は警察に届けるかもしれないぜ」

　デンヴァーの顔がまだらの紫色になった。「このばか！」彼の声は怒りに震えていた。「おまえには頭ってものがないのか？」

　スネークは目を見開いたが、ようやく自分がしたことの意味に気づきはじめた。「女を痛い目にあわせたわけじゃねえ」彼はぼそりと言った。

デンヴァーがゆっくり近づくと、スネークはあわてて立ち上がり、手っ取り早い逃げ道を探した。デンヴァーはスネークの退路をふさいで首をつかみ、壁に叩きつけた。

「まさか女に亭主はいないだろうな？」

スネークはデンヴァーの手を叩き、怒った男から逃れようとむなしくあがいた。「あの女はまったくの独りもんだよ。結婚もしてないし、男もいねえ。本当だって」

「嘘《うそ》をつけ」ブーンはおだやかに言った。「おれもおまえも、彼女があの銀行家とつき合ってるのは知ってる。彼女が働いてる救急医療ステーションの前で、キスしているのを見たじゃないか」

デンヴァーの顔が青くなった。レイザー・ベンドの銀行家といえば一人しかいない。

「ブーンが言ってるのは本当か？　おまえはグリフィン・ロスの女にからんだのか？」

スネークが目をそらすと、デンヴァーの怒りは爆発した。

「この間抜け！　大ばかやろう！　よけいな真似《まね》をしやがって。ただでさえ、ボスはおまえが警備員を殺したのをがみがみ言ってるんだ。これがばれてみろ、命はないぞ！」

スネークは弱々しく言った。「おれが悪いんじゃない。あいつが先に銃を向けたんだ」

ブーンは凍りついた。スネークが警備員を殺した？　どこの警備員だ？　法を守る者としての本能が、今すぐ彼らを逮捕し、誰であろうとボスのことなんか忘れてしまえと言っていた。だが黙って立っていた。手を出すわけにはいかないのだ。

「これまでだな」ブーンはそうつぶやき、いらだたしげに背を向けた。「おれは抜ける。刑務所にはもう入ったし、これからも入るだろうが、注射で死刑になるのはまっぴらさ。殺し屋とは組みたくない」

デンヴァーは青ざめた。スネークとブーンの両方を失うわけにはいかない。どう考えても、トミー・ジョーと二人でこの稼業は無理だ。

「待て！」デンヴァーは叫んだ。

ブーンは振り向いた。

「仲間に入れてやる」

してやったりと思っていても、ブーンは燃える怒りの表情でそれを隠した。「どういう意味だ？」

デンヴァーは問いつめられるのが嫌いだった。彼は肩をすくめた。「運び屋をやらせてやる。スネークやトミー・ジョーと同じ扱いで。おれに金が入ったらおまえに渡す」

「まずいことになったときは？」

デンヴァーはため息をついた。「こっちが責任を持つ。つかまっても保釈になるようにしてやる」

「そのときは誰に連絡すればいい？　あんたか？」

「まさか！　そうなったら、ただ待ってろ。ボスが手を打つ」

「どうやってボスに知らせるんだ？」

デンヴァーは肩をすくめた。「彼にはわかるんだ。それだけさ」

「自分が誰の下で働くのか知りたいね」やりすぎを承知でブーンは言ってみた。

今度はデンヴァーもひるんだ。「おれからは言えないんだ。ボスのほうが会おうとしたら、すぐに知らせてやる。それまでは言われたことをやって、口をつつしむことだ」

「このばかのお守はもうごめんだぜ」ブーンは言った。「おれは一人でやる。でなきゃお断りだ」それを強調するように、彼はもう一度スネークをにらんだ。

デンヴァーは降参だとばかりに両手をあげた。

「わかった……わかった。一日かそこらしたらまた連絡してくれ。試験所から届くことになってるメタンフェタミンの荷が遅れてるんだ。届いたらすぐにさばかなくちゃならない。いいな？」

ブーンはうなずいてその場をあとにした。十キロほど車を走らせてから、電話を取り、数分後には、仕入れた情報をクロス警部に報告していた。売人をとらえるための網に、殺人犯までかかったのだ。

頭の中で、痛みが夢を打ち砕いた。目がさめると、庭でうつぶせに寝ていた。いつものように目がくらむような頭痛がして、涙で頬が濡《ぬ》れている。レイチエルは急いで立ち上がった。今度は誰の姿もなく、ほっとした。

「ああ、いつまでこんなことが続くの」そうつぶやいて、よろめきながら階段を上り、家の中に入った。

やがて、シャワーから出て清潔なローブに着替えたあとも、眠るのが怖かった。また同じことが起きるかもしれない。もはやこれまで考えないようにしてきた事実を受け入れるしかない。自分には助けが——専門医の助けが必要なのだ。明日、その手続きを取ろう。

時計を見ると、もう明日になっていた。

グリフィンは新しいスーツを着ていた。ロイス・クレインは彼が入ってきた瞬間に気づいた。反射的に髪に手をやり、乱れていないのをたしかめる。ことを急ぎたくはないが、チャンスを逃すつもりはない。一度ダンスをしたぐらいで、たしかな絆《きずな》はできないし、あのあとも二人の関係は、誠意のこもった笑顔と礼儀正しい会話を交わすにとどまっている。

グリフィンは自信たっぷりに歩いていた。彼はこれまで、欲しいものはすべて手に入れてきた——レイチェル以外は。そのため、なんとかその事実を変えたい気持ちを捨てきれなかった。彼は秘書がそわそわしているのを見て、彼女をダンスに連れていったのは失敗だったと思った。ロイスはいい娘だし、魅力もあるが、レイチェルではない。グリフィンは笑顔でうなずきながら彼女の前を通りすぎた。

「おはよう、ロイス」

ロイスはとっておきの顔を見せた。「おはようございます、グリフ……いえ、ミスター・ロス」

グリフィンはたじろいだ。やっぱりだ。ロイスをダンスに連れていったのは大間違いだった。

ロイスはグリフィンにファイルを手渡した。「ミスター・ダットンがお待ちです」

グリフィンはチャーリー・ダットンを見て笑顔を作った。「入ってくれ、チャーリー」

チャーリーがオフィスに入ると、グリフィンはドアを閉めて自分のデスクの前に座った。

チャーリーは客用の椅子に座り、デスクのほうへ身を乗り出した。

グリフィンには、客の態度を見れば、彼らが話す以上のことがわかる。今のチャーリーの様子からすると、ローンの期日を延ばしてくれと言いたいのだろう。だがその予想は見事に外れた。

「ローンを完済しに来たんだ」チャーリーはそう言い、ポケットからすでに金額と署名の入った小切手を出した。

グリフィンは驚いて唖然《あぜん》としたが、すぐににこやかな笑みを浮かべた。「そうか、いや、それはよかった！　しかし、大金じゃないか」

チャーリーはにやりと笑ってデスクの上で小切手をすべらせ、グリフィンに差し出した。

「利子を入れて三万三千ドルと四十四セント」

「驚いたよ」グリフィンは言った。「ずいぶん儲《もう》かる副業があるんだな。密造酒でも造ってるのか？」

チャーリーは目を細めた。「ちょっといいことがあっただけさ。もう借金をしていたくないんだ」

グリフィンはうなずいた。「なるほど。それじゃ、ロイスに契約証書を出させるから、ここで待っててくれ。すぐに自由の身にしてあげるよ」


通りを走っていたレイチェルは〈カーラーズ〉の前で車を止めた。ジョーニー・ミルズがこちらを見て、客の髪を仕上げながらガラスごしに手を振った。

レイチェルが入っていくと、ドアについたベルが鳴った。

「ちょっと待ってね」ジョーニーはメイヴィス・ビーラーのパーマ代のおつりを数えながら言った。

「すてきな髪ね、メイヴィス」レイチェルが言うと、メイヴィスはにっこり笑って店から出ていった。

ジョーニーはレイチェルに顔を向け、とたんに笑顔を曇らせた。「どうしたの?」

レイチェルは椅子に座って長い黒髪を指で梳《す》いた。

「毛先をそろえてほしいの」

ジョーニーは眉を寄せた。「髪の毛の話じゃないわよ。新年からこっち、目の下にこんな隈《くま》を作ってる人は初めて見たわ。今週は忙しかったの?」

レイチェルは肩をすくめた。「そうでもないわ」

ジョーニーはレイチェルの肩を叩いて、首のまわりに防水ケープを広げた。「じゃあ、シャンプーしましょう」そう言って、レイチェルの顔の前で指をくねくねと動かした。「町一番の頭皮マッサージをしてあげるわ」

ジョーニーが椅子の角度を変えて、お湯の下にレイチェルの頭を持っていくと、レイチェルは笑いながら言った。「この町で頭皮マッサージをするのはあなただけだからでしょ」

ジョーニーはにらむふりをしながら、声を低くしてささやくように言った。「そんなことないわよ。コーラベル・プレイザーは毎週土曜の夜に自分でちゃんとやってるって話だもの」

レイチェルは笑い、目を閉じて体の力を抜いた。この友人のとっぴなゴシップ話が聞きたくてここに来たのだ。ジョーニーが髪を洗いながらしゃべっているあいだ、レイチェルは意識をぼんやりとさまよわせていた。ようやく身を入れて話を聞こうとしたとたん、ジョーニーが突然髪を洗う手を止めた。

ジョーニーが、うーんとうなってため息をついたので、レイチェルは目を開けて彼女を見上げた。ジョーニーは恍惚《こうこつ》状態といってもいいような表情を浮かべている。

「どうしたの？」レイチェルはきいた。

「ああ……なんて……すてき！」ジョーニーはあえぐように言った。そしてすばやくレイチェルの髪からシャンプーの泡を洗い流すと、頭にタオルを巻いて上体を起こさせた。「あそこを見てよ！」

レイチェルはぐるりと目をまわして笑い、ジョーニーの指すほうを見た。とたんにレイチェルの笑顔は凍りついたが、ジョーニーは話を続けた。

「体重は八十五キロくらいね。身長は少なくとも百八十八センチから百九十センチ……それに、驚いたわね、あんなに脚が長くてすてきなお尻の男は初めてだわ」

レイチェルはジョーニーの賛辞に何も言わなかった。その男とは会いすぎるほど何度も会っているのだ。ガラスごしに見つめることさえ、危険に思える。

「あの顔を見て！」ジョーニーは歓喜に震えるような身ぶりをした。「彼のためなら、死んでもいいと思わない？」

彼がどういう人たちの仲間か知ったら、それこそ死んでしまうわよ。

ジョーニーはレイチェルを肘でつついた。「暗闇《くらやみ》で彼と二人っきりになってみたくない？」

レイチェルは緊張で胃がこわばるのを感じた。もう経験ずみだとジョーニーが知ったら、どう思うだろう？

「わからないわ」予期せぬ会話をなんとか切り抜けようとしてレイチェルは言った。「ちょっと荒っぽそうな人ね」

ジョーニーはにやりとした。「恋人にするなら、そのほうがいいじゃない」

だが、レイチェルは笑わなかった。椅子につかまっているだけで精いっぱいだったのだ。鏡に映った自分を見ているはずなのに、別の姿――別の顔が、またもや彼女の顔の上に重なる。レイチェルは叫びたかった。それなのに体が動かない。

たちまちレイチェルの顔は消え、マーシー・ホリスターの顔があらわれた。まただわ！

階下で調子外れのピアノが演奏されている。笑いの短いどよめきが階上に響き、廊下を抜けて、マーシーの部屋のドアの下からも入ってきた。そばの洗面台の上では石油ランプが灯《とも》り、マーシーの柔らかな体に入りこんだダコタの、情熱的な表情を照らし出している。

マーシーは息を吐き、両腕を彼の首にまわした。

「ダコタ……ダコタ……愛してるわ。あたしを置いていかないで」

普段は険しく翳《かげ》りのあるダコタの顔が笑みにほころぶ。彼はかがんでマーシーの頬にキスをした。

「死ぬまで放すものか。死ぬまで一緒だ」

レイチェルの体はがくりと傾き、あやうく椅子から落ちるところだった。ジョーニーがつかまえてくれなければ、顔から床に倒れていたかもしれない。

「ああ、よかった。たしかに彼はすてきだけど、今ここでひれ伏すことないでしょう。それに、彼は触らないで見てるだけにしたほうがいい男ね。見た目は良くても……善良な心の女には危険すぎるわ」

レイチェルは泣きたくなった。ジョーニーに話してしまいたい。だが、自分自身にもわからないことを、どうして説明できるだろう？

「ごめんなさい」レイチェルは目を閉じ、今経験したばかりの、一つの世界から別の世界への変化に慣れようとした。「ちょっとめまいがしたんだけど、もう大丈夫」

ジョーニーは顔をしかめ、レイチェルの額に手を当てて熱をみた。

「病気じゃないわ」レイチェルはなんとか笑おうとした。「きっと急に体を起こされたからよ」

ジョーニーは納得していなかったが、異議は唱えなかった。彼女は顔をしかめたままレイチェルの椅子を鏡のほうに向け、通りの男のことは忘れて、頼まれたとおり毛先をカットしはじめた。

だが、レイチェルは彼を忘れていなかった。彼女の視線は何度も鏡へ、鏡に映っている背後の通りへ

――そして人間へとさまよった。

ブーンはまだそこにいた。自分のトラックにもたれ、近くの店にいる誰かを待っているようだ。今日の彼の表情は、おだやかそのものだ。レイチェルはまったく別の人間を見ているような、不思議なときめきを覚えた。

誰かが通りすぎるときになると必ず、ブーンの表情は奇妙に変化した。目を細め、口の片端を上げて、楽しさのかけらもない冷たい笑顔を作り、さりげなく前かがみになった体を緊張させる。警戒を解くのは、誰にも見られていないと思うときだけだった。

そのときだけは、レイチェルが事故現場で目撃者として会い、事故車の中へ這《は》って幼い少女の手を握り、死んだ男とその幼い娘のために涙を流したあの男になっていた。

しかし、レイチェルの心にはしだいに不安がふく

れ上がった。あの男を見ると必ず、マーシーと彼女の恋人のならず者があらわれる。なぜ？　いったいわたしになんの関係があるの？　それとも、ただの幻想なの？

レイチェルは目を閉じてため息をつき、ジョーニーに髪をとかしてもらいながら、櫛《くし》がやさしく頭皮を刺激する心地よさを味わった。だが、どんなに努力しても、あのならず者の言葉が頭から離れない。死ぬまで放すものか。死ぬまで一緒だ。

7

レイチェルはエレベーターを降りて左へ進み、廊下を半分ほど行ったところのドアの前で止まった。

〈精神科医　E・G・イーリイ〉

指を震わせながら深呼吸して部屋に入ると、カウンターの向こうで受付係が顔を上げ、うなずいて迎えた。レイチェルは力ない笑みを返した。

「ドクター・イーリイに診ていただくことになっている、レイチェル・ブランドです」

受付の女性は書きこみ用の空欄がある用紙のついたクリップボードを差し出した。「カルテ作成のための必要事項です。この用紙に記入して、終わったら持ってきてください」

レイチェルはその紙に目を落とした。いったん踏み出したら、もう後戻りはできないんだわ。

決心が変わらないうちに記入したが、提出しようと顔を上げると、受付係はいなかった。レイチェルはクリップボードを椅子の脚に立てかけ、雑誌を取った。

二冊読み、三冊目もあらかた読み終わったときだった。レイチェルはあるページを見て、思わず背すじを伸ばし、目の前の記事を食い入るように読んだ。

〝夢について――想像か、生まれ変わりか？〟

好奇心が興味に、興味が衝撃に変わった。自分に起きていることと記事の事例は、あまりに似すぎていた。

読み終わったあとも、自分の考えが常軌を逸しているのはわかっていた。この記事がクリニックの待合室にあったからといって、そこの医者がこんなとっぴな理論の支持者とはかぎらない。

それならどうすればいいだろう？

レイチェルは雑誌を置いて顔を上げた。受付係は戻っていたが、デスクで忙しそうにしている。座っている時間が長くなるほど、抱えている問題は医者では解決できないという確信が強まっていった。レイチェルは自分に考え直す時間を与えず、クリップボードから用紙を外してバッグに入れた。

「ミス・ブランド、ドクターがお会いになります」

「すみませんが、やっぱり診ていただかないことにしました」

レイチェルは振り返りもせず、その場を去った。足取りは前よりも軽く、心はすでに決まっていた。

彼女は腕時計に目をやった。よかった。今思っていることをする時間はたっぷりあるわ。

レイチェルがロートンを出て家に向かったのはもう夕方だった。レイザー・ベンドまでのドライブは長く退屈だったが、ロートン公立図書館で時間を過ごしたあとでは、考えることが山ほどあった。

前世への回帰や生まれ変わりに関する記事や本は、レイチェルの状況がまさにそれであることを裏づけてくれた。だが、そういうこともありうるとは思っても、なぜこのようなことが起きたのか、どうすれば治るのかはわからなかった。

わかっているのは、現実と幻視の世界をつなぐ唯一の糸が、常にブーンというアウトローであることだ。最初は、小川で我に返った夜だった。彼はほんの数メートルのところから、手を差しのべていた。彼はいつも、思いもよらないときにあらわれたが、結果は同じだ。彼が近づくたびに、レイチェルはマーシー・ホリスターの世界へ逆行する。問題はそれだ。この先ずっと現実と幻を行き来して生きてはいけない。この出来事には理由があるはず。レイチェルはそれを見つけるつもりだった。

ひたすら運転するうちに、我が家が近づいてきた。レイザー・ベンドまで八キロほどのところまで来ると、やっと緊張が解けた。後ろでは太陽が沈もうとしている。だが、次のカーブを曲がってすぐに、今夜の予定はみんな変更になりそうだと気づいた。

ずっと先の道路わきに男が立っていて、そばには故障したらしい軽トラックが見えた。ここからでも車体が傾いているのがわかる。パンクだ。そしてその直後、彼女ははっとした。ブーンだわ！

レイチェルはハンドルを握りしめた。どうしてわたしの行く先々にあらわれるの？

彼女はそちらを見ないように自分に言い聞かせながら車を走らせていった。だが、ブーンの立っている場所に差しかかったとき、二人は磁石に引き寄せられるように見つめ合った。

助けが必要なのは明らかなのに、ブーンは停止を求める合図をしなかった。そのかわり、静かに見つめる黒い目が、レイチェルの良心をじわじわと引き裂いた。そして横を通りすぎたとき、レイチェルはどうしようもなく波立つ感情に不安を覚え、目をそらした。彼に動揺を気づかれたくなかった。

だが、もはや手遅れだった。すでにブーンの顔を見てしまい、彼の表情がレイチェルに心を決めさせた。ブーンはレイチェルが止まると思っていなかった……だからこそ、彼女は止まったのだ。

パンクはなんの前触れもなく起こった。快適に車を走らせていると、いきなり車が大きく横すべりして、道路を飛び出したのだ。しかし、どうにか、近くの木にぶつからずに止まることができた。トラックの周囲をまわって損傷を調べてみると、幸運にも、だめになったのはタイヤ一本だけだった。

だが、ジャッキが消えているばかりか、スペアタイヤの空気も抜けているのがわかると、憂鬱《ゆううつ》は怒りに変わった。ブーンは夕日を見上げた。暗くなる前に歩き出しても、レイザー・ベンドに着くまでには夜になってしまうだろう。

そのとき、カーブの向こうから車があらわれて、こちらへ向かってきた。

「ついてるぞ」

ドライバーに手を振ろうとしたとたん、ブーンはその車が誰のものかに気づいた。レイチェルの車だ。会うたびに彼女が向ける目つきを考えると、車を止めてくれるとは思えない。ブーンはじっと立ったまま、彼女の車が通りすぎるのを見ていた。

すると、ブレーキライトがついて、驚いたことに車がバックしてきた。やがてレイチェルは車の窓を下ろし、わずかに震える声で言った。

「手を貸しましょうか？」

ブーンはなんと答えていいかわからなかった。てっきり彼女が走り去ってしまうと思っていたので、考えをまとめるのに時間が必要だった。

「タイヤがパンクしたんだ」彼はようやく言った。

レイチェルはうなずいた。「スペアはある？」

「それも空気が抜けてる」

レイチェルは大きく息をついた。「わたしのトランクは余裕があるから、そこにスペアを入れて。〈ジミーの店〉まで乗せていってあげるわ。町であそこだけなの……」

ブーンは先まわりして言った。「パンクを直せるところは」

レイチェルは、彼にというより、自分に向けて笑った。が、それで二人の気持ちがほぐれた。ブーンがスペアタイヤを取りに行っているあいだに、レイチェルはキーを持って車から降りた。

トランクの鍵穴《かぎあな》にキーを入れようとすると、車を止めたカーブに風が吹きつけ、砂ぼこりがレイチェルの顔と目を襲った。

「あっ！」驚いて両手で顔をおおったが、手遅れだった。目に砂が入ってしまったのだ。

ブーンが叫び声に振り返ると、レイチェルが顔をおおうところだった。彼はすぐにそばへ行った。

「どうしたんだ？」

「目が……」レイチェルは小さくつぶやいた。

「見せてごらん」ブーンはそう言い、顔から手を外させようとした。

最初のうち、レイチェルは手を動かさなかった。手で暗くしているほうが、光にさらすより楽に思えたのだ。しかし、彼のやさしく頼むような声に、かたくなな気持ちは消えた。

「頼むから……僕に見せて」

ブーンが手を取って、そっとわきへのけると、レイチェルは脚ががくがくした。それは脅《おび》えたのではなく、彼へのあふれる思いのせいだった。これまでずっと否定してきた心の奥のうずきを、彼が呼びさましたのだ。

「力を抜いて」ブーンがやさしく言うと、彼女は両手を体のわきに下ろした。

レイチェルが顔を上へ向け、目を閉じたまま見てもらうのを待っている。ブーンはその誘うような唇にキスしないでいるのが精いっぱいだった。やがて彼女がしゃべりはじめたので、彼は口を結び、今しなければならないことを思い出そうとした。

「砂が……目に入ってるの……目よ」

「ごめん」ブーンは言った。「僕のために止まらなければ、こんなことにならなかったのに。手当てをさせてくれるかい？」

レイチェルのためらいも一瞬だけだった。目は見えないし、一人ではどうしようもない。それに彼は、その気になればよからぬ真似《まね》もできたのに、今度も助けを申し出てくれただけだった。

レイチェルはうなずいた。

ブーンはやっと自分が呼吸を止めていたことに気がついて、息を吐いた。「砂を流してしまわないと。トラックに湧　水《スプリングウォーター》のボトルがあるんだ」

「助かるわ」ブーンがトラックに戻るために手を離すと、レイチェルは誰もいない暗い海をただよっているような気持ちになった。ふたたび彼が腕に触れたときには、やっとまた地に足がついたようだった。

「顔を上に向けて。そうだ……もう少し……もう少し上を向いて」

彼女は言われたとおりにした。

「それでいい。じっとして」

レイチェルの手に何かが押しつけられた。

「このハンカチで、こぼれた水を押さえるといい」

レイチェルはほっと息をついた。ブーンは信用してはいけない相手のはずなのに、そんな気持ちはどこかに消えてしまった。彼は本当にやさしく、少しも怖くなかった。

「いいわ、流して」生ぬるい水に目の砂を洗い流されると、たとえようもないほどほっとした。「すごくいい気持ち」

ブーンはあらぬことを想像してしまった。もし状況が違っていたら、愛を交わしながら、彼女が耳元で同じ言葉をささやいていたかもしれない。

「もう片方の目も洗わないと。そのあとで、必要ならもう一回洗おう」

ふたたび水をそそいで砂を全部洗い流すと、両目とも見えるようになった。

「よかった！　見えるようになったわ」レイチェルは完全に目が開けられるようになると、安堵《あんど》のあまり笑いながら言った。

ブーンは口の端を上げてほほ笑み、水のボトルを彼女に渡した。「さあ、これとキーを交換しよう。また何か起きないうちに、車に戻ったほうがいい。僕はタイヤを積むから」

レイチェルは彼にキーを渡し、ドアに手を伸ばした。

「運転できるくらいちゃんと見えるかい？」ブーンはきいた。

レイチェルは振り向いて、厳しい表情の奥の、やさしく深い黒い目を見つめた。

「大丈夫よ……ありがとう」

一瞬、時は流れを止めた。二人は身動きもせず黙ったまま、たった今、世界には自分たちしかいないのだという気持ちを感じていた。やがて遠くから、急勾配《きゅうこうばい》の坂を上ってくる大型トレーラーの音が聞こえてきた。先に目をそらしたのはブーンだった。

「早くタイヤを積まないと、町までずっとあのトレーラーの後ろを走ることになる」

レイチェルは運転席に乗りこんだ。すぐにトランクが閉じられ、ブーンが車に乗ってくると、新たな緊張が生まれた。

車内が急に狭くなった。レイチェルはシートベルトをいじくりまわして、彼がいないかのようにふるまおうとした。が、だめだった。彼の存在感は圧倒的で、見つめずにいるのが精いっぱいだ。

レイチェルはキーを受けとるとエンジンをかけ、二日酔いのロデオ乗りのようにハンドルを握ってスピードを上げた。

沈黙がこれほど耳についたのは初めてだった。どちらも黙っていたが、やがて、よそよそしい雰囲気を断ち切ろうと勢いこんで、同時に口を開いた。

レイチェルは赤くなって肩をすくめた。

「ごめん」ブーンが言った。

「いいの。あなたからどうぞ」

ブーンは彼女の顔をのぞきこんだ。「目の具合はどう？」

レイチェルはほほ笑んだ。「だいぶよくなったわ」

彼はうなずき、心の中の思いを知られないように目をそらした。こんなに近くにいるのに彼女を抱けないなんて、気が狂いそうだ。

カーブに差しかかったとき、レイチェルは彼をちらりと見た。「以前、会ったことがなかったかしら？いつかの夜より前に？」

ブーンは狼狽《ろうばい》した。まさか彼女にこんなことを言われるとは思ってもいなかった。それに、秘密捜査官がいちばん恐れているのは、過去の知り合いが近づいてきて、偽名以外の名前を呼ぶことだ。偽装が水の泡になるばかりでなく、命さえ危ない。

彼は冷静に前を見たまま答えた。「ないな。会っていれば覚えているはずだ」

レイチェルは今の状況すべてに居心地の悪さを感じて赤面した。しかし、なおも言ってみた。

「じゃあ、あの夜……山の中で会ったのが最初？」

「のぞき見のつもりはなかったんだが、きみの泣き声が聞こえたから」

信じるべきではないとわかっていたが、レイチェルは彼を信じはじめていた。だいいち、自分が眠りながらカイアミーシをさまよっていることなど、彼が知っていたはずはない。

「ええ、そうね」レイチェルは静かに言った。

「でも、きみを脅えさせてしまった」

彼女の真剣な表情にかすかな笑みが浮かんだ。

「本当よ」

ブーンは緊張が解けはじめたのを感じていた。それにしても、笑ったときの彼女はなんてきれいなんだろう。レイチェルはぶらんこに乗っていた夜のように、髪をほどいている。以前に見たなめらかに輝く黒いサテンのシーツを思わせる髪だ。ブルージーンズと厚手の白いセーターというシンプルな服装だが、それがほっそりした体と美しい顔を完璧《かんぺき》に引き立てている。しかし、彼女がまたも答えたくない質問をしてきて、ブーンの思いは断ち切られた。

「それで、どうしてレイザー・ベンドに来たの？」

「仕事さ」

レイチェルはうなずいた。彼がこの話題を好んでいないのは明らかだ。「町に来て、もう長いの？」

ブーンも今度は本当のことを答えられた。「六週間ぐらいかな」

レイチェルはどきりとした。夢中歩行が始まったころだわ。頭の中のリストにまた一つ、つけ足す手がかりができた。ほかに言うことを思いつかず、彼女は自己紹介をした。

「もっと早く名前を言うべきだったわね。わたしは――」

ブーンがその先を続けた。「レイチェル・ブランド」今度は彼のほうがきまり悪そうになった。「誰かに聞いたんだ」

「それで、あなたはブーン？」

彼はうなずいた。

「それはファースト・ネーム？　それともラスト・ネーム？」

ブーンは笑った。そのとたん、レイチェルは過去に引き戻されそうになるのを感じた。

「だめよ……だめ」彼女はつぶやいた。「今はだめ。今はだめよ」

ブーンはいぶかしげな顔をした。なんのことかわからないが、彼女の目がうつろになり、車が横にそれはじめた。

「レイチェル、危ない！」彼はハンドルをつかみ、車を車線に戻した。

レイチェルはびくっとして我に返った。「ごめんなさい。わたし……ああ、きっと疲れてるのね」

ブーンは息を吐いた。彼女は何か問題を抱えている。それは小川に立って、いもしない誰かに話していたときからずっと続いているのだ。ちょうど今のように。

「ブーン・マクドナルドだ」

レイチェルはまだぼんやりとしていた。「なんですって？」

「僕の名前はブーン・マクドナルド」

「ああ」

町の外の交差点で止まったとき、レイチェルはまた彼をじっと見つめた。「会えてよかったわ、ブーン・マクドナルド」

腰を下ろしていなかったら、ブーンは座りこんでしまうところだった。まさか彼女にこんなふうに言ってもらえるとは。

「痛み入るね《ハヴ・マーシー》」彼はわざとふざけて言った。「こっちこそ会えてよかったよ」

レイチェルは凍りついた。マーシーの恋人のならず者が言ったのと同じ言葉だ。

〝おれをじらさないでくれ《ハヴ・マーシー》、かわいいマーシー〟

「前があいたよ」ブーンは青になった信号を指さした。

「あらっ、いけない！」

レイチェルはアクセルを踏み、急いで交差点を通り抜けて町に入った。そして〈ジミーの店〉に車を止め、トランクのロックを解除してからエンジンを切った。

「着いたわ」彼女は言った。

ブーンはレイチェルのほうへ体を近づけた。それほど近づいたわけではなかったが、不思議なときめきで彼女をどきりとさせるには充分だった。

「ありがとう」彼はやさしく言った。

「何が？」レイチェルは深く黒い目にうっとりと見入っていた。

ブーンはまたほほ笑んだ。この有能な女性はなぜか、一つのことをずっと考えているのが苦手らしい。

「車に乗せてもらって」彼はそう答えた。

レイチェルは目をぱちくりさせ、すぐに座り直した。「えっ！　ああ、そうね！　いいのよ」

ブーンはうなずいた。「それじゃ、タイヤを降ろしてお別れだ」

レイチェルは彼が修理場へタイヤを転がしていくのを見つめ、そのゆったりした気どらない歩き方に見覚えがあることに、またもや衝撃を受けた。そのまま動けないでいるうちに、急にブーンが振り向き、彼女のまなざしをとらえた。

恥ずかしさに目をそらしたとたん、レイチェルはもの言いたげにこちらを見つめているチャーリー・ダットンと目が合った。彼はソーダの缶とポテトチップスの袋を持って店の入口に立ち、まさかというような表情を浮かべていた。

レイチェルはチャーリーに手を振ってから、もう一度修理場のほうへ目をやった。ブーンの姿はない。

だがそのほうがよかった。

レイチェルは車のエンジンをかけ、走り出した。

グリフィン・ロスがベーカリーから出てきたのは、レイチェルが〈ジミーの店〉に車を着けたときだった。彼は自分の目が信じられず、呆然《ぼうぜん》と立ちつくした。レイチェルが――ぼくのレイチェルが――ほかの男と一緒にいる。しかも昔からの知り合いのように笑い合い、話をして。

彼女に気づかれる前に、長く伸びた影の中に下がった。レイチェルの車のトランクが開き、男が降りてきて、パンクしたタイヤを取り出した。二人は長いこと何か言いたそうに見つめ合い、やがてレイチェルが突然手を振って走り去った。

なんでもないことのように見えた。それに、他人に手を貸すのはいかにもレイチェルらしい。

だが、グリフィンが気になったのは男のほうだった。どう見てもレイザー・ベンドの模範的市民ではない。おまけに、レイチェルの顔には、せつなげな表情まで浮かんでいた。

嫉妬《しっと》は怒りに変わった。

グリフィンは男がタイヤを持って修理場に消えるまで見つめ、やがて新たな決意を胸に、足音も荒く自分の車に向かった。あの男が何者なのか知らないが、必ず突き止めてやる。

ブーンが家に着いたときには、夜もふけていた。留守番電話のメッセージボタンが点滅していたが、無視してしまいたい衝動にかられた。手の中の袋から、持ち帰ったバーベキュー・リブのおいしそうなにおいが誘っている。だが、彼は袋をわきに置いてボタンを押し、部屋の中に流れ出た声に耳を傾けた。

メッセージは〝電話してくれ〟の一言だけだったが、ブーンには声の主がわかり、アドレナリンが体を駆けめぐった。デンヴァーが電話してくる理由は一つしかない。ブーンは受話器を取って電話をかけた。二度目の呼び出し音でデンヴァーが出た。

ブーンの言葉は留守電のデンヴァーのようにむだがなかった。「おれだ。何か用か？」

デンヴァーは不機嫌な声で言った。「今、何時だ？」

ブーンは腕時計を見た。「十二時十分前」

デンヴァーがうめき声をあげ、ベッドのスプリングがきしむ音まで聞こえた。

「おまえは寝ないのか？」デンヴァーはぼやいた。「今夜は、家に帰る途中で車がパンクしたんだ。ジャッキは消えてるし、スペアは空気が抜けていた。スネークの野郎にジャッキを返せと言ってくれ。タイヤについては、おれが直接言う」

「やめろ！　おまえとスネークには仲良くやってもらわなきゃ困る。それでなくても手いっぱいなんだ。明日の夕方までにこっちに来い。やってもらいたい仕事がある」

ブーンはにやりとした。そろそろ連中が大きな仕事にかかるころだと思っていたのだ。予想は正しかった。荷が着いたに違いない。

「わかった」ブーンは言った。

デンヴァーは電話を切った。

ブーンは受話器を戻し、遅い夕食に目をやった。これにありつくのはもう少しあとだな。警部に状況を知らせなければならない。

今度は携帯電話を使った。しばらくして、いくらか眠そうではあるが、それでも用心深い低いハスキーな声が電話に出た。「いい知らせでしょうね」

ブーンはにやりと笑った。どうやら警部は家にいて、安全な回線に切り替えてあるらしい。

「僕だよ、ウェイコ」彼は甘い声で言った。

「何かしら、ハンサムさん」

「一人で寝ててくれ」

　スーザン・クロスはほほ笑んで、やり返した。

「だったら、甘い言葉をささやいて」

　ブーンは緊張が解けるのを感じた。「明日の夜、大きな取り引きがあります」

　クロスは起き上がってベッドに腰かけ、眼鏡をつかみ、明かりをつけるという動作を同時にやってのけた。

「どんな取り引きなの?」

「大量の荷が出たようです。明日の夕方に来いとチェリーに言われました。やってもらいたい仕事があると」

「ボスは出てくるかしら?」

　ブーンは緊張した。「それはないでしょう。この前、思い切って雇主に会わせろとごねてみたんですが、チェリーは断りました」

　クロスは眉根を寄せた。「わかったわ。運び先を突き止めてちょうだい。そして、荷が手に入ったら連絡して。その先はあとで決めましょう」

　ブーンは顔をしかめた。「待ってくださいよ、ウェイコ。今連中をつかまえたら、水の泡だ。もう少しなんです……僕にはわかるんだ」

　クロスはため息をついた。彼女は法と、部下の違法行為のあいだで、綱渡りの気分だった。大量のメタンフェタミンを見逃しにするのは気に入らないが、罪を犯してもらわなければ、逮捕はできない。

「とにかく電話して」クロスは電話を切った。

　ブーンは食べ物のことも忘れ、座ったまま頭を抱えた。まずい状況になった。どっちに転んでも逃げ道はない。レイチェルの顔が浮かび、彼はうめいた。

「今はだめだ、頼む」

　しかし、ベッドに入ってからも、ずっと彼女のことが頭から離れなかった――あの笑い声、笑うと上がる目尻、香水のにおい……そして、彼を見上げたときに速くなった息づかいまでが。

真夜中をとうに過ぎても、レイチェルは起きていた。図書館でコピーした、生まれ変わりに関する記事や、同じテーマを扱った本の抜粋を読んでいたのだ。自分の考えが正しかったと確信してベッドに入ったのは、午前三時ごろだった。だが、まだこれから、記事の内容と自分の状況の関連をたしかめなければならない。

マーシー・ホリスターという女性が実在したのかどうか、調べなくては。

でも、どこから始めたらいいだろう？　今でこそ、出生証明書のような歴然たる証拠を探すのはたやすいが、準州が州になる前の時代には、出生はほとんど記録されなかったのだ。

それから、ならず者のダコタ。彼も手がかりになるはずだ。彼が実在したなら、名前と経歴が記録に残っているかもしれない。

けれど、まず何をしたらいいのだろう？　わかっているのは、夢――あるいは心神喪失とかいう状態のときに見たことだけだ。

だが、そのとき、あることを思い出した。

マーシーはトリニティという町に住んでいたわ。トリニティを探そう。でなければ、そういう町があったかどうか調べるのだ。もし見つかったら、そこから始めればいい。

レイチェルは決心した。今日、出勤したら、休暇を願い出よう。これが解決するまでは、他人の世話をする自信がない。自分の面倒さえ、満足に見られないのだから。

チャーリー・ダットンは、レイチェルのすぐ前でステーションに車をつけた。おかげで彼女は、そのぴかぴかの新車を前も後ろもたっぷり眺めることができた。

レイチェルはクラクションを鳴らした。チャーリーは振り向くと、はずかしそうに笑いながら近づいてきた。

「すごいわね、チャーリー、これじゃ群がる女の子たちを棒で追い払わなくちゃ」

彼の笑顔が消えた。「つまり、きみもその一人になりそうだってことかい？」

レイチェルが赤くなると、チャーリーは傷ついたことを隠して笑った。

「ちょっと、きいてみただけさ」

レイチェルには一瞬、チャーリーの口調が本気のように思えたのだった。チャーリーがいつもの気安い調子に戻るとやっと落ち着き、ステーションの入口に向かいながら、軽く彼の腕を叩《たた》いた。

しかしチャーリーは、レイチェルとあの現代のアウトローが一緒に車に乗っていた光景を忘れられずにいた。そしていかにも彼らしく、冗談めかした質問で遠まわしに探りを入れた。

「ところで、きみはグリフィンが金持ちだからつき合ってるの？」

「どういう意味？」レイチェルは冷ややかな、探るような目でチャーリーを見つめた。

「いや……べつに。きみの好みがあんなに多彩だとは知らなかったから」

彼女は歯を食いしばった。「あなたには関係のないことだけど、グリフィンとのことはもう終わったわ。昨日助手席にいた人は、車で送ってあげただけ。タイヤがパンクして、スペアも空気が抜けていたのよ」

「ああいう男は危険だよ、レイチェル」

チャーリーがわかりきったことしか言わないので、レイチェルは怒りで顔を赤くした。「わたしは彼を車に乗せただけよ。家の鍵を渡したわけじゃないチャーリーの表情が暗く変わったが、レイチェルは気づかなかった。二人はガレージに入り、呆然と立ち止まった。レイザー・ベンドで稼働中の二台の救急車のうち、一台のフェンダーがへこみ、バンパーがなくなっていて、窓が割られていたのだ。

「まあ！」レイチェルはうめいてチャーリーの腕をつかんだ。

「しかも新しいほうだ」へこんだフードを見ながら彼が言った。

「これが直るまで、古いほうの車で間に合わせなきゃならないな」

オフィスに入ったレイチェルは、救急車があんな状態になったのは、町には不運だが自分には好都合だと考えずにいられなかった。使える救急車が一台で、彼女以外に二人の医療士と三人の救急救命士がいれば、休みを取っても大丈夫だろう。

わ」

「甘い顔をしてると、すぐに男はつけあがるんだから同じことさ。違うのは、そこに行くまでに少し時間がかかるってことだけだよ」

レイチェルはため息をついた。

「もういいわ」彼女はそう言って、チャーリーの腕を軽く叩いた。「わたしは彼が見た目ほど悪い人とは思えないの。あの事故の日、彼があの家族にしてくれたことを思い出してみて」

チャーリーは目をまわしてみせた。

「ヒーローに文句をつけようなんて考えるべきじゃなかったな。女性がヒーローに弱いのをすぐ忘れちゃうんだ」

レイチェルはチャーリーの腕を叩き、話題を変えようと彼の車を指さした。

「このあいだの昇給でかなり給料が上がったんでしょう」

8

鱒《ます》釣り用ボートは、あつらえたようにブーンの軽トラックの荷台におさまった。トミー・ジョーが片側に、ブーンがもう片側について、車体にそって進みながら、ボートを荷台に縛りつける。ブーンは最後の結び目で、ボートが落ちないようにぐっとロープを引いた。ハイウェイの上で、ボートとその底いっぱいのメタンフェタミンをなくすのはごめんだ。

「準備ができたぞ」ブーンは言った。「チェリーはどこだ？」

トミー・ジョーは肩をすくめた。「すぐ来るさ。ビール、飲むか？」

ブーンは厳しい顔つきになった。「いや、いらない。今夜はおれが運転するんだ、忘れたのか？」

トミー・ジョーはくっくっと笑い、自分のビール缶を開けた。

少し離れた場所では、デンヴァーがボスと最後の打ち合わせをしていた。しかし、会話はボスのとがめるような声で中断した。

「あいつはここで何をやっているんだ？」

「誰が？」デンヴァーはきいた。

「あのカウボーイだ」

デンヴァーは眉根を寄せた。ボスの声にははっきりと皮肉がこもっていた。

「うちの新顔だよ。ブーン・マクドナルド」

「本気か」

デンヴァーはうなずいた。

ボスが低くうなり、目が狭まって顎がこわばるのを見て、デンヴァーは不安になった。

「何かまずいのか？」デンヴァーは尋ねた。

「いや。あいつはどの道を通る？」

デンヴァーは答えたが、ボスが何も言わないので、こうつけ加えた。「もう行くぜ。連中を出発させせなきゃならない」

「連中？」

「ああ、トミー・ジョーがやつと一緒に行くんだ。用心のためにな」

「やつを一人で行かせろ」

「だが——」

ボスの声が不穏な気配を帯びた。「命令だ。やつは一人で行かせろ」

「イエス、サー」

デンヴァーはあたふたとその場を離れた。ボスが怒っているのは充分わかった。理由まではわからなかったが。

「おい、デンヴァーが戻ったぞ」トミー・ジョーが言った。


ブーンが振り返ると、デンヴァーが葉の茂った木の陰からよたよたと出てきた。ブーンは不審そうに目を細めた。デンヴァーはあそこで小便のほかに何をしていたんだろう？

トミー・ジョーがトラックの助手席に乗ろうとすると、デンヴァーが止めた。

「おまえは行かなくていい」

ブーンはのんびりした格好をやめて、用心深く構えた。計画の急な変更は不安をかきたてる。彼はわざとデンヴァーを見つめた。「なぜだ？」トミー・ジョーも同じことを言った。

「そうだよ、なんでだ？」

「おれがそう言ったからさ」デンヴァーは怒鳴った。

「さあ、中に戻れ」

トミー・ジョーはあわててその場を離れた。

ブーンはデンヴァーの肩ごしに、木立の暗闇《くらやみ》に目をやった。それからにやりと笑った。「いいとも、ボスはあんただからな」

ブーンが走り去ると、デンヴァーはぶるっと震えた。いやな予感がする。だが、もう止めるには遅すぎた。

ブーンは頭の後ろを撃ち抜かれるまで待つ気はなかった。本能が、これは二度目のテストだと告げている。だが、おぜんだてしたのがデンヴァーとは思えない。彼は電話を取った。

「お話しして、ベイビー」ウェイコが甘く言った。

ブーンは笑った。「熱くならなくても大丈夫だよ、かわい子ちゃん。こっちは一人だから」

クロス警部はペンを取った。「荷は全部出た？」

ブーンはため息をついた。警部には気に入らない展開だろう。「ええ。ですが運び先はわからないんです。デンヴァーは思ったより早く荷を出してしまって、僕が行ったとき、スネークはもう出発していました」

「やられたわね」

「僕もくやしいですよ」ブーンはそう答えたが、本音でないことは自分でもわかっていた。

警部は運び先を三つともつかんでいたら、ブーンともども逮捕しただろう。そうなったら、偽装工作が吹っ飛ぶことはないが、デンヴァーの組織の黒幕を見つけることはできなくなる。

「で、彼はあなたをどこへ向かわせているの？」

「ダラスのリボブ・ボート修理店という、三五号線わきの、フリーウェイにある店です」

「担当区域の警察に知らせるわ」

「だめです、ウェイコ、僕を逮捕しないでください。まだこの町を出られないんだ」

スーザン・クロスは顔をしかめた。「どういうことなの……まだ出られない？」

ブーンは大きく息を吸った。言うべきではなかった。

「なんでもありません」彼はつぶやいた。

「眠って頭を冷やせと言ったでしょう」警部の声は厳しかった。「気まぐれに女とつき合わないことよ。鼻先ですべてが水の泡になりかねないわ」

「つき合ってはいません」それから、警部にというより自分に言った。「それに、彼女は軽いタイプじゃないんです」

警部はうなった。「どこかの尻軽娘でも見つけたらどう？　なんだって白雪姫なんかにかかわりたいの？」

ブーンはため息をついた。「選んだわけじゃない。自分ではどうしようもなかったんです」

「だったら神様がどうにかしてくれるでしょう」警部はうめいた。「もうあなたを引きあげさせなきゃ。かわりに妖精《ようせい》の王様でも送ろうかしら」

「上等ですね」ブーンは言い返し、それ以上脅される前に電話を切った。

一時間がたった。州境まであと八キロだと思ったとき、携帯電話が鳴り、ブーンはぎくりとした。この番号を知っているのはたった一人……。

「ウェイコ？」

「はめられたわよ」

彼女の言葉は白熱の稲妻のようにブーンを貫いた。そうだったのか。だからトミー・ジョーが荷運びから外されたんだな。

「どうしてわかりました？」

「質問はなしよ、黙って聞きなさい。まだ交換の時間はあるわ」

「なんの交換です？」

「聞いてなさいって言ったでしょう」

ブーンは耳を傾けた。

数時間後、リボブ・ボート修理店に乗り入れたとき、ブーンが運転していたのは、カヌーを屋根に積んだおんぼろのジープだった。メタンフェタミンはリュックに入れて、後部座席に置いて防水シートをかけてある。目的の用事は十五分もかからず、それが終わると、後ろも見ずにダラスを飛び出した。

オクラホマの州境を越えたところで自分のトラックに乗り換え、辛抱強く彼の帰りを待っていた二人の保安官代理に礼を言った。だが、交換したのはトラックだけではなかった。ブーンは売り上げ金を持ってデンヴァーの家へ向かった。袋いっぱいにつまった、印つきの紙幣を。

ブーンがデンヴァーの前庭に車を入れたとき、ちょうど朝日が木々の上にのぞいた。デンヴァーが迎えに出てきた。片手にコーヒーカップ、片手にソーセージ入りのパン。今度はデンヴァーも機嫌よく、陽気ですらあった。

ブーンは袋をデンヴァーの裸足《はだし》のそばに置き、わざと冷ややかににらんだ。

「おれはもう降りる」

デンヴァーは顔をしかめた。「どうしたんだ?」

「知るか」ブーンは言い、背中を向けようとした。

「おいおい、そうかっかするなよ!」デンヴァーが叫んだ。

ブーンが振り返る。デンヴァーはその冷たく厳しい目にぎょっとして、熱いコーヒーを足にこぼしてしまった。

「なんでおれが怒ってるとわかった?」ブーンは言った。

彼はぶっきらぼうに言い捨てて車を出し、デンヴァーを印つきの十万ドルと一緒に置き去りにした。デンヴァーは金をつかみ、急いで中に戻った。ボスは仕事中に連絡されるのを好かないだろうが、知ったことではない。

レイザー・ベンドの市境を入ってすぐ、信号で止まったとき、日の光が磨き上げられたクロームにはじかれて、一瞬、運転席の男の目をくらませた。車内電話が鳴ると、男はまさかデンヴァー・チェリーの声を聞くとは思わず、反射的に電話に出た。

「もしもし？」

「おれだ」デンヴァーは言った。

運転していた男の顔が暗く変わり、おだやかに道路を見ていた表情が怒りをおびた。「なんだ？」

「昨夜《ゆうべ》はうちの新顔がうまくやったことを知らせようと思ってな。すべて無事にすんだ。やつは今帰ったよ」

荒々しい言葉が男の口からもれ、デンヴァーが昨夜の不吉な予感が正しかったと察するには、それで充分だった。

「何をしたか知らないが、二度とやるな」デンヴァーはすごんだ。「またやったら、おれは抜ける」用件を言い終えると、彼は電話を切り、どすんと椅子に座った。「なんてこった。頭ってやつがあるのはおれだけなのか？」

デンヴァーが電話をかけていたころ、ブーンは寄り道をしていた。疲れて眠りたかったが、眠りよりも必要なものがあった。昨夜警部が何を防いでくれたにせよ、自分はそれで命を落としていたかもしれないのだ。

ダラスからの帰り道、彼はずっとレイチェルのことを考えていた。もし自分が死んだら、彼女は悲しんでくれるだろうか？　一目顔を見たい。声を聞きたい。たぶん、そうすればゆっくり眠れるだろう。

だが、ブーンがレイチェルの家へ行ったとき、彼女の姿はなかった。

レイチェルはオクラホマ・シティで飛行機に乗り、まっすぐサウスダコタへ向かった。飛行機を降りたとき、彼女は立ち止まり、ターミナルを取りまく光景を見た。

見つめているうちに目が熱くなった。板ガラスに反射する太陽の光で、肌がじっとり汗ばんでくる。

レイチェルが地平線を眺めていると、ビジネススーツを着た小太りの中年の男が、彼女の熱心な表情を見てそばに立ち止まった。

「わかりますよ」男は言った。「故郷に帰ってくるのはいいものですよね？」

レイチェルは目を見開き、少し驚いて振り返った。

「あら、わたし、ここの出身ではないんです。それどころか、来たのは初めてです」

「わたしの間違いでしたか。そんなふうに見えたものですから」彼は肩をすくめた。「とにかく、いい一日を。お嬢さん」

男は歩み去り、レイチェルは彼の言葉は真実をついていたのだろうかと考えた。見たところでは何もかも初めてのものばかりだ。だが、わたしの一部は、つまり潜在意識は、待ち望んでいた帰郷を喜んでいるのだろうか？　レイチェルは震えた。

翌日、ある明白な事実がわかった。トリニティはもうなかった。しかし、かつては存在しており、リードとデッドウッドのあいだにある、小さいが繁栄した新興都市だった。

レイチェルはトリニティが実在したことにショックを受けた。失敗を覚悟していたのに、思いがけない答えが手に入りかけている。

マーシー・ホリスターや、ダコタという名のお尋ね者を調べるほうは収穫がなかった。開拓時代の西部を扱った博物館で館長に案内され、早撃ち名人のワイルド・ビル・ヒコックと、彼がデッドウッドにいたころの記録がつまった部屋に入るまでは。

一枚の古びて色あせた新聞がガラスの額に展示されていた。見出しはヒコックや彼の撃ち合いのことばかりだった。しかし、右下の隅にあった記事がレイチェルの目を引きつけた。

〈お尋ね者、情婦の手にかかる〉

　読み終えたとき、レイチェルは立っているのがやっとだった。「ああ、どうしよう」

マーシー・ホリスターは実在したのだ。そればかりか、その記事によれば、彼女はダコタ・ブレインというお尋ね者を殺したらしい。でもおかしいわ。わたしが見たのは、苦しいほど愛し合っている恋人たちだったのに。なぜこんな悲しい最期になってしまったのだろう？

　レイチェルは気が遠くなりかけるのをこらえた。

「いいわ。それなら二人は実在したわけね。でも、わたしに関係があるとはかぎらないわ」そうつぶやいたが、やがて敗北感に打ちのめされた。

　わたしが望もうと望むまいと、彼らの人生をもう一度なぞっている以上、わたしたちは固く結ばれてしまっているのだ。ようやく歩いても大丈夫だと思えるようになると、レイチェルは外に出てタクシーを拾い、ホテルに戻った。

　そしてレイチェルは帰ってきた。ラピッドシティーで飛行機に乗ったときも、まだショックは消えていなかった。

　レイザー・ベンドへの長い道のりを走りはじめたときも、無視するわけにいかない事実は存在していた。一連の出来事はすべて、ブーン・マクドナルドがあらわれて始まったのだ。ならば、それを止める鍵《かぎ》も彼に違いない。

　次の朝、レイチェルは無期限の休暇願いを持って、上司のオフィスに入っていった。願いは受理されたばかりか、上司は思いがけないほど心配し、助力を申し出てくれた。レイチェルは目をうるませてオフィスを出た。

まさにその姿をチャーリー・ダットンに見つかってしまった。レイチェルが通りすぎようとすると、チャーリーは彼女の腕をつかんで、振り向かせた。

「おいおい！　それがパートナーにするしうちかい？」

レイチェルは涙を見られまいと目をそらしたが、遅かった。

「泣いているじゃないか」

レイチェルはゆがんだ笑みを浮かべた。「違うわ、目から水がもれているの」

「同じことさ。何があったんだ？」

「何もないわ。本当よ」

チャーリーはうなった。「レイチェル、僕たちはパートナーじゃないか。どうしたんだ？　それに、なぜ制服を着てないんだ？」

困ったことになった。「長期休暇を取ることにしたの」

「知ってるさ！　どうかしてるよ。きみはこんなことをする人じゃ……」チャーリーの顔が曇った。「原因は男なのか？」

レイチェルは赤くなった。

「あのばかな銀行屋のはずはないな。振るのはきみで、彼は振られるほうなんだから。彼じゃないんだろう？」

「ええ、グリフィンはわたしの決心には関係ないの……」

「あいつ――」チャーリーはふいに怒りにかられて彼女の腕をつかんだ。「きみと一緒にいたあの男か。……あのいまいましい、ちんぴらだな？」

レイチェルはチャーリーをにらみつけた。答える気はない。

「やつに乱暴されたのか？　きみは、その……もしかして……？」

レイチェルは息をのみ、驚きで目をみはった。

「まあ、違うわ！」

チャーリーは赤くなり、目をそらした。「そうか。でもわけを教えてくれ」

「彼はこのこととは関係ないの」レイチェルは答えたが、嘘《うそ》をついたことに気がとがめた。「ちょっと個人的な問題があって。それが解決するまでのことよ。仕事に集中できないんじゃ、患者さんに申し訳ないでしょう？」

「それがきみの考えた言い訳かい？」

「そのとおりよ」

チャーリーはがっくりと肩を落とした。「僕は新車を買って、髪型も変えて、スーツも新調したんだよ。きみがいなけりゃ、誰に見せればいいんだ？」

レイチェルの目にまた涙がこみ上げ、チャーリーは彼女が涙ぐんでいるのを見てうめいた。

「いいさ、ただの冗談だよ」彼はつぶやいた。「僕は女の子に囲まれているからね。ほんとに、棒で追っ払わなきゃならないくらいにさ」

レイチェルは笑ったが、涙で喉がつまった。「元気でね、またいつか」

そして、ドアから出た。

ブーンはカー用品店から新しいジャッキを持って出てきた。スネークが何もしていないと言い張ったのは信用していなかったが、その言い訳は受け入れてやることにした。どちらにしても、たいした違いはない。トラックの荷台にジャッキを入れたとき、ちかっと目をとらえたものがあった。そちらへ顔を向けたとたん、どっと安堵《あんど》の波が押し寄せた。レイチェルだった。帰ってきたんだ！

ブーンは腕時計に目をやり、時間を見て、なぜ制服を着ていないのだろうかと思った。だが、すぐに肩をすくめ、トラックに乗りこんだ。

大げさに考えすぎだな。きっと勤務時間が変わったんだろう。

しかし〈アダムズ・リブ・カフェ〉へランチを買いに走っていくあいだも、彼女の表情が頭から離れなかった。レイチェルはひどく動揺していた。

今夜、彼女に会いに行こう。僕がいることを気づかれなければいい。

その夜は澄みきって暗かった。雨の気配はもうない。無数の星が空に散らばり、そよ風が色を変えはじめた木の葉を揺すっていた。

レイチェルは上掛けにもぐって心地よく眠っていた。深く、夢もなく……。それがいつ変わりはじめたのかはわからなかった。

レイチェルは体をまわしてあお向けになり、目を見開いて、彼女だけに見える光景を見つめていた。

心の中は荒れ狂い、彼女は上掛けを押しやり、ベッドを飛び出した。裸足で家を駆け抜け、白いフランネルのネグリジェの裾《すそ》を踏みそうになる。いまや、レイチェルを支配しているのは潜在意識だった。

レイチェルは家から走り出た。露に濡《ぬ》れた芝生も、冷えていく空気も感じなかった。彼女は今、恐怖にとらわれ、眼前の光景に打ちのめされた女だった。

彼女に見えているのは、眼下の峡谷にいる男だけだった。火薬のにおいが鼻をつく。太陽が上から照りつける。彼女は腕を上げ、泣き叫んだ。体の奥深くからわき上がった悲鳴は、彼女の意識から現在の時間へ突き抜け、カイアミーシの静寂を破った。

しばらくして、痛みが夢を打ち砕いた。レイチェルは草の上に膝をついた。その顔を涙が滝のように流れる。

ブーンはブレーキを踏んだ。ヘッドライトがアスファルトの細い道を横切ろうとする鹿《しか》を照らし出したのだ。鹿は足を止め、まばゆい光に一瞬立ちすくんだが、やがて動き出し、影のように消えた。

ブーンは用心深くアクセルを踏んだ。次のカーブに別の鹿がいるかもしれない。

その用心のおかげで、さらに二キロほど行ったときに森からライトの中へ突っこんできた女を轢《ひ》かずにすんだ。女は目を見開き、涙で顔を濡《ぬ》らしながら走っていた。

レイチェルだった。

ブーンは思い切りブレーキをかけ、どうにかトラックを止めて、ドアをつかんだ。すぐさま外へ出て、銃を抜いて走り寄った。レイチェルが命を狙《ねら》われているのだと思い、ブーンは中腰になって彼女の後ろの暗闇に銃を向け、姿の見えない敵に狙いをつけた。

そのとき、レイチェルが悲鳴をあげ、道路のわきに膝をついて倒れた。

9

「ああ、神様、もうやめてください」レイチェルは祈り、膝をついたまま体を揺すった。痛みが頭を貫き、彼女は髪に爪を立てた。

しかし、地面から抱き上げられ、激しく脈打つ心臓が強く触れたとたん、熱い体とたくましい腕を感じて全身の力が抜けた。

「レイチェル！　どうしたんだ？」

「誰……？」

「僕だよ。ブーンだ」

レイチェルは目をまたたいた。だが、頭が痛くてたまらない。彼女は弱々しくブーンの上着をつかみ、聞きとれないくらいの声で言った。「家へ……家へ帰りたいの」

ブーンは彼女を抱く腕に力をこめ、体をまわした。数秒後、レイチェルは彼の隣のシートにいた。そして、家に着いたとき、レイチェルの顔には涙が幾すじも流れていた。警察に入ってこのかた、これほど不安になったのは初めてだった。ブーンは手を差しのべながら、ためらうように呼んだ。「レイチェル？」

レイチェルはまるで、ずっとそうしてきたようにブーンに体をあずけた。彼女を抱いて家への小道を上がったとき、ブーンの心の奥底に封じられていた固く冷たいものが溶けはじめ、彼はようやく本当の家に帰ってきたような感覚に襲われた。

部屋はあたたかかった。しかし、ブーンがベッドの端に下ろしてやっても、レイチェルは悪いことをした子どものように、身動き一つしなかった。

「レイチェル……いったい何があったんだ？」

彼女は答えることなどできなかった。必死にベッドをつかんでいるあいだに、部屋の明かりは電球からろうそくへ、キルトの木綿のベッドカバーは、真紅のベルベットと白い繻子《しゅす》へと変わっていった。

ダコタは笑みをたたえ、熱っぽい目でマーシーを見上げた。彼の指がそっと、やさしくマーシーの腿を這《は》い上がる。

マーシーは欲望に震え、あお向けになって、彼に夢の世界へ運ばれるのを待った。

ダコタがストッキングの上に指をかけ、じらすように下ろしていく。

マーシーは息をもらした。ダコタがかがんで、膝裏のくぼみに燃えるようなキスをすると、彼女はうめいた。そしてダコタのゆたかな黒髪に指をからめ、もう一度彼の体を起こして唇を重ねた。

レイチェルは目をこらすようにまばたきをし、ようやく誰に助けられたかを知った。黒い目。厳しい、整った顔だち。黒い髪に革のジャンパー。

「ブーン？」彼女は目を見開いた。「どうして？」それ以上は言えず、彼が説明してくれるのを待った。

ブーンはレイチェルの顔にかかったほつれ毛をそっと払った。

「きみは山の中にいたんだよ。トラックで轢《ひ》いてしまうところだった」

「まあ」レイチェルはうめき、顔をおおった。

「何かあたたかい乾いたものを着たほうがいい。取ってこようか？」

そこでようやく寒さに気づいて身震いし、レイチェルは両手を膝にはさんで顔を上げた。

「バスルームにローブがあるわ。ちょっと待って……」

ブーンは少し離れたが、レイチェルが床に足を下ろしたとき、彼女の足の甲がざっくり切れているのに気づいた。

「レイチェル、医者にみせなくちゃだめだ」

「やめて！」ブーンが電話をとろうとすると、彼女はその腕をつかんだ。

「なぜいやなんだ？」

レイチェルは目をそむけた。

ブーンは彼女の顔を両手にはさみ、自分に向けた。「話してごらん。どうしていやなんだ？」

驚いたことに、レイチェルは怒っているようだった。「医者にみせたら、どうしてこうなったのかきかれるし、わたしには説明できないからよ」

「それじゃ、何が起きたか覚えていないのか？」

レイチェルの表情が暗くなった。「そういうことなの」

ブーンは彼女の膝に手を置いた。「前にも同じようなことがあったんだろう？　最初に小川で見たときも、きみはそこにいない誰かに話しかけていた」

レイチェルは唇をかんだ。

ブーンは心配でたまらず、それにいらだちが加わって、つい声が鋭くなってしまった。「どうなんだ、レイチェル？　早く話してくれ！」

今度はレイチェルも本気で怒っていた。「何を話すの？　わたしの頭がおかしくなっているかもしれないってこと？　それくらいとっくに考えたわ」

ブーンは声を荒らげたのを悔やんでこの場をおさめようとしたが、すでにレイチェルの感情は爆発してしまっていた。

「いつもベッドに入り、目を閉じて、眠りに落ちるわ。だけど、目がさめたときにはベッドにいないのよ。気がついたら川の中に立っていたこともあるわ。地面に倒れていたこともある。どうしてなのかわからない。自分ではどうにもならないの」レイチェルの体が揺れ、またしても両手で顔をおおった。

「なんてことだ」

ブーンはそれしか言えなかった。彼は低い声をあげてレイチェルの隣に座ると、彼女を膝に抱き上げた。そうして抱いているうちに、やがてレイチェルの震えはおさまった。

レイチェルはブーンにすまない気持ちになった。わたしは自分の弱さを彼に押しつけているわ。

彼女はため息をついた。

「もう大丈夫かい？」

「ええ。でも、バスルームまで手を貸してくれる？　足につける消毒薬が薬棚にあるの」

蛍光灯の光は、レイチェルがみずから招いたダメージを無残に照らし出した。まぶしい光の下に、顔の引っかき傷からネグリジェのかぎざきまで、すべてがさらけ出されている。おまけに、女らしい体も、柔らかい白のフランネルの下からくっきり浮き出ていた。

レイチェルのほほ笑み以上のものが欲しくてたまらず、ブーンは震える手で、彼女の足をバスタブのふちにのせた。レイチェルに言われるまま、傷に消毒液をかけ、包帯を巻く。

手当ての道具をしまいながら、ブーンはもう一度彼女を見つめた。「次は？」

レイチェルはかすかに顔を赤らめた。「ちょっと失礼していいかしら……」

ブーンはバスルームを出て、ドアを閉めた。

やがてレイチェルがバスルームを出てくると、彼の姿はなかった。彼女は驚いて立ちつくし、小さな木造の家の静けさに耳をそばだてた。やがて、廊下の先で食器のぶつかる音がした。ブーンはキッチンにいるんだわ。あの物音からして、何かを作ってくれているのね。

足音がしなくても、ブーンはレイチェルに気づいた。振り返ると、彼女が戸口に立って見ていた。さっきの白いネグリジェから、ローブと揃《そろ》いのピンクのものに着替えている。ブーンは動かずにいるべきか、どこかへ隠れるべきか、わからなかった。どちらにせよ、自制心はとうになくしていたが。

「気分はよくなった？」彼は尋ねた。

レイチェルはほほ笑んだ。「ええ、助かったわ」

「コーヒーをいれているところだ」

彼女は指を上げた。「プラグを差さなきゃ」

「ああ、そうか」ブーンは下を見てつぶやき、プラグをコンセントに差しこんだ。

「ブーン？」

「うん？」

「ありがとう」

ほんの二歩踏み出せば、レイチェルを抱ける。だがブーンは動かなかった。

「どういたしまして」

コーヒーがわきはじめ、ブーンはほっとした。

レイチェルは椅子にかけた。

ブーンはコーヒーをカップにそそぎ、彼女のところへ行った。

レイチェルはコーヒーを吹いてさまし、ブーンは自分の分をごくりと飲んだ。沈黙がのしかかり、どんどんふくれ上がっていく。それを破ったのはブーンのほうだった。

「もう助けがいらなければ帰るよ」乱暴な言い方をしたことなどどうでもよかった。忍耐も限界で、彼女が欲しくて頭がどうにかなりそうだ。

レイチェルはうなずいてカップを押しやった。だが、自分で立ち上がるより早く、またもやブーンが彼女を抱き上げた。

「何をするつもり？」レイチェルは自分の声の震えに腹が立った。彼に不安を見抜かれたくない。

「きみをベッドに入れるのさ」

ブーンの声のためらいがレイチェルをほっとさせた。今の状況にとまどっているのが自分一人でないなら、動揺も少しは軽くなる。彼に廊下を運ばれていくとき、レイチェルはあきらめまじりの声で言った。「ついでに、ベッドに縛ってもらったほうがいいかしら。おとなしく寝ていられないから」

ブーンがにやりと笑い、レイチェルは今さらながら、自分がかかわっているのは教会で侍者をしている少年でないことを思い出した。

しかしブーンは黙ったままレイチェルをベッドに入れ、彼女はほっとした。すると、彼が手を伸ばして、指先でレイチェルの上唇をなぞった。

「最後に女をベッドに縛ったときは、寝かせるためじゃなかったな」

レイチェルは息をのんだ。そのイメージはあまりにあざやかで、振り払うことができなかった。

ブーンはレイチェルへの欲望の激しさに、もはや自分を抑えられなかった。やめろと自分に言い聞かせる前に、彼は体をかがめていた。

　レイチェルの唇は夢見ていたよりも、ずっとすばらしかった。柔らかく、かすかに驚いている唇が、ブーンの強引さに押し開かれる。彼は低く声をあげ、レイチェルは息をもらし、さらに唇が強く重なった。だが、彼女の隣に倒れこんだとたん、ブーンは体を起こした。彼の息は熱く、満たされない欲望で目が暗く陰っている。

「今のことを謝る気はないよ」

「あなたのような人が謝るなんて思ってないわ」レイチェルはそう言ってから、自分を蹴飛《けと》ばしたくなった。こんなにいろいろしてもらっておきながら、わたしはブーンを傷つけてしまった。それは彼の目を見ればわかった。

　ブーンは笑ったが、陽気な笑みではなかった。

「そうだな、ダーリン。そのかわいい顔と身の安全が大事なら、しっかりこの家に閉じこもって、こんなならず者《デスペラード》を近づけないようにしたほうがいい」

　ならず者《デスペラード》ですって！

　またしてもブーンがダコタと同じ言葉を言うのを聞き、レイチェルはぎくりとした。

　ブーンがドアに向かったとき、レイチェルのほとんど聞きとれないくらいのささやきが、彼の足を止めた。「あなたのこと、もう怖くないわ」

　ブーンは凍りついた。そして振り向いたときには、レイチェルが二度と忘れられない表情を浮かべていた。「怖いと思ったほうがいい、レイチェル。そう思ってくれ」

　しばらくして、ブーンが家の中を歩いていく音が聞こえ、鍵《かぎ》が小さくかちりとかかった。行ってしまったんだわ。

　レイチェルはほっと緊張を解き、数分後にはベッドわきのライトを消して眠りに落ちた。目がさめたときには朝で、太陽が顔に照りつけていた。

ベーカリーを出ようとしたまさにそのとき、ジョーニー・ミルズが飛びこんできた。

「レイチェル！　ちょうどよかったわ！」ジョーニーは叫んだ。「待ってて。話があるのよ」

レイチェルは天をあおいだ。もう少し早く来れば、ジョーニーの尋問を逃れられたかもしれないのに。

ジョーニーは一分ほどで、片手にジェリー・ドーナッツ、もう片方の手にソーダを持って戻ってきた。

「ついてきて」彼女は有無を言わせず、自分の店へ向かって歩き出した。「急がなくちゃ。あと十五分で、メルヴィナが月に一度の毛染めに来るのよ。あの人の髪ったら、パンのかびより早く伸びるんだから」

じきに根掘り葉掘り質問されることはわかっていたが、レイチェルは思わず笑ってしまった。

ジョーニーはジーンズの脚をてこにして、お尻で店のドアを開けた。「早く入って。話を聞かせてもらわなくちゃ」

レイチェルは、そんな必要はないと思った。しかし、ジョーニーについて中に入ったとき、本当はずっとそうしたかったのだと気づいた。

「座って」ジョーニーは命じ、ドーナッツの残りをごくんとのみこんでソーダで流しこんだ。「さあ話して、黙って聞いてるから。メルヴィナが来るまでに、毛染め液をまぜておかなきゃならないのよ。なぜ長期休暇を取るって言わなかったの？　それに、なぜ、州の外へ行ったことを話してくれなかったの？　あたしはチャーリーから聞いたのよ。あたしが人から噂《うわさ》を聞かされるのは嫌いだって知ってるでしょ」

「とくに話すこともないのよ」レイチェルは答えた。「サウスダコタに行って――」

ジョーニーは仰天した。「サウスダコタですって！　まあ！　あんななんにもない……」彼女は一呼吸置き、言葉を継いだ。「ごめんなさい」

レイチェルはつぶやいた。「調べたいことがあって……それには、あそこへ行くのがいちばんいい方法だったの」

ジョーニーはしばらく動かなかった。「それで……知りたかったことはわかったの？」

レイチェルはため息をついてうなずいた。「たぶん、それ以上のことがね」

「レイチェル？」

「なあに？」

「あなたはあたしにとってレイザー・ベンドでいちばんの友達だし、たぶん世界でも最高の友達よ。それは知ってる？」

レイチェルは少しとまどったが、ジョーニーの言葉はうれしかった。「と思うわ」

「それじゃ、これも知っておいて。たしかにあたしはちょっぴり噂好きよ、でも神に誓って――愛する母の墓にだって誓うわ、まだ死んではいないけど。あなたの打ち明け話は、何があってももらさない」

さあ来たわ。レイチェルは思った。今度はわたしが話す番ね。「ジョーニー？」

「はい」

「生まれ変わりって信じる？」

毛染め液が床に落ちて飛び散り、ジョーニーの白いテニスシューズを暗い不吉な色に染めた。でもジョーニーは下を見なかった。

「レイチェル……それはただのおしゃべり？　それとも、真剣なの？」

「笑っているように見える？」

ジョーニーの目が好奇心で大きくなった。「話してみて」

レイチェルは気持ちが楽になった。ありえないことだと言われても、話せる相手がいるのはうれしい。

「ここ六週間で確信したの。わたしの頭がおかしくなったか、でなければ、もうわたしがわたしでなくなっているんだって」

「レイチェル……あたし、怖くなってきたわ」

「あなたが？」レイチェルは椅子のアームを握って、身を乗り出した。「ジョーニー、あなたにはわからないと思うけど、わたしはここにはないものが見えたりするの。現実の中で目がさめているのに、いきなり世界が逆行してしまうのよ。体はここにいても、自分が自分でなくなるの」

ジョーニーはあっぱれにも笑わなかった。それどころか、床の黒い水たまりをまたいで、レイチェルを抱きしめてくれた。

「あたしがいるわ、ハニー。話してしまいなさいな。どんなことでも、どんなふうにでも」

どっと体の力が抜けたが、じきに喉がこわばるのを感じてレイチェルは不安になった。

「わたしがおかしくなったんだと思う？」

ジョーニーはティッシュを取って、大きな音で鼻をかんでから答えた。「まさか、思わないわよ。あなたはあたしの知り合いの中で、いちばんしっかりした人だもの」

「それなら説明して」レイチェルは言った。「なぜこんなことが起こるの？　どうしたら終わるの？」

「わからないわ」ジョーニーはそう言い、声を低めた。「だけど、おばあちゃんがよく言っていたものよ。空と大地のあいだには、人間にはわからないことがたくさんあるって」

レイチェルがバッグを取ったとき、ジョーニーがうめいた。

「あらっ、メルヴィナが来たわ」

「もう行くわね」レイチェルはジョーニー以外の人に悩みを気づかれたくなかった。

ドアに向かったレイチェルに、ジョーニーが呼びかけた。「レイチェル、待って！」

レイチェルは振り向いた。

ジョーニーが袋を指した。「パンを忘れたわよ」

レイチェルは目をぐるりとまわし、笑ってみせた。

「ああ、それね。やっぱり頭がおかしい、って言われるのかと思ったわ」

レイチェルが店を出たときも、ジョーニーはまだ笑っていた。レイチェルは心の底から安堵《あんど》した。秘密は重荷であり、誰かと分かち合えるのはうれしかった。

もう昼近かった。レイチェルは〈ジミーの店〉の外の椅子にかけ、家に帰る前にガソリンと潤滑油を入れてもらうのを待っていた。そのとき、チャーリー・ダットンとケン・ウェイドが、ガソリンを入れにスタンドに救急車を乗り入れてきた。

チャーリーは笑顔で車から飛び出し、ケンはウインクをして伝票にサインをしに店へ入った。

「もう遊びまわっているのかい？」チャーリーがからかった。

「スチューの作業が終わるのを待っているのよ」

チャーリーはかすかに鼻を鳴らした。「きみが急いでないことを祈るよ。スチューときたら、どんなに仕事がはかどらなくても、五ドル五十の時給だけはしっかり取るんだから」

レイチェルは笑った。「ずいぶんいらいらしているのね」

「きみのせいさ」チャーリーは店から出てきたケンを指さした。「レイチェル、きみの花の香水がなつかしいよ。こいつは花のにおいがしないんだ」

ケンは吹き出した。

レイチェルの笑みも広がった。「わたしと同じ香水を一瓶買えばいいのよ。そうすれば、チャーリーが怒りっぽくなったら、ちょっとふりかけて、機嫌を直してあげられるわ」

「わかったよ、もういい」チャーリーが言った。

「乗れよ。〈アダムズ・リブ〉にランチに行くところなんだ。食事はするんだろう？」

「おごってくれるならね」

「誘ったのはおまえだからな」ケンが言った。彼はドアを開けて先に乗りこむと、シートのあいだに入って患者をのせる後部席に行き、レイチェルにシートをあけてくれた。

そのとき、レイチェルはチャーリーの手を見て、彼がはめている派手な金の指輪に目を丸くした。どうしたのと言いそうになったが、ケンが彼女の視線をとらえ、首を振って止めた。レイチェルは肩をすくめ、尋ねるのをやめた。しかし、車がカフェの前に止まって外に出たときには、生活が一変したのは自分だけではないのだと思った。ロイス・クレインからジョーニー経由で聞いた話だと、チャーリーは家のローンを清算したらしい。それに、買ったばかりの新車と指輪。チャーリーには誰も知らない魔法使いの名づけ親がいるか、でなければ、宝くじに当たったのに国税局の目を逃れようとしているのか、どちらかだ。

三人が古い友達のように笑いまじりにしゃべりながらカフェに入っていくと、グリフィンとロイスがランチをとっていた。グリフィンの顔が赤くなり、ロイスの顔が輝いた。レイチェルが感じたのは安堵だけだった。

「こんにちは」レイチェルは明るく言った。「今日は何がおいしいの？」

「わたしたち、スペシャルを食べているの」ロイスは〝わたしたち〟を強調して言った。

グリフィンは立ち上がり、レイチェルのために空いている椅子を引いた。「相席で食べようじゃないか。今日はだいぶ混《こ》んでるから」

しかしチャーリーはその気がなかった。「ありがとう。でも、あっちのテーブルがあいてるんだ」

グリフィンはなすすべもなく、レイチェルが二人の男と客の中へ消えるのを見つめた。そして腰を下ろし、向かいのロイスをにらみたくなるのを抑えた。

しばらくして入口のベルがからんと鳴り、レイチェルは誰かしらと顔を上げ、どきりとした。

スネークは彼女に気づかなかった。トミー・ジョーも料理に気をとられている。だが、ブーンは後ろでドアが閉まるより早く、レイチェルの存在を感じたようだった。二人の目が合い、ブーンの唇に秘密めいた笑みが浮かんだ。

グリフィンはそのすべてを見ていた。ブーンが入ってきたときから、レイチェルが赤くなってほほ笑むまで。

グリフィンは呆然《ぼうぜん》とした。レイチェル、いったいどうしたんだ？　怒りで体が震え、グリフィンはテーブルナイフを乱暴に置くと、紙幣をつかんで大股でドアに向かった。ロイスはあわてて彼を追った。

三人の男が近づいてくると、レイチェルは息をつめ、ブーンの表情が変わるのを見つめた。ふたたび二人の目が合う。彼の視線が先にそれ、レイチェルの目から唇へと動いた。彼女は体がほてると同時にぞくっとした。ブーンはキスのことを思い出しているんだわ。とまどいと混乱で、彼女は目をそらした。

三人がレイチェルのテーブルの近くに来たとき、ブーンの足音がゆっくりになり、やがて止まった。何かするつもりなのかしら。レイチェルは皿を見つめたまま、膝のナプキンを握りしめた。だがしばらくしてやっと、彼がボーイを通すためにわきに寄っただけだとわかり、緊張を解こうとした。しかし、ほんの十センチのところにいられては無理だった。

お皿だけを見るのよ。レイチェルは自分に言い聞かせたが、むだだった。彼女は頭を上げ、そのとたんに、ブーンのまなざしの静かな力にとらえられた。

「失礼」彼はおだやかに言って離れていった。レイチェルが頬を赤くしたことにしっかり気づきながら。

チャーリーは、見ていて何かおかしいとは思ったものの、たしかめるチャンスはなかった。ちょうどそのときポケットベルが鳴ったのだ。

「すまない、レイチェル、呼び出しだ」チャーリーとケンは自分たちの勘定を置いて店を飛び出し、残ったレイチェルは一人で食事を終えた。

ゆっくり紅茶を飲んでいたとき、うなじがぞくりとした。後ろを見なくても、ブーンが見ているのだとわかった。

ふいに彼のそばにいるのがたまらなくなった。勢いよく立ち上がったはずみで、怪我《けが》をした足に体重がかかり、体がよろけた。ドアまで行くあいだ、レイチェルはずっと自分に言い聞かせていた。怖いんじゃない。怖がったりしてないわ。

それも嘘《うそ》ではなかった。一人でいるときのブーンは少しも恐ろしくない。しかし、仲間と一緒にいると、彼が誰で、何をしているのかを思い出させられる——法の反対側で生きていることを。

突然、誰かに肩をつかまれた。振り向かなくても、相手はわかっていた。

「乗せていこうか？」ブーンはレイチェルの足を見ながら、そっと言った。

彼女はブーンの肩の後ろに目をやった。スネークとトミー・ジョーがいるはずだ。

「僕一人だ」ブーンは彼女の無言の問いに答えた。

「ありがとう、でもわたしは大丈夫——」

「この前はこっちが乗せてもらった。ただのお返しさ」

レイチェルは自分の車が一キロ先にあることや、早くも痛みはじめた足のことを考えた。

「わかったわ」

ブーンは口で言えないほどほっとした。たいしたことではないにせよ、レイチェルが自分を信頼してくれた大きな第一歩だ。急いで先に立ち、彼女のためにトラックのドアを開けた。

レイチェルは〈ジミーの店〉に着くまで、彼に顔を向けなかった。ブーンは車を店に着けて止めると、彼女が動く前に外へ出て、降りるのを助けてくれた。

「ゆっくり」彼はやさしく言い、レイチェルの両手を取って、そっとシートから降ろした。

彼女が両足でちゃんと立ったあとも、ブーンはまだ手をつないでいることに気づいた。今度は彼のほうが狼狽《ろうばい》した。

「ブーン？」

彼女を放すんだ、ばか。レイチェルのまなざしに見とれ、ブーンは心の声に従う力を失っていた。

「うん？」

「あなた、サウスダコタにいたことはある？」

その質問は銃撃に等しく、ブーンは凍りついた。ブーン・マクドナルドがサウスダコタに行ったことはない。しかし、彼はそこの生まれだった。ブーンは必死に狼狽を抑え、冷ややかで探るような目をレイチェルに向けた。

「いや、ないな。なぜそんなことをきくんだ？」

レイチェルは肩をすくめた。「理由はないの。ただ、先週あそこに行って、見たものが――」

ブーンは彼女の腕をつかみ、今度は怒りを隠そうともしないで言った。「あそこに行った？　なぜ？」

「痛いわ」レイチェルは言った。

ブーンはとがめられてはっとした。つかんだときと同じように、すばやく彼女を放し、自分は正気を失っているのだろうかと考えた。こんなことをしてはまずい。偽装工作の第一歩は、偽装の人物になりきることなのに。

「わたしが言おうとしたのはね。あそこの州立歴史協会が、デッドウッドにすばらしい展示をしていることなの。ほら……ゴールドラッシュのときのものとか、ワイルド・ビル・ヒコックや……」彼女は肩をすくめた。「あなたも見たことがあるかと思って」

驚きで言葉が出ず、ブーンはどうにか首を振った。

レイチェルはがっかりし、かろうじてほほ笑んだ。

「それだけのことなの。乗せてくれてありがとう」

レイチェルは足を引きずりながら遠ざかり、ブーンは今のことはなんでもないのだと思おうとした。誰だって旅行はする。だが、なぜだ？　行く先は世界じゅういくらでもあるのに、なぜよりによってサウスダコタへ？　もしや……。

ブーンはトラックに乗り、町を出た。スネークとトミー・ジョーには悪いが、自分たちの車で戻ってもらおう。大至急、レイチェル・ブランドのことを調べなくてはならない。

10

レイチェルの過去を調べた結果、彼女が自分で言っているとおりの人間だとわかり、ブーンはほっとした。有資格の救急救命士。仕事熱心。それに、少し前まではミセス・グリフィン・ロスになると噂《うわさ》されていたらしい。

だが最近は違う。愛情よりレイチェルへのあてつけだと言う者もいるが、グリフィンはもっぱら秘書と出歩いている。

レイチェルは何かにつかれたように夜のカイアミーシをさまよい、現実にはいない男に向かって泣いていた。それに、彼女がブーンを恐れるというより、心を引かれている様子なのも奇妙だ。疑問は山ほどあったが、ブーンは彼女のサウスダコタ行きを偶然だと信じたかった。だから、無理やりそう思いこんだ。

いっぽう、デンヴァー・チェリーの家では毎夜みんなで酔いつぶれる以外、何も起こらなかった。だが、あれほど苦労して仲間になった以上、ブーンは彼らを避けてばかりもいられない。

これほど仕事をやめたくなったのは初めてだった。原因はレイチェルだ。偽装捜査官が偽装上の人物よりも本当の自分のことを考え出したら終わりだ。そんな事態が起こる前に、身を引きたかった。

・

ブーンが車でトレーラーハウスへ戻り、駐車したのは真夜中だった。カーラジオをつけたまま黙ってシートに座り、中へ入って寝る前に緊張を解こうとした。しかし、暗い窓と錆《さび》だらけのトレーラーを見ていると、どっと孤独が押し寄せた。

ブーンは衝動的に携帯電話を取った。シートの背に頭をのせて目を閉じ、正気を保ってくれる外の世界につながるのを待つ。

「ウェイコよ。あなたなの？」

ブーンは怒りのまじったうなり声を出した。「さあどうだか。こっちが教えてほしいですよ」

彼の様子がおかしいのに気づき、スーザン・クロスはポップコーンのボウルをわきへやった。「話してちょうだい、ダーリン」

「この仕事を終わらせたいんです」

「何かあったの？」

「まさか。もしそうなら、こんなふうに話していませんよ」

「わけがわからないわ」クロスは言った。

ブーンはため息をついた。「僕もです、警部。電話するべきじゃなかった」

クロスはつかのま考えこんだ。最初に浮かんできたのは例の女のことだった。

「彼女ね？」

ブーンは八方ふさがりの状況を悟り、気分が重くなった。しかし、上司に対して、自分が分別をなくしかけていると認めるのは難しかった。

「なんの話かわかりません」彼はつぶやいた。

短く簡潔な罵倒《ばとう》の言葉が聞こえた。

ブーンはぎょっとし、それから笑った。「驚いたな、ウェイコ、そんな言葉を知っていたんですか」

「あなたも言ってごらんなさい、逮捕してあげるから」

ブーンは息を吐いた。そんなことのために電話したのではないし、今逮捕されては困る。

「警部、さっきも言いましたが、電話して申し訳なかったと思っています。今日は日が悪かったということにして、もう切りましょう」

「こっちのニュースを聞けば、機嫌が直るかもよ」

ブーンはさっと緊張した。「聞かせてください」

「印のついたドラッグマネーが、蜜《みつ》にたかる虫みたいにレイザー・ベンドを飛びまわっているわ」

これはたしかにいいニュースだった。「出どころはわかりましたか？」

「まだ捜査中よ。今、調べているところ。いずれにせよ、一週間以内には何かつかめるでしょう」

「ありがとう、警部」ブーンは言った。

「いいえ、ブーン、感謝するのはこっちよ」警部は静かに言い、電話は切れた。

ブーンはトレーラーを見上げ、中で待っている冷たいシーツと、一人きりのベッドを思い浮かべた。

「我慢しろ」自分に言い聞かせてエンジンを切りかけたとき、ラジオから流れる曲が彼の手を止めた。

それは以前レイチェルの家から聞こえてきた、あの寂しい歌だった。

「『デスペラード』だ」

せつなさがブーンをのみこんだ。歌詞が心の中に響き、もはやレイチェルに会いたいという気持ちを抑えきれない。彼はトラックのギアを入れ、山を下りはじめた。

レイチェルは眠れなかった。目を閉じるのが怖かったのだ。今夜は肌寒いが、静かだった。カイアミーシの山が手招きし、やさしくしてあげるから出ておいでとささやいている。レイチェルは裏のドアから外に出ると、体を伸ばしてゆっくり息を吸った。

それから長いあいだ階段に腰を下ろし、夜と一つになって、近くの木から聞こえるふくろうの鳴き声に耳をすませていると、山の上から下りてきた靄《もや》を顔に感じた。こおろぎの鳴く音。ナイチンゲールの呼び合う声。やがて、いつのまにかあたりの音がやんだ。

レイチェルの目にブーンが映った。黒いクーガーのようにこちらへ近づいてくる。すらりとした長身。黒ずくめの服。まわりの暗闇《くらやみ》に溶けこんだ姿。彼の足取りには、レイチェルが初めて見る決意があり、その緊張が彼女の体の奥をうずかせた。

ああ、どうすればいいの。

ブーンは何も言わずに近づいてきた。傾けた頭と歩くリズムが、はっきり心の中を物語っている。その胸ではずむ鼓動が聞こえ、全身を駆けめぐる血潮の激しさまで伝わってきそうだ。レイチェルは震え、あえぎをのみこんだ。探り合いのときは終わったのだ。たがいの気持ちはすでに熟している――今にもはじけそうなほど。

彼は階段の下に来ると顔を上げ、ただ一度黒い目を向けただけで、レイチェルを燃え上がらせた。

「僕を静めてくれ。でなければ、責任を取ってほしい」

レイチェルは大きく息を吸った。「できないわ。

どうすればいいのかわからないもの」

「それなら、神様にまかせよう。僕にもわからないから」

一瞬ののち、レイチェルはブーンの腕の中にいた。せきたてられるように狂おしく、ブーンの唇がレイチェルの顔をすべり、やがて唇へ、首のカーブへと動き、彼女の香りをむさぼった。

レイチェルが唇を重ねながら甘くあえぐと、ブーンは最後の自制を失った。彼はレイチェルを抱き上げてスクリーンドアを押し開け、木のドアを足で閉めた。

「明かりを消してくれ」

レイチェルはスイッチに手を伸ばした。かちりと音がして、闇に包まれた。頬に彼の息がかかる。なんて荒く、なんて深い……。

ブーンはまともに考えられなかったが、それでも言わなければならないことがあった。「きみが欲しい、レイチェル。きみと愛し合いたいんだ。それに、いったんそうなったら、僕はもう自分を止められない」止まりたくなどない。しかし、ブーンは深く息をして、彼女に逃げ道を与えた。「きみが同じ気持ちでないなら、今そう言ってくれ」

時計のばねのようにレイチェルの体が張りつめた。彼女のささやきはブーンの顔をかすめ、魂の底まで届いた。どちらも言葉を口にしたのはそれが最後だった。

「お願い、ブーン、わたしを放さないで……」

床には線をえがいて服が落ち、廊下の先のキッチンからベッドの端まで続いていた。裸になったレイチェルはベッドに横たわり、彼を待った。ブーンが最後の服を脱ぎ捨てるあいだも、彼の熱い唇が触れた肌が燃えていた。ブーンは何も言わず、言い訳もせず、前戯や甘い言葉で時間をむだにすることもなく、レイチェルに挑んできた。両脚を割って彼が体を重ね、その奥深くへ突き進んできたとき、レイチェルは強い確信を抱いた――このまじわりがどんなものになるか、わたしはずっと前から知っていた。いったんレイチェルの中に入ると、ブーンは動きを止めた。腕の筋肉を突っぱって体を上げる。愛を交わすときの彼女の表情を見ておきたかった。

情熱がレイチェルの表情を微妙に変えていた。まぶたはなかば閉じ、深い安らかな眠りから目ざめかかっているかのようだ。レイチェルはかすかに息をのむたび、ブーンが夢の男のように消えてしまうのではないかと、彼にしがみついた。

ブーンはうめき声をあげ、やがて体をかがめて、レイチェルのしっとりとふくらんだ唇からほんの数センチのところまで唇を近づけた。

「僕を見るんだ、レイチェル。僕を見てくれ」

レイチェルは息を吐き、体を震わせて、ブーンの言うとおりにしようとした。だが、彼の顔はぼやけ、ゆらゆらと変化する。ダコタからブーンへ。ブーンからダコタへ。まるでカーニバルの出し物にある、ゆがんだ鏡を見ているようだ。

肘で体重を支えながら、ブーンは片手で彼女の顔をつかみ、まっすぐに向けた。そして自分の顔だけが彼女に見えるようにすると、ようやく体を動かしはじめた。じきに時は止まった。

ブーンが激しく動けば、レイチェルはその荒々しい欲望を甘く受け入れ、彼が強く動けば、やさしく受け止めた。レイチェルはブーンを包みこみ、彼にないものすべてを与えた。

ブーンのような男が腕の中で彼自身をさらけ出すのを見て、レイチェルは心の底から歓喜を覚えた。それは満足感をともない、自分が生まれてきたのはこのため……彼のためだったと教えてくれた。彼が誰で、どんな人間でも、二人は一つなのだ。

肌が重なり、満たされきれない欲望に全身が脈打つ中、レイチェルはクライマックスが近づいていることを感じ、一瞬、安堵《あんど》を覚えた。もうすぐ……もうすぐだ。彼女は上に乗った男の力に身も心も溶かされ、目をそらすことができなかった。

やがてクライマックスが訪れた。うずまく血潮。躍る鼓動。目もくらむような衝撃。レイチェルが歓《よろこ》びのあまり目を閉じようとしても、ブーンは彼女を一人では行かせなかった。

やがて、二人は震える体でぐったりと抱き合ったまま横たわり、愛の行為の余韻にひたった。レイチェルは甘く息を吐いて目を閉じ、そこで初めて自分が泣いていたことに気づいた。

ブーンは彼女のため息を聞き、頬に手を伸ばした。その手が涙に触れる。彼はうめき声をあげてレイチェルを抱き寄せ、彼女の胸に頭をあずけた。

目を閉じて眠りに落ちる直前、ブーンの心にさっきの歌の最後の言葉が浮かんだ。自分はどうにか間に合ったのだと思い、ブーンは安らぎを覚えた。僕はレイチェルの愛を得た……このならず者《デスペラード》は、やさしい女の心に応《こた》えられるかもしれない。

夜明けが迫り、ブーンはそっとベッドから出た。昨夜脱いだ逆をたどって、服を着ていく。一部屋ずつ、一枚ずつ、歩いて服を拾いながら。最後はブーツだった。服を着てしまうと、寝室に引き返して眠る彼女を見つめた。

髪がもつれ、肩はあらわになっていて、ブーンは昨夜彼女から奪ったあらゆるものを――服も含めて、思い出した。

眠っているレイチェルの顔には、いつもの生き生きした表情はない。彼女を見ていると、思いが迫って胸が苦しかった。

ブーンは愛を知っているつもりだったが、それはレイチェルに会うまでのことだった。愛が深く人間を傷つけることも、あとかたもなく癒《いや》せることも、初めて知った。明るい昼の光の中では、レイチェルは僕のことをどう思うだろう？　後悔するだろうか？　それより悪いのは……彼女が後悔しても、自分はそれを知るまで待っていられないことだ。

彼はメモ用紙とペンを取り、短い言葉を書いて枕《まくら》の上に置いた。そして別れのキスをしたくなる気持ちを抑え、振り返りもせず家を出た。

レイチェルは片方ずつ目を開け、ゆっくり伸びをしながらあお向けになった。こんなにぐっすり眠ったのも、こんなにすがすがしく目ざめたのも久しぶりだ。彼女はあくびをした。そのとき、下唇がこわばっているのに気づき、次の瞬間、その理由がどっとよみがえった。ブーン！　彼がわたしの唇を奪ったのよ。それに、体と……魂まで。

レイチェルはぱっと体を起こした。昨夜着ていたものが床じゅうに散らばっている。彼女と神様のあいだにあるのは白いコットンのシーツだけ……そしてブーンの姿はない。

さよならも言ってもらえなかったことで、彼が帰ってしまったことが百倍にも感じられた。しかし、すぐに枕の上にメモがあるのに気づき、レイチェルはそれを手に取った。

〈レイチェル、また会おう〉

メモを胸に抱きしめ、レイチェルは枕にもたれた。また会おう——それだけで充分だった。

山を下りるレイチェルの心には、はっきりとした思いがあった。恋に落ちた相手のことをもっと知りたかった。昨夜のようにすばやくベッドでまじわっても、それだけではわからない。またあんな気持ちを味わいたくないわけではないけれど。

彼のことをもっと深く知りたい。それに、そうすれば、自分がなんとしても知りたいこともわかるだろう。しかし、彼を探すにせよ、彼のことを知るにせよ、その方法が浮かばず、レイチェルはなりゆきにまかせることにした。

ふと思いつき、食べ物を買いに行くことにした。男の人は、手作りの料理に心がなごむはずだもの。だが、空っぽのカートを押して十五分も通路を行き来しても、彼女は何一つ選ぶことができず、途方に暮れた。

しかも運悪く、通路の反対側からジョーニーがやってきた。なぜだか、心の変化を見破られそうな気がする。レイチェルは気持ちを切り換え、ブーンではなく、肉とじゃがいものことを考えようとした。

ジョーニーは豆とにんじんの缶詰のそばで止まり、レイチェルの空っぽのカートを指さした。

「来たばかりみたいね」

レイチェルはうなずいてほほ笑もうとしたが、唇の傷が引きつり、顔をしかめてしまった。

ジョーニーはさすがに何一つ見逃さなかった。瞳の輝きから、ブーンのキスが唇に残した小さいあざに至るまで。彼女の眉が上がり、同時に目がきらめき出した。「それで……山の上で一人きりは、さぞ寂しいでしょうね」

レイチェルはその猫なで声にだまされなかった。こうなると思ったわ。

レイチェルは冷ややかに友人をにらんだ。「放《ほう》っておいてと言ってもむだよね？」

ジョーニーはすばやく近寄り、レイチェルと向き合った。「たぶんね。さあ、白状しなさい。あなたをきりきり舞いさせているのは誰？　グリフィンと仲直りしたなんて言わないでよ」

レイチェルは眉を寄せた。「グリフィンとは喧嘩《けんか》をしたわけじゃないんですもの、仲直りもないわ」

ジョーニーはため息をついた。「一つだけ教えて。グリフィンはハンサムでしょ。お金持ちだし、独身だわ。いったいどこがいけないの？」

「いけないところなんてないわ」レイチェルはつぶやき、通路を歩き出した。

ジョーニーはミルク棚のところでレイチェルを止めた。今度ばかりは、忍び笑いも声から消えている。

「ちょっと待ってよ、レイチェル。あなたのことが心配で仕方がないの。そもそもあなたが、あの、なんとかかんとかを信じるかって言うから……」ジョーニーは〝生まれ変わり〟という言葉は使わなかったものの、後ろを振り返って誰もいないのをたしかめた。そして本当に心配でたまらないという顔をして、レイチェルをミルクの棚に押しつけた。「さあ……話してよ」

しかし、レイチェルは答えなかった。彼女はジョーニーの肩ごしに、向こうの通路をのんびり歩いている、背が高く浅黒い肌の男を見ていた。彼の歩き方からして、レイチェルが気づく前からずっと彼女を見ていたようだった。

ブーンだった。

彼の顔にはなんの表情もなかったが、目は見間違えようのないメッセージで、熱く息づいていた。

〝昨夜《ゆうべ》のことを覚えているかい？〟

〝どうして忘れられて？〟

ジョーニーはすぐに、レイチェルが自分を見ていないと気づいた。レイチェルが後ろを見つめている様子では、目の前に自分がいることなどすっかり忘れているらしい。ジョーニーは攻撃に出ようとして、くるりと振り向いた。

「いったいあたしの後ろに、どんな面白いものがあるって――」ジョーニーは大きく息を吸いこんだ。

「あら……まあ……まあ」

それはわずか数秒のことだったが、レイチェルは体じゅうの骨が柔らかくなってしまったような気がした。彼女が何か言うことを思いつく前に、ブーンはコーナーを曲がり、別の通路に消えた。

ジョーニーはレイチェルの腕をつかみ、今度こそ注意を引きつけた。「お願いよ、レイチェル、今あたしの考えてるようなことじゃないって言って」

レイチェルは顔を上げたが、答える必要はなかった。ジョーニーはすぐ真実を見てとった。

「まあ、ハニー、自分のしていることがわかっているの？」

レイチェルはため息をついてブーンの消えた方向を見た。「やめましょう、ジョーニー」声は静かだったが、震えていた。「理由はわからないし、どう思われるかも知っているけれど、わたしにはこれでいいと思えるのよ」

ジョーニーは首を振って歩き去ろうとした。

レイチェルは呼びかけた。「ジョーニー、誰にも言わないわよね……」

ジョーニーの顔には憤りが浮かんでいた。「念押しされるなんて、心外だわ」

「ありがとう」レイチェルは言った。

「どういたしまして」ジョーニーは答え、レイチェルをその場に残していった。

レイチェルはカートを前に押していったが、さほど先へは行かなかった。心が波立ち、しばらくはただ、並んだ果物と野菜をぼんやり見ているだけだった。そして低くかすれた声が耳元でささやいて初めて、後ろに誰か来たことに気づいた。

「どうしたんだい、レディー、何にするか決まらないの？」

レイチェルはぎょっとしたが、振り返らなくても誰かはわかった。ブーンが後ろにいる。

彼女は一瞬だけ振り向き、自分の考えをたしかめた。「あなたのせいで、おかしくなりそうだわ」

ブーンはにっこり笑った。「おたがいさまさ」彼はそう言い、季節外れのいちごを一山、彼女のカートに入れた。「おいしそうじゃないか？　甘くて、たっぷり水気があって……それでいて柔らかすぎない。歯が当たるときにちょうどいい硬さだ」

レイチェルの背中を、恐怖とはまったく別の戦慄《せんりつ》が走った。彼女はいちごを見つめ、ブーンが言ったことを——そして、言ったときの口調を思い浮かべていた。

レイチェルがかすかに狼狽《ろうばい》しているのには目もくれず、ブーンは長いきゅうりを手に取り、重さと長さをたしかめるように持ち上げた。

「これはどうだい？　長くて、なめらかで……それに硬い。硬くないと、ごちそうが台なしだからね」

ブーンはきゅうりを放ってよこした。レイチェルはそれを受け止め、彼を見上げて驚いた。ブーンの顔には笑みが浮かんでいたのだ。

「どうだい」彼がきいた。「硬さは充分かな？」

レイチェルは顔を真っ赤にしていた。頭の奥では、出口へ走ればいいとわかっていたが、心のどこかが、ブーンが次は何をするのかとわくわくしている。

ブーンは陳列棚にそって歩いていった。「このセロリはうまそうだ。セロリの選び方を知ってるかい？　茎のいちばん先にある葉を見てごらん」

レイチェルの目は、磁石に引き寄せられるように、セロリの茎を上へたどった。

ブーンは茎をさかさまにして、大きな魚がかかった釣り針のように揺らした。

「僕はいつもセロリを手の上で振ってみるんだ……羽のはたきみたいに。葉が柔らかくて、手応えのないときもある。そういうセロリは返したほうがいい。でも、葉がしゃんとしていて、その感触できみが思わず爪先をぎゅっと縮めたら……」

レイチェルは彼の手からセロリを取り、カートに入れた。「ブーンったら、いったい――」

「おっと！　今度はこっちだ」ブーンはカートをつかみ、彼女を通路の端まで引っぱっていった。そこにはオレンジの大きな棚があった。

ここなら安全そうだわ。レイチェルはそう思ったが、大間違いだった。ブーンはオレンジの山のてっぺんから一つを取り、一、二度、野球のボールのように上へ放って感触をたしかめた。

「さて、オレンジの選び方は、今までカートに入れたものとは全然逆なんだ」

「そうでしょうね」レイチェルはつぶやいた。

ブーンは彼女を見てウインクをした。「オレンジは水気が多くて、香りが強くなきゃだめなんだ。でも、オレンジらしい香りがしても、偽物ってこともある」唇の端がおかしな格好に上がった。「搾ってみれば、よくわかるよ」

レイチェルの見ている前で、ブーンの長い指がみずみずしいオレンジをつかみ、それからゆっくりと握りはじめた。レイチェルは昨夜のことを思い出して、どきりとした。ブーンの手にヒップをつかまれ、彼が入ってくるのに合わせて体を持ち上げられたときの感覚がよみがえる。

レイチェルがごくりとつばをのむと、彼が低い声で言った。

「でも、一度搾ってみただけじゃ、たしかとは言えない。ときには何度も何度も搾ってみないと……」

レイチェルはうめいた。

ブーンは忍び笑いを抑え、そのオレンジをカートに入れた。「さて、これでサラダとデザートは決まった。肉は何がいい？」

「フランクフルト・ソーセージはいやよ」

ブーンは頭をのけぞらせて笑った。彼が笑っているあいだに、一瞬、レイチェルの前にダコタの顔が浮かんだ。

「ああ、やめて」レイチェルは体を支えようとカートをつかんだ。「消えたと思ったときになって……またあらわれるなんて」

ブーンがその言葉を取り違えるかもしれないと気づいたのは、言ってしまったあとだった。笑い声はやみ、レイチェルは何が起きたかを知った。ブーンの笑みが消え、目が冷たくなっている。

「待って」レイチェルは背中を向けた彼の腕をつかんだ。「あなたに言ったんじゃないのよ」

「ああ、そうだろうな」ブーンはわざとまわりを見まわしたが、どちらも人がいないのはわかっていた。

「あなたは知らないのよ」レイチェルは言った。

「だったら説明してくれ」ブーンは静かに言った。

レイチェルが黙っていると、彼はその場を去った。レイチェルは悲しくて涙も出なかった。急に食欲がなくなり、買い物をする気もうせた。

長くむなしい数分が過ぎたあと、レイチェルはほとんど空のカートをレジに押していき、店員が値段を打ちこむのを、うつろな目をして待った。いちごが一山、長くてなめらかなきゅうり、みずみずしく葉のしげったセロリ。それに、少しつぶれたオレンジが一個。

「これで全部ですか?」店員がきいた。

「待って! それはわたしのじゃないわ」レイチェルは言った。店員がライラックのバブルバスの大きなプラスチックボトルを袋に入れようとしたのだ。

「いえ、あなたのですよ」店員は答えた。「ちょっと前に男の方が払っていかれました。あなたがあとで取りに来るとおっしゃって」

バブルバス?

心がふわりと軽くなった。すべて水に流されたわけではないだろうけれど、ブーンはもう一度話をする機会をくれたらしい……それに彼の背中を洗うチャンスも。

11

日暮れが訪れ、その先の夜を待ちこがれる気持ちを連れてきた。

いちごはとっくに洗って袋に入れ、冷蔵庫で冷やしてある。セロリときゅうりはサラダになった。Tボーンステーキはまだ解凍中だ。ライラックのバブルバスは、バスタブのわきに置いてある。オレンジは朝食まで保留。

あとは待つだけだった。レイチェルは廊下の鏡の前を通りかかり、立ち止まって引き返すと、最後の点検をした。スラックスはずっと前から持っているものだが、清潔なチャコールグレー。セーターは淡いローズピンクで、頬紅《ほおべに》とよく合っている。下ろした長髪のゆるい巻き毛が滝のようだ。レイチェルはおずおずと鏡の中の自分に向き合った。鏡に映った目は今の気分と同じ――暗くて憂《ブルー》いを含んでいた。

レイチェルは目をそらし、裏口から外へ出て、せつないため息をもらした。裏庭の向こうへ目を向けると、森の投げかける影はすでに、青から暗いグレーに変わりつつある。じきに木立と影の境目がわからなくなるだろう。

早く彼を連れてきて。レイチェルはそう祈った。日は暮れ、太陽は沈んでいった。

軽トラックのギアの音が聞こえた。車が急勾配《きゅうこうばい》の曲がりくねったアスファルトを上ってくる。きっとブーンじゃないわ。思いがけないときにばかり来る人だもの。レイチェルは彼に、なぜ来るときも帰るときも人目を忍ぶのかと尋ねたことはなかった。彼の返事が怖かったのだ。

身動きもせず立っていると、冷たい風が服の中まで入ってきた。やがて歯がかちかち鳴り、目がうるんできたが、レイチェルはそれが風のせいで、がっかりしたからじゃないと自分に言い聞かせた。そしてぐっと顎を上げ、家に向かった。

ドアのノブに手をかけたとき、うなじがぞくりとした。一瞬、心臓が止まり、レイチェルは体の向きを変えた。

ポーチを下りてさらに歩き、肌を刺す夜風に揺れる古いロープのぶらんこのそばを通りすぎた。

ただ本能だけに導かれ、レイチェルはしっかりした足取りで森へ向かった。やがて、彼が大股にゆっくり歩きながら森を抜けてくるのが見えた。

どっと喜びが押し寄せる。レイチェルは走り出し、数秒後には彼の腕の中にいた。

涙まじりに笑いながら、彼女は冷たい歓迎のキスをブーンの顔じゅうに浴びせた。

「来てくれたのね！　本当に来たのね！　もう来ないかと思ったわ！」

ブーンは何も考えられず、ただ、胸に重なる彼女の乳房と、抱き上げたときの細いウエスト、抱きしめたときのふっくらした腰だけを感じていた。ブーンの求めるものは彼女一人だった。だが、彼女にとってブーンは、かかわってはならない存在だ。

自分のような男とつき合っていることを、レイザー・ベンドの良識ある人々に知られたら、レイチェルは信用を失ってしまう。ブーンは彼女なしでは生きていけないほどだったが、暗くなるまでは会わないことにしたのだ。

「野生の馬が集団でかかっても、僕を止められやしないさ」彼はレイチェルの耳の下に羽根のようなキスをし、彼女が震えてあえぐと声をあげて笑った。

「ああ、ブーン、ブーン、ブーン……」レイチェルの声は甘く、言葉はかすれていた。

彼女は暗闇《くらやみ》の中でブーンのキスに応《こた》えた。彼がいてこそ、わたしは本当の自分になれる。激しい飢えが思いと動作ににじみ、レイチェルは欲望で震えはじめた。そして思いをこめたまなざしでブーンの手を取り、家へ向かった。

ブーンも歩き出したが、彼はレイチェルが腕の中に飛びこんできたときの様子に驚いていた。彼女も僕と同じく、情熱のせいでいつもの自分をなくしているのだろうか。どれほど彼女が大切かを思うと恐ろしくなる。それに、僕とかかわるだけでもレイチェルに危険が及ぶかもしれない。

ブーンは歩調をゆるめ、古いぶらんこのそばで立ち止まった。レイチェルはとまどい、振り向いた。

「どうしたの？」

「落ち着いて、ダーリン」彼はやさしく言った。「僕たちは急ぎすぎている」

その意味は明らかで、レイチェルもそれが歩く速さと関係ないことはわかっていた。彼女のほほ笑みが翳《かげ》った。

ブーンは彼女の手を取り、ぶらんこのほうへ連れていった。「八時間はいられるから、ちゃんと話をしよう」

レイチェルはほほ笑んだが、心は逆だった。

「わたしがばかだったわ」

背中を向けて歩き去ろうとするレイチェルの手をブーンがつかんだ。彼女は仕方なくブーンに向き合った。

「そうじゃない！　でも、大事なことを見落としているのはわかっているだろう。きみを苦しめようとして言ったわけじゃない」

「それなら、なぜためらうの？」レイチェルは声にまじった震えが腹立たしかった。「昨夜のことを悔やんでいるの？　もしそうなら、二度と――」

「僕といたら、きみは傷つく」

レイチェルは凍りついた。ついに真実がさらけ出された。もはやブーンの生き方から目をそむけることはできない。だが、彼の口からそれを告げられても、レイチェルの気持ちは変わらなかった。わたしは彼を愛している。

レイチェルは手のひらで彼の頬を包んだ。「変わろうと思ったことはある？」

するとブーンは低くうなり、ぶらんこに腰を下ろして彼女を膝に乗せた。レイチェルはブーンと向き合おうとしたが、さえぎられ、後ろから抱かれたまま背中を彼につけて座った。

ブーンはレイチェルの髪に顔をうずめた。いったいどうすればいいんだ？　ブーンの中の何かが、彼女に真実を話さずにいられなくさせた……せめて話せるだけのことを。

「看護師が病院の表の階段で、段ボール箱に入った僕を見つけたときには、まだ生まれて一日もたっていなかったそうだ。その日は雪だった。僕は古くて汚い二枚の軍用毛布にくるまれ、声をかぎりに泣いていたらしい。身につけていたのは大人サイズのTシャツだけで、ピンでメモが留められていた。そして名前が書かれていた。でもファースト・ネームなのかラスト・ネームなのかわからなくて、結局看護師が決めたんだ」

幼かったブーンや、今の彼にも感じる傷を思ってレイチェルの心は痛んだ。

「まあ、ブーン、なんてひどい」レイチェルは彼に寄りかかった。自分のぬくもりと力を分けてあげたかった。

ブーンは喉のつかえをのみこみ、きつく彼女を抱いた。「同情が欲しくて言ったんじゃない。でもわかってくれ、僕はきみのような育ち方をしなかった。僕が生きようと死のうと……学校へ行くかどうか、悩みがあるかどうかってことも、気にかけてくれる人間はいなかったんだ」

「大人になるあいだに、友達はいたでしょう？」

「施設を転々とすれば、そんなに友達はできない」

大きな目の笑わない少年の姿が、レイチェルの胸をかきむしった。「わたしがあなたの友達になるわ」

ブーンが返事を考えるより早く、レイチェルは彼の後ろにまわった。

「レイチェル、待ってくれ」彼女にぶらんこを押されると、ブーンはとまどい、あわてて言った。

「足を上げて」レイチェルは注意した。「あらあら、人が見たら、あなたはぶらんこに乗ったことがないと思うわよ」

ブーンは言われたとおり、足を上げた。

「さあ、しっかりつかまって」ブーンが勢いに乗りはじめると、レイチェルは言った。「うまくなれば、本当に飛んでるような気がするのよ」

そして、カイアミーシの山の中、暗い九月の夜に、二人の愛は完全なものになった。ブーンはレイチェルに愛することを教え、今度はレイチェルが彼に遊ぶことを教えている。

しばし時は止まり、ブーンは地上はるかに揺れつづけた。声のない笑いが静けさの中にただよう。彼が前後にこぐたび、頭上で葉がこすれ合う。

レイチェルの目はうるんでいたが、ブーンの顔に浮かんだ喜びがはっきり見えた。その瞬間、彼女は誓った。ブーンの幼いころが思い出す価値さえないものだとしても、彼がわたしを受け入れてくれるなら、今日からはわたしが決して忘れられない人生をあげよう。

「愛しているわ、ブーン」

空へ向かう弧の真ん中で、ブーンは彼女の言葉を聞いた。彼は下へ来るとぶらんこから飛び下り、彼女の腕の中へ入った。

「愛だって？　レイチェル、自分の言ったことがわかっているのか？」

「わたしの気持ちだけはわかっているわ」

するとブーンは彼女の手を取り、自分の心臓の上に置いた。「これを感じるかい?」

手のひらの下がどくどくと脈打つのを感じ、レイチェルは目を見開いた。

「ええ……ええ、感じるわ」

「どんなにきみが大切か、口では言えない。でもこれだけは本気だ。きみのためならどんなことにも耐えて、何も言わずに死んでみせるよ」

ダコタの顔が二人のあいだに浮かび上がった。おれを縛り首にさせないでくれ。縛り首にさせないでくれ。

レイチェルは絶望の叫びで喉をつまらせ、ブーンの首にしがみついた。

「いやよ、いや。そんなこと言わないで! 死ぬなんて、絶対に言わないで!」

ブーンの中で何かがうずいた。こんな痛みを感じたのは初めてだったが、それが後悔だということはわかった。二人の関係は、嘘《うそ》の上に成り立っているのだから。

ブーンは笑みを浮かべ、彼女を抱き寄せた。「おいで、ダーリン、体が冷たいよ。中へ入ろう」

レイチェルはぶるっと震えた。たしかに体は冷えていた。だが、それは寒さのためではなく、不安のせいだった。

レッスン一——本当の男はライラックの香りをさせていても、女を狂わせることができる。

二人で一緒に入ったバブルバスを思い出すだけで、レイチェルの口元はほころんだ。バスタブは旧式で深いが、ブーンのように長い脚の男には充分な大きさとは言えなかった。まして、その脚のあいだにレイチェルがいては。

二人は泡で帽子や、笑った顔や、大きな鼻まで作り、笑いすぎてあぶくを飲みこんでしまったほどだった。湯がさめて泡が消えはじめると、ブーンはまだ肌に小さいあぶくをつけたままの彼女をベッドに運んだ。

「わたし、びしょ濡《ぬ》れよ」レイチェルは叫んだ。

ブーンはいたずらっぽく笑った。そして、目を輝かせながらレイチェルの脚のあいだへ体をすべらせ、よく油をさしたマシンのように彼女の中へ入った。

「そのほうが都合がいい」彼はささやいた。

レイチェルは笑った。わざと勘違いしているのね。しかし、どうでもよかった。ブーンのちゃめっけがとても楽しかった。

レッスン二――パッチワーク・キルトの上で裸で愛し合うのは、とてもエロティックである。床で愛し合うのは寒いだけ。

今、ブーンは眠り、レイチェルは心ゆくまで彼を見つめていた。そうしているあいだに、彼女もいつしか目を閉じ、眠りに落ちた。だが、またしても夢が始まった。

「永遠に愛するって言ったのに、でまかせだったのね……嘘をついたんだわ。永遠がこんなに早く終わるなんて、一度も言わなかったじゃない」

ブーンはベッドの中で体を起こし、とまどってあたりを見まわした。たしかに女の声が聞こえたが。

レイチェルは上掛けの下で身をよじり、ここにはいない誰かを求めて手を差し出していた。だが、ブーンをぞっとさせたのは、彼女の動作ではなかった。声がまるで別人だったのだ。いつもより高く、抑揚まで違っている。

「まさか」ブーンはつぶやき、手を伸ばした。

「いやよ……行かないで！」レイチェルは叫び、上掛けをはねのけたはずみに、ブーンの手まで払った。

ブーンがつかまえるより早く、レイチェルは部屋を飛び出した。廊下を走り、暗い部屋をまるで明かりがこうこうとついているかのように駆け抜けていく。ブーンはジーンズをつかみ、夢中でそれをはくと、毛布をつかんでレイチェルを追った。

玄関のドアが開いている。ブーンはポーチに立ち、彼女がどこへ行ったのか、闇に目をこらした。安全灯の光のはるか向こうに、ちらっと白い体が見えた。ブーンは全速力でポーチを駆け下りた。でこぼこの地面がむきだしになった足を刺すのもかまわず、ブーンは必死に走り、ようやく森の境界線のすぐ手前で彼女をつかまえた。

だがレイチェルの冷えた裸身に毛布をかけようとすると、彼女は狂ったように抵抗した。

「レイチェル、やめてくれ！」

地面に組み伏せようとした寸前、レイチェルは突然静かになり、がっくりと膝をついて、泣きながら地面に突っ伏した。

「いったいどうしたんだ」ブーンはかすれた声で言い、レイチェルを抱き上げた。今度は彼女もさからわなかった。

ブーンはレイチェルを赤ん坊のように毛布でくるみ、腕の中のぐったりした体を家へ運んでいった。あんな彼女を見たのはショックだったが、これでやっと、今までの奇妙なふるまいの原因がわかった。

レイチェルは夢中歩行をしているのだ。まるで、過去にあった出来事をもう一度繰り返しているかのようだった。

レイチェルは自分のしたことにも気づかないまま、ベッドに寝かされ、やがて目をさました。部屋の明かりがついていて、ブーンの目には、まさにレイチェルがずっと恐れていた衝撃が浮かんでいる。あれがまた起きたんだわ……彼に見られてしまった！

レイチェルは顔を両手でおおった。

ブーンはレイチェルの横に入り、彼女の手を押しやった。

「逃げないで、スイートハート」彼はそっと言った。

「いったいどうしたんだ?」

「あなたのほうがよく知っているでしょう」レイチェルは自分の口調に顔をしかめた。頭がずきずき痛む。

ブーンの手はやさしく、彼女が寄せた眉を撫《な》でた。

「医者には診てもらったのか?」

「いいえ」

おかしな話だ。レイチェルは医療の教育を受けている。同業者のプロを信用しないはずがない。

「なぜ?」ブーンはなおも言った。

ああ、ブーン。あなたにわかってもらえるかしら? 「薬では治らないからよ」

レイチェルの顔に絶望があらわれていた。ブーンは彼女の気持ちを楽にしてあげたかったが、どうすればいいのか見当もつかなかった。

「それじゃ、何なら治せるんだい?」彼は尋ねた。

レイチェルの目が見開かれ、顎が震え出した。

「わからないわ」

「ああ」ブーンは彼女を抱き寄せた。「どうなることかと思ったよ」

「わかるわ」彼女が低く言った。「わたしも怖いの」

二人とも、それからはもう眠れなかった。夜明けまで一時間というころ、ブーンはベッドを出て、服を着はじめた。

「あなたが帰らなければいいのに」

ブーンが振り向いた。その顔には、レイチェルが初めて見る、やさしいいたわりに満ちたまなざしがあった。「たぶんいつかは、そうなれる」

レイチェルはぱっと起き上がった。

「でも、今日はまだだめだ」

枕《まくら》に寄りかかった彼女の目にはあふれる思いがこもっていた。「明日は会える?」

彼はかすかにほほ笑んだ。「起きて待っていなくていい。遅くなるかもしれないから」

レイチェルはベッドから飛び下りた。裸なのもかまわず、机の中を探す。「これ」彼女はブーンに鍵《かぎ》を放《ほう》った。

ブーンは空中で受け止め、鍵を見た。「これはなんだい？」彼は鍵についた赤い〝B〟を指した。

「マニキュアで書いたのよ。Bは裏《バック》、つまり裏口のドア」

ブーンはにやりとして、キーリングに鍵を入れた。

「なんだ、心の鍵をくれるのかと思ったのに」

レイチェルは彼の首に腕をまわした。「もうあげたわ。忘れたの？」

レッスン三――ちゃんと服を着た男と、裸で愛し合うほどすてきなことはない。

チャーリー・ダットンとケン・ウェイドは早朝からラティーシャ・ベルモンの家へ駆けつけたあと、山を下っているところだった。彼女をベッドに入れるために呼び出されたのは、これが最初ではなく、最後でもないだろう。

ラティーシャは七十二歳で体重は二百キロ近いが、脚にはもうそれを支える力がない。おまけに、夫のクライドは七十四歳で体重はわずか六十キロ。というわけで、彼女が転ぶたび、ケンとチャーリーは山を上るはめになるのだった。

チャーリーはケンと一袋のドーナッツを分け合い、冷えたコーヒーを飲みながら、救急車でカーブを曲がった。

「うわ！」

チャーリーは膝にコーヒーをぶちまけ、ハンドルを両手でつかんだ。森から道路に出てきた軽トラックと、あやうくぶつかるところだったのだ。

「くそっ！」チャーリーはぶつぶつ言いながら膝を

拭《ふ》き、バックミラーをにらんだ。「あの野郎！」

ケンはぶつかりかけたときにのみこもうとしていたドーナッツを、まだ喉につまらせていた。

「でもチャーリー、おまえは少し左に寄りすぎてたぞ。それにこっちはライトもサイレンもなしで走ってたから、向こうはおれたちが近づいてるってわからなかったんじゃないか」

「そりゃそうだけど」チャーリーはつぶやき、やがてレイチェルの家へ続く近道に差しかかると、思案げに目をこらした。「だが、さっきのやつはあそこで何をしてたんだろうな」

ケンは肩をすくめ、袋の中の最後のドーナッツを取った。「さあねえ。狩りか何かだろう」

「〝何か〟のほうだって気がするよ」チャーリーはさっきの男を以前どこで見たかを思い出した。レイチェルの車に乗せてもらって町へ入ってきた男だ。

チャーリーは顔をしかめた。頭に浮かんでいることが気に入らなかった。よし、決めた――機会がありしだい、レイチェルの家へ寄ってみよう。ほんのちょっとだけ。

救急車とぶつかりかけたせいで、ブーンはトレーラーのわきに車を止めたときも、まだこぶしが白かった。正面のステップにトミー・ジョーがだらしなく座っているのが見えても、気分はまるで晴れない。

「ヘイ、ブーン」トミー・ジョーはステップから立ち上がった。「どこに行ってたんだ？」

「おまえには関係ない」ブーンは言い、彼を押しのけてトレーラーに入った。

トミー・ジョーはにやりとした。「女を買ったんだろ？　絶対そうだな。前にスネークに言ったんだよ、ブーンはきっと女を買ってるって」

ブーンは振り向いた。顔にはなんの表情もない。目だけが怒りでぎらぎらと光っている。トミー・ジヨーは青くなった。

「くだらん話をしに来たのか？」

「いいや……違うよ。伝言を持ってきたんだ。デンヴァーが今夜全員、彼の家に集まれってさ」

「何があるんだ？」

「知らねえよ。おれは命令に従うほうで、出すほうじゃない」

ブーンは心の中で毒づいた。昨夜あんなことがあったのに、レイチェルを一人で眠らせたくない。彼は今や、任務と愛する女の板ばさみだった。

「行くよ」ブーンは答え、ドアを目で指した。「出ていくときにはぶつかるなよ」

トミー・ジョーはあわてて出ていき、あとに残ったブーンは一人、ひしひしと破滅の予兆を感じていた。

12

ブーンがデンヴァー・チェリーの家の前庭に車を入れたときには、もう日が暮れていた。

デンヴァーは腋の下をかきながら、キッチンを指した。「腹が減ってるなら、スペアリブとビールがテーブルにあるぞ」

ブーンは眉を寄せた。「腹は減ってない。用事はなんだ？」

「そうかりかりするなって」デンヴァーは言った。「ボスが来るのを待っているとこさ」

心臓が激しく鳴ったが、ブーンはまばたき一つしなかった。

「やっぱりビールをもらおう」彼はつぶやき、のんびりとキッチンへ入った。だが、本当はうれしくて小躍りしたいほどだった。いよいよだ。

リビングルームからは、またしてもフットボールの試合中継ががんがん聞こえてきた。二人分のバーベキュー・リブは、おおいもなくテイクアウト用の皿にのっていて、蠅《はえ》が二匹たかっている。ブーンがうんざりしてキッチンを眺めたとき、ちょうどスネークが家に入ってきた。泥だらけで息を切らしている。走ってきたようだ。

「どうした？」デンヴァーが尋ねた。

スネークは震える手で髪をかいた。「あぶなく死にかけたぜ。鹿《しか》をよけようとして、溝に突っこんじまったんだ」

ブーンは同情を感じそうになった。つい数日前、自分も同じことになりかけたからだ。

「でもまあ、ちゃんと来られたんだから、よしとしておけよ」デンヴァーは言った。

「まだ座るわけにはいかねえよ。ジャッキがいるんだ」スネークはもぞもぞと足を動かした。

「おれのはどうしたんだ？」ブーンはきいた。

「誰かにとられちまった」スネークは言い捨てたが、すぐに自分が盗みを認めてしまったのに気づき、顔を赤くした。

ブーンはにやりと笑った。「おやおや、因果はめぐるってやつだな」

「おれのジャッキじゃ、おまえの四輪駆動には無理だぞ」デンヴァーが言った。「そんなにでかくない」

スネークはさっきからにやにやしているブーンを、ちらりと見た。

「頼まなきゃだめだぜ」ブーンは言った。

「ジャッキを貸してくれよ」スネークはもごもごとつぶやいた。

「〝お願いします〟ってのが聞こえなかったな」

スネークの顔がどす黒くなった。「くそっ、デンヴァー、こいつに――」

「黙って言われたとおりにしろ」デンヴァーはうなるように言った。「こうなったのも、てめえのせいだろうが。自分で始末をつけな」

スネークが銃を持っていたら、即座にブーンの腹に弾を撃ちこんでいただろう。

「お願いします、ブーン、ジャッキを貸してくれ」

ブーンは声をあげて笑い、ポケットから鍵《かぎ》を出してスネークに放《ほう》った。

「ほら。ジャッキのある場所は知ってるだろう、自分で取ってこいよ。鍵はジャッキと一緒に返してくれ」

「乗せてってやるから、外で待ってな」デンヴァーは言った。「靴をはくから待ってろ」

スネークはまだぶつぶつ言いながら出ていった。

「あいつともめるのはやめとけ」デンヴァーは紐《ひも》の抜けたスニーカーをはきながら、ブーンに警告した。

「頭に血が上ると、厄介な相手だぞ」

ブーンは平然としていた。「厄介なことなら、もうされたさ」静かに言ってキッチンへ入り、裏口から外へ出た。デンヴァーは玄関から出ていった。

二キロ半ほど行ったところで、デンヴァーはスネークの赤と黄色の四輪駆動が、浅い溝に鼻先を突っこんでいるのを見つけた。彼は車を止め、スネークがジャッキをセットできるように、ヘッドライトを向けた。

そのとき、一台の車が傾斜を上ってきて、スピードを落としはじめた。

「おい、見ろよ」スネークが言った。「ボスだぜ」

その大きな車が止まり、ドアが開きかけると、デンヴァーはスネークに叫び返した。「誰かはわかってる。さっさと自分の仕事をやっちまえ」

降り立った男は、自分の車のライトを後ろから受け、黒いシルエットにしか見えなかった。「どうした？」

デンヴァーは仕方がないんだと言わんばかりに両手を広げた。

「早く片づけて、家へ戻れ。わたしは一晩じゅうつき合えるわけじゃない」

「わかってるよ、ボス」デンヴァーは答えた。「おれの車をどかすから、先に行ってくれ」

スネークはふいに、ポケットの中の借りた鍵束を思い出した。表面では強がっていても、彼は実際はブーンが苦手だった。

スネークはデンヴァーが車に乗るのを見てあわてた。こんな暗がりで一人のときに、ブーンに探しにこられるのはごめんだ。

「待ってくれ、ボス！」スネークはつややかな車へ走り寄った。「この鍵束を持っていって、やつにジャッキはまだ使ってるって伝えてくださいよ」彼はボスに鍵束を渡し、急いで自分の車へ引き返した。

鍵束はボスの指をすりぬけ、地面に落ちた。彼は文句を言いながらかがんで拾おうとし、その瞬間、信じられないことに気づいた。ヘッドライトの一対の光に照らされ、リングからのぞいているのは、奇妙な印のついた鍵だった。Ｂの文字が赤いマニキュアで書かれている。

ばかな……そんなはずがない！　だが間違いなかった。レイチェルのキーホルダーにあった鍵と同じ印だ。

「スネーク！」

「何か、ボス？」

「この鍵束は誰のものだ？」

「ブーン・マクドナルドです」

どっと怒りが襲ってきた。声が出るかどうかわからず、彼は手にあとがつくまで鍵を握りしめていたが、やがてその顔に氷のような笑みを浮かべた。

レイチェルとうまくいかなかった理由がやっとわ

かったぞ。かわいいあばずれめ、おまえの好みがこんなに下品だったとはな。

　今夜の打ち合わせよりも復讐《ふくしゅう》が先だ。ブーン・マクドナルドは分不相応の女に手を出したつけを払うことになるだろう。それに、レイチェルにも思い知らせてやらなければ。二人とも、たがいの腕の中で永遠に眠らせてやる。

「デンヴァー！」

　デンヴァーが走ってきた。「なんです、ボス？」

「今晩の予定は変更だ」彼は鍵束をデンヴァーの手に叩《たた》きつけ、それ以上何も言わずに走り去った。

「ボスはなんで怒ったんだ？」スネークが言った。

　デンヴァーは肩をすくめた。頭の中は、今やっているはずのフットボールの試合のことでいっぱいだったのだ。「知るか。早くしろ。後半をそっくり見損なっちまうじゃないか」


　昨夜はレイチェルにとって、これまでいちばん長い夜だった。ブーンを待っているうちにソファで眠ってしまい、夜明け前に起きたときには、足が冷えていて、首が痛かった。

　ブーンは夢中歩行に恐れをなしたのかもしれない――その思いが、心から離れなかった。真夜中に突然正気を失う女の面倒など、誰が見たがるだろう？

　朝食の途中で、レイチェルは決心した。この先ずっとカイアミーシで家に閉じこもり、日暮れを待って暮らすわけにはいかない。生活を立て直さなくては。彼女は電話を取り、ジョーニーとの友情がまだ固いことを願いながら、番号を押した。

「はい〈カーラーズ〉です」

「ジョーニー、わたしよ。今日あいている時間はある？」

「レイチェル！　手があいたら電話しようと思っていたのよ。予約なの？　それともおしゃべり？」

ありがたいことに、ジョーニーはこの前の出来事を根に持ってはいないらしい。「両方は？」

「ええと……シャーリー・ジョーがさっき電話してきて、パーマをキャンセルしたの。だから、今日の十一時から三時まではいつでも大丈夫よ」

「マニキュアのあとランチっていうのはどう？」レイチェルは言った。「話がしたいの」

「まるでデートね」ジョーニーが答えた。「それじゃ、あとで」

レイチェルはほっとして電話を切った。世間の〝除《の》け者〟と恋に落ちたからといって、わたしまで世間から身を引かなくてもいいんだわ。

「あなたには赤が似合うわ」

レイチェルは人差し指を明るいところへ上げて目をこらし、ジョーニーが塗っているマニキュアの色あいを見ようとした。「そう思う？」

ジョーニーはレイチェルの手をつかんでテーブルの上に戻した。「今あたしが思ってるのはね、あなたは話を聞いてもらえれば何色を塗られてもいいんだろうってことよ。それで？　大ニュースはなんなの？」

「ジョーニー、恋をしたことはある？」

ジョーニーはぽかんと口を開けた。赤いマニキュアは忘れられ、レイチェルの親指にぽとんと垂れた。

「あらいやだ、びっくりさせないでよ！」ジョーニーは垂れたマニキュアをリムーバーで拭《ぬぐ》った。

レイチェルはため息をついた。やっぱりやめておけばよかったわ。

ジョーニーは目を上げられなかった。が、どうしても尋ねたいことがあった。「レイチェル？」

「なあに？」

「それはデンヴァー・チェリーの仲間といる人のことなの？　彼に恋をしているの？」

それを否定したら、二度と自分の顔を鏡で見られなくなるだろう。だが、レイチェルは怖かった。拒否されることが。親友を失うことが。

レイチェルの目に涙があふれた。ジョーニーはそれを見てうめき、マニキュアをわきへやった。

「ハニー……泣かないで」ジョーニーはそっと言った。「ねえ、あたしは、どうして恋が始まったり終わったりするのか、知ったかぶりをするつもりはないわ。でも、あなたと彼じゃ……全然わからないの。あの男にあって、グリフィンにないものは、何？　でなきゃ、チャーリーは？」

「彼が何を持っているかじゃないのよ、ジョーニー。彼がわたしに何をくれるかなの」

「オーケー、それじゃ彼はベッドで優秀なわけね。それは見ればわかるわ」ジョーニーは天をあおいだ。

「違うわ。セックスのせいじゃないの。なんていうか……ああ、もういいわ」レイチェルはマニキュア用のテーブルに手を戻した。こんなこと、うまくいくはずがなかったのに。

ジョーニーはため息をついた。レイチェルがわかってもらえなくて傷ついたのは明らかだ。ジョーニーはマニキュアのブラシを瓶に戻し、やがて手を止めた。

「ねえ、あなたが愛している人なら、彼にはルックスと悪い評判以外に何かがあるのよね？」

レイチェルは深く息を吸い、リストを読み上げるように理由を挙げた。「彼といると、本当の自分になれるの。胸がいっぱいになるの。彼はわたしを笑わせてくれるの」

「きっと泣かせてもくれるはずよ」

レイチェルは眉根を寄せ、それから時計を見上げた。「もう終わるでしょう？　十二時過ぎてからカフェに行ったら、いいテーブルは満員よ」

ジョーニーはしゅんとなった。「ごめんなさい。

あたしったら、いつもよけいな口出しをして」

「いいのよ」レイチェルは答えた。「本当のところ、ああ言われると思っていたから」

「それならなぜ話したの？」ジョーニーがきいた。

レイチェルは肩をすくめた。「さあ。わたしの身に何が起きているのか、誰かに知ってほしかったのかもしれないわね、何かあったときのために……」

ジョーニーは青ざめた。「何かって、なんなの？」

答えたレイチェルの顔には、いつもと違う表情が浮かんでいた。「ただ何かあったら、ってだけよ」

その話題はすぐ打ち切られた。しばらくすると、二人は昼どきの混雑の直前に〈アダムズ・リブ・カフェ〉へ入って奥のテーブルを取ったので、ジョーニーは店内をすべて見渡すことができた。

食事を半分ほど食べたとき、レイチェルは目を上げ、とたんに沈んだ気分になった。グリフィンがこっちへ来る。

「まずいことになったわ」レイチェルはつぶやいた。

ジョーニーも目を上げ、レイチェルに言った。

「ああ、ハニー、ごめんなさい。考えたら、お店へ持ち帰って食べてもよかったのよね」

「もう手遅れよ。コンドルがこっちへ来るわ」

「レイチェル！　久しぶりだね！」

グリフィンは声をあげ、誘われるのも待たずに二人のテーブルのあいてる椅子にかけた。

「ちょうどよかったよ」彼はスーツの上着の中へ手を入れた。「ドラッグストアでこれを受けとったところなんだ。きみもジョーニーも、レイバー・デーのピクニックでは大はしゃぎしただろう、覚えているかい？」

グリフィンは現像したばかりの写真を出し、ジョーニーはそれを見ているうちに笑いはじめた。じきに三人とも、その日の記憶をもう一度体験しているように、笑ったり吹き出したりした。二人三脚。マシュマロの早食い競争。袋に足を入れて飛ぶサック・レース。レイチェルもあの日は楽しかったと認めざるをえなかった。あのころのグリフィンは楽しく、気の合う仲間だった。

カフェには客がつめかけ、レイチェルはブーンが入ってきてドアのそばで立ち止まったのに気づかなかった。彼の顔に驚きが浮かんだのも。そしてそのあと、まさかという表情が広がったのも。

ブーンは何も言わずにきびすを返し、入ってきたときと同じようにドアを出た——一人寂しく、腹をすかせたまま。昨夜ボスとの打ち合わせが中止になり、そのせいでまだ気分が滅入《めい》っているというのに、今の出来事でいっそういらだちがつのった。

ブーンは一瞬、カフェを見つめ、それからトラックに向かった。さっき見たものには、べつになんの意味もないさ。ブーンはそう思おうとした。店は満員だった。三人で相席していただけだ。しかしそう思っても、心から信じることはできなかった。

しばらくして、レイチェルは家へ帰る途中でふと思いつき、救急医療ステーションの横の駐車場へ車を乗り入れた。ケン・ウェイドがホース片手に救急車を洗っている。レイチェルが舗道を歩いていくと、彼はにっこり笑って手を振った。

「やあ！　やっと古巣にお戻りかい？」

「まだなの」レイチェルは答えた。「でも、もうじきよ」

ケンはにやりとした。「チャーリーは今か今かと待ってるよ。あいつはきみなら絶対に間違いがないと思っているから」

「それじゃ、あなたは間違いだらけ？」

ケンはふざけてやり返すふりをし、レイチェルに水しぶきを向けた。かかりはしなかったが、彼女は急いで建物の中へ入った。

外を見ながら入っていったので、まともにチャーリーとぶつかってしまった。彼女のバッグが落ち、床やドア近くの椅子の下に中身が散らばった。

「おや！」チャーリーは笑いながら言った。「僕のそばにいたがるのはわかるけど、走ってこなくたっていいだろう。呼んでくれればすぐ行ったのに」

「もう！」レイチェルはつぶやき、四《よ》つん這《ば》いになって口紅とペンと財布を拾った。「わたしの鍵……鍵がないわ」レイチェルは床の上を見まわした。

チャーリーも一緒に探しはじめた。じきに彼が、予備の救急車のフロントバンパーの下から鍵を見つけた。

「ほらあった」彼は笑いながら目を上げた。「ねえ、レイチェル、ちょっと靴の底を見せてくれよ」

レイチェルは、なぜだろうと思いもせず、言われたとおりにした。きっと気がつかないうちに、グリースか何かがあるところを歩いてしまったのだろう。

「おや」チャーリーはつぶやいた。「違ったか」

「何が？」

「きみは鍵に、玄関か裏口かの印をつけていただろう。だから靴にもそうかと思ったのさ。ほら……こっちが左、こっちは右、っていうふうに」

レイチェルは吹き出した。「何を言ってるの。鍵をちょうだい」

チャーリーは彼女の手に渡した。

「それで、僕が恋しくて来たんじゃないなら、なんの用だったんだい？　仕事に戻るって言ってくれよ」

レイチェルは首を振った。「まだだめなの、チャーリー……でも、もうすぐよ」

彼はさもがっかりしたように目をぐるりとさせた。

「ケンが相手じゃ身が持たないよ」

「おかしいわね。彼も同じことを言っているわよ」

レイチェルはチャーリーを見つめ、なぜいつもと違って見えるのかと考えた。

ふいに答えがわかった。「あなたの髪！」

チャーリーは真っ赤になり、首の後ろをかいた。

「僕の髪型、おかしいかい？」

「オーディ・ウォーターズに切ってもらったんじゃないわね。流行のスタイルだもの」

チャーリーは自分を守ろうとするように顎を突き出した。「だから？　男だって流行の髪型にするやつはいっぱいいるだろう」

「次はどうするか楽しみだわ」レイチェルは彼の腕を取り、わざとからかった。「新しい車……豪華な指輪、新しいヘアスタイル。気がついたら、レイザー・ベンドはあなたには狭すぎるってことになりそうね」

チャーリーは笑ったが、胸の中にはかすかな後ろめたさが浮かんでいた。悪いことをしているわけじゃない、と彼は思った。それに、自分の金で何をしようと勝手だ……どんな手段で得た金でも。

「それじゃ、挨拶《あいさつ》しに来ただけだから」レイチェルは言った。「ボスに見つかって気がとがめる前に、帰ることにするわ」

二人はレイチェルの車のところまで歩いていった。彼女が乗りかけたとき、チャーリーがかがみこんだ。

「ねえ、レイチェル、もし何か相談したくなったら……どんなことでも、いつでも僕が聞いてあげるからね」

不安の波がレイチェルをのみこみ、彼女は狼狽《ろうばい》して青ざめた。どうしてかわからないが、チャーリーはブーンのことに気づいているらしい。

「あの……ありがとう、チャーリー」レイチェルはそれだけ言うのが精いっぱいだった。

車を走らせながら、レイチェルはバックミラーを見上げた。チャーリーは別れた場所に立ったまま、彼女が走り去るのを見つめていた。

13

「今夜は来てくれるわ」

　レイチェルは、何度もそう言えばきっとそのとおりになるだろうと考えた。だが日暮れは近づき、希望の時は過ぎようとしていた。それに嵐《あらし》が来そうな気配だ。南西の方角でどんよりした雲がふくれ上がっている。ときおり、カイアミーシの山々の上に広がる紺碧《こんぺき》の空に稲妻が光った。

　レイチェルはぶるっと震え、膝を顎に引き寄せた。風が強まった裏庭の向こうの森へ目を向ける。

「ああ、ブーン、急いで！」

　しかし、やがてレイチェルは吹きつける雨に追われて家の中へ戻った。きっともう今夜はブーンは来ないわ。彼女はリビングに座ってテレビをつけ、テロップで流れる気象情報を見つめた。

　椅子の中でまどろんでいると、ぐらぐらと家が揺れるような音で目がさめた。たちまちすぐ近くで目もくらむばかりの稲妻がひらめき、雷鳴がとどろく。テレビの音を消し、玄関へ走った。

　ドアを開けたとたん、顔に雨が叩《たた》きつけた。思わず首を縮める。そして振り返ると、ポーチの端にブーンが立っていた。

　彼がいきなりあらわれたことに驚いて、レイチェルはきゃあと叫んだ。ブーンは二度目の突風と同時に駆け寄り、彼女を引き寄せると、嵐を避けて家へ入らせた。

「来てくれたのね！」喜びのあまり、レイチェルはブーンの首にしがみついた。

　ブーンは、レイチェルの態度は偽りではないと自分に言い聞かせた。しかし、彼女がグリフィンと別れたことなど嘘《うそ》のように笑い、しゃべっていた光景が頭を離れなかった。

レイチェルはブーンの頰に手を触れた。

「昨夜《ゆうべ》は来なかったんですもの。今夜も来てくれないかと思ったわ」

ブーンはきっと頭を上げた。それでグリフィンとよりを戻したのか？　ならず者と二晩過ごして、冒険心は満たされたからか？

レイチェルは不安になりはじめた。ブーンはうわの空で、ひどく傷ついているように見えるけれど、どうしたのだろう。

「ブーン、何か話したいことがあるなら――」

ブーンは上着のボタンを外し、ドアのそばの床へ投げた。

「この家の向こう側にトラックを停《と》めてきた。僕がいることを人に知られたくないなら、そう言ってくれれば、今すぐ帰るよ」

彼はなぜこんなに腹を立てているのだろう。わけを言ってもらえるまで、帰すわけにはいかない。レイチェルはブーンをわきへ押してドアに近寄り、鍵《かぎ》をかけて明かりを消した。音もなくちかちかするテレビ以外、家の中は真っ暗になった。彼女は振り向いて、ブーンと向き合った。

「遠まわしな言い方で試すのはやめて。それに、もし思いどおりにできるものなら、わたし、もうあなたを放さないわ」

ブーンは言葉もなく彼女を抱きしめた。

「レイチェル、きみと離れられるものか」

ダコタの両手が痛いほどマーシーの肩に食いこんだ。〝一緒に逃げてくれ、マーシー。今すぐ、手遅れにならないうちに〟

レイチェルは震え、ふいに狂おしくブーンのシャツをつかんだ。なぜこんなことが続くの？　何かの警告？　ブーンなしに生きることを考えると、恐怖に襲われた。

「わたしを抱いて、ブーン。今すぐ」

情熱がブーンの最後の自制心を打ち砕いた。もうレイチェルの態度が偽りで、だまされているとしてもかまわなかった。

ブーンは頭を下へ動かした。レイチェルが彼に合わせる。彼の唇は冷たく、キスは荒々しかったが、やがてかすかなくぐもったあえぎがもれた。

何かに追われるように、ブーンは服を押しのけ、レイチェルの中へ入った。そして、ただまなざしだけで、彼女をドアと自分の胸のあいだに押さえつけ、おたがいを愛で狂わんばかりに駆り立てた。

ブーンが彼女を奪ったときの激しさは、しだいにやわらいでいった――彼の手がレイチェルを愛撫《あいぶ》するたびに。唇が彼女の顔に触れて荒い息が頰にかかるたびに。レイチェルはとうに現実を離れていた。いまやブーンが彼女の錨《いかり》であり、重心だった。彼の腕の中にいるかぎり、世界から落ちることはない。

あまりにも激しい歓《よろこ》びの中、すべてが解き放たれた。レイチェルの全身に熱い波が広がり、彼女は身も心も溶け、ブーンの肩にすがりついた。だがブーンの息づかいはだんだん深くなっていく。彼にもクライマックスが近づいているのだ。

「ああ、レイチェル……ああ……」彼の声はささやくよりもかすかで、祈りのように聞こえた。

レイチェルはブーンの首のカーブに顔をうずめ、彼の戦慄《せんりつ》を感じた。彼女は体じゅうの力を振り絞り、ブーンの腰に脚をまわして、必死にしがみついた。

しばらくたって、ブーンはようやく考えることと息をすることが同時にできるようになり、レイチェルを抱いたまま床に膝をついた。何か言ったら涙があふれそうだった。ブーンは彼女を抱きしめ、自分にできる唯一の方法で愛を示した。

すると、レイチェルは髭《ひげ》の伸びた彼の頰にこわごわ顔をすり寄せ、彼の顎にある小さな傷あとにそっとキスをした。

「もっと早くきみと会いたかった」ブーンは苦しげな声で言った。

ああ、でも、本当は会っているのよ。レイチェルは指先で傷あとをなぞり、ほほ笑んだ。

「愛に遅すぎることなんてないわ」

「そうだといいが」彼は体をまわし、レイチェルを床の上に押さえこんだ。

彼女は笑った。「女を愛するなら、最初に知っておかなくてはいけない点があるわ。女は大切なことは絶対に間違えないの」

「バブルバスを残しておいてくれたかい？」ブーンがきいた。

「まあ、あれが気に入ってしまったのね」

やがて、二人はまたしても玄関から家の奥へ、服を落としながら歩いていった。


それが習慣になりはじめていた。

嵐は去った。空気はすがすがしく、安全灯の下の低木は、ホワイトダイヤモンドをまとったようにきらめいている。

レイチェルは窓辺に立って裏庭をながめ、雨水が集まって下の森へ流れていく音を聞いていた。その水は最後に、家の下方にある小川へ流れこむ。ブーンと初めて出会った場所へ。

「ベッドにおいで、レイチェル。体が冷えるよ」

彼女は振り返った。ブーンがベッドに手足を広げている。体の下半分はシーツにおおわれていたが、薄いシーツは彼の長い脚やたくましさを隠してはいなかった。

レイチェルは心の中を打ち明けるのをためらい、唇をかんだ。「雨のあとの景色が好きなの。何もかもみずみずしくて、清らかで、輝いていて。それを見るといつも、新たな出発ってことを思うのよ」

ブーンはうめき声をこらえた。自分ほど新たな出発を望んでいる者はいないだろう。

「こっちへおいで」彼はまたうなるように言った。

レイチェルはすぐにやってきた。

「命よりもきみを大事に思うって言ったら、信じるかい？」

レイチェルは胸苦しさを覚えた。サウスダコタで見た古い新聞記事が頭から離れない。あれには、マーシー・ホリスターという女が、お尋ね者の命を奪ったと書いてあった。

「さあ、信じてくれるかい？」ブーンがきいた。

レイチェルはうなずいた。

「オーケー、それじゃ聞いてくれ。僕は自分の陥っている状況をきみに話したいんだが、できないんだよ……とにかく今はまだ」

「いいのよ」レイチェルはそっと言った。

「いや、よくない」ブーンは言い返した。「実際、かなり厄介なことになっているんだ。でも、必ず事態は好転すると約束したら、待っていてくれるかい？」

レイチェルの胸は高鳴った。二人に未来らしきものが見えたのは初めてだ。

「永遠に待つわ。二、三回生まれ変わるだけじゃ、そんなに事態は変わらないかもしれないもの」

ブーンは小さく笑い、彼女を抱き寄せた。しかし、レイチェルにはおかしいとは思えなかった。自分たちがすでに一度、悲惨な結末に至っていることが恐ろしくてたまらなかったのだ。

夜明けの直前、レイチェルは彼が服を着るのを手伝った。服はまだ乾燥機の熱であたたかかった。

「今日は何をする予定？」ブーンがきいた。

レイチェルは力なくベッドに座りこんだ。「わからない。仕事に戻ろうかとも思うの。ここに座って、頭が変になるのを待つだけじゃみじめだもの」

ブーンは顔をしかめた。「オクラホマ・シティに僕の知り合いがいる。スネークやトミー・ジョーとは全然違う人たちだ」

レイチェルは目をそむけた。彼が二人のささやかな世界に現実を持ちこんだことがいやだった。

ブーンは必要以上に自分のことをもらしているのに気づいたが、話をやめるわけにはいかなかった。

「彼らにきいてみようか。いい精神科医を知っているかどうか」レイチェルの態度を見れば、話を聞きたがっていないことは明らかだった。「ねえ、きみに起きていることには理由があるはずだよ。僕はただ、きみによくなってもらいたいんだ。あの晩どんなに危険な状態だったかを思うとぞっとする」

「わたしが怖がっていないとでも？」

「レイチェル……」

彼女は黙りこんだ。ブーンはため息をついた。これではどうにもならない。それにもう夜が明けそうだ。日が昇る前に出ていかなくては。

「わかったよ」ブーンはそっと言った。「でも忘れないでくれ、壊れたものでも必ず直せる」

レイチェルは彼の首に腕をまわし、不安にかられてしがみついた。「いいえ、ブーン、それは違うわ。わたしはずたずたになった体も、崩れた家も、数えきれないほど見てきたの。世の中には本当にひどいことがあるのよ」

ブーンはレイチェルを抱きしめ、目を閉じた。彼女を失うことを考えなければ、失わずにすむかもしれない。

やがて、彼は目を上げて窓の外を見た。「レイチェル、もう行かなくちゃならない」

「ええ」彼女は答え、最後のキスを求めて唇を上に向けた。

唇が触れ合い、そこにはブーンの離れがたい気持ちがこもっていた。彼はうめくようにして体を離し、ドアへ向かった。だが急ぐ気持ちとは裏腹に、何かが彼を引き止め、警告した――ここを出たら、二度と戻れないかもしれない。

ブーンは振り向いた。彼女の甘い姿を覚えておきたかった。

「僕を愛しているなら……信じてくれ」彼は言った。

レイチェルには出ていくブーンが見えなかった。最後に彼が自分に向かって頼んだ声だけが聞こえた。とたんに空気が重くなった。光が揺らぎ、おかしな角度に曲がり出す。彼女があえぎ、支えを求めてベッドをつかんだとき、ダコタが振り向いて、汚れた小屋の戸口からマーシーを見つめた。

〝おまえが口で言うようにおれを愛しているなら……おれを縛り首にさせないでくれ〟

マーシーは彼の名を叫んだ。だがもう遅かった。彼は行ってしまった。

レイチェルも叫び、ブーンの姿を求めてあたりを見まわした。だが彼はどこにもいなかった。

「ああ、まさか……」彼女はベッドから飛び出した。

ブーンが出ていったときの様子は、恐ろしいほど今の光景にそっくりだった。レイチェルは家の中を走り抜け、ポーチに出た。そのときまさに、ブーンの軽トラックのテールライトがドライブウェイを曲がり、消えるところだった。

レイチェルは庭へ飛び出し、狂ったように腕を振った。「ブーン！　待って！　戻ってきて！」

だがもう遅かった。彼は行ってしまった。

葉から水滴がしたたり、男のフードつきのコートに落ちた。彼は寒さに背中を丸め、木立に身を隠しているにもかかわらず、さらに後ろへ下がった。彼の目的は一つ。レイチェルの家への道を見張ることだった。

抑えきれない嫉妬《しっと》にかられ、男はブーンを尾行して町を出ると、山を上ってきた。しかし、ブーンの軽トラックのテールライトは突然消えてしまった。嵐のおさまるのを待とうと車を止めたのか。あるいは、どこかで横たわる女の腕の中へ逃げこんだか。

そして今、男はじわじわと迫る寒さと怒りにうんざりしながら、ずっと前からの疑いが的中したのかどうかたしかめようと待っていた。

太陽が昇って数分したとき、ダークブルーの軽トラックが突然ドライブウェイの端からあらわれた。ドライバーが一瞬車を止め、道路に目を走らせる。男のいる場所からでも、ドライバーの顔が見えた。男はブーンが走り去るのを見つめながら、怒りにかすれた声でつぶやいた。

「二人とも殺してやる。何があろうと、絶対に殺してやるぞ」

ブーンはいらいらとトレーラーの中を歩きまわった。この仕事に長くかかわりすぎ、本能さえ信じられなくなっていたが、今その本能が、何かが起きると告げている。レイチェルのことが心配だった。デンヴァーの手下たちが彼女のことを知ったら何をするか、考えるのも恐ろしい。直感は無視しないほうがいい、と、ブーンは電話を取った。もう告白するときだ。

「ウェイコよ。あなたなの？」

「僕です、警部。あまり時間がないんです」

スーザン・クロスは見ていたファイルをわきへ押しやり、ブーンの言うことに集中した。「どうしたの？」

「お願いがあります」彼は手短に言った。「ある女性のことです。名前はレイチェル・ブランド」

一方的な会話に小さく悪態をつく声がすべりこみ、ブーンは平手で打たれたようにびくっとした。

「黙って聞いてください」彼は言った。「お説教はあとで聞きますから」

「続けて」警部が答えた。

「僕に何かあったら、絶対に彼女を守ると約束してほしいんです」

「ブーン、いったい何をしたの？」

「恋に落ちました」

「なんてこと」クロス警部は痛み出した首の後ろをもんだ。「彼女は何か知っているの？」

「いいえ、彼女が愛しているのはブーンです。僕が存在することも知りません」

「あなたは自分のしたことがわかってるの？」

「イエス、マム」ブーンはきっぱりと言った。「だからあなたに電話したんじゃありませんか」

警部はため息をついた。「もう一つの問題を解決してもらうためにでしょ」

「あなたを愛しててよかった」ブーンは甘い声で言った。

「おだまんなさい。その手には乗らないわ」

「あなたも僕を愛してますよ、ご自分でもおわかりでしょう」ブーンは言った。

「午前中に本部に戻りなさい、さもないと、ひどい目にあうわよ」

彼はため息をついた。「できるだけそうします」

「だめよ！　命令どおりになさい」警部は言った。

ブーンが電話を切ると、クロス警部は不安を覚えた。彼女は椅子をまわし、別の電話を取った。

「ベネット、ウェイランドを連れてすぐ来て。それと、彼に荷造りをするよう言いなさい。しばらくかかるかもしれないから」

〈ジミーの店〉に入ったときも、ブーンの耳には警部の怒った声が響いていた。店には客があふれていた。ブーンは顔をしかめた。このぶんだと、モーターオイルの一リットル缶二つのために、ずいぶんかかりそうだ。だが、もうどうでもいい。毎日が同じことの繰り返しだ。長く暗いトンネルに閉じこめられてしまったような気がする。自分にできるのは、光が差して出口を教えてくれるのを待つことだけだ。

一歩後ろへ下がったとたん、後ろの誰かとぶつかってしまった。手から鍵束が落ち、床でじゃりんと大きな音をたてた。

「やあ、申し訳ない」チャーリー・ダットンはそう言い、鍵を拾おうとした。「なんせ混《こ》んでるもんだから……」

鍵束の鍵はばらばらに広がり、その一つがほかの鍵よりも目を引いた。ぴかぴかと光る新しい鍵で、赤いマニキュアでBと書かれている。チャーリーははっとし、目の前の大きな男の顔へこぶしをめりこませたい衝動にかられた。

〝車に乗せただけよ、家の鍵を渡したわけじゃないわ〟

レイチェルの言葉が弔いの鐘のようにチャーリーの耳に響いた。なんてこった、レイチェル。

ブーンは体を起こし、こぶしを握りしめて、襲ってくるはずの打撃にそなえた。だが、チャーリーは大きく息をして、彼の手に鍵を落とした。

二人はにらみ合ったまま身動きもせず、たがいの心の中をおしはかろうとした。チャーリーが最初に口を開いた。彼はブーンに渡した鍵束を指さした。

「男は自分の鍵には気をつけなきゃな」

ブーンは手の中の鍵束を見下ろした。ひときわ光っている、あざやかな赤でBと書かれた小さな金色の鍵。一瞬、彼の心臓が止まった。

レイチェル。

ブーンはもう一度チャーリーを見た。またもや緊迫した視線が交わされ、今度はブーンが沈黙を破った。「心配してくれなくてもいい」彼は静かに言った。「自分の身のまわりには注意している」

　チャーリーは彼を憎みたかった。だが、ブーンの目を見ると、なぜかその気になれない。「気をつけろよ」そう言って、人混《ひとご》みの中へ消えた。

　チャーリーが行ってしまうと、ブーンの体は震えた。今の出来事の意味を考える必要はなかった。あの男はレイチェルの同僚だ。前に、彼女の印のついた鍵を見たんだろう。だが、そう思ったとたんに、別のことが頭に浮かんだ。印のついた鍵に気づいたのは、チャーリーだけではないかもしれない。さして考えもせず、マッチでも渡すように、スネークに鍵を渡してしまったのだから。

　なんてうかつだったんだ。

　そのとき、手の甲に誰かが触れ、ブーンはそちらへ目を向けた。鼓動がはね上がり、どきどきと鳴りはじめる。彼はその顔を覚えていた。その巻き毛も、涙をためた青い瞳も。

　ブーンは彼女の目の高さまでしゃがみこんだ。

「やあ、パンキン」彼はやさしく言って、手を差し出した。

　少女は首をすくめ、それからもう一度彼を見た。今度は笑ってくれた。

「もう男のじらし方を覚えたのかい？」

　彼の言葉の意味はわからなくても、パンキンはくすくす笑い、話しかけられて喜んでいた。

　ブーンはパンキンが自分を覚えているだろうかと思い、結局、そんなはずはないと考えた。あの煙と蒸気の中でさかさづりになっていたとき、自分自身の名前を覚えていたのさえ奇跡なのだ。

　ブーンはウインクをして、巻き毛をくしゃくしゃと撫《な》でた。だがパンキンは違うことをしたがった。彼女はブーンの指をつかんだ。

「ブー」パンキンははっきりと言った。

「そうか、かわい子ちゃん、僕を覚えていてくれた

　ブーンが弁解もせずに人混みに消えようとすると、チャーリーがいきなり紹介を始めて彼を引き止めた。

「エスタ、ポールとサリーの事故を目撃したのはこの人物ですよ。この人が事故を通報して、僕たちが駆けつけるまで、彼らと一緒にいてくれたんです」

　不思議な視線がチャーリーとブーンのあいだで交わされた。

「ブーン・マクドナルドだろう？」チャーリーが尋ねた。

　ブーンは無言でうなずいた。

　エスタはブーンに目を戻し、さっきとはまったく違うまなざしで見つめた。「まあ……知らなかったものですから」彼女は後ろで身を縮めている孫娘を見下ろした。「いらっしゃい、メリッサ、大丈夫よ」

　ブーンは少女の顔に浮かんだ脅えに胸が痛んだ。

「お気の毒なことでした」彼は静かに言った。「パンキンのお母さんが回復するよう願っています」


んだね」

「メリッサ・アン、その人から離れなさい！」

　パンキンがさっと体を引き、ブーンは頬を叩かれたようにはっとした。中年の女性が脅《おび》えたように彼を見つめている。彼女を責めるわけにはいかなかった。ブーン・マクドナルドは女性に信用されるような人間ではない。彼は立ち上がった。

「すみません、奥さん。おれは……」ブーンが言いかけたとき、ふいにチャーリーが横にあらわれた。

「やあ、エスタ、元気ですか？　ようやくブーンと会えたようですね」

　エスタ・ワーリーはとまどった。義理の息子の死だけでもショックだったのに、娘はやっと自力で動けるまで回復したばかりなのだ。人混みで孫のメリッサを見失ったと気づいたときは、心臓が止まりそうだった。そしてメリッサが男と一緒にいるのを見るや、彼女は新たな恐怖に襲われていたのだ。

エスタはブーンが娘の回復を案じたことより、孫娘の愛称を呼んだことに驚いた。「ミスター・マクドナルド？」

「なんでしょう」

「今、孫をパンキンとお呼びになりましたね」

ブーンは眉根を寄せた。「ええ」

「あの子をそう呼んでいたのはポールでした。ほかには誰もその名を使わないんです」彼女はもう一度孫娘を見やり、子どもの前でどれだけ話していいかとためらったあと続けた。「どうしてご存知ですの？　つまり……ポールは、あのときもう……」

ブーンは少女の頭を撫で、乱れた巻き毛をそっとくしゃくしゃにした。

「この子に名前をきいたんです……そうしたら教えてくれました。そうだろ、パンキン？」

エスタは顔を伏せた。涙があふれ、唇が震え出す。

「この子が、自分の名はパンキンだと言ったんですか？」

ブーンはうなずいた。「ええ、奥さん、そうです。彼女があの事故でなくしたものは、パパだけではないんじゃありませんか？　誰もパンキンと呼んでくれなければ、彼女は自分までなくしてしまいます」

エスタは孫娘を抱き、深い思いに沈みながらその場を去った。

ブーンは二人が人混みに消えるまで見つめ、それから、今の奇妙な会話を無言で見守っていたチャーリーに向き直った。

「借りができたな」ブーンは言った。

チャーリーは肩をすくめた。「近いうちに返してもらうよ」

たがいの緊張は高まり、ブーンはもう耐えられなかった。「それじゃ」彼はそう言い、歩み去った。

14

ブーンの姿はなかったが、捜査官B・J・ウェイランドはためらわなかった。彼は手早くブーンの留守番電話を調べ、メッセージを再生した。

〝ブーン、デンヴァーが八時ごろ来いってさ。会わせたい人間がいるそうだ〟

ウェイランドは腕時計を見て、眉を寄せた。八時五分前。状況は説明されていたから、デンヴァー・チェリーのことも、自分の仲間のようにわかっている。ウェイランドは携帯電話を出した。

「警部、ブーンはいません。ですが、留守電に伝言が入っていまして、どうも何かが起こりそうなんです。彼はまだ組織の黒幕に会っていないとおっしゃいましたね？」

「そのとおりよ」スーザン・クロスは答えた。「どうやらこれから会うようです。たぶん、デンヴァー・チェリーの家で」

「だったら場所はわかるわね」クロスは言った。「急いで。今日のブーンの口ぶりだと、トラブルになりそうだわ」

ウェイランドはにやりとした。「わたしから撃っていいんですか？　それとも、誰かが発砲するのを待ちますか？」

クロスは天をあおいだ。「あんたたち腕利きはどうしてそうなの。手順はわかっているでしょう。応援を送るわ……念のために。連絡を取り合って」

「了解」ウェイランドは答えた。

「それから、ウェイランド……」

「なんです、警部？」

「絶対にブーンを生きたまま助け出すのよ。いい？」

ウェイランドの笑みは凍りついた。「イエス、マム……全力をつくします」

ブーンは緊張した。デンヴァーの家の前に車をつけたとき、彼の車が消えていることに気づいたのだ。車を止めて降りると、スネークとトミー・ジョーが出てきた。体の奥の本能は一歩ごとに縮み上がって、逃げろと言っている。何かがおかしい。

「デンヴァーはどこだ？」ブーンはきいた。

「試験所だよ」スネークが答え、腕時計を見た。

ブーンはがっかりした。ボスに会えなかったばかりか、試験所の新しい場所もわからないとは。「それじゃ、顔合わせは中止か？」

「いや」スネークが言った。「おまえはおれたちと来るんだ。ボスはもう向こうにいる」

ブーンはぎくりとした。待ち望んでいたこととはいえ、この状況はまずい。「後ろからついていくよ」

彼は自分のトラックへ向かおうとした。

「だめだ」スネークが言った。「ぞろぞろパレードを組んで行けるか。一緒に来な。ボスの命令だぜ」

ブーンは平静を装ったが、頭の中はめまぐるしく回転していた。顔合わせ以外に何かある。

二人のあいだに座ったとたん、ブーンはふいに死の予感を覚えた。車が走り出したとき、最後に思ったのはレイチェルのことだった。彼女にさよならを言わなかった。

カイアミーシのこちら側を上る狭いアスファルトのハイウェイには、標識も明かりもない。夜ともなれば、道路のうねりやカーブをよく知っていないと危険だ。スネークは例によって、対向車も引力の法則もかまわずに飛ばしていた。

ブーンはスネークの両手から目を離さなかった。二人のうち、よりぶっそうなのは彼のほうだったからだ。それが最初の間違いだった。

スネークはいきなりブレーキを踏み、ものすごい勢いで右へ曲がると、レイチェルの家のドライブウエイへ突っこんだ。

「いったい、なんのつもり――」

銃があばらに食いこむのがわかり、ブーンは質問をやめた。彼は驚いてトミー・ジョーを見た。

「悪いな」トミー・ジョーは言った。「命令なんだ」

スネークは正面ポーチの階段近くでブレーキをかけ、暗い色の傷一つない車のそばへつけた。

「出ろよ」スネークが命じ、ブーンの腕をつかんでトラックから引きずり出した。

ブーンはさからわなかった。トミー・ジョーの銃が腰のすぐ後ろにあるのだ。

三人の足音が古びた木のポーチに響き、スネークはノックもせずに、先にブーンを中へ押しやった。

ブーンは秘密捜査官として、ずっと命を危険にさらしてきた。経験を積むあいだに、どんな状況にも覚悟ができていた。しかし、愛する女が別の男に抱かれていることまでは考えていなかった。

絶望が痛みに変わる。つかのま、ブーンは銃弾を受けたのかと思った。だが、撃ち抜かれたものは彼の信頼感だけだった。ブーンの顎の筋肉が引きつり、冷たい嘲笑《ちょうしょう》が顔に広がった。

レイチェルはドアを開けたときの驚きからまだ立ち直っていなかった。てっきりブーンだと思ったのに、そこにいたのはグリフィンだったのだ。彼は電話を貸してほしいと言ったが、それは三分も前のことで、いまだに電話に近づきもしない。それどころか、そわそわと窓の外に目を向けては、またレイチェルを見て、わけのわからないことをつぶやいている。

そのとき、突然車のライトがあらわれた。

グリフィンがくるりと振り向き、レイチェルの腕をつかんだ。彼の手の力と、ゆがんだ笑みと、彼女はどちらがショックだったのかわからなかった。

「いったいどうしたの？」レイチェルは叫び、彼の手を振り払おうとした。

しかし自由になるどころか、レイチェルは力ずくで襲われた。グリフィンはレイチェルをものすごい勢いで壁に押しつけ、彼女の腰に下半身をこすりつけて、強引に唇を重ねたのだ。

レイチェルは叫ぼうとしたが、口を開けたとたんに、グリフィンの舌が押し入ってきた。思いがけない侵入に吐きけをもよおし、両手で彼の胸を叩《たた》いたが、むだだった。

そして正面のドアが開いた。襲われたときと同じように、いきなり体が自由になった。レイチェルが呆然《ぼうぜん》としていると、グリフィンは振り向いて、入ってきた男に笑いかけた。

「ああ、まさか」レイチェルはうめき、手で顔を拭《ぬぐ》った。

ブーンの表情は彼女の心を打ち砕いた。今の出来事が彼にどう見えたかは明らかだった。

突然の衝撃に、レイチェルは一瞬息を止め、その言葉も出ないあいだに、彼女はブーンが自分の意思で来たのではないことに気づいた。背中に銃が突きつけられている。レイチェルがひるんでいるあいだに、ブーンが心の中をぶちまけた。

「見事だよ、レイチェル。たいした兵士だ。そいつはさぞいい男なんだろうな、きみを自分の敵と寝るよう仕向けるとは」

たいしたつわものだな、マーシー？　会う男を片っぱしからものにしてきたんだから……。

「違うわ！」レイチェルは叫び、グリフィンの腕から逃れようともがいた。また同じことが繰り返されようとしているのだ。彼女が恐れていたとおりに。

「芝居はもういい」ブーンが言った。「きみの勝ちだよ、レイチェル。表向きはまともな恋人と一緒に、他人を食い物にしてせいぜい長生きすればいいさ」

ブーンは何を言っているのだろう。でも、彼がどう思っているのかはわかる。ブーンには助けてもらえない。二人が助かるのはわたししだいなんだわ。

そのとき、グリフィンがポケットから銃を出し、彼女の喉に押しつけた。

「やつを外へ出せ」グリフィンは命じた。「この恋人たちを地獄へ落としてやる前に、かわいいレイチェルとすませておくことがあるんだ」

ブーンは凍りついた。恋人たち？　地獄へ落としてやる？　彼はレイチェルを見つめた。すべて僕の誤解だったのか？

「レイチェル、僕は……」

レイチェルは犬の巣窟《そうくつ》に放《ほう》りこまれた山猫のようになった。声をかぎりに叫び、振り向いてグリフィンに飛びかかった。彼の顔を爪で引っかき、急所を蹴《け》り上げる。グリフィンは銃を落として顔をおおい、部屋で唯一の明かりの上へ倒れこんだ。とたんに部屋は真っ暗になった。

スネークは蹴りつけてくる脚に気づかず、ブーンのブーツをまともに腹にくらった。トミー・ジョーは首を縮めると同時に発砲し、そのせいで銃弾はとんでもない方向へそれた。

今だわ。レイチェルはブーンの腕をつかんだ。

「走って！」彼女は家の中を駆け抜けた。本能と記憶だけを頼りに走り、ブーンを引っぱる。

キッチンで一瞬だけ止まり、ブレーカーのスイッチを切った。ブーンが彼女の腕をつかんだ。

「何をしようっていうんだ？」

「あなたを愛している証《あかし》を立てるのよ！」レイチェルは叫んだ。「さあ走って。早く逃げるのよ！」

二度言われる必要はなかった。二人は裏口から庭へ飛び出し、家と森のあいだの何もないひらけた場所を走った。

頼むから、彼女を森の中へ逃がしてくれ――ブーンは心の中で祈った。

後ろで銃声が炸裂《さくれつ》した。明かりが戻る。誰かがスイッチを見つけたのだ。スクリーンドアがばたんと音をたて、上ずった怒声が聞こえた。

ブーンはレイチェルを自分の前へ押した。二人で並んでいたら、彼女が格好の標的になる。

「そのまま走れ！」彼は叫んだ。

レイチェルは振り返りもせず走った。ブーンの足音がすぐ後ろに聞こえる。彼は一緒に来ている。

「あそこだ！」

レイチェルはグリフィンの声に顔をゆがめた。狂ってるわ！

恐怖が足を速くしてくれたが、息が切れてきた。どんなに走っても、森はいっこうに近くならない。

またしても銃声が静寂を破った。その音はカイアミーシの端から端へこだまし、やがてどちらの方向から響いたのかわからなくなった。

そのとき目を上げると、やっと森がすぐ前に来ていた。喜びが足に新たな力を与えてくれた。これで安全だとほっとしたレイチェルは、ブーンがよろめき、そのあと体を起こしたことに気づかなかった。

ウェイランドは思いつくかぎりの言葉を並べて、自分の不運を呪《のろ》った。デンヴァー・チェリーの家に着いたとき、遠くで車のテールライトが消えかかっていた。ブーンのトラックは庭に停《と》めてあったが、家が空なのはすぐわかった。ウェイランドは知識よりも勘で動き、そのテールライトを追った。

二度見失いそうになったが、そのたびに道路のカーブを曲がって消えるライトがちらりと見えた。

「これじゃ山羊《やぎ》の通り道だ」ウェイランドは猛スピ

ードでカーブを切りながらつぶやいた。

彼は飛ぶように、左手にある小さな未舗装の道を通りすぎた。追っていた車が脇道《わきみち》へそれたと気づいたのは、幸運と道路の角度のおかげだった。ちらりとバックミラーを見ると、ちょうどスネークがレイチェルの家の前で車を止めた。

ウェイランドはドライブウェイの行き止まりにある木立に車を止め、あとは歩くつもりで外に出た。だが車の前を通りすぎもしないうちに、家の明かりがいっせいに消えた。最初の銃声で彼は携帯電話をつかみ、走りながらリダイヤルした。

「クロスよ」

「始まってしまいました！」ウェイランドは走りながら言った。「応援をよこしてください、警部。どうもまずい状況らしいんです」

「今どこにいるの？」

「知りませんよ！」ウェイランドは叫んだ。「ブーンのトレーラーから八キロ下った森の中です。銃声を追ってくればわかりますよ」

「ウェイランド、だめよ――」

「もう行きます、警部。また連絡します」

スーザン・クロスの耳に電話の切れる音が響いた。彼女は電話を台に叩きつけ、部屋を飛び出した。

ブーンは撃たれるとは思っていなかった。肩の感覚がなくなり、走れば走るほど頭がぼんやりしてくる。隠れる場所を見つけなければ。せめて、二発目の弾をくらわないうちに。犬死にするためにここまで来たのではない。倒れずに走りつづけられたのは幸運の……そしてレイチェルのおかげだ。彼女がようやくスピードを落とし、隠れる場所を探しはじめたので、ブーンは心底ほっとした。

「こっちよ」彼女はブーンの手をつかんだ。

ブーンはレイチェルに引かれるままやぶを分け入

り、やがて二メートル四方足らずの、木の生えていない狭い場所へ出た。まわりは密生した常緑樹に囲まれ、ここなら安全に思えた……少なくとも、しばらくは。

レイチェルは足を止めた。心臓がどきどきと鳴り、焼けるような肺で激しく苦しい呼吸を繰り返す。木立を透かしてのぞいてみたが、枝の向こうには何も見えなかった。大丈夫。今は二人とも安全だわ。彼女は振り向いた。

ブーンの体ががくりと揺れ、レイチェルはばっと彼を支えた。彼の呼吸は浅く、苦しげなあえぎがまじっている。シャツは汗でびしょ濡《ぬ》れだ。命からがら走ったとはいえ、この寒さで汗をかくのはおかしい。レイチェルは自分の手に目をやった。暗がりの中でも、血糊《ちのり》は見間違えようがなかった。

「ああ！　ブーン、なぜ言わなかったの？」

ブーンは倒れまいとして膝をついた。返事のかわりに、彼はまっすぐレイチェルを見て尋ねた。

「なぜ気を変えた？」ブーンはそう言い、頭を膝のあいだに落とした。気を失ってはだめだ。

レイチェルはうめいた。頭の中の医療技術を総動員しても、器具がなくては何もできない。

「なんのこと？」彼女はブーンのシャツを開き、目よりも指で傷を調べた。

「恋人のもとに戻って、もう僕は用ずみのはずなのに。なぜ気を変えた？」

レイチェルは彼のとりとめもない問いかけをショックのせいにし、ブーンの背中を手で探って弾の侵入口をさがした。やがてそれが見つかると、彼女は安堵《あんど》で小さく息を吐いた。心臓からも脊柱《せきちゅう》からも充分離れている。だが、弾道の角度はわからない。

「ああ、チャーリーがいてくれたらいいのに」彼女はつぶやいた。

「彼はきみを愛している」ブーンはそう言い、それからどさりと前に倒れた。

レイチェルは恐怖を声に出すまいと決心し、そっとブーンの体を横にした。「そして、わたしはあなたを愛している。おかしな関係ね？」

レイチェルはブーンのシャツの前を開き、胸の前部分を調べて銃弾の出口を探したが、やがて小さく声をあげた。弾の出たあとがない。それにいまや、血はしみ出すのではなく、流れ出している。

傷をふさいで、止血をしなければ。レイチェルはためらいもせずシャツを脱ぎ、折りたたみはじめた。

「レイチェル、僕は……」

「しーっ。出血を止めなきゃ」

レイチェルは自分のシャツで作った厚いパッドをブーンのシャツの下に入れ、背中の傷がその真ん中に当たるよう調整した。

「力を抜いて」彼女はそっとブーンをあお向けにして、間に合わせの止血帯に彼の体重がかかるようにした。とりあえず、今できることはこれだけだ。

ブーンは上を向いた。レイチェルの顔は、見えてはぼやけ、黒髪の天使が浮かんでいるかのようだ。意識が急速に薄れていく。気を失うのか、このまま死ぬのかはわからないが、レイチェルに言っておかなくてはならないことがある。ブーンは思いがけない力で彼女の手をつかんだ。

「僕のブーツの中に……銃がある」

レイチェルは息をのんだ。「撃ち方を知らないわ」

「銃を取るんだ」ブーンは言い、それからうめき声をあげた。「ただ狙《ねら》いをつけて、撃てばいい。あとは弾がやってくれる」

「ああ、神様」レイチェルはつぶやき、震える手で銃を抜き出した。

「レイチェル」

レイチェルはかがみこんだ。ブーンの顔のすぐ上で、小さくささやく。「ダーリン……」

「僕はきみが思っているような人間じゃないんだ」

涙でブーンの顔がぼやけ、レイチェルは彼の胸に額をつけた。

「あなたが誰でも、どんな人でもいいの、だから置いていかないで、ブーン。お願いよ、またわたしを置き去りにしないで」

ブーンは眉を寄せた。意味がわからない。彼女を置いていったことなどないのに、なぜまたなんだ？

しかし、レイチェルの別の言葉が、かすんだ脳裏にしみこんできた。彼女はまだ僕がならず者だと信じている。そしてそれでも、喜んで一緒に逃げるつもりなのだ。

「誤解だ」彼は言葉を続けた。「僕は悪党じゃない、悪党はグリフィン・ロスのほうだ」

レイチェルはブーンの言うことが理解できなかったが、今はとにかく彼が何を言おうとうなずいた。

「わかっているわ」彼女はやさしく言い、ブーンの額から髪を払った。ブーンの肌は冷たく、汗ばんでいる。ショック症状だ。

レイチェルは彼の背中の下へ手を入れ、止血帯がずれていないかたしかめようとして、悲鳴を抑えつけた。止血帯はもうぐしょ濡れだった。

「レイチェル、僕を置いて逃げてくれ。道路へ出れば、助けを呼べる」

彼女は身をかがめ、ブーンは頬に彼女の息を感じた。

「黙って静かにして」レイチェルは言った。「一緒にこんな目にあったんですもの、逃げるのも一緒よ」

ブーンはうめき声をのみこんだ。こんな皮肉があるだろうか。レイチェルの家へ入ったとき、彼はてっきり偽装工作が暴かれたのだと思った。初めにレイチェルはサウスダコタへ行った。自分の生まれた土地へ。次にレイチェルは恋人を捨て、僕に走った。

その後、その恋人がデンヴァーの組織の黒幕だとわかった。そして最後に、レイチェルはその恋人に抱かれてあらわれた。すべては明らかに見えた。だが、とんでもない思い違いだったのだ。

ブーンはレイチェルの手をつかんだ。だが、その手がどんどんすり抜けていくような気がする。狂ったような焦燥が広がった。死にたくない。やっと彼女に出会えたのに。

「デンヴァーは本当のボスじゃない。ボスの正体はずっとわからなかった」ブーンは低くつぶやいた。「彼らは僕をボスに会わせようとしていた」

レイチェルはうめいた。ブーンがドラッグ売買に関係しているのではないかと思ったことはあったが、考えないようにしてきたのだ。しかし、デンヴァー・チェリーの名前が、その恐れていたことを裏づけてしまった。

「レイチェル……くそっ、聞いているかい？」ブーンの体にどっと冷たい汗が吹き出した。

レイチェルは彼の心臓に手を当ててみた。鼓動は弱く、ほとんど感じられないほどだ。

ブーンのまぶたが閉じ、頭がぐらりと横へ落ちた。その瞬間、レイチェルは本物の恐怖を知った。両手で彼のシャツをつかみ、思い切り揺さぶる。

「ブーン！　ひどいわ、わたしを置いていかないで」

彼の目が開いた。「銃はどこだ？」

レイチェルはあたりを見まわした。銃は膝のわきにあった。さっき落としてしまったのだ。

「ここよ」彼女は答えた。

「二度と放すんじゃない」ブーンの声の静かな威圧感は、パニックを通り越して、レイチェルに突然現実を悟らせた。

「わかったわ」彼女は銃を膝にのせ、そこに片手を置いた。

ブーンがしゃべりはじめると、レイチェルは最初、彼がうわごとを言っているのだと思った。だが、しだいにその意味は明らかになった。

「やつらは僕をボスに会わせようとした。デンヴァーはボスじゃなかったんだ」

「ああ……まさか！」レイチェルはかがみこんで、ブーンがもう一度彼女の顔を見てくれるまで、頬を手でつつんだ。

「レイチェル……愛してるよ。愛しているって、もう言ったかな？」

「ええ、それに別のことも話してくれたわ。本物のボスはグリフィンだと言いたかったのよね？」

痛みの中からほほ笑みがあらわれた。ブーンは体の力を抜いた。やっとわかってもらえたんだ。

「ちょっと眠りたい」彼は言った。「ほんの少しだよ、いいね？」

しかし、レイチェルが答える前に、木立の外で音がした。彼女が反応するより早く、常緑樹の枝がかき分けられた。グリフィンがよろめきながらこっちへ来る。見つかったんだわ！

おれを愛しているなら、縛り首にさせないでくれ。

レイチェルは今や、はっきりとあのメッセージの意味を悟った。膝の銃をつかみ、横たわったブーンの体を両足ではさむように立ち上がる。こうすれば、グリフィンは彼女を倒さなければ、ブーンに手をかけられない。

グリフィンは最後の枝をかき分けたとき、手に銃をさげていた。地面に横たわった——望みどおり死んだように見えるブーンを目にすると、彼は悪意に満ちた笑みを浮かべた。レイチェルが半裸なのは、なおさら都合がいい。

「楽しいあいびきの邪魔だったかな？」グリフィンはあざ笑った。

レイチェルの頭はどくどくと脈打ちはじめた。

「彼から離れて！」彼女は低く言った。

「いやだと言ったらどうする？」グリフィンはきき、彼女のほうへ足を踏み出した。

レイチェルの頭の後ろを激痛が走り、らせんを描いて首を下りていった。心臓は早鐘のように打ち、手が震える。しかし、レイチェルは自分にも理解できない新たな決意がわき上がるのを感じた。銃の持ち方さえ知らないのに、銃が軽く、手にしっくりなじむのがわかる。

銃の撃ち方は知っているだろう……おれを愛しているなら……縛り首にさせないでくれ。

すべてがわかった。これだったんだわ！　わたしには撃てなくても、マーシーなら撃てる。いいわ、マーシー、今こそわたしに力を貸してちょうだい。

「それじゃ教えてあげるわ」レイチェルはさっと腕を上げた。両手で銃を構え、目に映るいちばん大きな的を――グリフィンの胸の真ん中を狙った。

グリフィンがはっと足を止め、驚きが顔に広がった。銃を出されるとは思っていなかったのだ。銃が火を噴いた瞬間も、銃弾が肉を貫く衝撃や、たちまち体が動かなくなることなど考えてもいなかった。

「この女《あま》！」グリフィンはあえぎ、自分の銃を構えようとした。だが、腕に力が入らない。彼が呆然と自分の手を見下ろしたとき、銃が足元に落ちた。地面がゆらゆらと迫ってくる。グリフィンは顔を上げた。「フェアじゃないぞ」彼はつぶやいた。

「人生はフェアじゃないと言ったのはあなたよ、グリフィン。忘れたの？」

グリフィンは彼の言葉で逆襲してきたレイチェルを憎んだ。

「殺してやる」彼はレイチェルに手を伸ばした。

二度目の銃撃で、グリフィンはあお向けに倒れた。

「いいえ、あなたには無理よ」レイチェルはかぼそい、震える声で言った。「だってもう死んでしまったもの」

数秒か、数分か、とにかくわずかな時間ののちに、レイチェルは森を走ってくる男の叫ぶ声を聞いた。聞き覚えのない声だったが、彼女は男の言葉を聞いて、彼を呼びに外へ出た。

「マクドナルド！　どこにいるんだ？　おれだ、ウェイランドだ！　出てこいよ、返事をしてくれ」

「こっちよ！」レイチェルは叫び、中へ来るよう手を振った。「彼が撃たれたの。救急車を呼んで！」

ウェイランドは青くなった。レイチェルのあとにつき、木立を分け入って開けた場所に出たとたん、グリフィンのうつぶせになった体につまずいた。

「いったい……？」

「その人は死んだわ」抑えていたパニックがどっとはじけ、レイチェルの声はうわずった。「ああ、神様！　ブーンを助けて！」

ウェイランドは携帯電話を出し、レイチェルがブーンのそばに戻ってひざまずいているあいだに、救急車を呼んだ。そのすぐあと、彼はレイチェルの隣に膝をつき、ブーンの傷と体の状態を調べた。脈の弱さに、彼は寒けを覚えた。

「みんな、すぐ来るよ」ウェイランドは言った。

「救急車も地元警察も、もうきみの家にいたから」

「でも……どうして？」

「きみの庭にいる二人のごろつきを拾いに来るように頼んだのさ。太ったほうは黄色の菊の中に倒れていて、やせているほうは、この世で最後のぶらんこをしているだろう」

レイチェルは身震いした。あの家は避難所だと思っていたのに、今では死の場所になってしまった。

「でも、あなたは誰？」彼女は尋ねた。「それに、ブーンとはどういうお知り合いなの？」

ウェイランドは肩をすくめた。

「我々みたいな連中は結束が固いんだ」

レイチェルは意味がわからなかったが、今はどうでもよかった。ブーンさえ目をさましてくれればいい。彼女はかがみこみ、ブーンの頬をやさしく何度も叩いた。

「ブーン、聞こえる？　もう終わったのよ。あなたはただ目をさまして、よくなればいいのよ」レイチェルの声が割れた。「ブーン、わたしを置いていかないで」

ウェイランドは彼女から目をそらせなかった。暗がりの中、髪は乱れ、顔やほとんどあらわな上半身は傷だらけだが、はっとするほど美しい女性だ。彼は上着を脱ぎ、そっと肩にかけてやった。

「きみがレイチェルかい？」

彼女はうなずいた。

ウェイランドはブーンを見下ろし、警部が状況を説明したときの言葉を思い出した。意味ありげな笑みがウェイランドの真面目《まじめ》くさった顔に広がった。

「彼は死なないさ」ウェイランドはやさしく言った。「きみをほかの男に残していくほどばかじゃない」

15

レイチェルはたった一本のかぼそい糸で正気をつなぎとめていた。コマンチ郡記念病院の廊下にはこうこうと明かりがつき、人が行き来している。だが、心の中の闇《やみ》のせいで彼女には何も見えなかった。

チャーリーが隣に座ると、彼女は顔を上げた。

「ジョーニーが家のことは心配するなって言ってたよ。きみが帰る前に全部きれいにしておくそうだ」

レイチェルは青ざめた。ブーンと逃げ出したあと撃ち合いがあったことをすっかり忘れていた。

「彼女にありがとうと言って」レイチェルはそう答えたが、今、心にはたった一つのことしかなかった。ブーンに生きていてほしい。

「チャーリー？」

「うん？」

「彼は死ぬの？」

チャーリーは顔をしかめた。レイチェルはひどくうつろで頼りなく見え、いつもとは別人のようだ。

チャーリーの中の暗く利己的な部分は、すでにブーンが死んだときのことを考えていた。レイチェルは誰のものでもなくなる。だが、彼はすぐにその考えを打ち消した。誰かを愛すれば、自分よりもその人の幸せを願うものだ。

チャーリーはレイチェルの手を取り、慰めるように両手で強く握りしめた。

「わからないよ。でも医者は全力をつくしている」

レイチェルの体が震え、がくりと傾いた。チャーリーは彼女の肩に腕をまわして抱き寄せた。

「僕に寄りかかるといい、レイチェル」

彼女はそのとおりにした。沈黙がいつ果てるともなく続いた。

「チャーリー」

「うん？」

「ごめんなさい」

レイチェルの髪が揺れて彼の顎の先に触れた。彼女の肩が震える。でも、彼女は別の男を愛しているのだ。チャーリーはレイチェルの涙に心が引き裂かれそうだった。

「わかっているよ。残念だけど」ああ、本当に……残念だけれど。

時は刻々と過ぎていった。レイチェルは足音がするたびに、医者ではないかと顔を上げ……それでいて、医者が来るのを恐れていた。

今度は医者ではなかった。ウェイランドと見知らぬ中年の女性。その女性が目の前でぴたりと足を止めた。

「レイチェル・ブランドね？」

その女性の声には注意を向けずにいられない何かがあり、レイチェルは思わず立ち上がった。

「ええ、そうです」

女性が片手を差し出した。「麻薬取締局のクロス警部よ」彼女はウェイランドを見て、またレイチェルに目を戻した。「スーザンで結構」

麻薬取締局？

驚いたのはレイチェルだけではなかった。チャーリーも立ち上がり、手を差し出した。

「僕はチャーリー・ダットン、レイザー・ベンドの救急医療士です」そしてこうつけ加えた。「レイチェルは僕のパートナーなんです」

クロスはうなずいた。仕事のパートナーがどれほど大切なものかは、よくわかっている。

レイチェルは不安に襲われた。デンヴァー・チェリーがドラッグを売買して、ブーンが彼を手伝っていたのなら、この人たちはブーンを逮捕しに来たのだ。彼女は大きく息を吸い、顎を上げて正面からクロスを見つめた。

「わたし、ブーンが何をしたかは知りません」レイチェルは静かに言った。「でも、ブーンがすばらしい行いをしたのは何度も見ていますから、彼に代わって証言するつもりです。知り合って以来、彼は女性と子どもの救助に手を貸してくれましたし、自分を犠牲にしてわたしの命を救ってくれたんです」

クロス警部の眉が上がった。

「言ったでしょう、警部」ウェイランドがつぶやいた。「彼女はたいした女性ですよ」

クロスは探るようにレイチェルを見た。どうやらレイチェル・ブランドは心底、ブーンの容態を案じているらしい。彼が生き延びても刑務所入りだと思わせておくのはフェアではないだろう。

「一緒に来て、ミス・ブランド。お話があるの」

レイチェルはためらった。

「遠くへは行かないわ」クロス警部は言った。「あそこでいいわ、窓のところ。医者が来ても見えるでしょう」

レイチェルは言われたとおりにした。今は、スーザン・クロスの言うことならなんでもきく。

だが窓のところへ行くと、クロス警部は話もせず、窓の外のローソンの町を見つめた。五十五歳になるまでには、彼女はありのままの自分を受け入れていた。背は低く、美人でもなく、髪は暗い灰色。唯一の武器は警察でのキャリア、頭脳、そして声だった。彼女はそれで組織を動かしてきた。部下は彼女を信頼した。彼女が彼らを完璧《かんぺき》に補佐したからだ。

なかでもブーンは腕利きの秘密捜査官だった。彼ならこの手術も乗り切るだろう。だが警部はレイチェルの美しさを目にし、彼女が必死にブーンに温情ある措置を願うのを聞いて、ブーンがレイチェルなしでは生きられないことを悟った。だから警部は、守ると誓った秘密をもらすことにした。

「彼はわたしたちの仲間よ」

最初、レイチェルは意味がわからなかった。「あなたがたの、なんですって？」

クロス警部は振り向いた。その目は冷静で、たえず状況を判断し、相手の心を探っている目だった。

「ブーンは——少なくともあなたがそういう名だと思っている人間は、うちの局でも腕利きの秘密捜査官なの」

部屋がぐるぐるとまわりはじめ、レイチェルは冷たいガラスに寄りかかった。

「大丈夫？」クロス警部は尋ねた。

レイチェルは目を閉じ、喉につかえたかたまりをのみこんだ。ブーンのような男には不似合いに思えたことが次々によみがえってくる。彼は信じてくれたと言った。誰も助けてくれないときに、手を差しのべてくれた。レイチェルはしばらく涙で息ができなかった。

「ええ、スーザン、大丈夫です。とても気分がよくなりました……やっと」

クロスはうなずいた。ルールを破るのは爽快《そうかい》だ。もっとたびたびやってみてもいいかもしれない。

「そう。だったら、今の話は極秘だと承知しておいてね。彼は倒れたから今は手が出せないなんて、敵に知られては困るでしょう？」

レイチェルの声から抑揚が消え、不気味なほど無表情になった。「彼が無防備のあいだは、誰にも手出しさせません。約束しますわ」

スーザンはレイチェルの言葉に驚いたが、すぐに、ウェイランドがグリフィン・ロスの死体を見つけたときの話を思い出した。カイアミーシからブーンを運び出したときの容態を考えれば、彼がやったのでないことは明らかだ。とすれば、撃ったのはレイチェルしかいない。

「手段もないのに、そんな約束をするのは危険よ」

レイチェルは真っ赤になったが、警部がほのめかしたことを認めはしなかった。山でのことはマーシーの力であり、自分の力ではないのだから。

クロス警部は話は終わったと思い、その場を去ろうとした。だが、レイチェルは彼女の腕をつかんで止めた。

「スーザン？」

「何かしら？」

「彼の本名はなんというんですか？」

「ダニエル・ブレインよ」

レイチェルはうなずき、今まで知っていた男を新しい名前と結びつけようとした。「皆さんは、なんて呼んでいるんでしょう？」

警部はにやりとした。「ただのダニエルよ。〝頑固者〟のほかには」

レイチェルの心はぱっと明るくなった。頑固者という呼び名は初めて知ったが、心当たりがある。

「彼は大丈夫よ」クロス警部は言った。「わたしくらい彼を知っていたら、あなたもきっと信じるわ」

レイチェルはほほ笑んだ。「わたし、ずっと昔から彼を知っているような気がするんです」

クロス警部がレイチェルの腕に触れた。一瞬の、ぎこちないとも言える動作だった。感情を出すのは苦手なのだ。「もう行くわ。彼が目をさましたら、試験所は壊滅、チェリーは拘留された、と伝えて。グリフィン・ロスは自分の貯蓄貸付会社を使ってドラッグマネーを洗濯していたの。一味の残りも、あなたとウェイランドのおかげで、いなくなったわ」

レイチェルはその言葉にはっとした。わたしとウェイランドのおかげ？　それじゃ、グリフィンが死んだときのこともわかっているんだわ。

「心配しないで」クロス警部は言った。「あれはブーンの銃だし、明らかに正当防衛だわ。誰が引き金を引いたかは問題にならないでしょう」

レイチェルは顎を上げた。「隠すつもりはなかったんです。必要ならすべて記録してください。わたしは彼を救うためにやっただけです」

クロス警部の眉がまたもや上がった。「ねえ、あなたには驚かされたわ。警察に入る気はない？」

レイチェルは身震いを隠さなかった。「いいえ！　銃は嫌いなんです。わたしは人の命を奪うのではなく、助けるよう訓練されましたもの」

「どうやら誤解があるようね」警部は言った。「わたしたちの訓練も、同じ目的のためなのよ」

クロス警部はそのことを考えながら、ウェイランドを連れて帰っていった。レイチェルはエレベーターが彼らの姿をのみこんでしまうまで見つめていた。

ダニエル・ブレイン。彼の名はダニエル……。

レイチェルは背中を伸ばした。心の奥に何かの記憶が引っかかっている。サウスダコタへ旅行したときのことだ。ダコタの死の記事に関係した何か。

「ああ、わかったわ！」ブレイン！　そうよ！　マーシー・ホリスターはダコタ・ブレインという名のならず者を手にかけたと書いてあったわ。

チャーリーが後ろに来て、ガラスに彼の姿が映った。「レイチェル、何か悪い知らせだったのか？」

レイチェルは自分と過去との最後のつながりを見つけ、有頂天だった。

「いいえ、あの、違うわ。むしろその反対。何もかもうまくいったの」

チャーリーはなぜレイチェルがそんなにうれしそうなのかわからなかったが、今は彼女を支えていられるだけでよかった。手に入れられるものは、できるあいだに喜んで受けとっておこう。

さらに三十分がたち、レイチェルの高揚した気持ちも、しだいに薄れはじめた。レイチェルはまた不安にかられて歩きまわり、チャーリーは何か彼女の気を紛らせることはないかと、懸命に考えた。すると、ふとあることが頭に浮かんだ。

「ねえ、レイチェル、いいことを教えてあげるよ。誰にも話さないって誓うかい？　とくに、ジョーニーには？」

レイチェルはうなずいた。「約束するわ。とくにジョーニーには言わない」

「アイダ・メイ・フローリーを覚えてる？」

「未亡人のミセス・フローリー？　人づき合いが嫌いで、何カ月か前に亡くなった方ね？」

「僕は小さいころ、よく彼女の庭の芝生を刈ったんだよ。知ってたかい？」

レイチェルは首を振った。

「実はそうなんだ。僕は大人になっても、いろいろ彼女の用をしてあげていた。亡くなったとき、彼女は九十歳近かった。だから晩年、手を貸す人間が必要だったんだ」

「そこがあなたのやさしいところね」

彼は首をすくめた。「たぶんアイダは僕を好いていてくれたんだろうね」

レイチェルはほほ笑んだ。「あなたは誰からも好かれるもの」

チャーリーはじっと探るような目をレイチェルに向けた。

「それでさ、きみだったらどんな気持ちになるかな？　それほど深いつき合いをしてなかったのに、ある日突然相手が死んで、七十万ドルの遺産を残されたとしたら」

「七十万……」レイチェルは息をのんだ。「嘘《うそ》でしょう！」

「いや、嘘じゃない」チャーリーは答えた。

レイチェルは呆然《ぼうぜん》とした。「あなたの指輪や車やヘアスタイルはそのせいだったのね。でも、なぜ秘密にしておきたいの？」

チャーリーは赤くなり、目をそらした。レイチェルはかつてないほど彼が好ましく思えた。

「僕がミセス・フローリーのことを誰にも言わなかったのは、財産が欲しかったからじゃなくて、彼女に僕自身を好きになってもらいたかったからさ」

レイチェルの声は震えた。「まあ、チャーリー、あなたって人は」

「さあ、そんな感動した目で見ないでくれよ」そして彼はにやりと笑った。「それに、もう手遅れだよ、ベイビー。もし神に誓って愛してるって言ってくれても、僕は信じないからね」

レイチェルは吹き出した。だが、それこそチャーリーが望んでいたことだった。そして次の言葉を口にする前に、緑の手術着姿の医者が近づいてきた。レイチェルは医者と話をしに行ってしまった。

集中治療室にいるダニエル・ブレインを最初に見たときのことを、レイチェルは死ぬまで忘れないだろう。彼女はブーンを愛していた。彼が本当は誰であろうと、愛する気持ちに変わりはない。今、病院のベッドで昏睡《こんすい》しているダニエルを目にして、レイチェルはあらためて愛と犠牲の意味を知った。

二人が親しくなることで、ダニエルがどれだけの危険を冒していたのかは、想像するしかない。だが、本当の姿を知った今では、グリフィンに抱かれていた自分を見て彼がどう思ったかわかる。レイチェルは決心した。二度と彼に疑われるようなことはしない。

四日間が過ぎ、ダニエルは集中治療室から個室へ移された。移動のときは、レイチェルもつき添った。彼女が家に戻ったのは一度だけで、それも自分の車と、着替えを取りに行っただけだった。ダニエルが自分で動けるようになるまでは、彼から目を離したくなかった。あの晩ダニエルがすすんで銃弾を身に受けてくれなければ、彼女が撃たれていたかもしれないのだから。ダニエルの体を治したのは医者だったが、孤独なならず者の心を癒《いや》したのは、静かにいつもそばにいたレイチェルだった。

レイチェルは僕が眠っていると思っている。ダニエルには、部屋の中を動きまわるひそやかな音で彼女がわかった。局が送ってきた花に水を足している。足もとで、余分の毛布をたたんでいる。

周囲の物音はこの五日間、さして変わっていない。集中治療室にいた四日を入れれば、九日間だ。そのときのことはあまり覚えていないが、レイチェルがいたことはいつも感じていた。彼女の存在は、心の中のずっと空っぽだった場所を満たしてくれた。

グラスと皿のぶつかる音が食事の時間だと告げている。料理の香りが薬や消毒剤のにおいにまじってただよってきた。なんとも食欲を誘う組み合わせだ。

ダニエルは寝たまま体をずらし、治りかけた背中の傷にかかる重みを加減した。すると、レイチェルがすぐに様子を見に来た。

森の中で彼女がシャツを脱ぎ捨て、それで出血を止めようとしたあとのことは、ぼんやりした記憶しかない。とぎれとぎれの場面。声。レイチェルの顔に浮かんだ恐怖……そして火薬のにおい。

しかし、はっきり心に残っている光景が一つあった。レイチェルが復讐《ふくしゅう》の天使のように自分の上に立ち、銃を構えて、まっすぐグリフィンの胸を狙《ねら》っている姿。あのときの狂おしい絶望感は忘れられない。

レイチェルが実際にそうしてくれたのを知ったのは、何日かたったあとだった。そのときでさえ、自分の知っているレイチェル――他人の傷を癒し、手当てをする彼女が、至近距離から二発も人間を撃つところなど想像できなかった。だが、ダニエル自身がその生き た証拠だった。

「ダニエル、ダーリン……」

レイチェルが彼の本当の素性に慣れるまで、九日間かかったが、彼女の口から本名を呼ばれるのはいい気持ちだった。

額に彼女の手が触れる。ダニエルは目を開けた。

「お食事が来るわ」

「食べ物なんかいらない。きみが欲しい」

レイチェルはほほ笑みをこらえた。そして、看護師が食事を持って入ってくると、後ろへ下がった。

「こんばんは、ミスター・ブレイン」

看護師はトレイをテーブルに置き、保温蓋《ほおんぶた》を取った。それからベッドのボタンを押して、いきなりダニエルの体を起こした。

傷が引きつれ、彼は悪態をついた。

「今日は少しご機嫌が悪いようですね。いい傾向ですわ。これならあっという間に退院できますよ」

「そんなはずはないってわかっているくせに」ダニエルはぶつぶつ言いながら、皿の上の食欲をそそらない代物をにらみつけた。

「おいしそうだわ」レイチェルは彼が食べる前に手を拭《ふ》けるよう、あたたかいおしぼりを渡した。そして声を低めて言った。「おしぼりは一本でいいの？ それとも歯磨きと一緒にもう一本取ってくる？」

その意味がわかったので、ダニエルは何も言わずにおしぼりを受けとった。

「あとでトレイを下げに来ますからね、ミスター・ブレイン。ごゆっくり召し上がれ」

ダニエルはトレイとテーブルを押しやり、一戦まじえようというようにレイチェルをにらんだ。

「きみが食べろよ」

「いいえ、結構」レイチェルはフォークを取り、わざと真面目《まじめ》な顔で彼に渡した。「あら、見て。サラダにきゅうりが入っているわ。たしか、あなたはきゅうりの権威だったわね」

ダニエルの唇の片端が上がった。このいたずら娘！　いつか食料品店でからかったときのように、僕を挑発する気だな。

レイチェルはベッドの縁に座り、彼の脚をやさしくさすった——だが、声にははっきりと、セクシーな高まりがあらわれていた。

「いい？」

ダニエルは目をぱちくりさせた。サラダのきゅうりより、ずっとその質問にふさわしいイメージが頭にわいた。

「いいって、何が？」彼は口ごもった。

「サラダよ。ちゃんと歯ごたえがある？　ぐんにゃりしたものや、柔らかいものはいやなんでしょ？」

ダニエルは苦笑した。このラウンドは彼女の勝ちだ。彼はサラダにフォークを突っこんで食べはじめた。残念だが、思ったほどまずくはない。

レイチェルが顔を上げた。「あら、その蒸し焼きポテトとハムはいいにおいね。どんな味かしら？」

ダニエルは山盛りになった丸いかたまりを見た。これが脂ののったハンバーガーならいいんだが。

レイチェルはすかさず言った。「わたしはいろいろなソースが好きよ。とくにチーズのが。チーズは溶けて……まざり合うでしょう。それで味けない料理も、ちょうどいい仕上がりになるの。とっても……とっても……なめらかで、熱くて……」

「かんべんしてくれよ、レイチェル。僕はこいつを食べるんだから、ちょっと待ってくれ！」

レイチェルはにっこり笑い、そのあいだにダニエルは食事にかかった。

時間は流れ、病院は毎日恒例の変化を見せはじめた。看護師たちが患者に眠る支度をさせている。見舞い客の帰っていく音が、廊下から聞こえる。

　ぼんやりとテレビを見ているダニエルにも、その静けさがしみこんできた。レイチェルはダニエルに説き伏せられ、ベッドの端に横たわって、彼の脚に背中をつけてうとうとしていた。

　レイチェルが動いたり、少しでも大きく息を吐いたりするたびに、ダニエルは彼女の髪に手を置き、柔らかい頬を撫《な》でて、おだやかに眠れるようにした。そして、彼女は大丈夫だと自分に言い聞かせた。レイチェルが夢中歩行をして、世界の果てから落ちていくのを止められない夢を、何度も見たのだ。それを思い出すと、彼女がちゃんと意識を保ってすぐそこにいる今も、恐ろしくてたまらなくなる。

　レイチェルがふうっと息を吐き、目をさましたのがわかった。よかった。言わなくてはならないことがある。

「レイチェル?」ダニエルはささやいた。「目がさめたかい?」

　彼女は体を伸ばした。「うーん――」

「ずっと言おうと思っていたことがあるんだ」

　ダニエルの声には今までと違ったものがあった。

　レイチェルは動くのをやめた。

「僕の命を救ってくれてありがとう」

　レイチェルは起き上がってダニエルに向き合い、小さな謎《なぞ》めいた笑みを浮かべた。ダニエルにはわからないだろう。わたしにとって、あの行為に二重の意味があったことなど。マーシーは愛する男をみずからの手にかけた。しかし、同じあやまちは繰り返されずにすんだのだ。

「どういたしまして」

　ダニエルは胸の思いをあらわすすべがわからないように、落ち着かない様子で唇をかみしめた。

「なんていうか……知り合ってまだわずかだけど、ずっと昔からきみを知っていたような気がする」

ああ、いとしいダニエル……あなたが知っててくれさえいたら。レイチェルはほほ笑んで、彼の手に手を重ねた。「愛しているわ。今までもずっとよ。そしてこれからも」

ダニエルの眉が、口の端に浮かんだ笑みと同様、つり上がった。「僕を怖がっていたくせに」

「あなたを恐れたことはないわ。怖かったのはあなたの見せかけの姿だけよ」

ダニエルの顔に笑みが広がり、黒い目が隠しきれない希望にきらめいた。やがて彼は大きく息をして、どこまで考えていたのかを思い出そうとした。「きみに話したいことが二つある」

「いいわ」

「秘密捜査官の仕事は今回でやめるよ」

レイチェルは少し驚いたように言った。「わたしのせいじゃないわよね？」

彼の唇に苦笑が浮かんだ。「もちろん、きみのせいさ。僕がさっさと人生におさらばして、きみをチャーリーみたいなやつのそばへ残していくとでも思うのか？」

レイチェルは眉を寄せた。「わたしはあなたとの愛に背いたりしないわ」

ダニエルは彼女の手をつかんだ。「冗談だよ」そして、そっと続けた。「今回の仕事が最後になるのは、きみに会う前からわかっていた。もう充分やったし、仕事のほうでも僕には飽きただろうさ」

レイチェルは身をかがめ、彼の顔に数センチのところまで唇を近づけて言った。「わたしは一生あなたに飽きないわ。覚えていてね」

どっと感情が押し寄せ、ダニエルは彼女の目に輝く愛しか見えなくなった。

「レイチェル、もし僕が心をこめて頼んだら、結婚してくれるかい？」

驚いたことに、彼女は泣き出した。

　ダニエルは顔をゆがめ、自分の涙をのみこんだ。

「こっちへおいで」

　彼女はすぐにそのとおりにした。ダニエルのやさしい腕に抱かれているうちに、時間は過ぎていった。

「レイチェル」

「なあに、ダーリン？」

「まだ答えてくれていないよ」

　レイチェルはふっと息を吐いた。二人であれだけのことを乗り越えてきたのに、なぜわたしが断るなんて思うのかしら？　レイチェルは体をずらした。答えるときに、彼の目を見ていたかったのだ。

「イエス。千回でもイエスよ、あなたと結婚するわ。わたしたちが今、手にした愛、そして過去のすべての愛のために」

　ダニエルは低い声をあげ、もう一度レイチェルを抱きしめた。彼女の言葉はつじつまが合っていなかったが、幸せすぎて気にもならなかった。


　一瞬、ダコタの顔が浮かび上がった。馬に飛び乗る彼の黒い髪が風になびく。そして後ろにマーシーを乗せると、口元に笑みが浮かんだ。

　レイチェルは目を閉じ、キスを待った。そして唇が重なったとき、そこにいるのが誰かははっきりわかった。ダニエルの息が軽く肌にかかる。彼の手がそっと頬に触れた。

「目を開けて、レイチェル。きみを愛しているのが誰か見てほしいんだ」

　レイチェルは言われたとおりにしたが、目を開けなくてもわかっていた。

　何世紀ものあいだ、多くの男たちが地上を歩いてきた。中には、生まれる前から闇のような心を持ち、魂が黒く、ひたすら救いを拒んだ者もいた。でも、わたしのダニエルは違う。彼はならず者だった……けれど、心まで堕《お》ちてはいなかったのだから。

エピローグ

サウスダコタは春だった。ダニエルとレイチェルがラピッドシティーに降り立ったときには、正午を少し過ぎていた。頼んでおいたレンタカーに荷物を積み、デッドウッドに向かうまでには、レイチェルの興奮は頂点に達していた。

しかし、ダニエルはここへ来たわけを理解できずにいた。レイチェルはなぜか説明もしてくれず、行かなくてはならない、の一点張りだったのだ。だから彼は来た――彼女のために。

レイチェルはもう夢中歩行をしなくなった。彼女は、あれは始まったときのように突然終わったのだと言った。レイチェルが説明してくれないことはいろいろあったが、ダニエルはあえて尋ねなかった。彼女が無事でいるかぎり、ほかのことはどうでもよかった。

デッドウッドに入ったとき、太陽は西へ沈もうとしていた。ここへ来た目的に取りかかるのは明日だった。

レイチェルは墓石のあいだを歩いていた。小さなビニールの袋を握りしめ、一つ一つ墓碑銘を読む。あれはここにあるはずだ。きっと。

「レイチェル、遅いハネムーンではるばるデッドウッドまで来たのにも、ブート・ヒル墓地の中で引っぱりまわされるのにも、わけがあるんだろうけど、僕にはまだよくわからないんだよ」

「わたしも愛しているわ」レイチェルはうわの空で答え、振り返りもせず歩きつづけた。

彼女は神経を集中させて、心ここにあらずという表情だ。ダニエルはいつもその表情を見ると、彼女をベッドに連れていって別のことを考えさせたくなる。自分が今すぐ本能のままに行動したら、ここに眠る昔のならず者たちが起き上がり、はやしたてることだろう。

「ねえ、レイチェル、僕をほったらかしにするのは、まだ早すぎやしないかい？」

レイチェルは立ち止まって笑いをこらえた。ここの墓碑銘には傑作なものがいくつもある。これはまさにそうだ。

〈レッド・フレッド
ベッドに《ダイド・イン・》死す《ベッド》〉

「なんて言ったの？」レイチェルは、ダニエルが離れたところにいて、何か返事を待っている様子なのに気づいた。

風に乱れた髪をなめらかに黒く輝かせ、ダニエルは大きなゆったりした足取りで近づいてきた。がっしりした肩、めったに揺らぐことのない表情。そして、いつも目に宿る、落ち着いた光。

レイチェルは近づいてくるダニエルに笑いかけた。彼にはここに葬られた男たちに似たところがあるが、大事な点では違っている。彼は人生に負けず、自分で自分を作り上げた。レイチェルはダニエルを愛し、かぎりなく尊敬している。

ダニエルがさっとレイチェルを持ち上げて抱きしめ、あたりの観光客にもかまわず、おおっぴらにキスをした。

「ダニエルったら！　人がなんて思うかしら？」彼に下ろしてもらうと、レイチェルは言った。

ダニエルは頭をのけぞらせて笑った。「彼らがどう思おうとかまうもんか。きみは僕の妻なんだから。好きなところでキスをするよ」彼は視線を下げて、にやりとした。「レッド・フレッドの前でもね」

レイチェルも笑い、彼の腕を取った。「しょうがない人ね。さあ、探すのを手伝って」

「何を探すのかわかっていれば、喜んで手伝うさ」

レイチェルは彼の不平を聞き流し、ふたたびまわりの墓石を見はじめた。

人々が歩きまわっていても、墓地の静寂を破る声はほとんどしなかった。ここに眠る者たちは、生きているとき世に害をなしたとしても、今は神聖な地に埋められている。司祭たちは墓の上で祈っただろう。友人たちは彼らの死に涙を流しただろう。彼らは生きているあいだは得られなかった威厳を、死によって得たのだ。

しばらくすると、レイチェルは立ち止まり、やがて膝をついた。

ダニエルは一メートルほど先に行ってから、彼女がついてきていないことに気づいた。彼は、またのんびり歩いているんだね、と笑いながら言おうとして振り向いた。が、はっとして口をつぐんだ。

レイチェルは頭を垂れていた。ダニエルのいる場所からでも、顎の震えがわかった。彼はすぐレイチェルの隣に行った。何がそれほど彼女の心をつかんだのだろうと、墓石に目をやった。そして石の上の名前を読んだとたん、好奇心が驚きに変わった。

〈ダコタ・ブレイン
　哀れみ《マーシー》にあたわざる男〉

「驚いたな」ダニエルは言った。「僕と同じラスト・ネームだ」

レイチェルは目を涙で濡《ぬ》らし、持っていた袋から小さな花束を出した。

花束は青いつりがね草だった。小さなベルのような花が、一見弱そうだが強風にも折れない茎に連なっている。花の澄んだ青い色はマーシーの目を思わせた。レイチェルは墓に花束を供えながら、ダコタはきっと喜んでくれるだろうと思った。

「どうして、この墓がここにあると知っていたんだ？」ダニエルが尋ねた。

彼女はダニエルを見上げた。涙で目がうるんでいる――今、墓に置いた花のように青い目だ。

「夢の中で見たのかも」

ダニエルは鋭く探るような目で彼女を見た。「気はたしかかい？」

レイチェルはほほ笑み、手を差し出した。「行きましょう。ここでの用事はすんだわ」

ダニエルはそれ以上何も言わず、彼女に手を貸して立たせた。レイチェルは何もきかずに僕を愛してくれた。せめて同じだけのお返しはしよう。

二人は後ろも見ずに墓地を去ったが、レイチェルにはもうここにとどまる必要はないとわかっていた。あと一箇所で、ここまで来た目的は果たされる。

日は暮れかかっていたが、レイチェルは絶対に行くと決めていた。その教会は古く、とうに誰も住まなくなっていたけれど、そばの小さな墓地は手入れが行き届いていた。

ダニエルは不安を覚えていた。墓地を隅々まで見て歩くのが、健全な娯楽とは言いがたい。レイチェルの顔は緊張し、動きに必死なものが感じられる。その姿が夢中歩行した様子に似すぎていて、ダニエルは心配になった。

数カ月前、レイチェルは系図学者のために先祖を探す会社に依頼を出した。彼女が持っている手紙には、この教会の名前と、目的の墓の正確な場所が記されている。この調査では、意外な事実もわかった。マーシー・ホリスターは自殺していた。彼女は神聖な墓地には葬られなかったのだ。

レイチェルにとって、それはパズルの最後の一片だった。マーシーのこの世での愛を求める気持ちが死によって断ち切られなかったのは、そのせいだったのだろう。彼女は自殺したために、ダコタを追って永遠の国へ行くことができなかったのだ。

レイチェルがつまずいた。ダニエルは彼女を支え、それから抱き寄せて、頬を撫《な》でた。

「レイチェル、なんだか心配になってきたよ。どういうことなのか話してくれないか？」

どう言えばいいの？　どうすれば説明できるの？　わたしたちが昔、どこにいて……何があったのか。

レイチェルはため息をついた。

「もうすぐ終わるわ」彼女はそう言い、もう少しだけつき合ってほしいと頼んだ。

ダニエルは頭を垂れ、レイチェルを抱き寄せた。彼は心の中の思いや本能と闘ったが、結局レイチェルへの愛が勝ちをおさめた。

「何をすればいいのか言ってくれ」

「花束は持っている？」

彼は二つ目の小さな花束を持ち上げた。レイチェルは満足そうにうなずいた。

「それじゃ一緒に来て。少し先にあるはずだから」

二人は墓石のあいだのきちんと整えられた細い道を歩き、やがてほかの墓石とは隔てられた小さな区画へ出た。

そこの草は高く伸びていて、ほかよりも低い墓石たちを隠していた。レイチェルはかがんで、名前を読みはじめた。

「手伝って」彼女は言った。

ダニエルが隣に来た。「誰を探しているの？」

「マーシー。マーシーという名の女性よ」

冷たいものが体に広がるのをダニエルは感じた。まるで爆発が起きる直前のように、狂おしい思いが襲う。じきにすべてが崩壊し、結果がどうなるかさえわからないような感覚。だが、やがてそれは消えた。
彼はレイチェルの手を取った。
二人は一緒に歩いていき、かがみこんでは落ち葉を払って墓碑銘を読んだ。
見つけたのはダニエルだった。そしてレイチェルがブート・ヒル墓地でしたように、彼はいつのまにか膝をつき、古い墓石の、歳月を経た手彫りの文字をなぞった。
しかし、その墓石に触れたとたん、どっと悲しみが襲いかかり、ダニエルは後ろへふらついた。彼は信じられないというように頭を振り、墓地に長くいすぎたせいだと思うことにした。
「レイチェル」
彼女はすぐに隣に来た。そしてダニエルのわきにひざまずき、彼がマーシーの名前を指でなぞると、抑えきれない涙で喉をつまらせた。
「ああ、ダニエル」レイチェルは彼の肩に頭をつけ
〈マーシー・ホリスター
一八五三年〜一八七七年
ダコタに連れ去られし者
死すとも忘れはせじ〉
その〝ダコタ〟の意味がわかったのはレイチェルだけだった。マーシーを連れ去った場所がダコタ準州なのではない。その土地から名前をもらった男のことなのだ。
レイチェルは墓石の周囲から草を抜き、花を供える場所を作った。だが、ダニエルが花束を渡そうとすると、彼女は目に涙をためて首を振った。
「いいえ、あなたが供えてあげて」
彼は肩をすくめた。「きみが喜ぶなら」
違うわ、ダニエル。マーシーが世界のどこにいよ

うと、彼女に喜びをあげられる人はあなた……そうでなければ、昔のあなただけなのよ。

その花束は小さな丸い形で、薄いリボンで束ねてあった。

「そこに置いたらどうかしら」レイチェルは小さな墓石のわきの、風の当たらない場所を指した。

ダニエルが花束を立てかけ、柔らかい土に端を差しこむと、花束はまるでそこから生えているように見えた。

花がサウスダコタのそよ風に揺れた。レイチェルは手を伸ばして花に触れた。花びらはひんやりと柔らかく、暗闇《くらやみ》で愛し合うとき顔に触れるダニエルの唇のようだった。

二人でひざまずいているあいだ、レイチェルは心から安らぎを感じていた。

「終わったわ……。そうでしょう？」彼女はそっと言った。


「なんて言ったんだい？」ダニエルは尋ねたが、すぐに彼女が話しかけていたのが自分ではないことに気づいた。彼は不安を覚えた。そしてレイチェルの体に腕をまわし、彼女を立たせようとした。「レイチェル、ハニー。もう遅いよ」

レイチェルは顔を上げた。「いいえ、ダニエル。わたしたちはやっと間に合ったの」

二人は立ち上がり、つつましく小さい墓石の上の花を見下ろした。

「かわいい花だね」ダニエルは言った。「なんていうのかな」

「〝わたしを忘れないで〟っていう花言葉の、忘れな草よ」

彼はうなずき、もう一度だけ墓碑銘を読んだ。

「これとぴったりじゃないか。ほら……死すとも忘れはせじ、っていうところが」

レイチェルが胸をつまらせると、ダニエルが彼女の手を取ってくれた。

　安らかに眠って、マーシー。

　ほんの一瞬、それまで吹いていた風がやんだ。小さな雲が大地と太陽のあいだを横切り、二人が立っている場所をふいに影で包んだ。その雲はやがてゆっくりと、ほかの雲と同じように流れていき、そして自分が通ったことを記すように、あとに光を残していった。レイチェルはその小さな影が地表を動き、墓地から出て、やがて二人が来た道をたどっていくのを見つめた。

　とっぴな想像であり、なんの根拠もないのはわかっている。それでもレイチェルには、あの遠ざかる影が、安らぐべき場所へ還《かえ》るマーシーの魂だと思えてならなかった。

「ダニエル？」

「なんだい、ダーリン？」

「家へ帰りましょう」

花嫁は家政婦

Valentine bride

クリスティン・リマー

平江まゆみ 訳

主要登場人物

イリーナ・ルコビッチ……家政婦。
テオ……イリーナの亡き父親。
ダフィナ……イリーナの亡き母親。
ビクトル……イリーナの従兄。
マディ・リズ……ビクトルの妻。
バシリ……ビクトルの亡き父親。
トゥリア……ビクトルの亡き母親。
ケイレブ・ブラボー……イリーナの雇い主。ビクトルの親友。ブラボー社のトップ・セールスマン。
デイビス……ケイレブの父親。
アレタ……ケイレブの母親。
エレナ……ケイレブの異母妹。
アッシュ……ケイレブの長兄。
テッサ……アッシュの妻。
ゲイブ……ケイレブの次兄。
メアリー……ゲイブの妻。

1

ケイレブ・ブラボーは家政婦の寝室のドア口に立ちはだかった。手にはキッチンで見つけたメモ用紙が握られている。家政婦に向かって、彼はそのメモを振った。「どういうことだ、イリーナ？」

「あら、ケイレブ。おかえりなさい。今日は早いのね」そう答えたものの、イリーナは彼に目もくれなかった。ベッドの上には傷だらけのスーツケースが二つ広げてある。その片方に彼女は灰色のセーターを詰め込んだ。

ケイレブは部屋の中へ入った。「僕はどういうことかと訊《き》いたんだ」

イリーナがようやく顔を上げ、彼に視線を向けた。

「私、出ていくわ」母国アルゴビアの訛《なまり》が残る英語で、彼女はあっさりと答えた。

「出ていく？　なんでまた？」

「仕方ないの」

「仕方ないってことはないだろう」ケイレブはメモを読み上げげた。「〈ケイレブ、私はここにいられません。もう戻ってきません。色々とありがとう〉」彼はメモを丸め、隅のくずかごをめがけて投げつけた。「せめて理由くらいは聞かせてくれ」

イリーナはナイトテーブルに置いてあった封筒を彼に手渡した。「一時間前、これが届くの」

封筒には紙が一枚入っていた。アメリカ市民権移民局のロゴが入った正式な文書だ。ケイレブは素早く内容に目を通した。それはイリーナの亡命資格の失効を知らせる通達で、ただちにサンアントニオの移民局へ出頭するように、と書かれていた。

「どういうことだ？」彼は同じ言葉を繰り返した。

「君は永住権を持ってないのか？　グリーンカードがあれば、何年でもアメリカにいられるはずだが」

「就労許可はあるわ。永住権も申請してる。でも……遅れてるの。ずっとずっと遅れてる」

「移民局は君をアルゴビアに送り返すつもりなのか？　いや、さすがにそれは……ありえない」

「いいえ、ありえるわ」イリーナは問題の文書を取り返し、折りたたんで封筒にしまった。その封筒をナイトテーブルの上に置いて、荷造りの作業に戻った。整理ダンスとベッドの間を黙々と往復する家政婦を、ケイレブは呆然《ぼうぜん》として眺めた。

これは悪夢だ。信じられない悪夢。

イリーナのいない生活など考えられない。彼女以上の家政婦などいるわけがない。イリーナは僕が散らかした跡を片づけてくれる。僕の服を洗濯し、うまい料理を作ってくれる。しかも、裸で家の中をうろついている僕やガールフレンドを見ても、眉一つ動かさない。よけいなことは言わず、けっして取り乱さない。住み込みの家政婦としては百点満点だ。彼女のような家政婦がまた見つかるとは思えない。

だいいち、ビクトルになんて言えばいい？

イリーナの従兄《いとこ》ビクトル・ルコビッチは、ケイレブにとって大の親友であると同時に命の恩人でもある。もしビクトルに大事な従妹《いとこ》を追い出したと思われたら……。

「イリーナ」

「はい？」イリーナは茶色のスカーフの皺《しわ》を撫《な》でた。

「ここを出て、どこに行くつもりだ？」

彼女は顔をしかめ、かぶりを振った。それから整理ダンスの前へ戻り、色気も何もない白い木綿の下着を取り出した。

「アルゴビアに戻るのか？」

下着は大きいほうのスーツケースにしまわれた。

「あの国には戻らないわ。絶対に」イリーナはスーツケースをたたみ、ファスナーを閉めた。

「だったら、どこに……？」

「あなたは知らなくていいことよ」彼女はノートパソコン――ケイレブの家で働きはじめてから数カ月後に買った宝物を小さいほうのスーツケースに押し込んだ。

「本当は自分でもわかってないんだろう？」

返事はなかった。二つのスーツケースを床に並べると、イリーナはその間に立ち、ようやくケイレブに向き直った。

「色々とありがとう、ケイレブ。あなたはいいボスよ。最高のボス」

今日も全身灰色ずくめか。彼女は明るい色の服を着ない。半袖の服も着ない。年がら年中ハイネックのシャツにセーターを着ている。サンアントニオの夏は殺人的な暑さなのに。そして、大きな茶色の瞳を隠すように、黒っぽい前髪を伸ばしている。でも、今日はいつにも増して……痛々しく見える。途方に暮れた迷子みたいだ。

「このこと、ビクトルには話したのか？」

「いいえ。従兄にはいっぱいよくしてもらってる。これ以上迷惑をかけられないわ」

「イリーナ、頼むから……」ケイレブは反射的に手を差し出した。

イリーナはびくりと身を震わせてあとずさった。

「ごめんなさい。もう行かないと」

しまった。彼女は人に触れられるのが嫌いなんだ。

「すまない。僕は別に――」

「あなたは何も悪くないわ」イリーナは左右の手でスーツケースを持ち上げた。「お願いだから、そこをどいて」

誰がどくか。「僕に時間をくれないか？　少しでいいんだ。君が……行方をくらます前に。今すぐ誰かが君を捕まえに来るわけじゃないだろう？」

イリーナは顔を伏せ、アルゴビア語で何かつぶやいた。それから改めて視線を上げ、力のないため息をついた。「でも、ケイレブ……」

「いいだろう、一、二分くらいなら？　この件について話がしたいんだ」

「なんのために？　時間の無駄だわ」

「イリーナ、頼むよ」ケイレブは哀れっぽい表情で訴えた。

それが効いたのか、イリーナはまたため息をつき、スーツケースを床に下ろした。「オーケー」

「僕は信じられないんだ。君がこんな形で出ていくなんて。いきなり君が消えたら、僕がどんなに心配すると思う？　もし僕がたまたま早く帰ってこなかったら……」ケイレブはかぶりを振った。「でも、君はそのつもりだった。僕に何も言わず、ただ……姿を消すつもりだった。そうだろう？」

「ええ。話はそれでおしまい？」

おんぼろのスーツケースに挟まれて立つ家政婦の悲しげな姿を見つめるうちに、ケイレブは名案を思いついた。そうだ。それしかない。「結婚しよう。それで万事解決だ」

返事はなかった。イリーナは伸びすぎた前髪の下から彼をじっと眺めているだけだった。

とにかく今は彼女をスーツケースから遠ざけることだ。ケイレブは身ぶりで背後を示した。「リビングにおいで。座って何か飲もう。二人で話し合って、一緒に解決策を考えよう」

イリーナは動かなかった。スーツケースの間に立ち、無表情で彼を見ていた。

「ほら、リビングだよ」ケイレブは彼女に背中を向けるのが怖かった。目を離したとたん、彼女がスーツケースを窓の外へ放り、自分も飛び出していってしまいそうな気がした。

イリーナはまだ彼を見つめていた。長すぎる一分が過ぎ、ケイレブがあきらめかけたその時、ようやく彼女の口が動いた。「ええ、いいわ。話し合いましょう」

「よし。話し合いだ」ケイレブはほっとして向きを変えた。家政婦の黒い平底靴がたてるかすかな音に耳をそばだてながらリビングへ移動した。

リビングに入ると、イリーナは革張りの安楽椅子にそっと腰を下ろした。

「飲み物は？」ケイレブは問いかけた。彼自身はアルコールを一杯ひっかけたい気分だった。

だが、イリーナは唇を引き結び、首を左右に振った。「いいえ、いらないわ」

そこでケイレブは彼女から一メートルほど離れた椅子に陣取り、とっておきの誠実そうな表情を浮かべた。「僕は君を失うわけにはいかない。この家は君でもっている。君の代わりはいないんだ」

イリーナがこの家に来て二年。僕たちは互いに干渉せずに暮らしてきた。それで問題なくやってきた。でも、今はこの距離感が恨めしい。もっと距離を詰めたほうが説得もしやすいんだが。いや、強引に詰め寄るのはまずいか。ここは話術でなんとかしよう。幸い、セールストークは得意中の得意だ。

「僕たちはうまく共生している。それは君も認めるだろう。僕にはなんの不満もない。君は？」

イリーナは唾をのみ込み、首を横に振った。

「それに、ビクトルのこともある。もし君に出ていかれたら、僕はビクトルになんて言えばいいんだ？君は彼にも内緒で消えるつもりだったんだろう？まったく、あきれるよ」

イリーナはうなだれ、小声で答えた。「ビクトルには……言えないわ。彼にはここに家族がいる。これ以上迷惑をかけたくないの」

「ビクトルは僕の命の恩人だ」ケイレブは重々しい口調で訴えた。

しかし、彼の狙いは外れた。イリーナは苦笑しただけだった。「スピードを出しすぎるからよ」

ああ、確かに僕はスピード狂だ。昔からそうだった。だから、テキサス大学にいた頃、車ごと壁に突っ込む羽目になった。あの時、燃え上がる車から僕を引っ張り出してくれたのがビクトルだ。おかげで僕は命拾いをしたが、車は助からなかった。あの車のことを思うと、今でも胸が痛む。高校時代に兄さんに手伝ってもらって復元した六八年型のマスタング。あんな車はもう二度と作れない。

「僕の運転のことはどうでもいい。問題は僕と君と気の毒なビクトルのことだ。もし君がいきなり僕の家から消えたら、ビクトルがどれだけ心配すると思う？　ここは僕に任せてくれ。君のために。いや、君と僕のために。そして、僕の命を救った男のために」

謎めいた表情で彼を見つめてから、イリーナはぼそりとつぶやいた。「私と結婚したら、エミリーって人と結婚しなくてすむものね」

痛いところを突いてくるな。

ああ、そうさ。ついでにエミリー・グレイの件も片づけば、僕としては万々歳だ。同僚と寝るなんて、我ながら血迷ったとしか思えない。まさに痛恨のミスだ。でも、女のこととなると、ついガードが甘くなる。それが男ってもんだろう？　あのいい匂いや柔らかな肌に抵抗できる男が……。

ケイレブは咳払《せきばら》いをした。「僕はもともとエミリーと結婚するつもりはなかった」

「でも、エミリーはそのことを知らないわ」

そうなんだよ。そこが問題なんだ。この家に来ると、エミリーは〝チクタク、チクタク〟と唱えながら僕を追い回す。最近は生体時計のことしか頭にないみたいだ。彼女の望みは三十五歳になる前に結婚して子供を産むこと。僕はそこまで付き合いきれない。僕は彼女の運命の相手じゃないから。でも、思い込みの激しい彼女はその事実を認めようとしない。いや、エミリーのことはいい。今、考えるべきはイリーナの問題だ。

ケイレブは愛嬌《あいきょう》たっぷりの笑顔を作った。「まあ、君と僕が結婚すれば、さすがのエミリーも現実を直視するだろうね」

気まずい沈黙が訪れた。イリーナは膝の上で華奢《きゃしゃ》な手を組み、前髪の下から彼を見つめていた。

ケイレブは待った。この結婚の有益性について彼女が同意してくれることを期待しながら。しかし、イリーナはただそこに座っているだけだった。ついに痺《しび》れを切らして、彼は口を開いた。「なあ、エミリーについては忘れることにしないか？　頼むよ」

イリーナは重々しくうなずいた。

「よし、一件落着だな」ケイレブはあっさりと決めつけ、得意のセールストークを再開した。「明日ラスベガスへ飛んで、バレンタインデーに式を挙げよう。そうすれば、来週には結婚証明書を持ってサンアントニオの移民局へ行けるぞ」

「あなたはわかってないわ」

「何がわかってないんだ？」

「グリーンカード結婚は映画やテレビで観《み》るほど簡単じゃないの。この国の政府はとても――」イリーナは眉をひそめ、適切な言葉を探した。「とても厳しいの。形だけの結婚ではだめなのよ。面接もあるわ。わかる？　移民局の人と会わなきゃならないの。嘘《うそ》の結婚かどうか調べるために、ケースワーカーが急に家に来ることもあるそうよ」

「またまた。人手不足の役所に、無作為に戸別訪問する余裕があるもんか。僕はないほうに賭けるね。僕のアウディR8を賭けてもいい」

「無作為じゃないわ。あなたの言うように、戸別訪問はよくあることじゃないけど、実際におこなわれているのよ。もし嘘の結婚を疑われ、その疑いが証明されたら、怖いことになるわ」

「それは強制送還されるってことか？」

「もっとひどいわ。永住権を取るために嘘の結婚をすることは犯罪よ。もし移民局に嘘だとばれたら、私たちは罰金を払わされ、刑務所に入れられる。刑務所を出たら、私はアメリカから追放され、二度とグリーンカードの申請ができなくなる」

これはなかなかの難問だな。けっこう。むしろ闘志が湧いてくる。「大丈夫。僕たちなら移民局を納得させられる。僕の本気の説得力を見せてやるよ」

「まだあるの」

「まだ？　今度は何？」

「結婚したら、二年は離婚できないのよ」

これにはさすがのケイレブも声を失った。といっても、ほんの一瞬だったが。「冗談だろう」

「本当の話よ。あなた、家政婦と二年も結婚していたい？」

正直、イエスとは言えないな。「二年か。うーん。それ、確かな情報なのかい？」

「ええ。間違いないわ」

「二年はちょっと……長すぎるな」

「よく考えて。本物の結婚は死ぬまで続くものでしょう。それに比べたら、二年なんて」イリーナは指を鳴らした。「あっという間よ。でも、移民局はそれで結婚が本物だと判断するの」

「あっという間？　僕にはもっとはるかに長く思えるが」

彼女は唐突に立ち上がり、ケイレブをぎょっとさせた。

「なんだよ、イリーナ？　どうしたんだ？」

「本を取ってくるわ」

「本？」

「アメリカ移住のガイドブック。そこにグリーンカード結婚のことが書いてあるの。永住権を取るためには二年は離婚できないことも、嘘の結婚に対する罰のことも」イリーナの背筋が伸びた。「あなた、私をばかだと思ってるでしょう？　私の調べ方が足りない、この国に留《とど》まる方法はほかにもあるはずだと。ええ、ケイレブ・ブラボー。私にはだめなところがいっぱいある。でも、ばかじゃないわ」

ケイレブは両手を掲げた。「わかったよ。本は持ってこなくていい。君の話を信じる」

「本当に？」

「ああ。だから座って」

イリーナは再び椅子の端に腰を下ろし、正面から彼を見据えた。

ケイレブは横目で彼女の様子をうかがった。「怒ってる？」そう言えば、僕は今までイリーナが怒ったところを見たことがあっただろうか？

「私は、あなたには嘘をつかないわ。絶対に。あなたがこの仕事をくれなかったら、私は今もアルゴビアにいるもの」

「イリーナ、僕は君を信じるよ。オーケー？」

イリーナは表情を和らげた。「オーケー」

二年。恐ろしく長いな。二、三カ月の芝居ですむ話じゃないのか。彼女の永住権さえ取れれば、さっさと離婚して、元の暮らしに戻れる。そう思っていたんだが。

いや、よく考えろ。永住権が取れたら取れたで、彼女はここを出ていくんじゃないか？

だとしても、今は前に進むしかない。僕はイリーナの力になりたい。ビクトルは大事な従妹を僕に託した。その信頼を裏切るわけにはいかない。ついでにエミリーの件も片づくし……。

「大丈夫。きっとうまくいくよ。僕と結婚しよう。移民局が二年と言うなら、二年間は夫婦でいよう」

イリーナは自分を守るかのように体に両腕を巻き

つけた。「もう一つ問題があるの」

「その問題というのは？」

「あなたよ、ケイレブ。あなたが問題なの」

わけがわからないな。「僕は問題を解決しようとしている側だぞ」

「でも……あなたはそういう人だから」

「そういう人？」

「いつも女性と一緒にいるでしょう」

反論はできない。確かに僕は女性が好きだ。「ああ。それが何か？」

「もし結婚したら……結婚している間は本物の夫婦らしくするべきだわ」

「なるほど」

「移民局のためだけじゃない。それが私の条件よ」

ケイレブは目をしばたたいた。「君の条件？」

イリーナは重々しくうなずいた。「嘘の結婚はよくないわ。本気で努力しないと。私は間違ったことはしたくないし、移民局に本物だと思われたい。本当の本物じゃなくても、嘘はつきたくない。あなたみたいな人にとっては難しいことよね」

彼女は何を言っているんだ？　僕を褒めているわけじゃないようだが。「どういう意味だ？　僕みたいな人って？」

イリーナは肩をすくめた。「それは……」彼女は両手を前に出し、左右の手のひらを近づけた。

「浅はかな人間。そう言いたいわけだな？」

イリーナは胸に片手を当てた。「でも、心は善良だわ」

「そいつはどうも。君の態度を見てると、こうなることを見越していたみたいに思えるよ」

イリーナはまた肩をすくめた。「考えるわ……可能性としては。もし私が困ったことになれば、あなたは永住権のために私との結婚を考えるかもしれない。それは前からわかってる。二年もここで働いてるから、あなたの考え方はわかるの」彼女は人差し指で自分の頭をつついた。「だから、よく考えて。結婚したらどうなるか。私は考えるわ。あなたと結婚するには何が必要か。どんな条件を出すべきか」

ケイレブは唖然《あぜん》とした。「僕は君を助けようとしているのに、君は条件を出すわけか？」

「ええ、条件よ。私と結婚している間は、女遊びはあきらめて」

女遊びをあきらめる？　二年間も禁欲しろというのか？　そんなことは不可能だ。「無茶を言うな。僕は男だ。男には性欲ってものがあるんだよ」

「知ってるわ」イリーナは冷静に相槌《あいづち》を打った。

ということは、彼女は自ら僕の夜の相手をするつもりなんだろうか？

想像もできない。確かに僕は女好きだ。でも、イリーナと寝ようと思ったことはない。彼女がこの家に来てからただの一度も。そんなこと、どう考えても間違っているだろう？

いや、待てよ。彼女は女で、僕は男だ。しかも、僕たちは正式な夫婦になる。彼女以外の女と付き合えないのなら、それも〝あり〟なんじゃないのか？

「つまり、君はこれを本物の結婚にしたい、結婚している間はあらゆる意味で本物の夫婦になりたい、と言っているわけか？」

「いいえ。あなたの欲望は自分で処理してほしいと言ってるの」

「自分で処理する？」

「ええ。お願い」

冗談じゃない。向こうが条件を出すなら、こっちだって条件を出してやる。「君の言いたいことはわかる。僕がほかの女性と遊んでいたら、移民局は僕たちの結婚そのものに疑いの目を向けるだろう。だから、女遊びをあきらめることには同意する」

一瞬、イリーナは泣きそうな顔になった。「ケイレブ。ありがとう」

「感謝するのはまだ早い。そのためには君の協力が必要だ。僕は二年間も女なしで過ごすつもりはないからな」

イリーナの顔から感謝の表情が消え、茶色の瞳に深い苦悩がにじんだ。それでも、彼女は冷静さを失わなかった。「急には無理だわ」

「僕とベッドに飛び込むつもりはないと？」

「ええ。時間が必要よ」

「時間か」

「まずは……自分が結婚する相手のことをよく知らないと。一カ月だけ我慢して」

我慢しろだと？　笑っちゃうね。彼女には僕とベッドで何かをする気がない。僕だって努力してまで彼女を口説き落としたいとは思わない。

僕が知る限り、イリーナは一度もデートをしたことがない。それとも、僕が迂闊《うかつ》で気づいていないだけなのか？　確かに、僕は彼女にあまり関心を払っていなかった。普段は彼女の存在さえ忘れていた。でも、僕はそこまで迂闊じゃないぞ。なにしろ、同じ家で暮らしているんだ。もし彼女にボーイフレンドがいれば、僕がそれに気づかないはずがない。

彼女はバージンなんだろうか？　僕はバージンは苦手だ。大学時代に一度バージンの子と付き合った。初めて愛し合う時、相手は出血して何時間も泣きつづけた。あんな思いは二度とごめんだ。

でも、このままイリーナを去らせるわけにはいかない。この家を出ていったら、彼女は消息不明になり、もう二度と見つからないだろう。

「そっちの問題は成り行きに任せるってことでどうかな？」

イリーナはおずおずと聞き返した。「成り行きに任せる？」

「結婚生活は二年続くわけだろう。時間はいくらでもある。最終的にはセックスをすることになるだろうが、それは君の心の準備ができてからでいいよ」

「心の準備ができない可能性もあるわ」

「イリーナ？」

「何？」

「セックスのことは忘れろ」

「でも、あなたが言うのよ。あなたは——」

「いいから聞いてくれ。明日、僕たちはラスベガスに飛び、誓いを交わす。そこから先のことはあとで考えよう」

「その言葉、知ってるわ」イリーナの口元がほころんだ。「誓いを交わす。結婚するってことよね」

「そう。僕たちは結婚する。僕は女遊びをあきらめる。でも、セックスに関して君に何かを無理強いすることはしない。だから、君は心配しなくていいんだよ。オーケー？」

2

「では、私の言葉を繰り返してください」ファーザー・テッドと呼ばれる男性が言った。「私、イリーナはあなた、ケイレブを私の夫とします」

彼女はケイレブの瞳を見上げた。「私、イリーナはあなた、ケイレブを私の夫とします」

ファーザー・テッドが低い声で先を続けた。

彼女はその言葉を繰り返した。「ともに命がある限り、私はあなたを愛し、慈しみます。長所も短所も含めて私自身を差し出し、長所も短所も含めてあなたを受け入れます。あなたに助けが必要な時はあなたを支え、私に助けが必要な時はあなたを頼ります。死が二人を分かつまで、私はこの誓いを守ります」

　ファーザー・テッドがケイレブに向き直った。

「私の言葉を繰り返してください」

　ケイレブは指示に従い、彼女と同じ言葉を繰り返した。

　イリーナは罪の意識にさいなまれた。厳粛であるべき誓いの言葉。だが、これは本物の誓いではないのだ。

　神様、私の嘘《うそ》をお許しください。彼女は心の中で祈った。それから、自分に言い聞かせた。これはまったくの嘘じゃないわ。だいたいは本当のことよ。愛情と永遠の部分が嘘だというだけ。これからの二年間、私たちは本物の夫婦として生きていく。愛情はないけれど。セックスもできるだけ先延ばしにしたいけれど。

　愛もない。セックスもない。永遠もない。これじゃ本物の夫婦とは言えないかしら？　イリーナはくすりと笑った。私は今、神に祈ったわよね？　もう何年も祈っていなかったのに。神に見捨てられたと知ったあの日以来、祈ることはやめていたのに。

「指輪を」ファーザー・テッドが花嫁の従兄《いとこ》に呼びかけた。

　黒のタキシードに身を包んだビクトルが指輪を差し出した。ケイレブはその指輪を受け取り、花嫁のほうへ手を伸ばした。指輪をはめるためには接触は避けられない。イリーナもその必要性は理解し、覚悟もしていたつもりだった。にもかかわらず、指が触れ合った瞬間はパニックに陥りそうになった。彼女は自分に言い聞かせた。この人はケイレブよ。ケイレブは私によくしてくれた。ひどいことは一度もしなかった。

　なんとか試練を乗り切ると、イリーナはほっと息をつき、夫となった男性の顔を見上げた。相手の微笑に答えるように、ぎこちない笑顔を作る。

「花嫁にキスを」

　これも覚悟していたことだ。ケイレブが彼女の両腕に手を置き、問いかけるような視線を投げた。キスをしてもいいものかと迷っているのだろう。イリーナが小さくうなずくと、彼は頭を下げ、二人の唇を合わせた。イリーナは目をつぶり、ゆっくりと呼吸を繰り返した。この人はケイレブよ。いつも私に敬意を払い、親切にしてくれた人よ。

　ケイレブはすぐに顔を上げた。しかし、彼の両手はまだイリーナの腕に置かれていた。イリーナは彼の体温を意識した。清潔で爽やかな匂いを意識した。次の瞬間、彼は手を引っ込めた。

「では、皆さんにブラボー夫妻をご紹介します」

　二人は揃《そろ》ってチャペルの信者席に向き直った。新郎側の席には、ケイレブの両親と異母妹のエレナが座っていた。急な知らせだったため、ほかの兄弟や妹たちは出席することができなかった。

　それでも、ブラボー家の面々はケイレブの結婚を喜んでいるようだった。イリーナにとって何より意外だったのは、父親のデイビスの反応だ。彼女は何度かケイレブから愚痴を聞かされていた。うちの父親は名家との縁組みを望んでいる。だから、息子たちが結婚を決めるたびに文句を言うんだと。

　しかし、今回は違った。息子が家政婦と結婚すると知っても、デイビスはいっさい文句を言わなかった。少なくとも、イリーナが聞いた限りでは。

　ケイレブの両親と異母妹の横には、ラスベガスに住む彼の又従兄弟《またいとこ》たち――アーロンとフレッチャーが並んでいた。彼らの妻シーリアとクレオや上の子供たちも一緒だ。生後五カ月になるクレオの息子と生後半年のシーリアの娘は子守とともに家で留守番をしていた。

　新婦側の席には、ビクトルの妻マディ・リズが二人の子供たち――ミランダとスティーブンと一緒に座っていた。六歳になるミランダが〝おめでとう、イリーナ！〟と叫び、四歳の弟とともに拍手した。ほかの子供たちも手をたたきはじめ、最後は大人たちも拍手に加わった。

ケイレブは花嫁に腕を回した。予想外の事態だったが、イリーナは抵抗しなかった。腰に当てられたケイレブの手は温かく力強かった。彼女が笑顔を向けると、ケイレブも笑みを返した。拍手の音がさらに大きくなった。

音楽が始まり、ケイレブが腕を差し出した。イリーナはためらうことなくその腕に手を預けた。彼らはチャペルの通路を進み、二月の冷たい日差しの下に出た。

外ではファーザー・テッドの助手を務めた女性が待っていた。その女性の案内で、新郎新婦は池とあずまやのある庭園へ移動し、そこで記念写真を撮った。家族に囲まれながら、イリーナとケイレブはカメラのレンズに向かってほほ笑みかけた。

撮影がすむ頃には空が暗くなりはじめていた。彼らは待機していたリムジンに乗り込み、昨夜宿泊したカジノ付きのホテル〈ハイシエラ〉と〈インプレサリオ〉へ引き返した。ケイレブの説明によれば、二つのホテルはラスベガス在住の又従兄弟たちの持ち物で、アーロンの一家は〈ハイシエラ〉の最上階で、フレッチャーの一家は〈インプレサリオ〉の最上階で暮らしているということだった。

短いドライブの間、イリーナはケイレブの隣に座っていた。車内にいるのは二人きりで、しばらくはどちらも口を開かなかった。彼女は車窓を過ぎ去る高い椰子《やし》の木々を眺め、暮れていくネバダ州の空を見つめた。横でケイレブがわずかに身じろいだ。振り返った彼女はケイレブが自分を見つめていることに気づいた。二人の視線が合うと、ケイレブはにっこり笑った。

「いい式だったね」

「ええ」イリーナは緑色の瞳をのぞき込んだ。なぜか頬が熱くなった。「でも、意外だわ。みんな、あんなに喜んでくれて。あなたのお父さんまで来てくれるなんて」

「それのどこが意外なんだ？」

「だって、私は昨日まであなたの家政婦に過ぎないのよ。しかも、あなたにはガールフレンドが大勢いるわ」

「みんな、ほっとしてるんだろう。僕がようやくまともな女性を選んだから」

「ああ、なるほど」イリーナはからかうような笑みを返した。「そういうことね」

ケイレブは低くうなった。「しかし、父さんが来たことがそんなに意外かな？」

「彼はずっと息子たちをお金のある女性と結婚させたがってるんでしょう？」

「父さんも変わったってことだろう。去年、父さんが母さんに捨てられたことは知っているよね？」

「ええ。覚えてるわ。あなたとエレナが何度もその話をするから」去年の夏に自分たちが異母兄妹《きょうだい》であることを知って以来、ケイレブとエレナは仲のいい友人になった。エレナはよくケイレブの家にやってきた。イリーナに対しても丁重に接し、ビクトルとマディ・リズの夫婦の近況を尋ねたり、あなたは有能な世話係に甘やかされていると言って、ケイレブをからかったりしていた。

「母さんと復縁してから、父さんはだいぶ丸くなったよ。自分の理想を僕たちに押しつけることもしなくなった」ブラボー家は大家族で、ケイレブには六人の兄弟と二人――エレナも含めると三人の妹がいた。「口うるさい父親がいないってのはいいもんだ。ずっとこの状態が続いてほしいね」彼が締めくくったその時、リムジンが〈ハイシエラ〉の正面玄関の車寄せへ滑り込んだ。

披露パーティのために用意されたダイニングルームには、テーブルに金縁の陶磁器が並べられていた。飾りつけはバレンタインデーを意識したもので、赤やピンクの薔薇《ばら》にハートがあしらわれ、脇に置かれたテーブルには美しくラッピングされたプレゼントが積み上げられていた。華やかな光景を前にして、イリーナは目をしばたたいた。

彼女の驚く顔を見て、女性たちが笑った。説明役を買って出たのはエレナだった。「今朝、あなたがシーリアとドレス探しに出ている間に、みんなで買い物をしたのよ。マディ・リズとクレオとアレタと私の四人で」エレナはアレタと微笑を交わした。デイビスの婚外子の娘と長年連れ添った彼の妻は、少しずつ互いの存在を受け入れつつあった。

「〈メイシーズ〉と〈ノードストローム〉と〈ウィリアムズ・ソノマ〉を買収する勢いだったわ」マディ・リズがテキサス訛《なまり》のある声で宣言した。彼女は元チアリーダーで、大学時代にフットボールの選手だったビクトルと出会ったのだ。

「楽しかったわ」アレタが口を開いた。ケイレブの母親はつややかな茶色の髪に青い瞳をした魅力的な女性だった。「さあ、二人とも座って」彼女はリボンで飾られた二つの椅子を示した。「プレゼントを開けてみてよ」

イリーナは笑いながら椅子に腰を下ろした。ケイレブも隣に座った。

マディ・リズが白いリボンを結んだ大きな包みを差し出した。「まずはこれよ」

従兄の妻に礼を言ってから、イリーナはリボンの端を引っ張った。包みの中から出てきたのは、クリスタルのゴブレットとワイングラスだった。しゃれたリネンや銀の燭台《しょくだい》もある。ほかにも高価なキッチン用品がずらりと揃っていた。

ケイレブが身を乗り出した。「みんな、僕の花嫁が料理好きなのを知ってるんだな」イリーナが振り向くと、彼は唇に軽くキスをした。そうすることが当然であるかのように。

おかげでイリーナもたじろがずにすんだ。彼女は早くもケイレブとの触れ合いに慣れつつあった。

二人は笑みを交わした。くつろいだ表情。ケイレブはこの時間を楽しんでいるんだわ。私もそうよ。ちょっと意外だけど。

でも、楽しんで何がいけないの？　確かにこれはグリーンカード結婚よ。だからといって、不幸な結婚になるとは限らないわ。

プレゼントのお披露目がすむと、食事が始まった。何度も乾杯が繰り返された。食後は新郎新婦によるケーキカットが待っていた。ケイレブは花嫁に手を添えてナイフを誘導した。イリーナは彼に笑みを返した。

ケーキのあとは子供たちが主役になった。彼らは鬼ごっこを始め、大声ではしゃぎながらテーブルの周囲を駆け回った。

「ベッドの時間よ」フレッチャーの妻のクレオが宣言した。彼女とシーリアとマディ・リズに追い立てられて、子供たちはパーティ会場をあとにした。

ダイニングルームにはささやかなダンスフロアがあり、アーロンが三人編成のバンドを呼んでいた。バンドは食事の間も控えめな調べを奏でていたが、子供たちがいなくなったところで本格的に演奏を始めた。ケイレブはイリーナの手を取り、ダンスフロアへ向かった。

急に気後れを感じて、イリーナは小声でささやいた。「私、ダンスはしないから」

ケイレブも小声で答えた。「今夜はだめだよ」

彼はイリーナに腕を回し、慎重な動きで距離を詰めた。イリーナは触れられることを恐れている。彼はその理由を知らないが、それでも気を遣ってくれているのだ。

イリーナはまぶたを閉じ、ケイレブの動きに合わせた。次の曲が始まっても、二人でダンスを続けた。

ケイレブがささやいた。「君はダンスの名人だね」

「名人じゃないけど、あなたの足は踏まないわ。アメリカ人はみんなそうなの？」

「そうって？」

「みんな、表現が大げさでしょう。あなたたちにかかると、なんでも最高だったり、信じられなかったり、美しかったりするのよね」

ケイレブは大きな肩をすくめた。「まあ、そうだね。最高。信じられない。美しい。三つとも君に当てはまる」

ケイレブの常套《じょうとう》手段ね。女性をおだてる時はいつもその手を使うのよ。でも、これだけ褒められたら悪い気はしないわ。イリーナは目を閉じたままステップを踏みつづけた。

再び目を開けた時、狭いダンスフロアは満杯の状態になっていた。子供を寝かしつけた女性たちが戻ってきて、それぞれの夫と踊っていたのだ。

その後、ケイレブがエレナと踊りに行くと、デイビスがイリーナに近づいてきた。何か文句でも言われるのかしら？　長身で堂々としたケイレブの父親を彼女は不安げに見上げた。

しかし、デイビスは身を乗り出してこう言っただけだった。「いや、よかった、よかった。ケイレブは一生落ち着かんのかと心配していたんだが。君となら、あれはきっと幸せになれるだろう」

イリーナは相手の目を見返した。それが本心から出た言葉であることに気づき、後ろめたい気分になった。口うるさいケイレブのお父さんが、私を嫁として歓迎してくれている。ケイレブは私の国外追放を阻止するために結婚してくれただけなのに。二年後には離婚すると決まっているのに。

いいえ、私には罪悪感にさいなまれる余裕なんてないわ。期限が決まっているとしても、その間だけはケイレブにとっていい妻になろう。

「ありがとう、デイビス」イリーナは心から感謝した。「あなたの息子さんを幸せにするために、できるだけ努力します」

「君に任せておけば間違いない」目尻の皺《しわ》をいっそう深くして、デイビスは答えた。

そこにアレタがやってきた。彼女は夫の手を取り、イリーナの美しさを褒め称《たた》えた。「あなたと家族になれて、こんなに嬉《うれ》しいことはないわ。ケイレブは運のいい男ね」

イリーナは期待されている言葉を返した。ブラボー家の一員になれて嬉しいと。彼らが式に出席してくれたおかげで、今日は忘れられない記念日になったと。

パーティは十一時過ぎまで続いた。シャンパンがふるまわれ、音楽と笑い声が響き渡った。

最後にイリーナはアメリカの流儀に従い、肩ごしにブーケを投げた。皆の予想どおり、エレナがブーケをキャッチした。出席者の中で独身の女性はエレナだけだった。

そこでパーティはお開きとなった。笑いさざめきながらそれぞれの部屋――〈ハイシエラ〉か通りの向かいにある〈インプレサリオ〉の客室へ引き揚げていく人々を見送ると、イリーナとケイレブはビクトルとマディ・リズの夫婦と同じエレベーターで自分たちのスイートへ向かった。

エレベーターの壁は鏡張りになっていた。その鏡に映る白いロングドレスを着た自分とタキシード姿のケイレブを見て、イリーナは不思議な気持ちになった。私の隣に立つ男性。この人はもう私のボスじゃない。私の夫なんだわ。

ビクトルがアルゴビア語で話しかけてきた。イリーナは頬を赤らめ、うなずいて礼を言った。

ケイレブは問いかけた。「何？」

マディ・リズが促した。「私たちにも教えてよ」

ビクトルは英語で言い直した。「夫婦の喜びを知り、子宝に恵まれますように」

「ああ、任せとけ」ケイレブが新郎らしい態度でうなずいた。

マディ・リズは小さくうなってから笑った。美しいブロンドの元チアリーダーは自分の夫――プロ・フットボールの世界で成功をつかんだバルカン半島生まれの大男を崇拝していた。「私、あなたのアルゴビア語が大好きよ」彼女は夫のたくましい首に手を当てた。のけ反るように背伸びをして、素早く激しいキスをした。

イリーナは彼らの愛情を羨ましく思った。お互いへの情熱を素直に表現できる。これが若さというものね。私はまだ二十四歳だけど、自分がひどく年を取ったような気がするわ。現実の過酷さを見すぎたせいかしら。

ケイレブがそっと彼女の肩をつついた。「僕たちの階だよ。じゃあ、おやすみ……」

「おめでとう」マディ・リズの声とともにエレベーターの扉が閉まった。

ケイレブは先に立ち、長い廊下を進んでいった。スイートの前まで来ると、彼はカードキーを使い、イリーナを通すためにドアを押さえた。

彼らが泊まっているのは贅沢《ぜいたく》なハネムーン・スイートだった。壁は金箔《きんぱく》の模様で覆われ、リビングと寝室の天井にはクリスタルのシャンデリアが吊《つ》るされていた。

「疲れた？」

ケイレブの問いかけに、イリーナは首を振った。

「興奮しすぎてて、疲れなんか感じないわ」

「今日はいい一日だったね」

彼に抱きつきたいと思うのはなぜかしら。イリーナはその衝動を抑え込んだ。衝動を感じるのは仕方ない。だが、衝動のままに動くのは愚かなことだ。

「美しい花嫁だ」

「ありがとう、ケイレブ。あなたもとてもハンサムな花婿よ」

ケイレブは軽くうなずいた。「シャンパンをもう一杯どう？」スイートには小さなバーコーナーがあり、銀のバケツに入ったシャンパンとサテンのリボンで飾ったグラスが二つ用意されていた。

イリーナはめったに酒を飲まなかった。今夜のパーティでも、シャンパンを一口、二口飲んだだけだった。だが、ここは花婿とグラスを交わしたほうが正しいような気がした。「ええ、お願い」

ケイレブは栓を抜き、グラスにシャンパンを注《つ》いだ。そして、二人並んでソファに腰を下ろし、グラスを彼女に握らせると乾杯のポーズを取った。「二年の幸せな結婚に」

イリーナは笑い、彼とグラスを合わせてから、泡立つ液体を喉に流し込んだ。「これ、おいしい」

「だろう？」

彼女も乾杯を返した。「ケイレブ、あなたに。しばらくの間、私の夫になる人に。私を救ってくれてありがとう。おかげで国外退去か……逃走生活？　そのどっちにするか悩まずにすむわ」

「逃亡生活だろう」

「ええ、それよ。逃亡生活」

エメラルドを思わせるケイレブの瞳がきらめいた。

「僕はいつでも君の味方だよ」

シャンパンを味わいながら、イリーナは尋ねた。

「今日の結婚式の準備にあなたのお金をたくさん使わせてもらうわ。その間、あなたは何をするの？　ギャンブル？」

「ブラックジャックを少し」

「勝つ？」

「いちおうね。でも、長居はしなかった。あるアイデアがあって、父さんに相談したんだ。父さんも賛成してくれたから、アーロンとフレッチャーを呼んで、ちょっとした会議をやった」

会議がどんなものかは私も知っているわ。「彼らに何か売るつもりなのね」

「ああ」ケイレブは二人のグラスにシャンパンを注ぎ足した。「ブラボー社は去年からワインの輸入も手がけるようになったんだ」

「ああ、前にそんな話をしてるわね。スペイン産のワインでしょう」

「そう。今では扱う種類も増えた。どれも質のいい価値のあるワインだ」

「〈ハイシエラ〉と〈インプレサリオ〉は、これからそのワインを買うことになるの？」

ケイレブは再びグラスを掲げた。「ああ、そうなるだろう。うちが輸入しているワインは不景気に強い。安い値段で質のいいものを。それが時代のニーズなんだよ」

彼はセールスの仕事を愛していた。ブラボー社のトップ・セールスマンとして、常に商談をまとめる方法を考えていた。父親には販売部門の責任者になれとたびたび言われているが、そのつもりはない。彼はものを売るという挑戦が好きなのだ。部下を管理する仕事には興味がなかった。

気がついた時には、イリーナのグラスは空になっていた。

「もっと飲む？」ケイレブが瓶を握った。

イリーナは首を振り、テーブルにグラスを置いた。話し合うべき現実的な問題があったからだ。

彼女のムードの変化に気づいたのか、ケイレブもグラスを置いた。「先に浴室を使えよ。僕は毛布と枕を用意する」彼はソファのクッションをたたいた。

「この柔らかさなら文句なしだ」

ついに恐れていた瞬間が来たわ。「ケイレブ？」

「何？」

「話し合うべきことがあるの」不意に彼女の脈が速くなった。胸の中で心臓が怯《おび》えた小鳥のように震えていた。

「どんなこと？　浴室を使う順番？」

「違うわ。浴室のことじゃない。問題は……あなたがどこで眠るかよ。今夜ここで眠るのはだめ」

「ばかを言うなよ。僕は気にしないから、君がベッドを使って。昨夜《ゆうべ》もここで寝たんだし、どうってことはないさ」

「ケイレブ」当惑がイリーナの頬を真っ赤に染めた。

「あなたには本当に申し訳ないけど……」

「何が申し訳ないんだ？」

「夫婦は同じベッドで眠るべきだわ」

3

イリーナは続けた。「それが一番安全な方法なのよ」

ケイレブは唖然《あぜん》とした。「安全な方法？」

「ええ」

「どうもよくわからないんだが」彼は辛抱強く言った。「二日前、僕たちは長々と時間をかけて話し合ったよな？　君にはすぐに僕とベッドをともにする気はないという問題について」

「私はセックスのことを言うの。眠ることじゃないわ」

いいかげん、過去形を使えるようになってくれないものかな。内心業を煮やしながら、ケイレブは慎重に問い返した。「君はあの時の話をしているんだろう？」

「あの時？」

「前にこの問題について話し合った時だよ。だとしたら、〝言う〟じゃなくて〝言った〟だ。君には僕とセックスをするつもりはない。僕と同じベッドで眠るつもりはない。そう言ったよね？」

「ああ。私が〝言った〟のは、セックスはしないってことよ」

「つまり、セックスはしないが、僕と一緒に眠りたいってことか？」

イリーナは頬に両手を当てた。「いやだわ。本当にごめんなさい。あの時はどんなふうにあなたに伝えたらいいかわからないの」

「いいよ。気にしないで。ただし、今はちゃんと話したほうがいいね」

「そうね。ちゃんと話すべきよね」

「なぜ僕と一緒のベッドで眠りたいんだ？」

「移民局のためよ」

移民局のため？「さすがに気にしすぎじゃないのか？　君が祖国でどんな思いをしたのか、僕は知らない。どんなつらい目に遭ったのかも。でも、これだけは断言できる。僕たちが同じベッドを使おうと使うまいと、その事実を移民局が知る手立てはない」

「でも、彼らにはわかるのよ。私たちがベッドで何をするかはわからなくても、同じベッドで眠ってるかどうかはわかるの」

「いったいどうやって？」

「単純な話よ。彼らは好きな時に人の家を訪ねるの。約束もしないで、朝早くからドアをノックするの。彼らは家に入って調べるわ。私の服があなたの服と同じ部屋にあるか。使われてるベッドは一つだけか。彼らは私に関する……ファイル？……を持ってて、私たちの結婚におかしな点があると、そこに追加していくの。だから、疑われるようなことはしないほうがいいのよ」

「ここはアメリカだぞ。そこまでやるわけがない」

「あなたの言うとおりかもしれない。でも、私は色々と聞いてるわ。だから、危険なことはしたくないの」

「いいかい。彼らはまだ僕たちが結婚したことさえ知らないんだよ。何も知らない連中が早朝から押しかけてきて、僕がソファで眠ったかどうか調べるわけがないだろう?」

イリーナはもどかしげにうなった。「でも、そのほうがいいでしょう? 最初の夜からちゃんと夫婦らしくするほうが。そうすれば、私たちの結婚が本物じゃないことを誰にも知られずにすむわ」

大げさだな、とケイレブは思った。とはいえ、イリーナが本気でそう信じているのは明らかだ。彼女の苦悩の表情を前にして、ケイレブの胸が痛んだ。彼女は過去につらい思いをしている。だから、いつ役人がやってくるかわからないと怯《おび》えているのだ。もし偽装結婚がばれたら、二度と戻らないと誓った国に送り返されることになるのだから。

「いいよ」ケイレブは言った。「君がそこまでこだわるなら、同じベッドで寝よう」

イリーナの表情がぱっと明るくなった。「ありがとう。本当にありがとう!」彼女はケイレブの手をつかんだ。それから、自分がしていることに気づき、あわてて手を放した。「いやだわ。ごめんなさい」

彼女は両手で顔を覆った。「私、ばかみたいね」

「君はばかじゃないよ」彼女の肩をつかみたい。触れ合うことで彼女を安心させたい。ケイレブはその衝動を抑えた。「イリーナ、僕を見て」

イリーナはそろそろと両手を下ろした。「いいえ、私はばかよ。結婚について話し合う時に、一緒に眠ることも言うべきだわ。それなのに……どうしても言えなくて」

「イリーナ？」

「何？」茶色の大きな瞳が彼をじっと見返した。

「もうその件は片づいた。心配するな」

「ええ、そうね」イリーナは無理に笑顔を作った。

「シャンパンのお代わりは？」

「いいえ。もうけっこう。これ以上飲んだら二日酔いになりそう」

「じゃあ、寝る支度をしたら？」

「そうね。そうするわ」衣擦《きぬず》れの音とともにイリーナが立ち上がった。ケイレブは彼女を見上げた。手の甲まで覆っている長い袖。タートルネックのような襟元。ほとんど完全防備と言っていいデザインだ。それでも、ドレスを着た彼女は美しかった。前髪を整え、後ろの髪を高く結い上げたその姿は、古いおとぎ話のプリンセスのようだった。


ケイレブは半分に減ったシャンパンの瓶へ手を伸ばした。「僕もすぐに行く」

イリーナがリビングから出ていった。彼はグラスを満たし、シャンパンを飲んだ。十分待ってからリビングの明かりを消し、暗い寝室と更衣室を抜けて浴室に入った。彼はそこでタキシードと靴と靴下を脱いだ。普段は裸で寝ていたが、イリーナのためにボクサーショーツは身につけたままにした。

歯磨きがすむと、彼は浴室の明かりを消し、暗がりの中をベッドへ向かった。暗さに慣れてきた目がイリーナの姿をとらえた。イリーナは彼に背中を向け、マットレスの端にしがみつくようにして体を丸めていた。

ケイレブは慎重にカバーをめくった。自分でも意外なほど緊張していた。シーツの下に収まると、彼は組んだ両手を枕にしてシャンデリアを見上げた。外から入るかすかな光を受けて、クリスタルの一部がぼんやりと輝いていた。

音をたてないように息まで殺して、僕は何をやっているんだ？

彼は遠慮がちに問いかけた。「イリーナ、もう眠った？」

「いいえ」ベッドの反対側からかすかな声が返ってきた。

ケイレブは笑った。「なんともおかしな状況だよね？」

イリーナも小さく笑った。「ええ。間違いなくおかしな状況だわ」

イリーナは触れられることを恐れている。僕はその理由が知りたい。でも、どう切り出せばいいんだろう？「前にビクトルから聞いたが、君たち母子《おやこ》は君が生まれる前に彼の一家と暮らすようになったんだってね」

「ええ。母はビクトルのうちで暮らしてる時に私を産むのよ」ため息が聞こえ、身じろぐ気配がした。

ケイレブはベッドの反対側に視線を投げた。イリーナの小さな顔が見えた。彼女は天井を見つめているようだった。「父はバシリ伯父さんの弟なの」

「バシリ？　ビクトルの親父《おやじ》さんのことか？」

「そう。私の父が死ぬ時、バシリ伯父さんとトゥリア伯母さんが母を引き取るの」イリーナの指が何かをつかんでいた。

お守りか？　そう言えば、彼女はネックレスをしていた。たまに襟元から金の鎖が見えていた。

「そして、私が生まれる。私が五つの時、母は肺の感染症で死ぬわ。ビクトルと私は兄と妹みたいなものなの」

「ビクトルもそう言ってたな。で、彼はテキサス大学のフットボール奨学生になって、アメリカにやってきた。必ず君を呼び寄せると約束して」

「ええ。でも、それが実現するまでには長い時間がかかる。その間に……いろんな恐ろしいことが起きるの」

「たとえば?」

「戦闘。私の国ではいつも戦闘が起きている。共産主義者と王党派の間で。キリスト教正教派とイスラム教派の間で。私が十歳の時、うちに兵士たちが来るわ。近所の人たちが嘘《うそ》をついたせいで、バシリ伯父さんとトゥリア伯母さんは彼らに殺されるの」

「嘘だろう?」

「伯父さんと伯母さんは王党派で、伯父さんは昔退位させられた国王に仕えてるって。そんなの嘘よ。共産主義者たちが来るせいで、国王とその一族は身を隠すことになる。それでも、最後は見つかって処刑される。その頃、バシリ伯父さんはまだ生まれてさえいない。なのに、伯父さんと伯母さんは殺される。ビクトルと私は一緒に逃げるの」

その話なら僕も聞いている。「そして、廃屋で暮らしているところを発見されたんだね」

「そうよ。私たちは孤児のための施設に送られる。そこで何年かは一緒にいるわ」イリーナはお守りから離した手を毛布の下にしまった。「ビクトルはいつも私を守ってくれる。それに、スポーツも得意よ。彼は奨学金を得てアメリカに渡る。大学を出て、ダラス・カウボーイズにスカウトされて、アメリカの永住権を手に入れる。それでようやく私を呼べるようになるの。五年かけて、私は亡命資格が認められ、あなたの家で働くことになる」

彼女の手を握りたい。もしそうしたら、彼女はいやがるだろうか? ケイレブは逡《しゅん》巡《じゅん》した。それから噴き出しそうになった。自分の花嫁と同じベッドにいながら、彼女の手も握れずにいるなんて。確かに、これは僕の人生でも最大級のおかしな状況だ。

「アルゴビアか」彼はイリーナの国の名前をつぶやいた。アルゴビアがどこにあるかは彼も知っていた。

アルバニアとモンテネグロに挟まれた国で、アドリア海に面している。国土の面積はマサチューセッツ州と同じくらいだ。「ビクトルの話だと、ギリシアに雰囲気が似た美しい国らしいね」

イリーナは小さくうなった。「昔はね。そうかもしれない。第二次世界大戦の前は。共産主義者たちが来る前は。昔のアルゴビアは大きな変化のない静かな国なんだそうよ。ソ連がロシアに戻る前は、チトーが支配するユーゴスラビアの一部なの。でも、チトーが死ぬあとはいくつも戦いがあって、私たちの平和で静かな国は危険な恐ろしい土地になるの」

「……君が二度と戻りたくない場所にね」

「ええ」

沈黙が訪れた。ケイレブが視線を投げると、彼女はまだ暗い天井を見上げていた。暗闇の中にあっても、クリスタルを見つけて輝かせるかすかな光。イリーナにもあれが見えているんだろうか？

やがて、イリーナの手が伸びてきた。ためらいがちにそっと彼の手に触れた。ケイレブの口元に笑みが浮かんだ。手のひらを上に向けて、彼は待った。

イリーナはおずおずと手のひらを合わせ、二人の指を絡ませた。「ケイレブ？」

「何？」

「ありがとう。あなたは私を救う。本当にありがとう」

ケイレブは彼女が涙で声を詰まらせていることに気づいた。そして、彼女を救えた自分を誇らしく思った。「僕を頼っていいんだよ。困った時はいつでも」

「ええ」鼻をすする小さな音がした。「そうするわ」

再び沈黙が訪れた。長い沈黙が。ひんやりとした華奢《きやしや》な手を握ったまま、ケイレブはうとうととまどろみはじめた。

「ケイレブ？」

「うん？」

「もしあなたが今夜セックスをしたいなら、オーケーよ。私はかまわないわ」

イリーナと愛し合う。そう考えても、不思議と罪の意識は湧いてこない。二日前はいけないことのように思えたのに。でも、彼女にはまだ心の準備ができていない。いつかはそこまでたどり着けるだろうが……。

今夜はだめだ。

「ケイレブ？」イリーナの声はあまりにか細く、恐怖と恥じらいに満ちていた。「私が言ってること、聞こえる？」

「聞こえたよ。君はどうなの？　今夜セックスがしたいの？」

イリーナは押し黙った。それから、苦しげに息を吸い込んだ。「私は……平気よ。あなたとなら」

「ありがとう」ケイレブは優しく答えた。「でも、僕はしばらく待つべきだと思う」

「ほんと？」か細い声から恐怖と恥じらいが消えた。

「ああ」

「あなたはそれでいいの？」

「いいよ」

しばらくは沈黙が続いた。ケイレブは再びまどろみはじめた。

「ケイレブ？」

「なんだ？」

「おやすみなさい」

そして、彼は眠りの世界に落ちていった。


目覚めた時は午前九時を過ぎていた。ベッドにイリーナの姿はなかった。ケイレブはコーヒーの香りに気づいた。リビングから控えめなテレビの音が聞こえていた。

彼はベッドから上体を起こし、妻となった女性の名前を呼んだ。「イリーナ?」

イリーナがリビングのドア口に現れた。指先まで届く袖の長い茶色のセーターに同色のパンツという完全武装で。彼女は恥じらいの笑みを浮かべた。

「朝食を持ってきてもらうわ。おなかは空《す》いてる?」

「ぺこぺこだ」

「すぐに運ぶわね」彼女は向きを変えようとした。

「待って」

イリーナは足を止め、黒っぽい眉を上げた。「はい?」

「一分くれないか。僕も起きるから」

ケイレブは浴室を使い、スウェットの上下に着替えてリビングへ向かった。リビングにはガラスのドアがあり、そこから小さなバルコニーに出られるようになっている。イリーナはそのドアに近いテーブルに座っていた。

彼女はコーヒーを一口飲んだ。それから、テーブルに並べられたカバー付きの皿を示した。「あなたにはウエスタン・オムレツとハッシュドポテトとベーコンとイングリッシュ・マフィンを用意するわ」彼女は自分のカップを置き、彼のカップにコーヒーを注《つ》いだ。

ケイレブは席に着き、膝にナプキンを広げて、皿のカバーを取った。うん、いい匂いだ。これも食の好みを理解してくれている女性と結婚したおかげだな。「まさに僕好みだ」

イリーナはうなずき、トーストをかじった。「冷めないうちにあなたが起きてよかったわ」

ケイレブはオムレツを口に運んだ。オムレツはまだ熱く、空気のように軽かった。「文句のつけようがないよ」彼らは明日サンアントニオへ戻ることになっていた。「今日は何をしようか、ミセス・ブラボー?」

「今日はギャンブルをやるわ。貯金から百ドル下ろしてくるの」

「最初から決めてたみたいだね」

「私は新しいことに挑戦するべきだと思うの。だから、スロットマシンで遊ぶわ。ブラックジャックも試してみるかも」

「百ドルで足りる？」

「遊び方はネットで勉強するわ。一番の秘訣《ひけつ》は使う金額を決めて、深追いしないことなんですって。限度を守るってことね」

「だとしても、百ドルじゃ足りないと思うが」

「私には十分すぎる金額よ」

イリーナは二十分で百ドルを失った。ケイレブがお金を出そうとしたが、彼女は受け取らなかった。

「私は限度を決めるの。その限度を守るわ」

その夜、彼らは〈ハイシエラ〉のショーを観《み》た。ショーのあとはリムジンに乗り、シャンパンを飲みながらラスベガスの街を巡った。

翌日、ビクトルの一家は民間機でダラスへ帰っていった。新婚夫婦も含めたブラボー一族はブラボー社のジェット機でサンアントニオへ引き返した。

自宅へ戻った二人はイリーナが作ったランチを食べ、揃《そろ》ってサンアントニオの移民局へ出向いた。

イリーナは緊張していた。ケイレブもそのことに気づいていた。緊張すると、彼女はひどく無口になるのだ。移民局に着くまで、イリーナはひとことも口をきかなかった。椅子に座って順番を待つ間も、結婚許可証やその他の必要書類が収まったフォルダーを握りしめ、じっと前を見つめていた。

ケイレブはイリーナを安心させたかった。彼女のほうへ身を乗り出し、心配しなくていいと耳打ちしてやりたかった。だが、イリーナは見るからに切羽詰まっていた。もし声をかけられたら、椅子から飛び上がって逃げ出しかねない様子だった。

最初、彼らは別々に十分程度の面接を受けた。ケースワーカーはまずイリーナの話を聞き、続いてケイレブを呼び入れた。二人のなれそめと結婚に至った経緯について尋ねられ、ケイレブは打ち合わせどおりに答えた。自分は二年前にイリーナを雇った。しだいに彼女への愛に目覚め、生涯をともにしたいと考えるようになったと。

面接は順調に進んだ。ケイレブへの聞き取りを終えると、ケースワーカーの女性はイリーナを呼び戻し、二人に向かって念を押した。もしあなたがたの結婚が偽装だった場合は、色々と面倒なことになりますよ、と。

イリーナはとっさにケイレブの手を握り、ベッドの中でそうしているように指と指を絡ませた。「私はケイレブを愛してます。この国に来て、彼に仕事をもらってから、ずっと彼を愛してます。彼に愛していると言われて、プロポーズされる時は、嬉《うれ》しくて大声で泣いてしまいます」

ケイレブは彼女の手を持ち上げ、甲の部分にキスをした。それから、デスクの向こうに座る女性にほほ笑みかけた。「僕は運のいい男です」

女性は瞬《まばた》き一つしなかった。そして書類に改めて目を通し、不備がないことを確かめると、それをコピーするためにいったん席を離れた。

数分後、二人は車で自宅へ向かっていた。イリーナはまたフロントガラスの外に視線を据えていた。恐怖に凍りついた様子だった。

彼女の緊張を少しでも和らげようとして、ケイレブは言った。「ケースワーカーは僕たちの話を信じているように見えたよ」

イリーナが彼に視線を向けた。なんて暗いまなざしなんだろう。車を停《と》めて、彼女を抱きしめたい。この茶色の瞳から暗い影が消えてなくなるまで、ずっと抱擁してやりたい。

「家庭訪問があるわ」

「ケースワーカーは何も言ってなかったが」

「抜き打ちの訪問よ。いきなりやってきて、ドアをノックするの。準備をしておかなきゃ」

「大丈夫。僕たちは同じベッドで寝ている。ちゃんと家族を呼んで結婚式を挙げたし、盛大な披露パーティも開いた。彼らから見れば、僕たちは立派な夫婦だ。これからの二年間、僕たちは本物の夫婦なんだよ」いや、セックスのことがあるか。「まあ、今はまだ……」

次の瞬間、イリーナが微笑した。「そうね。私、心配しないように努力するわ。オーケー？」

ケイレブはうなずいた。彼にはイリーナの杞憂《きゆう》としか思えなかったが、それ以上追及するのはやめておいた。

自宅の私道で車が停まると、イリーナは口を開いた。「オフィスに行かなくていいの？」

「君が望むなら、今日は家にいるよ」

「いいえ。あなたは行くべきよ。色々と片づけなきゃならない用事があるんでしょう？」イリーナは素早く車を降りると、ガレージを横切り、ドアの手前で彼に手を振った。

ダウンタウンにあるブラボー社のビルへ車を走らせながら、ケイレブは己の幸運を噛《か》みしめた。イリーナは僕のことをよく理解してくれている。それに、実際に結婚してみてわかったが、彼女は一緒にいて楽しい女性だ。

イリーナはわがままを言わない。人に頼らない。深刻な問題を抱えていても、誰かに解決してもらおうとは考えない。僕はそういうところが好きだな。そんな彼女だからこそ、できるだけ力になってやりたいんだ。

ブラボー社の駐車場に車を停めると、ケイレブはエレベーターに乗り込んだ。同僚たちの小個室をいくつも通り過ぎ、フロアの奥にある自分のオフィス――五人のセールス担当者と一人の秘書で使っている一角へ向かった。

途中、同僚が次々と祝いの言葉をかけてきた。職場の口コミは侮れないものだ。彼は二日前に結婚したばかりなのに、同僚たちは皆そのことを知っていた。

しかし、いいことばかりではない。十分後、ケイレブはその事実を思い知らされることになった。クライアントへの電話連絡を終えて、彼はオフィスのドアへ目をやった。そして、ドアを開けたままにしておいたことを後悔した。

そこにエミリー・グレイ――彼が先週まで付き合っていた女性が立っていたからだ。

4

エミリーはタイトスカートに白いシャツを身に着けていた。セクシーなハイヒールを履き、ブロンドの髪をねじって後ろにまとめていた。見るからに切れ者という感じがした。

そして、エミリーの顔に笑みはなかった。「ケイレブ、ちょっといいかしら？」

いや、よくない……とは言えないか。「ああ」

エミリーは力任せにドアを閉め、三歩で彼のデスクの前に立ちはだかった。

「どうかした？」愚問だな。この表情。エミリーはすでに知っているんだ。この二日間、僕が何をしていたかを。

「この週末は、ずいぶん忙しかったみたいね」

　ここは単刀直入にいくしかない。「ああ。ラスベガスに行ったんだ。向こうで結婚してきた」

「あの外国から来た変な家政婦とね」エミリーは歯を食いしばった。

「彼女の名前はイリーナだ。それに、今は家政婦じゃない。僕の妻だよ」

「なぜ？」

「彼女を愛しているからさ」ケイレブは嘘《うそ》をついた。

　予想していたほどの抵抗感はなかった。

　だが、エミリーはだまされなかった。「よく言うわ」彼女はつぶやいた。大声で騒ぎ立てないのは、この件で仕事を失いたくはないからだろうか。「あなたはろくでなしよ」

　ケイレブは己の過ちに気づいた。今回のことはもっと慎重に扱うべき案件だったのだ。「エミリー、聞いてくれ――」

「聞いてくれ？　何を聞けっていうの？　私は数日前には、あなたのベッドにいたのよ。少しあせっていたことは認めるわ。自分でもみっともなかったと思ってる。でも、もう少し配慮があってもよかったんじゃないの？　私と別れたいなら直接そう言えばよかったのよ。直接言えないなら、メールを送るだけでもいい。携帯メールでもなんでもいい。まさかオフィスの噂《うわさ》話で知らされることになるなんてね。その時の私の気持ち、あなたに想像できる？」

「わかった。君の言うとおりだ。君に直接言わなかったのは間違いだった。謝れと言うなら、謝るよ」

　エミリーは低くうなった。「謝るだけじゃ納得できないわ」

「どういう意味だ？」

「まあ、見てらっしゃい」エミリーは三歩でドアまで引き返した。「あなたの花嫁によろしく」

「聞いてくれ、エミリー……」

しかし、エミリーは耳を貸さず、ドアを引き開けると、大股で廊下へ出ていった。

一瞬待ってからケイレブは立ち上がり、ドアを閉めた。それからデスクの席に戻って、己の愚かさを悔やんだ。エミリーは謝罪だけでは納得できないと言う。では、どうすれば納得できるのだろう？

僕にいやがらせをするつもりだろうか？　でも、どうやって？　僕はこの会社を所有するブラボー一族の人間だ。誰よりも優秀なセールスマンだ。僕を敵に回せば、仕事を失うのは彼女のほうだぞ。

そうとも。あれはただのこけおどしだ。そうに決まっている。僕はエミリーにひどい仕打ちをした。だから、エミリーは怒りをぶつけた。これで一件落着だ。過去は過去として、二人とも前に進むことができるだろう。

デスクの電話が鳴った。ケイレブは受話器を取った。

ほどなく、弟の結婚を祝うためにゲイブがオフィスへやってきた。ゲイブはケイレブの次兄で、ブラボー社の法律顧問を務めていた。「式に出られなくて悪かったな。メアリーも残念がってたよ」ゲイブがメアリー・ホフステッターと出会ったのは去年の春のことだ。二人は七月下旬に結婚し、今はメアリーが前の夫から相続した小さな牧場で暮らしている。メアリーはその牧場を愛していた。だから、ゲイブもそこで暮らすことに同意したのだった。

「気にするなって」ケイレブは答えた。「急に決まったことだし、仕方ないさ」

「そうじゃないんだ。ジニーが耳の病気になってね」ジニーはメアリーと最初の夫の間にできた娘で、まもなく一歳の誕生日を迎えようとしていた。

「かわいそうに。早くよくなるといいが」

「抗生物質――あれの効き目はすごいぞ。で、木曜日の夜なんだが、イリーナとレイジー・Hに来ないか？　ついに我が家の遊び人が結婚したんだ。シャンパンで祝わせてくれよ」

「遊び人？　誰の話だ？」

「僕じゃないよ。もう卒業した。運のいいことにね。メアリーと出会って、自分に足りなかったものに気づいたんだ」

ケイレブは笑った。「それ、夜中の授乳とぼろぼろの牧場のこと？」

「僕はあの子を愛している」

「ああ、それは知ってる」

「それに、今のレイジー・Hはそこまでぼろぼろじゃない。自分の目で確かめてみろ。どうだ、木曜日？」

「僕はかまわないけど」

「じゃあ、イリーナに訊《き》いてみてくれ」

「明日、結果を教えるよ」

二時間後、ケイレブは帰宅の途に就いた。その頃にはエミリーとの気まずい会話も頭の隅に押しやられていた。

イリーナは夕食を用意して待っていた。食事がすむと、彼らは小型テレビの前に座った。CMでビクトルが出てきた時には声を揃《そろ》えて笑った。〝バルカンの熊〟とあだ名されるビクトルは、熊の着ぐるみ姿で咳止《せきど》めドロップを宣伝していた。家庭的な男として知られる優秀なラインバッカーは、CMスターとしても引っ張りだこなのだった。

「キュートよね、私の従兄《いとこ》」イリーナが言った。

「ああ」ケイレブは皮肉っぽく相槌《あいづち》を打った。「身長百九十五センチ、体重百三十キロにしてはね」

彼は次兄から招待があったことを伝え、イリーナの快諾を得た。ただし、エミリーとのやり取りについては話しそびれてしまった。

実際、話してなんになる？　イリーナをいやな気分にさせるだけじゃないか。エミリーが怒るのは当然だ。僕は怒られるだけのことをした。でも、イリーナは何も悪くないんだ。何一つ。

ベッドに入る時間になると、イリーナはおずおずと彼の手を取った。「私、色々と手を加えるの。問題ないかしら？」

「手を加えた？　どんなふうに？」

彼女はケイレブを彼の浴室へ連れていき、洗面台の下の戸棚とカウンターの近くに並べた自分の持ち物を示した。

「いいんじゃないか。僕はかまわないよ」

「あと、あなたのウォークイン・クローゼットにも荷物を置くわ。あそこはいっぱい余裕があるから」

「その程度は織り込み済みだ」

寝室へ戻ったところでイリーナは彼の手を放し、ベッドの端にへたり込んだ。「なんだか私、あなたの暮らしを乗っ取ってるみたい」

ケイレブはくすくす笑った。「それが妻ってもんだろう？」

「あなたはいやじゃないの？　迷惑でしょう？　自分の……空間を邪魔されて」

空間を邪魔されて、か。バルカン半島から来た僕の花嫁は面白い表現をする。「いや、僕は大いに満足してる。君は一緒にいて楽だし、料理もうまい」

「よかった。じゃあ私、寝る支度をするわ」イリーナはベッドから立ち上がり、浴室へ消えた。二分ほどのちに戻ってきた彼女は、昼間の服装と同じように素肌がほとんど見えないパジャマを着ていた。

でも、足だけは見えるぞ。華奢《きゃしゃ》な白い足。きれいな形をした足だ。いや、見つめるな。じっと見つめていると、足以外の部分を想像してしまう。月明かりを浴びた彼女の裸身を想像してしまう。

「あなたの番よ」イリーナは言った。

ケイレブは歯を磨き、下着姿でベッドに入った。明かりを消すと、イリーナが遠慮がちに手を伸ばしてきた。二人の間では、ベッドの中で手をつなぐことが大切な儀式になりつつあった。

彼は二人の指を絡ませて、暗闇を見上げた。僕は、無理強いはしないと彼女に約束した。結婚式からまだ二日しかたっていないんだぞ。それを忘れるな。

「ケイレブ？」

「うん？」

「私、あなたにキスしたい気分なの。いいかしら？」

いいに決まってるじゃないか。「もちろん」ケイレブはささやいた。そして待った。キスを提案したのはイリーナだ。だとしたら、主導権を握るのは彼女であるべきだ。

ベッドカバーが動き、イリーナが彼のほうへ近づいた。ケイレブは彼女の体温を感じた。腕に柔らかなパジャマの生地を感じた。イリーナを怯《おび》えさせないように、彼はゆっくりと首を巡らせた。

真上にイリーナの暗い影があった。彼女は上半身を浮かし、ケイレブの唇にそっとキスをした。一度。そして、もう一度。彼女の肌は清潔な匂いがした。彼女が吐く息は温かく、歯磨き粉の匂いがした。

ため息とともに、イリーナはベッドの反対側へ戻った。「オーケー」彼女はつぶやいた。ケイレブに対してと言うよりも、自分に言い聞かせているようだった。

「よかった」ケイレブはささやき返した。キスをするだけなのにずいぶん大げさだな。イリーナにとって、僕に触れるのはそんなに難しいことなのか。いったいどんな恐ろしい目に遭って、こんなことになったんだろう？

答えが知りたい。でも、彼女に尋ねるのはやめておこう。それは彼女の心に土足で踏み込むようなものだから。だいいち、僕は本当に答えを知りたいんだろうか？

木曜日の夕方、彼らは車でレイジー・H牧場へ向かった。ケイレブは前にも一度、ゲイブとメアリーが結婚した直後にここへ来ていた。母屋の前の庭に入ったとたん、彼は最初の変化に気づいた。去年の夏に焼け落ちた納屋の跡地に新しい納屋ができている。

母屋にも大きな変化が見られた。納屋が火事になった時は母屋にも飛び火し、主寝室とキッチンが焼けてしまったのだ。しかし、ゲイブはその状況を前向きに受け止めた。渋るメアリーを説得し、建築業者を雇って、母屋を新築同様に改修した。こうしてメアリーは広々としたカントリー調のキッチンを手に入れた。今のキッチンには大きな戸棚と御影石《みかげいし》のカウンターが並んでいた。電化製品も最新のものが揃えられていた。

彼らは新しいダイニングルームで夕食を摂《と》った。メアリーの娘ジニーは生後十一カ月で、歩きはじめたばかりだった。動けるようになったことがよほど嬉《うれ》しいのか、ジニーはきゃっきゃっと声をあげながら、つかまり立ちで家具から家具へと移動した。好奇心いっぱいの赤ん坊に扉を開けられないように、キッチンの低い位置にある戸棚にはすべて特別製のフックが取りつけられていた。

ジニーはすぐにイリーナに懐いた。自ら両腕を伸ばして抱っこをせがみ、抱かれたあともイリーナの膝から離れようとしなかった。娘の危険な行為が中断されて、メアリーも喜んでいるようだった。

夕食後、女性たちはジニーを寝かしつけた。兄と弟はジャケットを羽織って裏のパティオに出ると、チーク材の椅子に腰を下ろし、新しい納屋の上にかかる月を眺めた。

「ここはいいところだな」ケイレブはつぶやいた。

「ああ。まさか、この僕が牧場で暮らすことになるとはね。人生とは奇妙なもんだ」

「でも、そこが面白い」

「いや、まったく」ゲイブは白い歯をのぞかせた。

「でも、おまえがイリーナとくっつくことは最初からわかってたぞ。みんな予想していた」

そいつは初耳だ。「冗談だろう？」

「真面目な話さ」

「みんなって誰だ？」

「うちの家族」

「家族全員が？　なんで？」

「そりゃあ、おまえがいつも彼女のことばかり話してたから」

「そうだっけ？」

「そうだよ。当然だろう？　彼女はかいがいしくおまえの世話を焼いていた。それに……性格もいい。長い目で見れば、男の人生には性格のいい女が必要なんだよ」メアリーのことを考えているのか、ゲイブが母屋に視線を投げた。それから、再び弟を見据えた。「で、エミリーの反応は？　おまえとイリーナの結婚をどう受け止めたんだ？」

「友好的ではなかったね。でも、エミリーのことだ。そのうち立ち直るよ」

「仕事の仲間と付き合うなんて。愚かな真似《まね》をしたもんだ」

「自分でもそう思う」

「エミリーに辞めてもらうというのは？」

その手があったか。でも、だめだ。「それは筋が違うだろう。彼女が犯したミスは僕と付き合ったことだけなんだから」

ケイレブとイリーナが腰を上げたのは夜の十時を過ぎた頃だった。ゲイブとメアリーは広い玄関ポーチまで出て、弟夫婦を見送った。

「メアリーはとてもいい人ね」自宅へ向かう車の中

でイリーナは言った。「頭がよくて、親切で……なんて言うの？　地に足がついてる？　そんな感じがするわ」

「ああ、確かに」

「彼女はライターなのよ。雑誌向けの記事を書いてるの。といっても、あなたはとっくに知ってたでしょうけど」

「今、過去形を使った？」

「ええ」イリーナの頬にえくぼができた。「私、英語は得意なの。言葉もいっぱい知ってるわ。ただ、未熟な部分もいっぱいあって。だから、努力しているの」

「いいことだ。もっとも、僕は今の君の話し方も嫌いじゃないけどね」

「でも、言いたいことが正しく伝わるように話せたほうがいいでしょう。私はそう思うわ。メアリーのことだけど……」

「何？」

「彼女は今、料理の本を書いてるの。家族のレシピを紹介する本を。まずはアイダのレシピ。アイダはメアリーの前のご主人のお母さんで、ドイツ系の人なのよ」

「ああ、知ってる」

「あと、ラテン系の料理も」

「メキシコ料理のこと？」

「ええ」イリーナは眉をひそめた。「テックス・メックスっていうのかしら？　エレナとマーシーのレシピよ」マーシーはエレナの血のつながらない姉で、今はケイレブの兄ルークの妻でもあった。「それから、あなたのお母さんのレシピも」

「母さんは料理名人だからな」

「メアリーもそう言うわ……じゃなく、言ってたわ。あと、メアリー自身のレシピもね。彼女は家庭料理の名人よ。今夜食べたローストビーフも最高だったわ。それに、テッサのレシピ」テッサはケイレブの長兄アッシュの妻だ。「テッサはチキンドリアが得意なんですって」

ケイレブには話の先が読めた。「そこにアルゴビア料理も加えようってわけだな？」

イリーナがちらりと視線をよこした。「どうしてわかるの？」

「僕は頭脳明晰《めいせき》だからね」

「それに、とても謙虚だし」イリーナはふざけて付け加えた。「謙虚な男性って無敵よね」

「〝素敵〟と言いたいのかな？」

「それよ。それを言いたかったの」

打てば響くような反応。イリーナの英語は未熟かもしれない。でも、見る見るうちに上達していく。頭の回転が速いんだろうな。それに、勘も鋭い。

「ええ、そうなの。私もアルゴビア料理で参加することになったの。調理はメアリーの家かあなたの家ですることになるわ」

「僕たちの家だ」ケイレブは訂正した。

いったん膝に視線を落としてから、イリーナは改めてフロントガラスの外を見据えた。「そうね。私は〝私たちの家〟と言うべきだわ。言葉遣いも含めて、あらゆる意味で本物の夫婦らしくしないと」

「僕たちは本物の夫婦だ」

「ええ。あなたの言うとおりよ」イリーナは同意した。その従順すぎる態度が彼の癇《かん》に障った。

ここは黙っているべきだ。それはケイレブにもわかっていた。だが、彼は次兄に言われたことがひっかかっていた。うちの連中は僕とイリーナがくっつくと思っていた。みんな、僕がイリーナに恋をすると予想していた。今は予想どおりになったと思っているんだろう。冗談じゃない。これは嘘だ。大義名分はあっても、嘘であることには変わりない。

「あのさ」ケイレブはつっけんどんに言った。「僕をボス扱いするのはやめてくれないか？」

「でも、あなたは私の――」

「僕は君のボスじゃない！」思わず怒鳴り返してから、ケイレブは自分の失態に気づいた。大きく吸い込んだ息を慎重に吐き出し、低く抑えた声で付け足した。「今はね。これからの二年間は」

「ええ、そうね。あなたの言うとおりよ」

「くそっ。言ったそばからそれだ」ケイレブはもどかしげな視線を投げた。そして、自分が妻を虐待する最低な夫になった気がした。

イリーナは背中を丸め、唇を引き結んで、握り合わせた両手をじっと見つめていた。

「くそ」彼はまた悪態をついた。ただし、今度は小さな声で。「イリーナ……」

イリーナがようやく視線を上げた。茶色の大きな瞳は涙で潤んでいた。

5

そういえば、僕はイリーナが泣くところを見たことがない。

いや。泣きそうになったところなら何度か見た。一週間前に僕がプロポーズしたあとは。でも、その前は一度もない。そもそも、以前の彼女は感情を表すことさえしなかった。

それに、この一週間に彼女の目に浮かんだ涙。あれはすべて感謝の涙だった。

でも、今回は違う。これは傷心の涙だ。僕が彼女を傷つけたんだ。

イリーナが消え入りそうな声で訴えた。「もっとゆっくり運転できない？　お願いだから」

速度計を見やったケイレブは、自分が百五十キロ近く出していることに気づいた。失態続きだな。罪のない妻を怒鳴りつけ、ばかみたいに車を飛ばして。

彼はアクセルペダルから足を離し、制限速度までスピードを落とした。

「ありがとう」イリーナの声はか細く、ひどく侘《わび》しげだった。

ケイレブは次の出口でハイウェイを降り、二キロほど走ったところで車を路肩に寄せた。そこは何もない野原の真ん中だった。彼はエンジンを切ったが、ライトはつけたままにした。

「ここはどこ？」イリーナが不安そうに尋ねた。

彼女は僕を恐れているのか？

「どこでもないよ。すぐ道路に戻るから。僕はただ……君に謝りたかったんだ。もし君を……怯《おび》えさせてしまったのなら」

イリーナはじっと彼を見返した。そして、いきなり笑った。

思いもよらない反応にケイレブは眉をひそめた。

「僕が何かした？」

「いいえ、ケイレブ。あなたじゃないの。私よ。わかるでしょう？」

「ええと、よくわからないな」

「私は今までの人生で生き残る方法を学ぶわ。笑ってはいけない。泣いてもいいことはない。常に周囲に目を配る。トラブルに、変化に備える。感情を一定に保つ。わかる？」

「ああ。わかるよ」

「でも、今は……」

「今は？」

「何もかもが変わろうとしているわ。永住権のためにあなたと結婚すると決めた時は、何がどこまで変わるのか自分でもわかってなかった。あなたの家族は私にとてもよくしてくれる。とても……優しくしてくれる。私は別の人間になったみたいよ。新しく生まれ変わったみたい。気づいたら、私はたくさんのことを感じるようになっている。喜び。悲しみ。いろんな感情を持つようになっている。私は泣きたいくらいあなたに感謝している。あなたにきつい言い方をされても泣きたくなる。そして、なぜか笑いたくなる」

強い衝動がケイレブをとらえた。イリーナのほうへ手を伸ばしたい。彼女を引き寄せて、抱きしめてやりたい。彼女をなだめ、安心させてやりたい。いや、だめだ。急に抱き寄せられたら、彼女はよけい不安になるだろう。

彼はイリーナの肩にそっと手を置いた。イリーナはたじろがなかった。身を引くこともしなかった。これは進歩だ。たったの一週間で僕たちはここまで前進した。

「いいじゃないか。感情を持つのはいいことだ」

イリーナは彼の視線を受け止めた。大きな茶色の瞳には暗い影があった。次の瞬間、彼女は再び笑った。「アメリカ人は感情が大好きよね」

「うん。まあ、そうだね」ケイレブは運転席に座り直し、前方に延びる暗い道路と左右に広がる荒涼とした土地を眺めやった。「イリーナ、君は安全だ。もう二度と誰かに傷つけられることはない」

イリーナのため息が聞こえた。「ケイレブ？　そろそろうちに帰らない？」

「ああ」ケイレブは再びエンジンをかけた。前後に車がいないことを確かめてから反対車線に移り、ハイウェイへと引き返した。

しばらくは沈黙が続いた。

その沈黙を破って、彼は尋ねた。「メアリーの料理本だけど、写真も載せるのかい？」

「ええ、その予定よ」答えたイリーナの口調は明るかった。ケイレブと同様に、彼女も早く気まずいムードから抜け出したがっているのだろう。「写真はゾーイが撮るの」ゾーイはブラボー家の末っ子で、写真を趣味とする自由人だった。

「そいつはいい。ゾーイは写真で何度か賞を取ってるし、雑誌に作品が売れたこともあるんだよ」

「ええ。メアリーもそう言うわ。私たちが料理してるところとか、キッチンの写真を載せるんですって。キッチンは家族生活の心臓部だってメアリーは言うの。一家の女性たちが助け合ってる写真を載せたいって。みんながお互いのキッチンに行くのよ。そのほうが家族らしいでしょう」

「アビリーンとコリーンは？　あの二人もプロジェクトに参加するのか？」アビリーンはゾーイより一つ年上のケイレブの妹だ。コリーンは彼の兄マットの妻だった。

「メアリーは全員と言ってるわ。参加を希望する一族の女性全員でやるって。それに、協力してくれる気のある男性たちも」

「うちの野郎どもは男気のあるやつばかりだからな。バーベキューの時はみんな大活躍してるよ」

「バーベキュー」イリーナははっと息をのんだ。「ケイレブ。それ、名案よ。メアリーに話してみるわ。〝男とプランと缶詰〟の項目にブラボー家の男たちのバーベキューも加えるべきだって」

「知りたくない気もするが……その〝男とプランと缶詰〟ってのはなんだ？」

イリーナは笑った。ケイレブの心まで明るくなるような屈託のない笑い声だった。「ああ、それはね、男が缶詰を開けて――」

「待った。わかったぞ。プランと缶詰さえあれば、男も自分の夕飯を作れるってことか」

「そう！」イリーナは手をたたいた。「まさにそれよ。でも、すでにそういう題名の料理の本があるから、メアリーは違うタイトルを考えなくてはならないわ。彼女はゲイブと話していて、このアイデアを思いつくのよ。彼女が料理の本に参加してほしいと言ったら、ゲイブはサーモンの缶詰なら開けられると答えるの。そこに砕いたクラッカーとトウモロコシを混ぜたら、立派なパテになると」

「ゲイブお得意のサーモン・パテか。確かにあれは絶品だ」

「メアリーもそう言うの。それをゲイブに作ってもらって、本に載せたいって」

「アルゴビア料理はぜひうちで作ってほしいね」

「うちで？」

「うちにはいいキッチンがある」

「ええ。私たちのキッチンは最高よ」イリーナは誇らしげに宣言した。

ケイレブは彼女の反応を好もしく思った。しかも、彼女は〝私たち〟という言葉を使ったのだ。

「それに、うちで料理が完成すれば、僕もお相伴にあずかれる」

「ケイレブ、あなたって本当に役に立つ人ね」

「僕はプランを重視する男だからね」

それからの数週間、イリーナはこの路肩での会話を何度も思い返した。感情を持つのはいいことだ、と言った時のケイレブの優しい声を思い返した。

あの時の彼女はケイレブの言葉を笑い飛ばした。だが三月を迎える頃には、ケイレブの言うとおりだと思うようになっていた。

ときおり、今が人生で最良の時だと考えている自分に彼女は気づいた。予想もしていなかった分、その時間がよけいに貴重なものに思えた。彼女は以前と変わらずに家事をこなした。ケイレブのために料理を作り、掃除をした。初めてこの家に来た時にケイレブから買ってもらった小型車を運転して、彼の使い走りを務めた。

夜はケイレブのベッドで手をつないで眠った。時には彼にキスもした。用心深く、そろそろと。回数を重ねるたびに抵抗感は薄れていった。イリーナは彼の唇の柔らかさと清潔で男らしい匂いに意識を集中させた。ケイレブを喜ばせたい。彼女は心からそう思っていた。そのためにはセックスをするのが一番だということもわかっていた。

彼女はケイレブの辛抱強さに驚いていた。ケイレブには長所がいくつもある。それは彼女も知っていた。だが、この家で働きはじめて以来、ケイレブが辛抱強い男性だと思ったことは一度もなかったのだ。ケイレブは快楽を好んだ。うまい料理とうまい酒、ベッドで積極的な女を好んだ。ところが、彼女を助けるためにケイレブはほかの女たちをあきらめた。そのうえ、彼女に無理強いしないことまで約束した。

そして、彼は今もその約束を守っていた。

自分は彼の優しさにつけ込んでいる。それはイリーナにもわかっていた。無理難題ばかり押しつけて、彼から快楽を奪うのはフェアではない。それでも、イリーナはためらっていた。ケイレブの前で裸になるには、まだ心の準備ができていなかった。彼女は過去のトラウマを引きずっていた。愛の行為の最中に恐怖心が湧き起こることを恐れていた。パニックを、痛みを恐れていた。

服の下に隠された自分自身の醜さを恐れていた。

眠れない夜、彼女はケイレブの隣に横たわり、自ら手を差し伸べる自分を想像した。ケイレブのたくましい腕に抱かれる自分を想像した。しかし、それを実行に移すことはできなかった。

眠りに就くと、今度は悪夢が襲ってきた。あの恐怖の日々がよみがえった。彼女の口を覆う手のざらついた感触が、すえた息の臭いが、押し殺した脅迫の言葉がよみがえった。

彼女は恐怖にすすり泣きながら目を覚ました。うめき声でケイレブを起こしてしまうこともあった。「イリーナ?」闇の中で聞くケイレブの声が彼女の恐怖を切り裂き、光と希望をもたらした。

イリーナは手を伸ばした。彼の体を探り当て、大きな手を握りしめた。「大丈夫。なんでもないの。悪い夢を見ただけだから……」

ケイレブは彼女の手を握り返した。だが、それ以上は何もしなかった。ケイレブの声と力強い指の感触で、彼女は現実に立ち返った。

イリーナはケイレブの家族の集まりに呼ばれた。ブラボー家の牧場ブラボー・リッジで暮らすルークとマーシーの夫婦は、五月に初めての子供の出産を控えていた。そんな二人にベビー用品を贈るパーティがマットとコリーンの家で開かれたのだ。イリーナはそこで彼らの五歳になる娘キーラを紹介され、夏の終わりにはキーラに弟か妹が誕生することを知った。

しかし、彼女が最も頻繁に会っていたのはメアリーだった。二人はすぐに意気投合し、いい友人同士になった。

イリーナにとって、メアリーは生まれて初めてできた本物の女友達だった。イリーナはこの新しい友情を素直に楽しんだ。メアリーの家を訪ねた時は幼いジニーを抱いてキッチンに座り、次に挑戦するレシピについて話し合った。自分とケイレブが暮らす家にメアリーとゲイブを招くこともあった。

イリーナが家族の食事会を開きたいと言った時、背中を押してくれたのもメアリーだった。今のところ彼女の家でもあるケイレブの家は、一族を全員招待できるほど広かった。開催日は三月の第二土曜日に決まった。

イリーナはすべての料理を自分で用意した。山羊《やぎ》のチーズと香草を詰めたマッシュルーム。クルミと米のサラダ。ラム肉とほうれん草の煮込み。どれも子供の頃にトゥリア伯母さんに教わったものだ。ラム肉が苦手な人のために、ヨーグルトとタイムでマリネしたチキンもこしらえた。デザートの皿にはティクベニック――アルゴビアふうのカボチャパイとエッグカスタードを盛りつけ、黒糖のシロップをかけて、バニラアイスクリームを添えた。

食事会は大いに盛り上がった。テーブルの周囲には笑顔が並び、笑い声と陽気なおしゃべりが飛び交った。カメラ持参でやってきたゾーイが何枚も写真を撮った。メアリーはこのパーティの様子も料理の本に載せようと考えていた。

ケイレブの家族は以前からイリーナを丁重に扱っていた。アメリカに亡命してきたビクトルの従妹《いとこ》として、ケイレブの有能な家政婦として彼女を認め、親切にしてくれた。しかし今、イリーナは本当の意味で彼らに受け入れられた気がした。その感覚は彼女の心を満たし、同時に罪悪感を刺激した。彼女はこの善良な人々をだましているのだ。期限付きの結婚が本物であるようなふりをして。

ケイレブの家族をだましているやましさ。彼に禁欲を強いている後ろめたさ。それに加えて、イリーナはお金のことが気になりはじめていた。

最初、彼女はお金の問題については考えていなかった。急に結婚が決まったため、細かい取り決めについてケイレブと話し合う暇もなかった。彼女のウエディングドレスの代金はケイレブが払った。高額な披露パーティの費用もスイートの宿泊料も彼が出した。それがどれくらいの金額になるのか、当時の彼女に考える余裕はなかった。

三月一日、彼女の口座にはこれまでどおりにケイレブの口座から自動送金がされていた。そのことを知って、イリーナは複雑な気持ちになった。家事の報酬として夫が妻にお金を払う。何か違う気がするわ。だが、彼女はこの問題と向き合うことを避けた。

違和感にあえて背中を向けて、ケイレブの妻としての新生活を続けた。

しかし、それも家族の食事会の計画が持ち上がるまでだった。食事会の準備金としてケイレブは彼女に五百ドルの小切手を渡した。確かにラム肉は安くない。だが、アルコールは買う必要がないのだ。ケイレブの家には充分な酒類が蓄えられていた。去年ビクトルから贈られたブルガリア産の上質なワインも二ケースあった。彼女はそのワインを食事会で出すつもりでいた。

五百ドルは多すぎる、とイリーナは抗議した。

ケイレブは手を振り、その抗議を一蹴した。〝こういうパーティは手間がかかる。僕はお金のような些細《ささい》な問題で君を煩わせたくないんだ〟と言って。

お金のような些細な問題……。

私とビクトルは空爆で破壊された廃屋に住んでいた。二人でごみを漁《あさ》り、盗めるものはなんでも盗んだ。その後に収容された施設には食べ物があったわ。おかげで飢えることはなかった。でも、満腹したこともなかった。

私にとってお金は重要な問題よ。お金さえあれば、人のものを盗まなくてすむ。満腹するまで食べられて、暖かな布の上で寝られる。泥棒の後ろめたさから解放され、自分は安全なんだと思える。お金さえあれば、二度と飢えずにすむわ。自分だけじゃなく、困っている人を助けることもできる。不幸な人を助けること。それが私の夢なの。私は安全な居場所を見つけ、私を大切にしてくれる人たちと出会えた。それと同じ幸運をほかの人にも分けてあげたい。

どうすればその夢がかなうのか、私にはわからない。でも、これだけはわかっている。ケイレブの寛大さに頼っていてはだめよ。自分でなんとかする。まずはそこから始めるべきだわ。

食事会の翌日、イリーナは早朝から起き出して昨夜の後始末をした。食器類をしまい、ダイニングルームとキッチンの床を掃除した。

十一時前にケイレブが起きてきた時、彼女は昨夜使ったテーブルクロスとナプキンを洗濯機に押し込んでいた。

「君は働きすぎだ」ケイレブが言った。

イリーナは洗濯機の扉を閉め、スイッチを入れた。それから彼に歩み寄り、たくましい肩に両手を置いて自ら唇を近づけた。ケイレブはその唇に軽くキスをした。

「私、働くのはいやじゃないわ」イリーナは答えた。

「朝食はどうする?」

「君は?　もうすませたの?」

イリーナのおなかが鳴った。彼女はそこに手を当てて笑った。「ずっと働いてたから。あなたを待っていたのよ」

イリーナの英語は目に見えて上達していた。たまに忘れることもあるが、過去形も意識して使うようになった。彼女はそんな自分を誇らしく思っていた。

「君がスクランブルエッグを作るなら、僕がベーコンを焼くけど」

「悪くない取り引きね」

「昨夜《ゆうべ》は楽しかったな」ケイレブは温かいまなざしを彼女に向けた。

「ええ」

キッチンへ移動すると、イリーナはコーヒーをいれ、フライパンで卵を炒《いた》めた。ケイレブは鉄板でベーコンを炙《あぶ》った。それから、二人はプールが見える窓辺のテーブルに座った。日差しがケイレブの明るい茶色の髪を赤っぽく染めていた。その様子をうっとりと眺めながら、イリーナは知恵を絞った。お金の問題をうまく切り出す方法はないものかしら?

「何か心配事でもあるのかい?　ずっとここに縦線が入ってる」ケイレブは自分の眉間を指さした。

「気をつけないと額がでこぼこになるよ」

「でこぼこ？」

「皺《しわ》になるってことさ」

「ああ」イリーナは知恵を絞るのをあきらめ、ジーンズのポケットから二百ドル分の小切手を取り出した。「はい、これ」そう言いつつ、テーブルに置いた小切手を彼のほうへ押しやった。

ケイレブの表情が険しくなった。「どういうことだ？」

イリーナは気後れしそうになるのを我慢してコーヒーを一口飲んだ。「どういうことだ？　私が気にくわないことをすると、あなたは決まってそう言うわね。でも、これは間違ったことじゃないわ。あなたがくれたパーティの準備金が余ったから、残りを返そうとしているだけよ」

「その必要はない」ケイレブは小切手を彼女のほうへ押し戻した。

「いいえ、ケイレブ。これは必要なことなの」イリーナも小切手を押し返した。

ケイレブはマグカップをテーブルに置いた。「この一週間、君はずっとパーティの準備に追われていた。君は料理を作り、掃除をした。すべてを完璧にやり遂げた。今朝も一人だけ先に起きて、食事も摂《と》らずに働いた。その努力には三百ドル、いや、五百ドル以上の価値がある。こっちがお金を払いたいくらいだ」彼は小切手をつかみ、真っ二つに引き裂いてくしゃくしゃに丸めた。

イリーナは笑いたかった。泣きたかった。ケイレブは私の感情を波立たせる。それはつらいことよ。でも、けっして悪いことじゃない。「それは正しくないわ」

「何が正しくないんだ？」

「夫が妻に賃金を払うこと。私があなたの食事を作り、あなたの家を掃除するのは当然のことだわ」

「僕たちの家、だ」

「ええ、そうね。私たちの家。私が言いたいのは、私に賃金を払うのはやめるべきだってことよ」

「くそっ」

二人は互いをにらみつけた。

イリーナは再び説得を試みた。「正しい、正しくないは別として――」

「僕が正しいに決まってる」

「まずは私に最後まで言わせてくれない？」

「ああ、わかったよ。どうぞ」ケイレブは椅子の背にもたれて腕組みをした。

「正しい、正しくないは別として、移民局のことは忘れないでほしいの」

「誰が忘れるか」

「もしあなたが私に賃金を払いつづけたら、私はあなたに雇われている格好になるわ。本物の夫婦じゃないと思われてしまう」

「ばかばかしい」

「いいえ。真面目な話よ」

「イリーナ、現実的になれよ。夫婦の片方が家に残って家事を引き受けているなら、もう片方が外で稼いできた金は二人で分け合うべきだ。夫が妻に家を切り盛りする費用を渡しても――その額がちょっと余分になったとしても――移民局はなんとも思わないだろうね。君の主張は根拠に欠ける」

「根拠に欠ける？」

「ああ、そうだ」

「私にも……プライドはあるのよ」

「それは知ってる。いいことだと思ってる。でも、僕にだってプライドはあるんだ。僕はこの結婚を試練だとは思ってない」

イリーナの喉が詰まった。「ほんと？」

「ああ。実際うまくいってるじゃないか。結婚しても、君は以前と変わらずせっせと働いている。その努力に報いるのは当然のことだと思うね」

イリーナは喉につかえた感情の塊をなんとか押し戻した。「そう……わかったわ」

ケイレブは椅子から背を離し、再びカップを握った。「よかった。これで一件落着だな」

「ほかにもあるんだけど……」

彼はカップの縁ごしにイリーナを見やった。「僕の日曜の朝食をだいなしにしたいのか？」

「本当は結婚した時点でちゃんと取り決めをするべきだったのよ。離婚した時に私があなたのお金を盗めないように」

ケイレブはカップを置いた。「いったいなんの話をしてるんだ？」

「映画で知ったんだけど、婚前契約というものがあるんでしょう？」

「イリーナ、僕たちにはそんな暇はなかった」

「でも、契約は結婚後もできるんですって。あなた、知ってた？」

彼女の問いかけを無視して、ケイレブは言った。

「よく考えてごらん」

「何を？」

「君は自ら契約の話を持ち出した。それが契約など必要ないという何よりの証拠じゃないか。君は僕の金を盗んだりしないよ」ケイレブは小切手の残骸をつかみ、彼女のほうへ差し出した。「もし君がそんな女なら、返す必要のない金のために小切手を書いたりはしないはずだ」

イリーナはテーブルごしに彼の顔を見つめた。ケイレブの言うとおりかもしれない。でも、私が彼に大きな借りがあることには変わりないわ。なんとかしてこの借りを返せないものかしら。

「君も食べろ」ケイレブがぶっきらぼうに促した。

「無駄な心配ばかりしていると、そのうち骨と皮だけになっちまうぞ」

セックス。フォークを手に取りながら、イリーナは考えた。彼のためならできるでしょう？　彼はずっと我慢しているのよ。せめて彼を喜ばせるくらいはするべきだわ。

しかし、その夜もイリーナは行動を起こさなかった。

ベッドに入ると、彼女はいつものようにケイレブの手を握った。だが、それだけだった。彼女の前にはいくつもの高いハードルが立ちはだかっていた。今はまだ服を脱いでケイレブに裸を見せることにさえ抵抗があった。

しかも、彼女はアルゴビアで恐ろしい経験をしていた。ビクトルが渡米し、一人残された彼女が大人になったあとに。彼女はそのことを誰にも話していなかった。誰かに話すことなど想像もできなかった。

でも、ケイレブには話すべきだわ。それは彼の前で裸になるより怖いことだけど。私の心を裸にするようなことだけど。

翌日、ケイレブは兄のマット――ブラボー社の財務部門の責任者とともにロサンゼルスへ旅立った。大手の農業会社に風力エネルギーを売り込むための出張で、金曜日までは戻らないということだった。

これで何日かは問題を先延ばしにできる。イリーナは安堵《あんど》した。そして、そんな自分に腹を立てた。ケイレブから受けた恩を思えば、セックスくらいいしたことないわ。なのに、私はずっとその時を避けている。逃げる口実ばかり探している。

火曜日の午後、メアリーがジニーを連れて訪ねてきた。イリーナはジニーを膝に抱き、ゾーイが撮った食事会の写真に目を通した。ジニーが昼寝をしている間は、メアリーと一緒にアルゴビア料理のレシピをまとめ、シンプルでわかりやすい文章にするために推敲《すいこう》を重ねた。

立ち去る前に、メアリーは何か心配事でもあるのかと尋ねた。

メアリーは私の動揺に気づいたの？　どぎまぎしながらも、イリーナは笑顔を作り、首を左右に振った。「いいえ。何もないわ」

「でも……なんだか心ここにあらずって感じよ。それに、少し落ち込んでいるみたい。何か困っていることがあるなら、いつでも相談に乗るわ。私にできることがあるなら――」

「いいえ、なんでもないの。本当よ」イリーナは見え透いた嘘《うそ》をついた。

メアリーたちが帰ると、イリーナは後悔に駆られた。メアリーに打ち明ければよかった。でも、話せば長くなるし、聞いて楽しい話でもないでしょう。私の秘密と恐怖をメアリーに背負わせるのはよくないわ。それに、ケイレブと体の関係がないなんて、彼の義理のお姉さんに言えるわけがないわ。


翌日の水曜日にはマーシーが電話をかけてきて、一族の牧場ブラボー・リッジでの夕食にイリーナを誘った。ケイレブが留守だから気を遣ってくれたのだろう。イリーナはありがたく申し出を受け、ケイレブの家族たちと楽しい夜を過ごした。

木曜日の朝にはエレナから電話があった。「マーシーから聞いたけど、昨夜は牧場に行ったんですって？」

「ええ。とても楽しかったわ」

「よかった。じゃあ、一人でも問題なくやってるわけね？」

「ええ、大丈夫」

「何か困ったことがあったら、私に電話して。今は学期中だけど」エレナは中学校の教師をしていた。「四時過ぎなら、超特急で駆けつけられるわ」

「ええ、そうさせてもらうわ。気にかけてくれてありがとう」イリーナは満ち足りた気分で電話を終えた。自分が本当の意味でケイレブの家族の一員になった気がした。

朝食後は二時間ほど読書をした。イリーナは、毎日少なくとも一時間は本を読むようにしていた。英語の綴《つづ》りを覚えるために日記もつけていた。日記には自分が学んだことやアメリカでの暮らしについて書き綴った。料理のレシピからテレビの感想に至るまで、あらゆることを記録した。彼女は学ぶことを楽しんでいた。最近は気がつくと英語で考えていることが増えてきていた。

時計の針が十一時を指す頃、彼女はキッチンのカウンター磨きに取りかかった。カウンターの次は床磨きだ。最初に掃除機をかけてから、彼女はモップを手に作業を開始した。

広いキッチンの床を磨き上げるのはかなりの重労働だった。カウンター磨きですでに温まっていた体から汗が噴き出した。


「ああ、鬱陶しい！」イリーナは額に貼りつく濡《ぬ》れた前髪を息で払い、モップをカウンターの端に立てかけた。急に笑いが込み上げてきた。

今この家にいるのは私一人よ。ケイレブも明日まで帰ってこない。たまには肌をさらしたっていいじゃないの。どうせ誰も見てないんだから。

彼女は額の汗を拭い、長袖のTシャツを頭から引き抜いた。Tシャツと一緒に浮き上がったネックレス――彼女の母親の形見が支えを失い、再び胸元に落ちてきた。

彼女は両腕を広げて深呼吸をした。素肌から熱が逃げていくわ。ああ、天国にいるみたい。

イリーナはモップをつかんだ。結婚式の夜にケイレブと踊ったことを思い返しながら、くるりと一回転した。それから、床磨きの作業を再開した。古いアルゴビアの労働歌をあらん限りの声でがなり立てながら。

ガレージの扉が開き、一瞬後に音をたてて閉まった。しかし、自らの歌声のせいで彼女はそのことに気づいていなかった。

イリーナは歌いながら床を磨きつづけた――視界の隅で何かの気配を察知するまでは。

彼女は動きを止めて、振り返った。

ケイレブ。ああ、どうしよう。

洗濯室に通じるドア口にケイレブが立っていた。彼のかたわらにはスーツケースが置かれ、手には大きな花束が握られていた。

そして、彼自身はまじまじとイリーナを見つめていた。

イリーナは今この場で死んでしまいたいと思った。彼女は白いブラジャー一枚の姿だった。手にしているのはモップだけで、醜い傷跡を彼の視線から隠せるものは何も持っていなかった。

ようやくケイレブが口を開いた。「あの……ただいま」

喉が詰まったような悲鳴とともに、イリーナはモップを捨て、キッチンから飛び出した。

6

ケイレブの全身を怒りが駆け巡った。熱く激しい怒りが。

白い肌に走る無数の傷跡。まるで釘《くぎ》の詰まった銃で撃たれたかのようだ。さぞ痛かったに違いない。誰がイリーナにこんな真似《まね》をした？

そいつの息の根をこの手で止めてやりたい。

ケイレブは花束をカウンターに置き、彼女のあとを追った。廊下に出たところで、寝室のドアが閉まる音が聞こえた。彼はその音をたどり、浴室の前まで行き着いた。浴室のドアは閉まっていた。

「イリーナ？」ケイレブはドアを軽くノックした。燃えたぎる怒りを抑えて、優しい声を出す。「イリーナ、出ておいで」

「私のことはほっといて。お願いだから」

「いやだ」彼はきっぱりと断言した。「ドアを開けて、僕を中に入れてくれ」

返事はなかった。彼は待った。再び拒否されるのを覚悟のうえで。

しかし、聞こえてきたのは鍵が外される音だった。ノブが回り、ドアが開いた。イリーナは声を殺して泣いていた。悲しげな美しい顔を涙で濡《ぬ》らして。地味なブラジャーと金のネックレスだけを身につけて。

彼女は絶望に満ちたかすれ声で尋ねた。「あなたの望みはなんなの？」

君だ。

だが、ケイレブはその言葉を口にしなかった。ここでそんな告白をするのは無遠慮すぎる気がしたからだ。実際、今は何を言っても、どんな言葉を選んだとしても、イリーナを傷つけるだけだろう。

途方に暮れながらも、ケイレブは両腕を差し伸べた。きっとイリーナは、僕に抱擁させてはくれないだろう。今までもずっとそうだったのだから。

彼の予想は裏切られた。イリーナはため息をつき、彼に近づいてきた。ケイレブは彼女を引き寄せてささやいた。「ほら、泣かないで。大丈夫だからね」

イリーナは彼にしがみついた。「私、恥ずかしいわ。できることなら消えてしまいたい……」

「そんなことないよ」ケイレブは涙に濡れたイリーナの顔を両手でとらえ、二人の視線を合わせた。

「君が恥じなきゃならない理由は何もない」

「でも私……ばかみたいな真似をして」

「ばかじゃないさ。ちっとも」

「いいえ、ばかよ。私はずっと自分を隠していた。肌を見せないようにしていた。必死になってそれを続けていたの。結婚してからは、どうやってあなたに見せればいいのか、どうやってあなたに話すべきか、それればかり考えていたわ。なのに、こんな格好で歌っているところをあなたに見られるなんて」

「イリーナ」ケイレブは茶色の瞳をのぞき込み、濡れた頬を親指で拭った。「君はばかじゃない。勇敢で強い人だ。愛らしくて、善良で……」

「いいえ、わかっているの。私はプライドが高すぎるのよ。だから、誰にも傷跡を見られたくなかったの」イリーナは視線を落とした。「あなたにさえ。私は服で隠しつづけた。それが習慣みたいになって、やめることができなかった」彼女の瞳から一粒の涙がこぼれ落ちた。

ケイレブはその涙を拭った。「僕はもう君の傷跡を見てしまった。つまり、隠す必要はなくなったわけだ。よかったじゃないか」

イリーナは疑わしげにうなった。「よかった？シャツも着ずにキッチンで歌ったり踊ったりするのはいいことなの？」

「でも、君は今ここに、僕の腕の中にいる。それが君がシャツを脱いで歌った結果だとしたら、僕は大歓迎だね」

イリーナの唇から嗚咽《おえつ》混じりの笑い声がもれた。

「あなたって、ほんとに前向きな人ね」

「根っから陽気なんだろうね。でも、君にそんな傷を負わせたやつだけは許せない。この手で仕返ししてやりたいよ」

イリーナは彼の唇の端に手を当てた。「怒ってるの?」

「君を痛めつけたやつに?　当然だろう」

「あの男のことは忘れて」

「冗談じゃない」

「あの男は死んだわ。自爆テロだったの」

「くそっ。この手で殺してやりたかったのに」

「もう手遅れよ。でも、そうね。もしあの男が生きていたら、私も彼を殺したいと思ったかもしれない。あの男は自分以外に十人も殺したのよ。たまたま買い物に出かけてたり、私が働いていたカフェで午後のひとときを楽しんでたりした罪のない人々を。今の政府を混乱させる目的で。私の国ではよくあることなの。私は運がいいほうだわ。まだ生きてるんだから。こうしてちゃんと動けるんだから。ほかの人たちはそこまで運がよくなかった……」

ケイレブは改めて彼女を引き寄せた。イリーナは抗《あらが》わなかった。彼の肩に頭を預け、震える息を吐いただけだった。ケイレブは胸が熱くなった。そして、そんな自分に驚いた。

イリーナは顔を上げ、彼と視線を合わせた。茶色の瞳が暗く翳《かげ》っていた。「それだけじゃないの」

「僕に話してくれる?」

彼女の柔らかな唇が震えた。「それはとても……話しづらいことなの」

ケイレブは彼女の手を取ってベッドへ移動した。

マットレスの端に腰を下ろし、彼女を自分の隣に座らせようとした。

イリーナは彼の手を振りほどき、胸を隠すように両腕を組んだ。「私、みっともない格好よね」

「とてもきれいだよ」

彼女はようやく笑顔になった。「あなたはどんな時にでもお世辞が言えるのね」

「本気で言ってるんだ。君は美しい」

「そして、あなたはとても我慢強い人だわ」イリーナは腕組みを解き、両手をだらりと下げた。「いろんな意味で驚きよ」

「いい意味であってほしいが」

「もちろん、いい意味でよ」彼女はうなずき、ケイレブを見下ろした。「あなたに悪いと思っているわ。でも、私には時間が必要なの。妻としてあなたを受け入れるためだけじゃないわ。私の悲しい、醜い話を打ち明けるためにも」

ケイレブは彼女の上気した顔を、涙で縁が赤らんだ瞳を見上げた。そして、自分の本心に気づいた。僕はイリーナとここにいたい。ほかのどこでもなく、この場所に。幸い、僕たちには二年という時間がある。少なくとも二年は一緒にいられる。

二年あれば、お互いのことをもっと理解できるようになる。

ケイレブは腕を伸ばし、彼女の手をとらえた。

「君に花を買ってきたんだ」

イリーナの唇の端がかすかに上がった。「ええ、さっき見たわ。キッチンから逃げ出す前に」

「水に挿してやってくれないか？」

ベッドでそうするように、彼女は二人の指を絡ませた。「ええ。そうするわ」

ケイレブが手を放すと、彼女は寝室から出ていった。ケイレブはその後ろ姿を目で追った。ほっそりとした背中に、くびれたウエストに、上品なカーブを描くヒップに見とれながら。

　翌日、イリーナはショッピングへ出かけ、ブラウスと薄手のニットのシャツとドレスを買った。これまでどおりに値札は厳しく吟味したが、茶色や灰色や黒の服には手を出さなかった。

　自宅へ戻る前に〈ビクトリア・シークレット〉に立ち寄り、白ではない下着と今までとは違うタイプの寝間着も購入した。新しいシャツやドレスでは傷跡の一部が見えてしまうだろう。しかし、彼女は気にしなかった。少なくとも以前ほどには気にならなくなっていた。

　その夜、彼女は帰宅したケイレブにショッピングの成果を報告した。寝間着は心の準備ができるまで隠しておくつもりだったが、それ以外はすべて披露し、ドレスは実際に着てみせた。

　ケイレブはすばらしいと絶賛した。彼女は笑みを浮かべて礼を言った。自ら彼の腕の中に収まり、二人の唇を合わせた。それはかつてないほど長く緩やかなキスだった。

　翌朝、ビクトルの一家が週末を過ごすためにダラスからやってきた。イリーナは到着したばかりの従兄《いとこ》を隅に連れていき、爆弾テロの話をした。新しいブラウスの上に着ていたセーターを脱いで、我が身に起きたことを初めて従兄に打ち明けた。

　ビクトルは今まで内緒にされていたことに傷ついた。そして、彼女にもそう言った。

「ごめんなさい。その話はしたくなかったの。あなたにいやな思いをさせたくもなかったし。でも、今は考えが変わったわ。何もかも自分一人で抱え込むのはよくないと思えるようになったの」

　ビクトルは従妹《いとこ》の肩に両手を置き、茶色の瞳をのぞき込んだ。「君は泣きごとを言わない子だからな。でも、今は楽になったんだろう？　ケイレブと幸せにやってるんだよな？」

「ええ、とても幸せよ」

「そうか。それなら僕も幸せだ」

その日の午後、彼らは遊園地に出かけた。ミランダやスティーブンに付き合って、ケイレブはすべての乗り物に挑戦した。

そんな三人の様子をイリーナはほほ笑ましく眺めていた。ケイレブは子供の相手がうまかった。偉そうな態度はとらず、子供たちと一緒に楽しんでいるように見えた。

観覧車に乗ったケイレブとマディ・リズと子供たちを見ていた時、ビクトルが彼女の肩に腕を回してきた。「生きてるっていいもんだな」

イリーナは大男を見上げてにっこり笑った。「ええ、最高よ」

「僕たちにこんな幸運が待ってるなんて、当時は思いもしなかった」

彼女は爪先立って従兄の頬にキスをした。

遊園地のあとは皆でピザハウスへ繰り込んだ。家へ帰り着く前に、幼い二人は車の中で眠ってしまった。子供たちがベッドに収まると、ケイレブは去年ビクトルからもらったブルガリア産のワインを開けた。

大人たちはセーターを用意して外のプールサイドへ移動した。そこでマディ・リズが第三子の妊娠を発表した。出産予定日は九月だという。仲むつまじい従兄夫婦を眺めていたイリーナは、視線を感じて振り返り、ケイレブと温かなまなざしを交わした。

ええ、そうよ。生きているってすばらしいことだわ。

ビクトルの一家は翌日の昼過ぎにダラスへ帰っていった。ケイレブは半日だけ出勤した。ロサンゼルスへ出張している間にたまった用件を片づけるということだった。

イリーナは日々の読書に励もうとした。しかし気がつくと、膝に本を広げたまま遠くの壁を眺め、昨日の出来事を思い返していた。子供たちと遊ぶケイレブの様子を。プールサイドで彼と視線を交わし合ったことを。

そろそろ潮時かもしれない。

いいえ、遅すぎるくらいだわ。

結局、彼女は読書をあきらめ、キッチンで料理を始めた。

ケイレブは六時に帰宅した。彼女はケイレブにワインを開けてもらい、腕によりをかけて作った料理をテーブルに並べた。ケイレブはその料理を褒めちぎった。料理とワイン。そして彼女。すべてに満足しているように見えた。

食後は二人で片づけをし、テレビを観《み》た。

九時になるのを待って、イリーナは寝る支度をするためにテレビの前を離れた。

浴室の隣の更衣室で、彼女は服を脱ぎ、新しいピンクの寝間着に着替えた。寝間着にはレースのストラップと縁取りがついていた。傷跡がすべて見えるほど胸元が大きく開いていた。彼女はまとめていた髪を解《ほど》き、つやが出るまで丁寧にブラシをかけた。

それから、背筋をぴんと伸ばし、轟《とどろ》く心臓をなだめながら寝室へ通じるドアを開けた。

目の前にケイレブが立っていた。

イリーナは驚きに息をのんだ。「ケイレブ！　びっくりさせないで！」

「ずいぶん時間をかけてるなと思ってね」ケイレブは彼女の全身を眺めた。顔から足元までゆっくりと視線を動かし、再び彼女と目を合わせた。「うん」

「うん？　何が〝うん〟なの？」

「とてもきれいだ。これならいくら時間をかけてくれても大歓迎だよ」

「気に入った？」

「もちろん」ケイレブの声には荒々しさと優しさが混在していた。

イリーナは無意識のうちに詰めていた息を吐き出した。「よかった」

「何？　不安だったのかい？　鏡を見てみろよ。不安なんて吹っ飛ぶから」

「問題は私がどう思うかじゃないから」

ケイレブは彼女の顎を持ち上げて、茶色の瞳をのぞき込むと、曲げた指の背でほっそりとした首筋をたどった。そのささやかな接触は彼女を興奮させ、同時に少し怯《おび》えさせた。

こんなふうに男性に触れられるのは久しぶりだわ。最後に私に触れた男は……。昔の記憶がよみがえり、イリーナは身震いした。

その身震いを感じたのか、ケイレブの表情が変化し、優しかった表情が決然としたものに変わった。

彼はイリーナの肩から腕へと指先を動かし、最後に彼女の手を握った。

「おいで」ケイレブはイリーナをベッドへ誘導し、その端に腰を下ろすと、彼女を隣に座らせた。

イリーナは彼の手を持ち上げ、甲の部分を自分の頬に当てた。「ケイレブ、私は……あなたの妻になりたいの。本当の妻に。二人が一緒にいる間は、男と女としてすべてを分かち合いたい。今夜はあなたと愛し合いたい。あなたの腕の中で眠りたい」

「イリーナ……」ケイレブは返事に困っているように見えた。

イリーナはつないだ二つの手を自分の膝に置いた。

「何、ケイレブ？」

「訊《き》きたいことがあるんだが……」再びケイレブの言葉が途切れた。

イリーナは彼の手を握りしめ、緑色の瞳を見返した。「なんでも訊いて」

ケイレブは息を吐き出した。「君はこれが初めてなのかい？」

そうだったらいいのに。醜い過去もつらい記憶もない無垢《むく》な状態でケイレブと出会えたらどんなによかったか……。「いいえ、初めてじゃないわ」

ケイレブは身を乗り出し、二人の額を合わせた。

「やれやれ。ほっとしたよ」

イリーナはくすりと笑った。「ほっとした？」

「ああ。初めての女性と愛し合うのは……責任重大だからね」

イリーナは彼の頬に触れた。温かく清潔な肌。髭《ひげ》で少しざらついているけど、そこがまた魅力的だわ。

「自分を過小評価していない？　あなたのガールフレンドたちはみんな、そういう意味であなたに満足しているように見えたわよ」

「イリーナ」

「何？」

「ほかの女性たちの話はやめよう。今の僕にとって大切な女性は君だけだ」ケイレブは彼女にキスをした。暖かな羽根がかすめるように、そっと彼女の唇をついばんだ。

「ゾーイが言ってたわ。あなたならイヌイットにサーフボードを売りつけられるって。エレナは言ってたわ。あなたには鳥を木から落とすくらいの魅力があるって。私も二人の意見に賛成よ」

「黙って」ケイレブは片手で彼女のうなじをとらえて再び唇を合わせた。誘うようなキスで彼女の唇を開かせ、差し入れた舌で彼女を存分に味わう。

イリーナはまぶたを閉じた。彼女の下腹部がざわつきはじめた。小さな欲望に火がつき、徐々に燃え広がっていった。

ケイレブの唇が離れたのを感じて、彼女は再びまぶたを開けた。ケイレブは彼女をじっと見つめていた。彼はイリーナの胸元に手を当て、一番目立つ傷跡に触れた。そこから胸の膨らみへと手をずらし、最後にネックレスのロケットを握った。

「ずっとこれが気になっていたんだ」

「このロケットが？」

ケイレブはうなずいた。「たまに服の上から輪郭が見えることがあってね」

「これは母の形見よ。私が母から受け継いだ唯一の遺産なの」

ケイレブは古い金のロケットを光にかざし、正面に刻まれた文字を親指で示した。「Gか」

「ええ」

「どういう意味かな？」

「知らないわ。母の名前はダフィナだったし、旧姓はセケレスだった。ちなみに父の名前はテオよ」イリーナはロケットの蓋を開けた。中に収められた写真には二人の人物が写っていた。「これが母よ。そして、こっちが父のテオ・ルコビッチ。バシリ伯父さんにとっては弟ね」

ケイレブは写真に見入った。「美男美女のカップルだね」

「私もそう思うわ。両親の写真があって本当によかった。私、母のことはほとんど記憶にないの」

「たしか、お父さんは君が生まれる前に亡くなったんだったね？」

「ええ」

「Gの意味について調べたことはある？」

イリーナは笑った。「私はずっと生きるだけで精いっぱいの状態だったのよ。最近までは」彼女はロケットの蓋を閉じた。髪を片方の肩へ流して、ケイレブに背中を向けた。「留め金を外して」

ケイレブはためらった。「イリーナ……」

「お願い」イリーナは肩ごしに視線を返した。

ケイレブは留め金を外した。

イリーナは立ち上がり、ネックレスをナイトテーブルに置いた。そして、彼に向き直った。「私は過去を忘れたいの。今だけは。今夜だけは」

ケイレブは彼女の表情を探った。「わかった」

イリーナはケイレブに近づき、大きな肩に両手を当てて、彼をベッドに押し倒した。「今、この部屋にいるのはあなたと私だけ。悲しい過去の謎は忘れましょう。古い幽霊のことも」

「賛成だ」

「避妊具はある？」

ケイレブはナイトテーブルを顎で示した。「あの引き出しの中に……」彼の声はかすれていた。

「もう一つ……お願いしていい？」

「ああ、なんでも言ってくれ」

「服を脱いで」

7

ケイレブは一瞬ためらい、答えを求めるように茶色の瞳を探った。

しかし、答えは見つからなかった。

「それが君の望みなら」最後にそうつぶやくと、ケイレブは上体を起こそうとした。

イリーナは彼を押し戻した。「まだあるの」

ケイレブはこぼれ落ちる髪を指でたどり、彼女の頬に手のひらを当てた。「もう一度言う。君が何を望もうと、僕は受けて立つ覚悟だ」それから、彼は悪戯《いたずら》っぽい笑顔になった。「文字どおりの意味でね」

イリーナは大きな体に沿って視線を動かした。ズボンの前の膨らみがすべてを物語っていた。

彼女のみぞおちが締めつけられ、恐怖心が頭をもたげた。

怖がることはないわ。この人はケイレブよ。ケイレブは私を傷つけない。絶対に。

ケイレブは彼女の顎を持ち上げ、二人の視線を合わせた。「どうかした？」

「大丈夫。なんでもないわ」イリーナは顔を近づけて彼の匂いを確かめた。かすかにアフターシェイブ・ローションの香りがする。とてもいい匂いだわ。男らしくて清潔な匂い。

彼女の恐怖心が収まった。

イリーナは自ら彼にキスをした。軽いキスを繰り返し、彼の唇の感触を楽しんだ。「服を脱いだら仰向けになって。あなたに……触れさせて。私の好きにさせて。でも、私に触れてはだめよ。私にリードさせて。私のペースであなたに触れさせて」

ケイレブは改めて彼女の表情を探った。「イリーナ……」

「いいでしょう？　お願いよ」

「もちろんだとも。僕は全然かまわない。ただ気になるんだ。さっきの君の怯《おび》えた様子が」

「私は怯えてないわ」イリーナはとっさに言い返した。強い口調がかえって言い訳がましく聞こえた。彼女は声を落として繰り返した。「私は怯えてないわ。本当よ」

「君は本気でこれを望んでいるんだね？」

イリーナはうなずいた。「ええ。お願いよ。私の言うとおりにして」

ケイレブはじっと彼女を見上げた。「わかった」

「ありがとう」もう一度彼にキスをしてから、イリーナはベッドの端まであとずさった。「服を脱いで」

ケイレブは立ち上がり、手早く服を脱ぎ捨てた。一糸まとわぬ姿になると、彼はイリーナに向き直った。自らの体を彼女に見せるために。

イリーナは見ていた。彼の広い肩を。筋肉に覆われた胸板を。そこから引き締まった腹部を経て、欲望の源へと続いていく金色の毛を。

すばらしい肉体。それ以上にすばらしい心。ケイレブは本当に心の大きな人ね。親切で立派な人だわ。ケイレブは私に主導権を譲ってくれた。私をボスにしてくれた。これこそ本物の男よ。

イリーナはカバーを引き下げ、毛布をめくった。

「ここに横になって」

ケイレブは言われたとおりにした。仰向けになり、脚を揃《そろ》え、伸ばした両腕を体の脇に寄せる。

「お願いだから私に触れないで。私に触れさせて」

「わかった」

「そして、何も言わないで」

ケイレブは無言でうなずいた。

イリーナはベッドの上に戻り、彼のかたわらにひざまずいた。彼女はまだピンクの寝間着を着ていた。

それを脱ぐつもりはなかった。

今回は。

硬くなったケイレブの欲望の証《あかし》が彼女をそそのかした。これに触れてみたい。指を絡めてみたい。

これが自分にとって害のないものであることを証明したい。彼の男らしさに降伏して、女としての自信を取り戻したい。

でも……。

今はだめよ。ケイレブは我慢してくれている。だったら、私も我慢するべきだわ。

イリーナは彼の脇腹に腿を押しつけた。身を乗り出してナイトテーブルの引き出しを開け、そこから取り出した避妊具を自分の側のテーブルに置く。今夜これを使うことになるのか。そこまでいく勇気が自分にあるのか。それは彼女自身にもわからなかった。

彼女はケイレブに向き直った。ケイレブはただ彼女を見つめ、ただ待っていた。彼女に何をされても受け入れる覚悟で。

主導権はイリーナにあった。彼女は自分の特権を楽しんだ。まずはケイレブの顔――最も安全だと思われる場所からだ。彼女は金褐色の濃い眉を、形のいい耳を指でたどった。

その指がケイレブの髪に潜り込んだ。豊かな髪にも彼の体温が感じられた。そこでケイレブはまぶたを閉じた。イリーナはそのまぶたにキスをした。

ケイレブは低くうなり、再びまぶたを開いた。暗く翳《かげ》った緑色の瞳には強い欲望があった。

ケイレブは求めているんだわ。この先を。すべてを。

私はどれだけの我慢を彼に強いてきたのかしら。一カ月以上も同じベッドで眠り、手をつなぎ、気が向いた時だけキスをして。その間、彼はずっと自分の欲望を抑えていた。本当にすばらしい人だわ。私みたいに体も心も傷だらけの女にはもったいなさすぎる人。

でも、今のケイレブには私しかいない。ほかの女性とは付き合えないから。私はこの状況に立ち向かうべきよ。過去のトラウマを克服するべきだわ。

私は過去の呪縛を断ち切りたい。彼のために。私自身のために。

イリーナは彼と頬を合わせてささやいた。「あなたは最高よ」

ケイレブの口元に笑みが浮かんだ。最高。それは彼がいつもイリーナに対して使っている表現だった。

「何も言わないのね」イリーナはケイレブの耳元でささやき、彼の耳たぶを歯でとらえて軽く刺激した。

ケイレブの喉から低いうなり声がもれた。「あなたの沈黙……このひととき。私にとっては贈り物よ。おかげで私はあなたに触れることができる。この手であなたを感じることが……」

ケイレブのうなり声がさらに大きくなった。

イリーナは微笑とともにケイレブにキスをし、彼が唇を開くのを待って舌を差し入れた。清潔で甘い湿り気。これがケイレブの味よ。

ケイレブだけの味。

イリーナは彼のかたわらに横たわると、たくましい胸に頬を寄せ、彼の心臓の激しい鼓動に耳を傾けた。それから、彼の胸とみぞおちにキスをした。

彼女の唇はさらに下へ向かった。

ケイレブ……。

私はこの人を知っている。この人になら心を開くことができる。

イリーナの手が男の欲望の証をとらえた。彼女の手の中で、ケイレブはさらに硬くなった。だが、彼は約束を守った。イリーナに触れることも、口を開くこともしなかった。

温かいわ。力強い。硬くて、滑らかで。

イリーナは彼を撫《な》でた。

ケイレブは腰を浮かせてうめいた。シーツを握りしめ、彼女へ手を伸ばしたい衝動に耐えた。

これなら……この人となら大丈夫。きっとできるわ。さあ、やるのよ。

イリーナは顔を近づけた。硬くそびえ立つものをおずおずと口に含んだ。喉が苦しいわ。パニックを起こしそう。

彼女はわずかに後退した。それから、改めてケイレブを味わった。

ほら、できるじゃない。この調子なら最後まで耐えられるんじゃないかしら。

彼女は唇を離した。

ケイレブが苦しげにうなり、片方の腕を持ち上げた。だが、その腕は彼の顔の上に落ち着いた。

イリーナは背中を起こし、自分自身に言い聞かせた。避妊具の袋を手に取って。中身を取り出して、ケイレブに被《かぶ》せるのよ。

しかし、彼女はそうしなかった。

数秒後、ケイレブが顔から腕を下ろし、彼女のほうへ暗く翳ったまなざしを向けた。

イリーナは唇を噛《か》み、首を左右に振った。

そこでケイレブは手を差し伸べた。彼女はその手をつかんだ。キスをして、強く握りしめた。

ケイレブはもう一方の手でベッドの脇のスタンドを消した。イリーナは毛布を引っ張り上げ、二人の体を覆った。

むき出しの体に引き寄せられても、彼女は抵抗せず、たじろぎさえしなかった。ケイレブのぬくもりと力強さが心地よく思えたから。それが正しいことのように感じられたから。

彼女のこめかみに唇を当てて、ケイレブはささやいた。「おやすみ」

イリーナはしだいに浅くなっていく彼の息遣いに耳を澄ませた。そして、彼が眠ったことを確かめてから、自らもまぶたを閉じ、眠りに就いた。

イリーナが目覚めた時には夜が明けていた。まだ早い時間だったが、ケイレブはすでに起きていた。折り曲げた腕に頭をのせ、彼女を見つめていた。

ケイレブは指先で彼女の目にかかる前髪を押しやった。「悪い夢を見たんだろう。ずいぶんうなされていたよ」

「私……覚えてないわ」

緑色の瞳がじっと彼女を見据えた。「まあ、そういうこともあるだろうね」

イリーナは目を逸《そ》らした。

ケイレブは彼女の顎に触れ、自分のほうを向かせた。「どうした？」

私は彼に性の喜びを与えられない。それなら、せめて真実を打ち明けるべきだわ。イリーナはため息をついた。「今のは嘘《うそ》よ。夢の内容は覚えているわ。この三年間ずっと見てきた夢。内容は以前と少しも変わらない。でも、今の私はその夢から覚めることができる」

ケイレブは何も言わなかった。だが、その優しい表情を見れば、彼が待っていることがわかった。口にしづらいことを打ち明けるには時間がいる。彼はその時間を与えてくれているのだ。

イリーナはようやく重い口を開いた。「施設を出たあと、ボーイフレンドができたの。私たちはテレヘボで二年くらい一緒に暮らしたわ」テレヘボはアルゴビアの首都だ。「彼は……すばらしい人だった。名前はネベンといったわ。ネベン・モージ。私たちは小さなアパートメントで暮らし、そこから数ブロック先のカフェで働いていた」

ネベンの身に起きたことを察したのだろう。ケイレブの目つきが鋭くなり、眉間に皺《しわ》が刻まれた。

「私たちは幸せだった。結婚の話もしていた。それまで私はアメリカに行くことを夢見ていたけど、ネベンと出会ってからは違ったわ。アルゴビアに残って、ネベンの妻になり、家庭を築こうと考えるようになった」イリーナは弱々しく息を吸い込んだ。

「あなたにはもうこの話の先が見えているみたいね。そう。ネベンは死んだの。自爆テロの犠牲になった十人。彼もその一人だった」

ケイレブは彼女の肩をつかんだ。それから、ゆっくりと髪を撫でた。「つらい思いをしたんだね」

イリーナは顔を近づけた。彼の唇に軽くキスをしてから身を引いた。「最初は彼が死んだことも知らなかったわ。事件後は大混乱の状態だったから。自分がストレッチャーで運ばれたことは覚えてる。指示をがなり立てる声も。ほかの人たちの苦しそうな悲鳴も。煙の臭いがしたわ。腐った油みたいな臭いが。私は恐怖と苦痛のせいで気を失った。気がついた時には病院にいて、包帯を巻かれ、全身にチューブをつながれていた。痛みは相変わらずひどかった。私が悲鳴をあげると、看護師がやってきて、モルヒネの点滴の量を増やしたわ。私はネベンのことを尋ねた。でも、誰に訊《き》いても答えは返ってこなかった。たぶん、彼らも知らなかったのね」

ケイレブは彼女の頬に手を当てた。その思いやりに満ちた仕草がイリーナを救い、彼女を安全な現実に引き戻した。

おかげで、彼女は最悪の部分を口にすることができた。「男がいたの。病棟勤務の男。あの男は夜になるとやってきた。毛布を剥ぎ、私の入院着をめくって……」

ケイレブは動かなかった。ただじっと横たわっていた。

「ケイレブ、あなた……大丈夫？」

ケイレブは彼女のうなじをとらえ、わずかに身を乗り出してキスをした。それはゆったりとしていながら慎み深いキスだった。彼女が何を話そうとすべて受け入れると優しく宣言するキスだった。

自分の枕に頭を戻して、ケイレブはささやいた。

「大丈夫。話してくれ。何もかも」

「あの男は……私をレイプした。一度だけじゃなかった。そして、レイプしながら私にささやいたわ。誰にも言うなと。もし言ったら殺すと。あの男の下で横たわりながら、私は死ぬことを考えた。いっそ殺してくれたらいいのにと思った。でも、当時はまだネベンがいた。希望が残っていた。親切そうな女性がやってきて、ネベンの死を教えてくれるまでは。そのあと、もう一度あの男が来たわ。いつもどおりに私を痛めつけた。でも、私はもう何も感じなかった。心が死んでいたから。どうやってあの男を殺そうか、そればかり考えていたから」

「それで、殺したのか？」ケイレブは尋ねた。口調は落ち着いていたが、緑色の瞳には殺意があった。

イリーナは悲しげに微笑した。「いいえ。私が退院する前に、あの男は逮捕されたの。ほかの患者にも虐待行為をしていたせいでね。あの男は野外労働キャンプに送られた。野外労働キャンプに収容された囚人は長くは生きられないわ」

「朗報だ」

「私はつらかったわ。あの男の逮捕を知った時が一番つらかった。もう復讐《ふくしゅう》することもできない。私は生きる理由をすべて失ったの」

「でも、君は生きてきた」ケイレブは再びイリーナに触れ、彼女の顎から耳へと指でたどった。「美しいだけじゃない。君は強い。そして、勇気がある」

「たいした勇気じゃないけど」

「いや、たいしたもんだよ」

イリーナは思い切って二人の距離を詰めた。大きな腕に抱き寄せられると、たくましい首筋に顔を埋《うず》めて深呼吸をした。ケイレブの匂いを全身に満たすことで、心に染みついた強烈な記憶を、レイプ犯のことを考えるたびによみがえるすえた息と不潔な汗の臭いを消し去ろうとした。

「昨夜《ゆうべ》……」イリーナは彼の首に唇を押し当て、髭《ひげ》でざらつく肌に舌で触れた。「私は……その過去を乗り越えようとしていたの」

「なんとなく察していたよ」ケイレブは微笑した。

「でも、僕は楽しかった」

イリーナの口から小さな笑い声がもれた。「あんな……中途半端で終わったのに？」

答える代わりに、ケイレブはキスをした。延々と。彼女がため息をつくまで。

キスが終わると、イリーナはささやいた。「私、思うんだけど……」

ケイレブは親指で彼女の顎の先に触れた。「何？」

「この作業は二人で力を合わせたほうがうまくいく

ケイレブが改めて尋ねた。「本気なのか？」

「ええ。私……」イリーナの頬が赤く染まった。「今度はあなたがリードして」

「わかった。ただ、これだけは約束してくれ。もし不安を感じたら……僕のすることが気に入らなかったら、我慢せずにそう言うこと」

「心配しないで。私はあなたを信じているわ」

ケイレブはくすりと笑った。「君に励まされることになるとはね」

「私は仰向けになって、目を閉じるべきかしら？」

「君がそうしたいなら」

少し考えてから、イリーナはうなずいた。「ええ。そうするわ」

ケイレブは片方の肘で体を支えながら待った。その物憂げで辛抱強い様子は、ひなたぼっこをするライオンを思わせた。

「寝間着は……着たままでいい？」

んじゃないかしら」

ケイレブは彼女の鼻先にキスをした。「作業？君はこれを作業だと思ってるのか？」

「じゃあ、活動？」イリーナは大きな肩をつかんだ。今は平気でケイレブに触れることができるわ。ほんの一カ月前までは、彼に触れることも触れられることもあんなに怖かったのに。

「活動か……」ケイレブは考え込むふりをした。「そのものずばりでいいんじゃないのか」

「そうね。じゃあ、セックスよ」

ケイレブは真顔に戻った。「本気なのか？」

「あなた、昨夜もそう尋ねたわね」

「尋ねるべきだからそうしたんだ」カバーの下でケイレブが脚を動かした。

イリーナは腰のあたりに滑らかなぬくもりを感じた。ケイレブはすでに硬くなっていた。彼女はパニックが襲ってくるのを待ったが、何も起きなかった。

「なんでも君の好きにしていいよ」

「そう。じゃあ」イリーナは枕の形を整えてから仰向けになった。「目は閉じたほうがいい？」

「君の好きにしていいから」

彼女はまぶたを閉じ、カバーの下で寝間着を引っ張った。そして、最後に大きなため息をついた。

「オーケー、準備ができたわ」

ケイレブは動かなかった。何も言わなかった。

イリーナは薄目を開けたい衝動に耐えた。

ようやくカバーがめくられ、彼女は肌に空気を感じた。

ケイレブは何を見ているの？　少なくとも私の裸じゃないわ。寝間着を着ていてよかった。

ケイレブが彼女の手首に触れた。

手首はいい選択ね。私を怯えさせないための配慮かしら。

ケイレブの指が手首から肘へと動き、再び元の位置に帰ってきた。手首の内側の感じやすい部分を刺激され、イリーナは反射的に手を握った。

いい感じだわ。ちょっとぞわぞわするけど。

ケイレブの手が彼女の腕を這《は》いのぼり、肩をつかんだ。何も恐れることはない、すべてうまくいく、と友人を励ますかのように。

イリーナは頬にケイレブの息を感じた。こめかみと鼻に彼の唇を感じた。二人の唇をぎりぎりまで近づけたところで、ケイレブは動きを止めた。

優しい拷問のような数秒が過ぎた。ついに耐え切れなくなったイリーナは、小さなうめき声とともに枕から頭を上げ、自らケイレブの唇を出迎えた。

ああ、素敵。

彼女は喜びのため息をもらした。硬い腕の感触を、盛り上がった肩の輪郭を確かめたくて、やみくもに手を伸ばした。たくましい胸に指を這わせ、喉元の肌を撫でた。

そうしたかったから。そうすることができたから。

その間も、ケイレブのキスは続いていた。それは徹底した深いキスだった。どこか物憂げなキスでもあった。イリーナは再び日差しを浴びたライオンを思った。

ケイレブが彼女のおなかに手を当てた。その手がわずかに下へずれ、イリーナは息をのんだ。ケイレブに、そこに触れられるのは初めてだ。彼の手とイリーナの素肌は寝間着で隔てられていた。だが、寝間着の薄い生地ではたいした障害にはならなかった。

ケイレブが問いかけるようにうなった。手を離すべきかと尋ねているのだろう。ここでやめてほしくない。イリーナは彼の手に自分の手を重ねた。そうすることで自分の望みを伝えようとしたのだ。

ケイレブはゆっくりと笑みを浮かべ、愛撫《あいぶ》するように手を動かした。

イリーナの体の奥で欲望が目覚めた。昨夜、一瞬だけ感じた欲望が。孤独に生きてきた三年間、もう二度と感じることはないと思っていた欲望が。

もっと感じたい。すべてを感じたい。

ケイレブの手が寝間着ごしに彼女の胸の膨らみをとらえた。イリーナはうめき、背中を反らした。その反応に勇気を得て、彼はレースのストラップをずらし、顎から喉へとついばむようなキスを繰り返した。最後に彼は胸の膨らみを口に含み、その頂をもてあそんだ。

イリーナは彼の頭をつかみ、ため息混じりにつぶやいた。「ああ、ケイレブ。ああ、そうよ……」

夢を見ているみたいだわ。とても甘い夢を。喜びの夢を。ついに私は解放されたのね。自分の体を、男性に触れられることを楽しめるようになったのね。

ケイレブに寝間着を持ち上げられた時には抵抗感は跡形もなく消えていた。イリーナは自ら両脚を広げ、最も親密な部分に彼の手を受け入れた。

しかし、ケイレブが腿の間に体を据えると、彼女は目を開け、大きな肩を押した。「待って」

ケイレブは彼女のうろたえた様子を誤解した。

「早すぎた？」

「いいえ」イリーナは彼の頬を撫でた。「タイミングは完璧よ。でも……」

「でも？」

「避妊具をつけないと……」

「もうつけたよ」ケイレブはぶっきらぼうに答え、彼女に見えるように体を浮かせた。

視線を下げた彼女はうわずった声で笑い、枕に頭を沈めた。「気づかなかったわ。いつの間に……」

「これでいいよな？」ケイレブは片方の眉を上げた。

「ええ、いいわ。ああ、ケイレブ……」イリーナは彼に向かって両腕を差し伸べた。

ケイレブが距離を詰めた。イリーナは熱く湿った部分に彼を感じた。ケイレブの口から荒々しい声がもれた。それは問いかけの声だった。

イリーナはまぶたを閉じた。「ええ、そう。お願いよ」

彼女の体は準備ができていた。ケイレブを求めていた。抵抗はなかった。熱と湿り気と歓迎があるだけだった。

彼女を満たすと、ケイレブは低くうなった。

イリーナは大きな体を引き寄せ、彼をさらに深く受け入れた。

ケイレブは彼女の頬に両手を当てた。そして、キスをした。深く、ゆったりと、親密に。イリーナの中でも彼は動いていた。慎重に腰を突き上げて、彼女をさらなる高みに誘っていた。イリーナは彼の背中に爪を立て、うねる波のように体を動かした。

絶頂はゆっくりとやってきた。最初はかすかな気配に過ぎなかった。それが確かな現実となり、少しずつ輝きを増していった。炎の花が咲くように熱が大きく広がり、強烈な衝撃に変化した。

　その衝撃に全身を貫かれ、イリーナは悲鳴をあげた。快感の波が押し寄せた。何度も。何度も。

　ケイレブもその波にのみ込まれた。イリーナのあとを追うように彼も絶頂を迎えた。イリーナを深く貫くと、彼は頭を後ろに反らし、全身を震わせた。

　イリーナは崩れ落ちてきた重い体を抱き留めた。そして、彼の名前をささやき、濡《ぬ》れた肌を撫で、両手で顔をとらえて小さなキスを繰り返した。

「泣いてるのか……」彼女の濡れた頬を拭い、ケイレブは悪態をついた。「僕のせいだ。君を傷つけてしまった」

「いいえ、傷ついてないわ。あなたは絶対に私を傷つけない」彼を抱きしめて、イリーナはささやいた。

「あなたは私に幸せを運んでくれただけ。幸せと安全な場所と喜びと。ああ、ケイレブ。私、本当に嬉《うれ》しいの……」


　その時、チャイムが鳴った。

「来客か？」ケイレブは体を起こし、しかめ面で彼女と視線を交わした。「君が呼んだのか？」

「いいえ」

「君はここにいろ。どこのどいつか知らないが、僕が追っ払ってやる」もう一度彼女にキスをすると、ケイレブは寝返りを打ってベッドを出た。

　イリーナは彼の背中に残る赤い爪痕に気づいた。

「いやだわ。あなたをひっかいちゃった」

「血が出てる？」

「血は出ていないけど……」

「だったら、大丈夫。痛みはないから」

「本当に？」

「本当だ」

　手を伸ばして、彼をベッドに引き戻したい。イリーナは頬の涙を拭うと、再び枕に背中を預け、ケイレブの美しい肉体を眺めた。

スウェットパンツをはくと、ケイレブは肩ごしに告げた。「すぐ戻る」それは約束の言葉だった。

イリーナの全身に熱っぽい震えが走った。再びチャイムが鳴った。「私はここにいるわ」

ケイレブはなかなか戻ってこなかった。数分後に戻ってきた時、緑色の瞳にあった情熱は消えていた。

「心配するな。きっとうまくいくから」

「どういうこと？」

「ローブを羽織って、リビングまで来てくれ」

「ケイレブ？」

「移民局の人間が来た」

8

ケイレブは彼女の顔色の変化に気づいた。病人のように青ざめた顔。今にも嘔吐《おうと》しかねない顔だ。

「服を着なきゃ」イリーナはカバーを押しやり、おろおろとした様子で立ち上がった。

ケイレブは彼女の肩をつかんだ。「待った」

「ケイレブ、お願いよ。私は服を――」

「いいから話を聞いて」

「ケイレブ――」

「僕たちは本物の夫婦だと役所に信じさせたいんだろう？　だったら、僕は半裸、君は寝間着姿のほうが効果的じゃないか？」

ああ、そういうことね。「じゃあ、ローブを羽織って、髪だけ整えるわ」

ケイレブは彼女を引き留めた。「だめだ」

イリーナは怪訝《けげん》そうな顔をした。「だめ？」

「髪はそのままにしとけ。君がベッド――僕たちのベッドから出たばかりだってことを相手に見せつけるんだ」

目をしばたたいてから、イリーナはうなずいた。

「わかったわ。じゃあ、ローブだけ……」

ケイレブが手を離すと、彼女は化粧室へ消えた。そして、ピンクの寝間着にベージュのローブを羽織った姿で戻ってきた。ローブは肌の大半を覆っていたが、キスで腫れた唇や上気した頬、乱れた髪を見れば、彼女が何をしていたかは明白だった。

「これでいい？」イリーナが不安そうに尋ねた。

「完璧だ」ケイレブは彼女の手を取った。「よし、行くぞ」

移民局から来た女性――ケイレブに名刺を差し出し、トレイシー・リーと名乗った女性は案内された長椅子に座って待っていた。イリーナを見た瞬間、彼女はなんとも言えない表情になった。ケイレブは古いクレジットカードのＣＭを思い出した。

結婚許可証、五十五ドル。ウエディングドレス、四千ドル。移民局から来たレディがあなたの結婚が本物だと気づいた時の表情は？　プライスレス。

「ハロー、イリーナ」女性は立ち上がり、片手を差し出した。「私はトレイシーよ。トレイシー・リー」

イリーナは相手の手を握った。「はじめまして、トレイシー」彼女の受け答えは王族を思わせた。誇り高く、上品で、臆した様子はまったくなかった。

「早起きなんですね」

「ええ。それで、ちょっと寄ってみたの。あなたの……様子が気になって」

「おかげさまで元気にやっています。このアメリカで夫と安心して暮らせるんですもの。私は幸せ者だわ」イリーナはケイレブに温かいまなざしを向けた。「いい人に出会えて本当によかった」

「ええ、そうね」相槌《あいづち》を打ったものの、トレイシーは少し戸惑っているようだった。

「さあ、どうぞ」イリーナは長椅子を示し、トレイシーを再び座らせた。「コーヒーはいかが？　二、三分で用意できますけど」

トレイシーは咳払《せきばら》いをした。「ああ、いえ。その必要はないわ」

「じゃあ、私も失礼して」イリーナは腰を下ろした。そばをうろついていたケイレブに視線を投げ、空いている椅子を顎で示した。

ケイレブはその椅子に座った。「トレイシー、僕たち夫婦に何か用ですか？」

トレイシーはジャケットの裾をいじった。「ええと。私たちはときどき——ごくまれに——結婚を通じてアメリカ市民になった移民の自宅を訪問しているの。あくまでも形式的なものだけど」

形式的ね。どうだか怪しいものだ。それに、彼女は僕の質問に答えていない。ケイレブはさらに追及した。「それで、今日は？　どういう用件でうちに来たんです？」

トレイシーは長椅子の上で身じろぎ、唇を引き結んだ。「実を言うと、用件はもうすんだわ。私がこちらにうかがった一番の目的は、あなたとイリーナが同居しているか確かめることだったの。ただ同居しているだけでなく、夫婦として暮らしているかどうかをね」

「僕たちは夫婦として一緒に暮らしていますよ」

「ええ、そうね」長椅子から立ち上がると、トレイシーは少し怒ったような顔で付け足した。「偽装結婚でないことは明らかだわ」

「偽装だなんて。私たち、愛し合って結婚したんです」イリーナは腕を伸ばした。ケイレブと手をつなぎ、同時に立ち上がった。

トレイシーは言った。「あなたたちの書類に不備はなかったわ。こうして暮らしぶりも確認できたし、私としては言うことなしよ」

ケイレブは質問せずにいられなかった。「ということは……僕たちは疑われていたんですか？」

イリーナがぎょっとした顔で視線を投げてよこした。その問題には触れるな、と警告しているのだろう。ケイレブは手を強く握ることで彼女を安心させようとした。

幸い、トレイシー・リーはイリーナのうろたえた様子を見ていなかった。その瞬間、たまたま自分の実用的なパンプスに視線を落としていたからだ。彼女が視線を上げた時には、イリーナはすでに落ち着きを取り戻していた。

「ご心配なく」トレイシーはきびきびとした口調で言った。「私が見る限り、あなたたちの結婚は間違いなく本物よ。報告書にもそう書いておくわ」彼女は大きなバッグを肩にかけ、玄関ホールへ向かった。ケイレブとイリーナもあとに続いた。

玄関に着くと、イリーナは先回りをしてドアを開けた。「ごきげんよう、トレイシー」

ケイレブはなおも食い下がった。「誰かに言われたんですか？　僕たちの結婚は偽物だと？」

「ケイレブ」イリーナはそっとたしなめた。「そんなこと、誰も思いつくわけないでしょう？」

イリーナが代わりに答えてくれたことに、トレイシーは少なからず安堵《あんど》しているようだった。「イリーナの言うとおりよ。誰が見ても、あなたたちは幸せな夫婦だわ。本当におめでとう」そう締めくくると、彼女はそそくさとポーチへ出て、ステップを下りていった。

外には地味な色のセダンが停《と》まっていた。トレイシーがそこまでたどり着くより早く、イリーナはドアを閉め、そのドアにぐったりと寄りかかった。

「ケイレブ」

ケイレブは無邪気そうに答えた。「何？」

「あなたのせいで死ぬほど怖い思いをしたわ」イリーナはかぶりを振った。「あんな質問をするなんて。私たちは質問しちゃだめなの。向こうが質問する側なんだから」

「ここはアメリカだぞ。僕たちには権利がある。おかしな状況に巻き込まれたら、真相を知りたいと思う。当然のことじゃないか」

「前に話したでしょう。いきなり自宅に訪ねてくることもあるって」

「そして、僕はこう答えた。たまたまアメリカ市民と結婚した移民を片っ端から訪問するだけの人手も予算も連中にはないとね。連中が訪問するのは疑いを抱いた時だけだ。僕たちは疑われるようなことはしていない。ということは、ほかの誰かが連中に入れ知恵したんだ」

イリーナは聞いていなかった。「ほんと、心臓が止まるかと思ったわ」彼女は胸に手を当てた。「心臓がばくばく鳴って、今にも口から飛び出すんじゃないかと思った」

そこまで気が動転していたのか。ケイレブは口調を和らげた。「大丈夫、何も問題ないよ。さっきの女性だって少しも疑ってなかったじゃないか」

「それはわかっているけど……。私、本当に怖くて。もう少しでぼろを出すところだったわ」

「君は立派だったよ。堂々とふるまってた。かりにぼろを出したとしても、それがなんだ？」

「それがなんだ？　ぼろを出せば、彼女に疑われたかもしれないのよ」

「何を根拠に？　僕たちは同じ家に暮らし、同じベッドで眠っている。僕たちは愛し合って結ばれたとみんなに話している。これがグリーンカード結婚だと知っているのは君と僕だけだ。そして、トレイシー・リーが訪ねてきた時に僕たちが何をしていたかは誰の目にも明らかだ」ケイレブは思い切って一歩前に出た。「ほら。心配しないで。何も問題はないんだから」

イリーナは苦しげに息を吐いた。「でも私……怖くてたまらなかったわ。何かあったらどうしようと思って」

「でも、何もなかった。トレイシー・リーは僕たちを本物の夫婦と認めた。報告書にもそう書くと言った。つまり、僕たちが勝ったんだ」ケイレブは二人の距離を詰め、優しい手つきで彼女のもつれた髪を撫《な》でた。「君はよくやった。トレイシーは僕たちが夫婦だと思ってる。露ほども疑ってないよ」

「ああ、ケイレブ……」イリーナは大きな体にもたれかかった。

ケイレブは彼女を抱き寄せ、髪に、頬に、こめかみにキスをした。それから、彼女の顔を両手でとらえて唇を合わせた。イリーナは抵抗しなかった。小さなうめき声とともに唇を開いただけだった。

ケイレブは彼女の手を引いて寝室へ戻った。そこでローブを脱がせ、ベッドの絡まったシーツの上に彼女を横たえた。イリーナはじっと彼を見つめていた。大きな茶色の瞳には信頼と欲望があった。

十時を過ぎた頃、二人はベッドを出て、朝食のためにキッチンへ移動した。

「今日は遅刻ね」グラノーラの上でバナナを薄切りにしながら、イリーナは言った。

「ああ、大遅刻だ」ケイレブが彼女にコーヒーを運んできた。彼女好みの濃いエスプレッソだ。

「その割には反省してないようだけど」

「仕方ないさ。君のせいなんだから」

「ひどいわ。罪のない妻を責めるなんて」

「でも、本当のことだ」ケイレブは彼女に軽くキスをしてから、自分のコーヒーを取りにカウンターへ引き返した。「それに、僕は後悔してないよ。なんの悔いもない」

イリーナがバナナの薄切りを終えた。

ケイレブは自分のカップにブラックコーヒーを注ぎ、彼女の向かいの席に座った。「問題は、誰が僕たちのことを移民局に告げ口したかだ。僕はなんとしてもその答えが知りたい」

イリーナは鋭い視線を返した。「あなたの好奇心は猫並みね」

「そう？」

「好奇心は身を滅ぼす元よ」

ケイレブはコーヒーをすすり、目の前に置かれたシリアルの皿を眺めた。この二年間、イリーナは繊維質の多いシリアルを僕に食べさせてきた。週に四日は朝食にこれを出してきた。僕はシリアルは苦手なんだが。「以前の僕なら、うちの父親を疑っただろう。でも、父さんはこの数カ月ですっかり変わったからな」彼は首を左右に振った。

「ケイレブ、シリアルを食べて」

ケイレブはコーヒーカップを置いた。「たぶん、エミリーの仕業だ」

イリーナはようやく彼の話に関心を示した。「エミリー・グレイ？　どうして？　あなた、彼女に何か言われたの？」

しまった。イリーナは知らないんだ。ラスベガスから戻ったその日に、僕がエミリーになじられたことを。

イリーナは咳払いをした。「ケイレブ？」

「うん？」

「エミリーと何があったの？」

ケイレブはシリアルの深皿の横にスプーンを置いた。「実はその、君と結婚した直後に、エミリーと短い会話を交わした」

イリーナは椅子の背にもたれ、横目で彼を見やった。「そんな話、私は聞いてないけど」

ケイレブは姿勢を正した。「ちょっと話しただけだよ。せいぜい二分くらいで、会話とも言えないレベルだ。むしろ挨拶だね。ただの挨拶。それ以来、向こうは僕を避けてるし、僕も向こうを避けてる」

「その〝挨拶〟の間に何があったの？」

くそっ。「まあ、よくある……」ケイレブはスプーンをつかんだ。急に繊維質たっぷりのシリアルを口に押し込みたくなった。

しかし、イリーナの追及を逃れることはできなかった。「彼女になんて言われたの？」

ケイレブは顔をしかめ、わざとらしくシリアルを咀嚼《そしゃく》した。

イリーナは無言でケイレブを見ながら、彼がシリアルをのみ込むのを辛抱強く待っていた。「もうしゃべれるわね。何があったか話して。その短い〝挨拶〟の間にあなたたちはどんな言葉を交わしたの？」

「エミリーは腹を立てていた。自分を捨てるにしても、直接そう言ってほしかった、と」

イリーナは肩をすくめた。「もっともな意見ね」

「ありがとう」ケイレブは皮肉っぽく言った。「僕の味方になってくれて」

「ほかには？」

「あなたは後悔することになるとか、仕返しをしてやるとか、そんなふうなことを言われた」

「そんなふうなこと？」

「わかったよ。言っておくけど、僕も反省はしてるんだ。対処方法を間違えたことを」

「方法を間違えたんじゃないわ。あなたは対処そのものを怠ったのよ」

「貴重なご意見をありがとう。続けていいかな？」

イリーナがうなずくのを待って、彼は説明を再開した。「謝れと言うなら謝る。そう僕は言った。すると、彼女は謝罪だけじゃ納得できないと答えた。僕がどういう意味かと尋ねると、彼女はそのうちわかると言った。そして、最後に〝あなたの花嫁によろしく〟という捨て台詞《ぜりふ》を残して去っていった」

イリーナはエスプレッソを一口飲んだ。「私に話しておくべきだったわね」

「うん、わかってる。でも、君を動揺させたくなかったんだ。それに、あのあと彼女とは何もなかった。だから、僕は忘れることにした。誓って言うが、あれ以来、彼女とはいっさい口をきいてない」

イリーナはテーブルに身を乗り出し、再びエスプレッソを一口飲んだ。「エミリーは復讐《ふくしゅう》を計画していたみたいね」

「まさか」ケイレブは言下に否定した。「僕のことを怒ってる？」

イリーナは首を左右に振った。

「ああ、よかった」

「それで、エミリーと話し合いをするの？」

「それについては僕も考えた。でも、話し合ってなんになる？　彼女が移民局に告げ口した犯人だとしても、自分からは絶対に認めないよ」ケイレブはコーヒーを飲んだ。「こうなったら、アッシュに相談するしかないか」アッシュはブラボー社の最高経営責任者だ。さすがのエミリーも最高経営責任者には逆らえないだろう。

「何について相談するの？」

イリーナはわざととぼけているのか？　いらだちを抑え、ケイレブは答えた。「どういう形でエミリーに辞めてもらうかについて」

沈黙が流れた。イリーナは彼をじっと見据えた。

「エミリーを首にするってこと？」

「ああ」

「でも、彼女が移民局に告げ口したと決まったわけじゃないのよ」

「彼女じゃないとしたら、いったい誰の仕業だ？」

「私は知らないわ。知るわけがないでしょう？」

「そうだな。確かなことは永遠にわからないかもしれない。でも、僕はエミリーがやったとしか思えないんだ。彼女は僕に復讐するようなことを言っていた。彼女なら移民局に密告するくらいのことはやりかねない」

「それは、あなたが彼女を傷つけたからでしょう。あなたが彼女を侮辱したからだわ」

「君はどっちの味方なんだ？」

「私は正しい者の味方よ。確かな証拠もないのに、一人の女性を首にして、生計の手段を奪うなんて、正しいこととは言えないでしょう」

ケイレブは小声で悪態をついた。

イリーナは正面から彼を見据えた。「悪い言葉を口にしても自分を正当化することはできないわよ」

「じゃあ、僕にどうしろというんだ？」

少し考えてから、イリーナはテーブルにナプキンを置いた。そして、椅子を引いて立ち上がり、ケイレブの側に回り込んだ。

ケイレブは頭をのけ反らせ、真後ろに立った彼女と視線を合わせた。「なんだよ？」

イリーナは大きな肩をさすり、前屈《かが》みになって二人の頬を合わせた。「ケイレブ……」

「何？」

イリーナは彼の顎を持ち上げ、唇にキスをした。しっとりとした優しいキスだった。ケイレブに彼女を再び寝室へ連れ戻したいと思わせるほど長いキスだった。

キスを終えると、彼女は背中を起こし、愛らしい笑みを浮かべた。ケイレブは椅子を引き、彼女を自分の膝に座らせた。彼女はたくましい首に両腕を巻きつけ、ケイレブの頬にキスをした。

「オーケー」ケイレブはかすれ声でつぶやいた。

「今のはなんだったんだ？」

　屈託のない笑顔。おとぎ話のプリンセスのように純粋で無垢《むく》な笑顔。今のイリーナを見ていると、彼女が耐えてきた恐ろしい出来事の数々が嘘《うそ》のように思える。

「あなたは親切で、愛情豊かなすばらしい男性よ」

「ありがとう。続けて。そういう言葉責めなら大歓迎だ」

　イリーナは彼のシャツの襟をもてあそんだ。「もしエミリーが移民局に告げ口をしたのなら、私たちは彼女に感謝するべきじゃないかしら」

「なんだって？」

「考えてみてよ。もし密告がなかったら、トレイシー・リーはこのうちに来なかった。私たちの仲のいい様子を見て、この結婚が本物だと確信することもなかった」

「そうかもしれない。でも、エミリーのことだ。きっとまた何かやらかすぞ」

　イリーナは彼の唇に人差し指を当てた。「それはわからないわ。知る方法がないもの」

　ケイレブは彼女の手をつかみ、自分の胸に押しつけた。「そうだな。調べてみないと」

「ケイレブ、お願いだから移民局には連絡しないで。彼らの注意を引くようなことはやめて」

「君は注文が多すぎるよ。自分でわかってる？」

「私は本気よ。今回は私の希望を尊重して。移民局には電話しないで。あまりに危険すぎるわ」

「そんなに心配するな。僕たちはれっきとした夫婦だ。期限付きかもしれないが、連中にはそこまではわからない」

　イリーナはアルゴビア語で何かつぶやいた。

「英語で言えよ」

「〝蜂の巣をつつく者は必ず刺されることになる〟だと」

「移民局への電話を禁止したのは君だぞ。オフィスで探りを入れるくらいはいいだろう。エミリーが僕たちについて何か話すのを聞いた者がいるかもしれない。それを確かめたうえで、本人と直接対決すると言ったのよ」

「移民局は蜂の巣か？」

「あなたはアメリカ市民だものね。あなたから見れば、移民局は自分たちの仕事をしているだけ。でも私から見れば……。とにかく、彼らに疑いを抱かせるようなことは絶対にしたくないの。お願いよ、ケイレブ。移民局には連絡しないで」

イリーナの不安そうな顔。とても見ていられない。

「君がどうしてもと言うなら……」

「どうしてもよ」

「わかった。連中には関わらないようにする」

「ありがとう。本当にありがとう」イリーナは大きな体に抱きついた。「エミリーのことは？」

「彼女と話はするよ。彼女が犯人かどうか確かめて、どういうつもりでいるのか聞き出してみる」

「でも、あなたが言ったのよ。彼女と話しても無駄だと」

「決めてかかるのはよくないわ。エミリーが気の毒よ」

「密告犯に同情するのか？」

「彼女を首にしないで。それは正しいことではないわ」

「とにかく一つずつ片づけていこう。僕はオフィスで探りを入れ、エミリーと話をする。それから先のことについてはその時点で判断すればいい」

9

オフィスで探りを入れるのはやめよう。それが考えた末、ケイレブがたどり着いた結論だった。

現実的になれ。エミリーを裏切るような者はオフィスには一人もいないぞ。彼女はみんなに好かれている。みんなに一目置かれている。それに、もし兄さんたちが何か聞いたのなら、とっくに僕の耳にも入っているはずだ。

エミリーは移民局へ密告することで僕に一矢報いようとした。そんな人間が自分の恥を吹聴《ふいちょう》したりするか？　彼女は頭のいい女性だ。仕返しをしたとしても、そのことを誰かに話すとは思えない。

だとしたら、彼女と直接話をするしかない。

十一時過ぎ、ブラボー社に到着したケイレブは、二階にあるエミリーのオフィスへ直行した。

エミリーはデスクに向かい、パソコンの作業に没頭していた。

ケイレブがドア口に立つと、彼女は視線を上げた。引き結ばれた唇。警戒のまなざし。これは罪の意識の表れだろうか？

「君に訊《き》きたいことがある」

五秒の間、エミリーは彼を見つめた。それから肩をすくめた。「いいわよ」

ケイレブは狭いオフィスに入り、ドアを閉めた。エミリーは来客用の椅子を勧めなかった。彼もそこに座ろうとはしなかった。

「何を訊きたいの？」エミリーはペンをつかみ、椅子の背にもたれた。

ケイレブはデスクの正面に立ちはだかった。「最近、移民局の人間と話をしただろう？」

エミリーは正面から彼を見返し、親指でペンを立て続けに三度ノックした。「いったいなんの話かしら？」

「今朝、誰かの差し金で移民局の人間がうちにやってきて、僕の妻に怖い思いをさせた」

エミリーは視線を逸《そ》らした。しかし、それもほんの一瞬だった。「私を責めているの？」

「いや。僕は質問しているんだ。イリーナと僕の結婚について、移民局に何か言わなかったか？」

エミリーは唇をなめた。その瞬間、ケイレブの疑念は確信に変わった。「いいえ」

ケイレブの緊張がわずかに緩んだ。彼は来客用の椅子を引き、そこに腰を下ろした。「君を首にしておくべきだった」

「そんなことをしたら、あなたを訴えてやるわ」

「やれるものならやってみろ」

エミリーはペンを放り出した。「いい？　私は騒ぎを起こしたいわけじゃないの。ただ仕事をしたいだけよ。私が得意とする仕事をね」

「つまり、これ以上の騒ぎを起こす気はないということだな」

エミリーは身を乗り出し、デスクの上で両手を組み合わせた。「あなたは私をこけにしたのよ。わかってる？」

ケイレブには反論できなかった。実際、そのとおりだったからだ。「だからといって、移民局に嘘《うそ》を言っていいわけじゃない」

エミリーは彼に鋭い一瞥《いちべつ》を投げた。「嘘？　よく言うわ。あなたはまだ私をだまそうとしている。愛しているから、あの変な家政婦と結婚したふりをしようとしている」

「僕は君をだまそうとしているわけじゃない。ここで手打ちにしたほうがいいのか、復讐《ふくしゅう》は終わったという君の言葉を信じていいのか、それを判断しようとしているんだ」

　エミリーの背筋が伸びた。「本気なのね」

「ああ」

「ここで……手打ちにできるの？」

「ああ」

「私、仕事は辞めないわよ」

「誰も辞めろとは言ってない」

　エミリーは冷ややかな目で彼を見据えた。「罪を認める気もないわ」

「自白なんてどうでもいい。重要なのは君が復讐をやめることだ。よそで働くという選択肢もあると思うよ。そのほうが君は幸せかもしれない」

　エミリーは冷笑を浮かべた。「そうやって私を追い払おうってわけ？」

「エミリー、これは単なる提案だ」

「私は今の仕事が気に入ってるの」

「そうか。じゃあ、続けろよ。ただし、僕の暮らしをひっかき回すのはやめてくれ」

　エミリーは法廷で誓いを立てる証人のように手のひらを掲げた。「オーケー、約束するわ。今後、私はあなたに対しても、あなたの奥さんに対しても絶対に何もしません。といっても、過去に何かしたわけじゃないけど」

　ケイレブは立ち上がった。「よし。これで手打ちだ」

　エミリーはうなずいた。ケイレブは青い瞳に安堵《あんど》の表情を見た気がした。エミリーも自分のしたことを少しは恥じていたのだろうか。たとえ恥じていなかったとしても、彼女の復讐計画はこれで終わりだろう。肝心なのはその点だ。

　きっとイリーナも喜んでくれるだろう。これでエミリーの首がつながったのだから。

　ケイレブが出勤したあと、イリーナはメアリーとランチを食べるためにレイジー・H牧場へ車を走らせた。

彼女は胸元の開いた新しいブラウスを着ていた。メアリーに傷跡を見せるのはこれが初めてだ。彼女は少し緊張していた。友人にどこまで話すべきか、まだ決めかねていた。

しかし、メアリーは聞き上手だった。結局、イリーナは彼女にすべてを打ち明けた。ネベンのこと。自爆テロのこと。病院でレイプされたことまで。メアリーは泣いた。イリーナも泣いた。二人は泣きながら固い抱擁を交わした。

そのあと、イリーナはジニーを抱き、ブラボー一族の料理本について話し合った。次のコーナーの主役はマーシーとエレナ、そして二人の母親のルースだ。三人には一族の牧場であるブラボー・リッジの広いキッチンでグリーンチリ・ブリトーを作ってもらうことになっていた。

メアリーは言った。「土曜日の十一時から始めるわ。写真はゾーイが撮ってくれるって。ゲイブも来るのよ。ルークもね。ケイレブの都合はどう？」

「大丈夫だと思うわ。本人に訊いてみる」

「お願いね。ご褒美もあるし」

「撮影がすんだら、できた料理を食べられるものね」

「そう。それに、マーシーが冷えたビールを用意してくれるわ」メアリーはくすくす笑った。「ケイレブにもそう言っといて」

膝の上にいたジニーがイリーナの胸を小さな指でつついた。「いたた」彼女はイリーナを見上げ、唇をすぼめた。「チス、チス」

メアリーが通訳した。「傷がよくなるようにキスしてあげるって」

ジニーは自分の指先にキスをした。そして、皺《しわ》の寄った傷跡にその指先を押しつけた。

「ありがとう。すごく元気が出たわ！」イリーナは嬉《うれ》しそうに笑う赤ん坊を抱きしめた。

レイジー・H牧場から自宅に戻ると、イリーナはキッチンへ直行し、夕食の準備を始めた。

チキンに温度計を挿したその時、玄関のチャイムが鳴った。彼女はチキンをオーブンに入れると、手を洗った。二度目のチャイムに急《せ》かされ、玄関へと走る。

玄関ポーチで待っていたのは、茶色いショートヘアの女性だった。黒っぽい瞳に決意の表情を浮かべて、その女性は切り出した。「ハロー、私はデイジー・イングリッシュよ。あなたがイリーナね」

イリーナは眉をひそめた。「ええ。イリーナよ。イリーナ・ブラボー」

「ゴラチェク」女性が訂正した。「あなたはイリーナ・マリア・セケレス・ゴラチェクよ」

イリーナは愕然《がくぜん》とした。ゴラチェク。アルゴビアで根絶やしにされた王族の名前。この人は移民局から来たのかしら？

「いいえ」彼女はきっぱりと否定した。「さっきも言ったけど、私の名前はイリーナ・ブラボーよ」

小柄な女性は一歩も引かなかった。「でも、あなたはゴラチェクとして生まれたのよ」

「違います。変なことを言わないで」イリーナは反射的に首から提げた金のロケットを握った。

「イリーナ。お願いだから、私の話を――」

「いいえ」彼女は繰り返した。「私の旧姓はルコビッチよ」

「そう聞かされて育ったのね」

「聞かされたんじゃないわ。それが私の名前よ」

相手の顔に哀れみの表情が浮かんだ。「気の毒だけど、それはあなたの本当の名前じゃないわ」

見ず知らずの相手に、イリーナは自分の生い立ちを説明した。なぜだかわからないが、そうせずにいられなかった。「私の父はテオ・ルコビッチ、母はダフィナといったわ。父が死んだあと、母は父の兄――バシリ伯父さんとその妻のトゥリア伯母さんの家に身を寄せた。私はその家で生まれ、伯父さんたちと暮らしていたの。でも、十歳の時に――」

「待って」デイジーはじれったそうに手を振り、彼女の言葉を遮った。パソコンケースの脇ポケットから一枚の紙を取り出し、イリーナの前に掲げた。

そこにはイリーナが握りしめているロケットの中の写真を拡大したものがコピーされていた。

「あなたの両親よ」デイジーは言った。「ラズロ・テオドル・レカロヴィッチ・ゴラチェク皇太子とその妻ダフィナ・マリア・セケレス。あなたの父親は亡命先で男爵令嬢のダフィナと出会ったの」

10

ケイレブは六時過ぎに帰宅した。彼は玄関ホールのテーブルにブリーフケースを置き、匂いに導かれてキッチンへ向かった。キッチンでは、イリーナがオーブンからチキンを取り出そうとしていた。

最近ではイリーナの姿を見るだけで嬉《うれ》しくなる。彼女は魅力のある女性だ。イリーナがこの家に来てから二年の間、僕はそのことに気づいていなかった。でも、今は違う。赤いブラウスと体にフィットしたジーンズ。肩に垂らしたまっすぐな髪。今の彼女は息をのむほど魅力的だ。

イリーナは耐熱皿を調理台にのせ、鍋つかみを使って温度計を外した。「おかえりなさい、ケイレブ」

彼女は肩ごしにほほ笑みかけた。頬に愛らしいえくぼが浮かんでいた。二週間前にケイレブが買ってやったダイヤモンドのイヤリングが、きらめきながら揺れていた。「チキンは少し冷ます必要があるわ。ポテトはほぼ完成してるんだけど……」

ケイレブは彼女の背後に立ち、まっすぐな髪を脇にどけて、白いうなじにキスをした。「君はいい匂いがするね。チキンと同じくらいいい匂いがする」

「そんなに飢えてるの？」

「ああ。夕食と君に」

イリーナは笑った。「仕事の邪魔をしないで。でないと、温度計で突き刺すわよ」

「怖いな。降参だ」ケイレブは両手を掲げて後ろへ下がった。

イリーナは温度計を流し台で洗った。「オードブルでも食べてて。あと、ワインを開けてくれる？」

ケイレブはカウンターに置いてあったオードブルをつまみ、ワインの棚へ歩み寄った。そこから選び出した白ワインを開け、二人分のグラスに注《つ》いだ。

「ありがとう」イリーナはグラスを受け取り、一口飲んだ。それから、サラダを作りはじめた。ケイレブの好きなほうれん草と苺《いちご》のサラダだ。彼はカウンターに座り、夕食を仕上げるイリーナを眺めた。

なぜイリーナはエミリーのことを訊《き》かないんだ？帰ったら真っ先に訊かれると思っていたんだが。

ほかに気になることでもあるのか？

「何も問題ない……よな？」

「もちろん」イリーナは視線を上げなかった。鋭い小型ナイフで苺をスライスしているので、手元から目を離せないだけかもしれない。「問題なしよ」

ケイレブは二つ目のオードブルを平らげた。「今日の午後はどうしてた？」

イリーナは明るい笑みを返した。どうやら本当に問題はないらしい。「メアリーのうちに行ったわ。

二人で料理の本について話し合ったの。そういえば、土曜日なんだけど、一緒にブラボー・リッジへ行かない？　エレナとマーシーとルースがグリーンチリ・ブリトーを作るのよ。作ったあとはみんなで食べるの。ゲイブとルークも来るんですって。ビールもあるのよ。あなたにそう伝えるよう、メアリーに言われたわ」

「僕も行く」

「メアリーの予想どおりね」

「男は単純なのさ。ビールといい女。それ以外は何もいらない」

「スピードの出る車とフットボールは？」

「うん、それも必要だ」

「チキンを切り分けてくれる？」

ケイレブはナイフを手に作業に取りかかった。五分後、二人は席に着き、食事を始めた。

まだエミリーの話が出てこない。イリーナらしくないな。彼女は物事にこだわるタイプだ。いったん気になりはじめると、絶対にそのままにはしておかないんだが。

ケイレブは食事が終わるまで待った。テーブルを片づける段になって、ぶっきらぼうに切り出した。

「今日、エミリー・グレイと話したよ」

イリーナは息をのみ、運んでいた大皿を置いた。

「エミリー……。私、どうしちゃったのかしら。気の毒なエミリーのことを忘れるなんて」

「そんなに気の毒でもないよ。エミリーは高給取りだ。なんの不自由もしていない」

イリーナはかぶりを振った。「どうしてエミリーのことを忘れられたのかしら。やっぱり……」彼女はそこで言葉を切った。「いえ、なんでもないわ」

ケイレブは彼女の手をつかんで引き寄せた。「何かあったんだろう？」

「いいえ、何も」

彼はイリーナの顎を持ち上げた。「本当に？」

「本当よ」イリーナは彼の頬に手のひらを当ててキスをした。

長いキスが終わると、ケイレブは言った。「オーケー。これで僕も気の毒なエミリーのことはすべて忘れてしまった」

イリーナは考え込むような表情で彼の顔を見つめた。「そういう冗談が言えるってことは、エミリーは首にならずにすんだのね」

「ああ、問題は解決した」

「具体的には、どういう話になったの？」

「君が言ったとおり、エミリーには仕事を続けてもらうことにした」

イリーナの顔に笑みが広がった。「よかった」

ケイレブは彼女を引き寄せた。「君は変わってるね。自分にいやがらせをした人間のことをそこまで思いやれるなんて」

イリーナの大きな瞳がさらに見開かれた。「エミリーは移民局に告げ口したことを認めたの？」

「彼女は何も認めなかった。それでも、僕は彼女の仕業だと確信した」

「どうやって？」

「とにかくわかったんだ」

「でも――」

「そこまで」ケイレブは彼女の唇に親指を当てた。「もういいじゃないか。すべて解決したんだから」

「どうして解決したと言い切れるの？」

「合意に達したからだ。エミリーは今後僕たちに手出しをしないと約束した。彼女だって首にはなりたくないからね。ブラボー社に勤めている限り、その約束を破ることはないだろう。つまり、どちらも傷を負わずにすんだわけだ」

イリーナは微笑した。「そう。本当によかった」

「そうだな。それより君の悩み事だけど、本当に話してみる気はない？」

「あなたの腕の中にいると、悩み事なんて忘れてしまうわ」

「いい答えだ」ケイレブは彼女の唇にキスをした。

　しかし、イリーナは確かに何かに悩んでいた。ケイレブはそれを感じ取ったが、彼女を問い詰めることはしなかった。心の準備ができれば、彼女のほうから話してくれるだろうと考えていた。

　一週間が過ぎた。幸せな一週間、最高の一週間が。彼らは毎晩愛し合った。愛し合うたびに、イリーナの恐怖心と恥じらいは薄れていった。ケイレブは彼女の中に眠っていた熱意と冒険心を引き出した。一日の仕事が終わると、彼はイリーナが待つ自宅に飛んで帰ってきた。

　土曜日には二人で一族の牧場へ出かけ、夜の十時過ぎまでそこで過ごした。牧場ではビールとルース特製のブリトーがふるまわれた。ケイレブは兄弟と交流しながら、女性たちに交じって談笑する自分のグリーンカード妻を見守った。

　イリーナは賢くて勇敢だ。ユーモアのセンスがあるし、料理もできる。そして何より美しい。

　僕はときどき忘れそうになる。僕たちが本物の夫婦じゃないことを。この結婚が期限付きだということを。そして気がつけば、ずっとこのままでいいんじゃないかと考えている。約束の二年が過ぎても、離婚しないという選択もあるんじゃないかと。

　でも、イリーナの人生はこれからだ。永住権と自由を手に入れた時、彼女は一人で生きる道を望むかもしれない。大学で学び、キャリアを追求したいと思うかもしれない。目の前に世界が開けようとしているのに、夫に縛られるのはいやだと考えるかもしれない。

　僕自身も家庭に落ち着くタイプじゃない。選択肢は多ければ多いほどいいと昔から思っていた。そんな僕が最近はかりそめの妻に夢中になっている。これはいったいどういうことだろう？

　まあ、いいさ。あれこれ迷って、悩むだけ悩んでから結論を出せばいい。まだ二年もあるんだ。始まったばかりなのに、今から終わりを心配してなんになる？

　その日は朝からぐずついた天気が続いていた。しかし、二人が自宅に帰り着く頃には雨も上がり、空には満天の星がきらめいていた。ケイレブは玄関でイリーナを抱き上げ、そのまま寝室へ向かった。

　ベッドの脇まで来ると、彼はキスをしながらイリーナを床に立たせた。それから、互いの服を脱いで浴室へ移動し、大きな浴槽に湯を張って、一緒に体を浸した。長くゆったりとした入浴だった。別な意味でも充実した入浴だった。

　二人はベッドでも愛し合った。

　ケイレブは自分にまたがっているイリーナの顔を見上げ、彼女の胸の膨らみを両手にとらえてささやいた。「きれいだ」

　絶頂を迎えたイリーナは頭をのけ反らせ、全身を震わせて叫んだ。ケイレブはイリーナのリードに従った。彼女の体に締めつけられ、彼女の中で自分自身を解き放った。

　そのあとは手をつないで横たわった。今では、それが二人の習慣のようになっていた。

　イリーナがささやいた。「今日は楽しかった。私、ずっと笑っていた気がするわ」

「ビールの飲みすぎだ」

　ケイレブのからかいの言葉に、彼女は舌打ちをした。「ビールのせいじゃないわ。みんながいたからよ。家族がいるって素敵なことね」

　ああ。彼女が言いたいことはよくわかる。そのことを伝えるために、ケイレブはカバーの下で彼女の手の甲をさすった。

「もしトゥリア伯母さんとバシリ伯父さんがいなかったら……私の人生はどうなっていたかしら？　母を亡くした私を二人は守ってくれた。ビクトルもね。ビクトルは私に残された、ただ一人の親族だった。誰も私から彼らを奪うことはできないわ。ビクトルと伯母さんと伯父さん。彼らがいたから今の私がいるの。彼らは私の人生の土台なの」

イリーナは泣いているのか？　どうしてこうなった？　ついさっきまで楽しかった一日を振り返っていたのに。

「イリーナ」ケイレブは空いている手を彼女のほうへ伸ばした。その手を避けるように、イリーナは顔を背けた。だが、彼の手はすでにイリーナの頬の涙を感じていた。「どうした？　何かあったのか？」

イリーナは手を引っ込め、彼とは反対の方向へ体をずらした。「何もないわ。おやすみなさい」

ケイレブはしだいにいらだち、無力感に襲われた。

「君は嘘《うそ》を言っている」

イリーナは否定しなかった。「お願いよ、ケイレブ。そのことは話せないの。今は」

じゃあ、いつなら話せるんだ？　今にも口から飛び出しそうなその問いかけを、ケイレブはぎりぎりで押しとどめた。

彼女は何に悩んでいるんだ？　それがわからない限り、僕にはどうすることもできない。彼女の沈黙に傷つき、そんな自分にいらだつことしかできない。

おまえはいつからそんな腰抜けになった？　ずっと〝なるようになれ〟で生きてきたのに。以前の僕はガールフレンドの様子が変でもいちいち気にしたりはしなかった。相手がその理由を話してくれなくても、それならそれでいい。僕の助けが欲しい時は向こうから相談してくるだろう。その程度にしか考えていなかった。

でも、イリーナは別だ。僕は気になる。彼女が今、傷ついているのか。動揺しているのか。

彼女は芝居がかった真似《まね》はしない。ということは、彼女が抱えている悩みは深刻な問題なんだろう。それなのに、彼女は僕に頼ろうとしない。

僕は力になりたいのに。

ケイレブは寝返りを打ち、まぶたを閉じた。そして、眠りが訪れるのを待った。

目覚めた時はまだ暗かった。ベッドからイリーナの姿が消えていた。

だが、彼女はそう遠くには行っていなかった。ローブを羽織り、窓際の安楽椅子に座っていた。

ケイレブは上体を起こした。「イリーナ?」

「ここにいるわ」小さな声が返ってきた。「ちょっと……考え事をしていたの」

イリーナは椅子から立ち上がり、ベッドに近づいてきた。肩から落ちてきたローブを脱いで、椅子のほうへ投げやった。ケイレブがカバーをめくった。彼女はその下に滑り込み、ケイレブの腕を自分の腰へ導いた。

「あなたの言ったとおりよ」ため息混じりにイリーナはささやいた。「私は嘘をついていた。本当は悩んでいることがあるの」

ケイレブは彼女の顔にかかる髪を手のひらで押しやった。「僕に話してくれ。何もかも」

「ああ、ケイレブ……」

「吐き出したほうが楽になるよ」

イリーナは悲しげな声をもらした。それから、ようやく重い口を開いた。「この前の月曜日、あなたの留守中に女性記者が訪ねてきたの。彼女はデイジー・イングリッシュと名乗ったわ。そして、私の名前――ずっと自分のものだと信じてきた名前を否定したのよ」

11

「冗談だろう？」ケイレブは声をあげた。

イリーナは大きな体にすり寄った。「ほんと、冗談みたいよね？」一瞬沈黙してから彼女は続けた。「最初、私は戸口でその女性記者に反論したわ。私の名前はイリーナ・ブラボーだと。旧姓はルコビッチだと。母や父、伯母さんや伯父さんの名前まで出して」

そんなインチキ記者に反論してなんになる？　黙ってドアを閉めるべきだったんだ。いや、イリーナにもそれはわかっていたはずだ。にもかかわらず、彼女は記者と話を続けた。だとすれば、それなりの理由があったんだろう。

「そこでデイジーは写真を取り出し、私の目の前に掲げたわ。それは私のロケットの写真――私の母と父の写真を拡大コピーしたものだった」

「まさか」

「本当よ。そして、彼女は言ったの。彼らはダフィナとテオ・ルコビッチじゃない。ラズロ・ゴラチェク皇太子とダフィナ皇太子妃だと」

「ありえない」

「私もそう思ったわ。ありえないって。だから、また反論した。私はイリーナ・ゴラチェクじゃない。行方知れずのプリンセスなんかじゃないって」

ケイレブは遠慮がちに切り出した。「ロケットに刻まれていた〝G〟の文字は……」

「ええ、わかってる。自分でもわかってるのよ」

「母親の名前は同じだね。でも、父親はテオじゃなかったか？」

「デイジーの話だと、ラズロ皇太子のミドルネームがテオドルだったんですって」

「で、君はデイジーをうちに入れたわけか？」

「ええ。彼女は『バニティ・フェア』誌に載せる記事を書いているそうよ」

「名刺はもらった？」

「もらったわ」イリーナは身じろいだ。「今、取ってくるわね」

「あとでいい」ケイレブは再び彼女を引き寄せた。

「君はデイジーの話を信じたんだね？」

「最初は疑ったわ。でも、彼女の話は私が知っている事実と符合した。彼女は母のミドルネームがマリアだということも知っていた。母の旧姓がセケレスだということも。彼女が帰ったあと、インターネットで調べてみたの」

「それで？」

「デイジー・イングリッシュはカナダの新聞『グローブ・アンド・スタンダード』の記事を書いていたわ。それに、『バニティ・フェア』だけじゃなく、たくさんの雑誌に寄稿していた。彼女の記事をいくつか読んだけど、とても……センセーショナルだったわ。お金持ちや殺人事件や王族にまつわる話が多かったわ」

「君がネットで見つけたデイジー・イングリッシュと、うちに来た女性は本当に同一人物なのか？」

「検索したら画像も見つかったわ。間違いなく彼女よ」

「やれやれ」

「ほんと、やれやれよね」

ケイレブは彼女を抱きしめ、むき出しの肩に唇を押しつけた。「で、次はどうする？」

「色々と考えなくてはならないわ」

「たとえば？」

「お金がある、とデイジーは言うの。スイスの銀行口座に。ゴラチェク家の末裔《まつえい》に遺《のこ》された大金が。ダフィナ皇太子妃は行方不明になった時に赤ん坊を身ごもっていた。私は自分がその赤ん坊であることを証明するだけでいいって」

「どうやって証明するんだ？」

「DNA鑑定で」

「でも、親のDNAがないと鑑定はできないぞ」

イリーナは枕に頭をのせたまうなずいた。「それがあるらしいの」

「どういうことだ？　君の両親はもういない。その皇太子夫妻も亡くなってるんだろう？」

「ええ。でも、ダフィナ皇太子妃が埋葬された場所はわかっているわ。テレヘボの墓地よ。伯父さんと伯母さんのうち……」イリーナは途中で言葉を切り、言い直した。「ルコビッチ家からそう遠くないところにあるんですって」

「そんなこと、誰が知ってるんだ？　どうしてわかったんだ？」


「アルゴビア政府。彼らは知っていたのよ。王党派のルコビッチ夫婦が助けを求めてきた皇太子妃を受け入れ、自分たちの身内としてかくまっていたことを」

「だから……ビクトルの両親は兵士たちに……」

「そう。トゥリアとバシリは本当に王党派だったの。そして、二人が殺されてから何年もたったあと、古い記録を調べた人間がバシリ・ルコビッチには兄弟がいなかったことを知ったのよ」

「にもかかわらず、彼は五年も義妹《いもうと》——亡き弟の妻と同居していた」

「その義妹が亡くなるまでね」

それだけでも証拠としては充分だ。「じゃあ……君の母親と皇太子妃は同一人物なんだな」

「そのようね。政府は彼女の遺体からDNAを採取したの。ラズロ皇太子の遺体からも」

「君の父親——皇太子はどういう亡くなり方をした

んだ？」

「アルゴビアに帰国しようとして捕まり、処刑されたのよ」

「夫婦揃《そろ》って亡命先から帰国したのか？」

「ラズロ皇太子は危険を避けるために若くしてスペインへ送られたの。そこで同じように亡命中だったセケレス男爵の娘と出会い、恋に落ちた。二人は結婚し、皇太子妃は妊娠した」

「そこで皇太子は夫婦でアルゴビアへ戻ろうと決心したわけか？」

「ええ」

「身重の妻をわざわざ危険な土地に連れていくなんて。なぜそんな無茶をしたんだろう？」

イリーナは寝返りを打って、二人の視線を合わせた。「そうするべきだと思ったから」彼女は小声で答えた。「アルゴビアの王はアルゴビアの地で誕生しなければならない。昔の法律でそう決められていたの」

「生まれてくる子供の生得権を守るために帰国したということか」

「ええ。その結果、皇太子は捕まり、処刑された。彼の遺体は焼かれたけど……完全には焼けてなかった。その焼け残りが埋められた場所を知ってる人たちがいたから、ＤＮＡのサンプルを採取できたんですって」

「デイジー・イングリッシュがアルゴビア政府に働きかけて、サンプル採取のために二人の遺体を掘り返させたってことか？」

「いいえ。そうじゃないわ」

「じゃあ、どうして？」

イリーナはため息をついた。「噂《うわさ》は昔からあったのよ。私が幼い頃から。皇太子は処刑されたが、皇太子妃は生き延びて子供を産み、その子供は王党派にかくまわれて育てられた、という噂。実際、自分がゴラチェク家の末裔だと名乗り出る人もけっこういるらしいわ。デイジーの話だと、最近はアルゴビアも状況が変わってきて、今の大統領はゴラチェク家を脅威として見ていないそうよ。過去は過去として水に流したいと言って、ＤＮＡ鑑定のために遺体からサンプルを採取することも認めたんですって。今のところ、そのサンプルに合致する人は出てきていないわ」

「デイジーの狙いはなんなんだ？」

「記事よ。消えたプリンセスの独占記事をものにするのは、彼女にとっても『バニティ・フェア』誌にとっても、すごく〝ビッグ〟なことなんですって。彼女、誇らしげに言ってたわ。自分はもう二年もこの記事の取材を続けている、〝ルコビッチ・コネクション〟を発見したのも自分だと」

ケイレブは思わず噴き出した。「ルコビッチ・コネクション。まるで小説のタイトルだな。それもスリラー小説の」

「デイジーもそう思ってるんじゃない？『バニティ・フェア』の独占記事にしたあとは、本にまとめるつもりだと言ってたもの」

「で、そのルコビッチ・コネクションだが、具体的にはどういうことだ？」

「ルコビッチ家は王政時代にはゴラチェク家の忠実な家臣だったの。ゴラチェク家が追放され、アルゴビアの山中に身を隠した時も、ルコビッチ家は彼らと行動をともにしたのよ。ラズロ皇太子はその山中で生まれたの。デイジーによると、私が伯父さんだと思っていたバシリもそこで生まれたらしいわ。私のバシリ伯父さんはラズロ皇太子の盟友であり忠臣でもあったわけね」

「デイジーは君が探していたプリンセスだと確信しているんだな」

「ええ。私が私のものを取り戻す手伝いをしたいそうよ。契約書にサインしてほしいとも言われたわ。彼女が独占記事を書けるよう協力すると約束してほしいって。もちろん、DNA鑑定で私がゴラチェク家の末裔であることが証明された場合の話だけど」

ケイレブは彼女の頬に手を当てて二人の顔を近づけた。「それで君は？　どうしたいんだ？」

イリーナの華奢《きやしや》な体に震えが走った。「ああ、ケイレブ。私、消えてなくなりたい。ビクトル、トゥリア伯母さん、バシリ伯父さん。私にはずっと彼らしかいなかった。私にとって唯一の家族だったの。その彼らが私の家族じゃなかったなんて……とても耐えられないわ」彼女の声に涙が混じった。

「泣かないで」ケイレブは彼女の額にキスをした。「伯父さんと伯母さんは君を愛していた。ビクトルも君のためなら死ぬだろう。何があろうと、彼らは君の家族だよ」

「でも……世界がひっくり返った気がする。何もかも変わってしまった気が。私はもう私じゃない。別の誰かになってしまった。私の知らない誰かに。プリンセスなんてごめんだわ。私は今までどおりの私でいたい。だけど、真実を知りたいという気持ちもあるの。ほんと、わけがわからないわ。私、苦しいの」イリーナは彼の手を自分の胸へ導いた。「ここが。心が張り裂けそうなの」

ケイレブは彼女を抱く腕に力を込めた。「何があっても、君は君だ。自分がいやだと思うことはしなくていいんだよ」

暗がりを通して、イリーナは彼の顔を見つめた。「そうね。あなたの言うとおりだわ。でも……」彼女は言いよどんだ。言葉を探しているかのように。

彼女を守りたい、とケイレブは思った。そして、そんな自分に驚いた。「そのあと、デイジーから何か動きはあった？」

「木曜日に電話があって、覚悟は決まったかと訊《き》かれたわ。私はほっといてと答えた。考えがまとまったら、私のほうから電話するって。彼女、がっかりしてるみたいだった」

「気の毒にな。でも、それでいいんだよ。向こうのごり押しに負けちゃだめだ」

「ごり押し？」

「強引なやり口で己の要求を通すことさ。君がやりたくないことはやるな」

「やらないわ」

「よし」

「ケイレブ？」

「うん？」

「私、病院で起きたことは話したくないわ。あのことは雑誌にも本にも書かれたくない。世の中の人に知られたくない」イリーナは苦しげに息を吸い込んだ。「別に自分を恥じているわけじゃないの。ただ、これは……個人的な問題よね」

「じゃあ、話すな。このことは彼女が知る必要のない話だ。彼女が君に求めているストーリーとはなんの関係もないんだから」

「私がこの話をしたのはあなたとメアリーだけよ」

「僕は誰にも話さない。メアリーもそうだろう」

「わかってる。ビクトルには……いつか話す日が来るかもしれない。でも、信頼している相手にだけよ。私が……本当に大切だと思える人たちにだけ。でも、デイジーはすべて話せと言うの。真実を書くためには私の全人生を知っておく必要があると」

「ばかばかしい。病院の件がなくても、記事はちゃんと書けるよ。君が取材に協力すればね。でも、彼女に知られたくないことまで話す必要はない」

「そうね」

「君は一人じゃない。僕がついてる」

「ケイレブ？」イリーナの声は優しく、誘うような響きがあった。

ケイレブは頭を下げ、二人の唇を軽く触れ合わせた。「そんなふうに名前を呼ばれると、君を裸にすることしか考えられなくなる」

「私、すでに裸よ」

「うん、裸だね」

「キスして」

ケイレブは唇を押しつけた。

イリーナは唇を開いて彼を迎え入れた。「私と愛し合って。あなたのことしか考えられないようにして。今だけは。お願いよ」

ケイレブはキスを深めた。二つの体の間で手を滑らせ、熱い湿り気を探り当てた。彼はそこに指を一本潜り込ませた。さらに、もう一本。

イリーナは大きな体を引き寄せ、彼の唇に向かってうめいた。

ケイレブが彼女の腿の間に身を置いた。

イリーナは小さなため息とともに彼を受け入れた。

ケイレブは彼女の喉に唇を当て、軽く歯を立てた。

イリーナはうなった。自ら体を押しつけた。「そうよ、ケイレブ。ええ、そんな感じ」

ケイレブは両手で体を支えて彼女を見下ろした。閉じたブラインドから差し込む月明かりを頼りに、彼女の愛らしい顔を、熱く燃える瞳を見つめた。

「きれいだ」彼の唇からささやきがもれた。

イリーナは両腕を伸ばし、腰を浮かせて彼を受け入れた。そして、両脚を巻きつけ、寝返りを打って、二人の位置を入れ替えた。

ケイレブは枕に頭を預け、彼女に主導権を委ねた。

イリーナの言うとおりだ。状況は変わりつつある。彼女はもう以前の彼女じゃない。たどたどしい英語をしゃべり、触れられることを恐れていたあの家政婦じゃない。

イリーナは前屈《かが》みになり、金のロケットを彼の喉に沿って滑らせた。ケイレブは彼女の唇をとらえ、舌を差し入れた。うめき声とともにイリーナが腰を押しつけてきた。ケイレブは彼女を抱いたまま寝返りを打った。

そして、彼女を激しく貫いた。イリーナは両脚をきつく巻きつけて、彼を包み込んだ。

この深さ。申し分ない。まさに完璧だ。

ケイレブは絶頂に達した。イリーナもすぐあとに続き、白い枕に真夜中の雲のような髪を広げて、ケイレブの名前を叫んだ。


日曜日の朝食を摂《と》りながら、イリーナは告げた。明日、デイジーから連絡が来る予定だと。

少し考えてからケイレブは言った。「先にビクトルに話しておくべきじゃないかな？」

大きな茶色の瞳がさらに見開かれた。「そうよ。そっちが先だわ。まずはビクトルに話さないと」

「僕もそれがいいと思う。色々な意味でね」

イリーナは眉をひそめた。「色々な意味？」

「デイジー・イングリッシュはビクトルにも取材したがるだろう。ビクトルは両親を殺されたあとも君と行動をともにしていた。君をアメリカに呼び寄せた張本人でもある」

「おまけに、有名なフットボール選手だし」

「彼の話が加われば、デイジーの〝ルコビッチ・コネクション〟に新たな広がりが生まれる。彼のことをどこまで話していいか、本人に確認しておくべきだろうね」

「さっそく電話するわ」いったん立ち上がりかけてから、イリーナはまた椅子に腰を下ろした。「いいえ、だめ。こんな話、電話じゃできないわ」

ケイレブはエッグ・ベネディクトを口へ運んだ。日曜日はいいな。土曜日も。週末だけは繊維質たっぷりのシリアルを食べずにすむ。「だったら、ダラスに行けよ。ビクトルに会って、直接話をしろ」

「それ、名案よ。私、ビクトルに会うわ。彼に全部話すわ。これからダラスに行って……」

「待った」

立ち上がりかけていたイリーナは、また椅子に腰を据えた。「今度は何？」

「今日は父さんやゲイブと話をしないか？」

「なんのために？」

「ゲイブは弁護士だ。彼の力を借りよう。この件は君一人でさばくには話が大きすぎる。代理人を立てるべきだよ」

イリーナは頬に両手を当てた。「代理人？　ちょっと大げさじゃない？」

「何も問題が起きないよう、ゲイブに様子を見守ってもらうだけさ」

「どんな問題が起きるというの？」

「それがわかれば、ゲイブに頼る必要はない」

「でも、私はまだDNA鑑定も受けていないのよ。人違いで終わる可能性だってあるの。そんな曖昧なことにあなたの家族を巻き込むのはどうかしら？」

ケイレブは正面から彼女を見返した。「本当に人違いですむと思ってる？」

イリーナは視線を落とした。「いいえ。そうであってほしいと思うだけ」彼女は顔を上げ、肩を怒らせた。「いいわ。ゲイブに代理人になってもらいましょう。でも、あなたのお父さんと話をする理由は……？」

「確かに、うちの父親はわからず屋だ。でも、最近は家族のみんなに理解を示すようになった。父さんを味方につけて損はないよ。頭が切れるし、口が堅い。そして、人脈がある。テキサス州の名だたる連中はみんな父さんの知り合いだ。父さんとゲイブがついていれば、誰も君をだまさない」

「ケイレブ。私は誰にもだまされてないわ」

「君をだますことはできないが、だまそうとする連中は出てくるよ。ＤＮＡ鑑定でプリンセスであることが証明されれば、君には大金が転がり込んでくる。君に何かを売りつけようとする人間が次から次へと現れる」

「嬉《うれ》しくない話ね」

「ああ。その点にさえ気をつければ、金はないよりあるほうがいい。ただし、君を見守ってくれる人間は必要だね」

その日の午後、二人はレイジー・Ｈ牧場でゲイブとデイビスに会った。話し合いにはメアリーも同席した。夫とともにやってきたケイレブの母親アレタも一緒だった。

イリーナはメアリー母子《おやこ》の参加を歓迎した。彼女の膝にのると、ジニーはすぐに眠ってしまった。それでも、イリーナは小さな体のぬくもりに慰められた。突然ひっくり返った世界の中にあっても、現実に踏みとどまることができた。

事前に打ち合わせたとおり、ケイレブが彼女に代わって事情を説明した。説明がすんでも、しばらくは誰も口をきかなかった。

最初に沈黙を破ったのはデイビスだった。「そのデイジー・イングリッシュだが、身元は確かなんだろうね？」

イリーナはジニーの頭にキスをした。「ええ、確かです」

ケイレブは言った。「イリーナがネットで検索したんだ。彼女は本物だよ」

次にメアリーが口を開いた。「彼女の記事なら私もいくつか読んだことがあるわ。けっこう有名なライターよ。実力がないと『バニティ・フェア』には書けないわ」

デイビスが続けた。「イリーナ、君には様々な選択肢がある。君が望まんのなら、記者には何も話さなくていい。アルゴビア政府には我々のルートから打診することも可能だ。君の手元にある証拠をすべて提示すれば、ＤＮＡ鑑定を拒否されることはないだろう」

ケイレブはイリーナの表情に気づいた。「どうした、イリーナ？」

「デイジー・イングリッシュがいなかったら、私はこのことを知らないままだった。彼女は二年前からこの話を追っていたの。彼女が言うところの〝ルコビッチ・コネクション〟をたどって、ようやく私を見つけ出したのよ。私の味方として見守ってくれる人は欲しいわ」イリーナの視線を受けて、ゲイブが笑みを返した。「デイジーには、私が協力できることと協力できないことを理解してほしい。でも、彼女を無視するのはどうかと思うの。もし先に進むのなら、彼女にも記事を書いてもらうわ」

デイビスは肩をすくめた。「正しい意見だ。それに、同じＤＮＡ鑑定をするにしても、我々より彼女のほうが早くお膳立てができるだろう。我々はゼロからのスタートだが、彼女はもう関係者への根回しをすませているかもしれない。だとすれば、彼女の取材に協力するのも悪くない」

「正しさよりも損得勘定」アレタは夫に優しい一瞥《いちべつ》を投げた。「ポイントはそこね」

デイビスは咳払《せきばら》いをした。「当然だ」

ゲイブが質問した。「次はいつその記者と会うんだい？」

「明日はダラスに行って、ビクトルと話をしないと。戻ってきたら、デイジーに電話するわ」

「彼女と何か取り決めをする時は、まず僕に確認するんだよ」ゲイブは助言した。「彼女に電話したら、会って話したいと言って、面談の日時を決めて。その場で何かに同意しちゃだめだ。最初の面談には僕も立ち会う。できれば火曜日の午後がいいな。彼女にブラボー社に来てもらって。そうすれば、僕のオフィスで話ができる。彼女が帰ったら、君と僕とで検討し、基本的なルールを決めよう」

「契約書もあるかしら？」

「向こうは何か用意してくるだろうね。でも、サインをするのは中身をよく吟味してからだ」

イリーナはゲイブに礼を言い、皆の力添えに感謝した。そのあと、彼らはメアリーが用意した日曜日の晩餐《ばんさん》を分かち合った。イリーナはブラボー一族とともに楽しみ、ともに笑った。いつかは終わる関係だとわかっていても、自分がこの家族の一員になった気がした。

家に戻ると、イリーナは翌朝のダラス行きの便を予約した。そして早めにベッドに入り、ケイレブと穏やかに愛し合った。

彼女は真夜中に目を覚ました。過去の記憶が彼女の心をざわつかせていた。いい思い出もあった。恐ろしい思い出もあった。喉元まで込み上げた苦悩と悲しみの嗚咽《おえつ》を、彼女は必死に押しとどめた。

私はイリーナ・ルコビッチとして生きてきた。生まれてからずっと。でも、本当は別の誰かだったのかもしれない。自分の中に他人がいるみたいな気分だわ。

彼女はロケットを握りしめた。ケイレブの眠りを邪魔しないために、ただじっと横たわっていた。しかし、彼女の動揺はケイレブにも伝わったようだった。

「大丈夫？」ケイレブが半分寝ぼけた声で尋ねた。

「ええ」イリーナは嘘《うそ》をついた。

ケイレブは腕を伸ばし、彼女を引き寄せた。イリーナはたくましい胸に頭を預け、彼の心臓が刻む安定したリズムに耳を傾けた。彼の感触とぬくもりに慰めを求めた。

大丈夫。うまくいくわ。私の人生はけっして平坦《へいたん》なものじゃなかった。それでも、なんとか乗り越えてきたでしょう。

今度のこともきっと乗り越えられる。私がプリンセスであろうとなかろうと。

二年が過ぎて、ケイレブに別れを告げる時が来ても、私は必ず乗り越えてみせる。でも、なぜかしら。デイジーが現れて以来、その時が一日一日と迫ってきているように思えるわ。

12

「君が望むなら、僕もその記者に会うよ。僕が知ってることを彼女に話す」翌日、ダラスのレストランでビクトルは言った。彼らは二人だけでランチを食べていた。

イリーナは従兄《いとこ》の顔を見つめた。「そんなに驚いてないみたいね」

「まあ、多少は驚いてるけどね。よくよく考えてみれば納得のいく話だ」

イリーナは笑った。「あなたにとっては、そうかもね。でも、私にとっては……」不意に込み上げた涙が彼女の喉を詰まらせた。「信じられない話よ。ありえない話だわ」

彼女は自分の皿に視線を落とし、瞬《まばた》きを繰り返した。私ったらばかみたい。ケイレブと結婚してからは、些細《ささい》なことで泣いてばかりだわ。どんな悲劇にも耐えてきたのに。何年も涙一つこぼさずに生きてきたのに。これはいったいどういうことなの？

ビクトルが巨大なクラブサンドイッチを皿に置いた。「泣いてるのか？」彼はアルゴビア語で尋ねた。イリーナがプリンセスかもしれないと聞かされた時よりもはるかに驚いているようだった。

イリーナは目をこすった。顔を上げると、同じアルゴビア語で答えた。「泣くわけないでしょう」彼女はアイスティーを飲み、英語に戻って続けた。「〝納得のいく話〟ってどういうこと？　私がゴラチエク家の末裔《まつえい》かもしれないって話のどこに納得したの？」

「色々と思い当たることが……」ビクトルは考える表情でサンドイッチを頬張った。

「思い当たること？」

彼はサンドイッチをのみ込み、さらにもう一口かじった。

イリーナはテーブルごしに手を伸ばし、子供の頃よくそうしたように従兄の肩をつついた。「ねえ、言いなさいよ」

咀嚼《そしゃく》したサンドイッチをのみ込んでから、彼は口を開いた。「たとえば、ダフィナ叔母さんだよ。彼女は母さんや父さんや僕に対して他人行儀なところがあった。優しくて親切だったが、打ち解けた感じじゃなかった。それに、彼女は一度も料理や掃除をしなかった。家事はすべて母さんがやっていた」

「私には、そんな記憶はないけど」

「なくて当然だろう？　彼女が亡くなった時、君はまだ五歳にもなってなかったんだから。僕は当時十歳だったから、君よりは覚えてる。彼女を埋葬した日、僕は父さんに言われたよ。常に君を守れと。君は神聖な宝だ、大切な預かりものなんだと」

イリーナは天を仰いだ。「あなたにとっては迷惑な話ね」

ビクトルはミルクを飲んだ。「十歳の子供にとっては、大人の話なんてちんぷんかんぷんだ。でも、僕は父さんの言葉を心に刻みつけた。十歳なりに裏に何かあるんだと理解した。でなきゃ、父さんがわざわざそんなことを言うはずがない。僕はもともと君を守るつもりでいた。君は僕の小さな従妹《いとこ》だから。でも、父さんの言い方はひどく深刻そうで……」

「なんなの？」イリーナはテーブルごしに身を乗り出した。

ビクトルは宙を見つめていた。心は何年も前のアルゴビアに飛んでいるようだった。「父さんはこうも言った。僕が知るべきこと……理解すべきことが山ほどある。僕が十六歳になったら、忠臣の責務を担う覚悟ができたら、すべて教えてやると」

「忠臣？　伯父さんが言ったの？　本当にそんな言葉を使ったの？」

ビクトルはうなずいた。「そして、当時の僕は変な会話だなと思っていた」

「なぜ変だと思ったの？」

「父さんは強《こわ》ばった顔をしていた。誰かに聞かれるのを恐れるかのように声をひそめていた。そして、ごつい指が食い込むくらいきつく僕の肩をつかんでいた。父さんの話が終わって解放された時は心底ほっとしたよ」

「その五年後には兵士たちがやってきて、伯父さんを殺したのね」

「母さんもだ」

「王党派だからという理由だったでしょう？」イリーナの声が小さくなった。

「ああ」

「あの時、私は猛烈に腹が立ったわ。でたらめな理由で無実の人たちを殺すなんて許せないと思った」

ビクトルの視線は揺るがなかった。「でも、でたらめじゃなかったみたいだな。父さんと母さんは死ぬまで王家に忠誠を尽くしたんだ」

「そして、あなたは私を救ってくれた」イリーナは再び涙をのみ下した。「怯《おび》えて動こうとしない私を、あなたは力ずくであの家から引きずり出した。私、あの時のことをよく考えるのよ。もしあなたがいなかったら、私も兵士たちに殺されていたんだわ」

「君は僕の小さな従妹だった」ビクトルは穏やかに言った。「それは今も変わらない。たとえ何があろうと、君はいつまでも僕の小さな従妹だ」

その日の午後、家に戻ったイリーナはデイジー・イングリッシュに電話し、ボイスメールに伝言を残した。デイジーは十分後に折り返しの電話をかけてきた。こうして二人は翌日ブラボー社で会うことになった。

約束どおり、面談にはゲイブが立ち会った。ケイレブもやってきた。四人はゲイブのオフィスの応接コーナーに腰を落ち着けた。ハンサムな二人の大男――しかも、一人は弁護士――を前にして、最初デイジーは少し警戒しているように見えた。

しかし取材の話を始めると、警戒心はたちまち興奮に変わった。デイジーは嬉々《きき》として語った。ようやくイリーナの話が聞ける。延々と積み重ねてきた努力が実を結ぶ。とても信じられない気持ちだと。

確かにデイジーは契約書を用意していた。ただし、その内容はシンプルだった。イリーナの半生記の独占的な権利――ただそれだけだ。ゲイブはその権利に期限を設けさせた。その結果、向こう二年間イリーナはほかの取材に応じないことになった。

デイジーはある研究所に予約を入れ、金曜日にイリーナをそこに連れていった。イリーナは頬の内側を綿棒で拭われた。その綿棒はメリーランド州ロックビルにあるアメリカ軍のDNA鑑定研究所に送られ、ラズロ皇太子とダフィナ皇太子妃の遺骨から採取したDNAと照合されるということだった。

　鑑定はスコットランドやアルゴビアの研究所でも実施されることが決まっていた。それはデイジーが言うところの〝厳密な証拠連鎖〟のためで、結果が出るまで数週間はかかりそうだった。

　しかし、その数週間が待ちきれないのか、デイジーは言った。「私たちも取材を進めましょう」

　イリーナは呆気《あっけ》にとられた。「でも、もしあなたの信じているような結果が出なかったら？」

「出るわよ」デイジーは断言した。「さんざん調べ尽くした私が言うんだから間違いないわ。結果が出るまで待つなんて時間の無駄よ」

　次の月曜日からの三日間、デイジーは朝九時にイリーナの家を訪ねてくると、毎日夕方まで居座って、イリーナのこれまでの人生を聞き出した。

　木曜日、デイジーはビクトルと会った。その日の午後、彼女はイリーナに電話をよこした。

「これで決まりよ」イリーナの声を聞くなり、デイジーは宣言した。「あなたの従兄――というか、あなたがずっと従兄だと思っていた人の話を聞いて、ますます確信したわ。あなたこそが消えたプリンセスなんだと」

　イリーナは浴室の鏡に向かって微笑した。この一週間で彼女はデイジーに好意を抱くようになっていた。今はデイジーの大げさなしゃべり方さえも好もしく思えた。「鑑定結果はまだ出ていないのよ」

「少しでも早く結果が出るよう働きかけてみるわ。あなたも連絡が取れるようにしといて」

　イリーナは鏡に吹きかけていた窓拭き用のスプレー缶を置いた。「私への取材はもう終わり？」

「とりあえずはね。私はこれからテープを起こして、草稿をまとめなきゃ。それがすんだら、またいくつか質問させてもらうわ。鑑定結果が出たら、すぐに表紙の写真撮影よ。ロケ地は最低でも二箇所は欲しいわね。サンアントニオのあなたの家。ご主人の実家の牧場。〝テキサスに移住したプリンセス〟を表すのに牧場以上のものはないわ。ねえ、そう思わない？」相手の返事を待たずに、デイジーはまくし立てた。「それと、スタジオ撮影も。今、雑誌側に打診してるのよ。マンハッタンのスタジオなら機材もばっちり揃《そろ》ってるわ」

「私、ニューヨークに行くことになるの？」

「ええ、そうよ。あと、できれば……」デイジーは途中で言いやめた。「ううん、なんでもない。あなたの言うとおりね。まずは鑑定結果を待つべきだわ。いい結果が出ると信じたいけど、先走りすぎるのは考えものよ。ほかのロケ地については、また改めて連絡するわ」

イリーナは唾をのみ込んだ。「つまり、その……私の写真が『バニティ・フェア』の表紙になるってこと？」

「そうよ、ダーリン」

「でも、それは私がプリンセスだったらの話よね？」

「気弱になっちゃだめ。絶対にそうなんだから。じゃあ、またね、ベイビー」

電話が切れる音とともに静寂が戻った。イリーナはゴム手袋をはめた手でロケットを握りしめ、鏡の中の自分をのぞき込んだ。鏡に映る顔。これがプリンセスの顔かどうか、もうすぐ答えが出るんだわ。

彼女は身震いし、窓拭き用のスプレー缶を手に取った。自分の姿がぼやけて見えなくなるまで鏡に洗剤を吹きかけた。それから、清潔なぼろ布で鏡を磨きはじめた。

浴室の掃除がすむと、イリーナは夕食をオーブンに入れ、床にモップをかけた。さらに、キッチンのステンレス磨きにも挑戦した。ケイレブがガレージから入ってきた時、彼女は冷蔵庫を磨き上げていた。

「うちにぼろ布とスプレー缶で武装したシンデレラがいるぞ」

イリーナは掃除道具を置いて振り返り、わざと時間をかけて脱いだゴム手袋を肩ごしに放った。

近づいてくる彼女を見て、ケイレブはブリーフケースを床に置いた。

広い肩に腕を回し、まつげをしばたたかせながら、イリーナは言った。「今日は早いのね。これ、文句じゃないわよ」

ケイレブは鼻をひくつかせた。「この匂いは特上のリブロース？」

「お気に入りの夫に特上以外のものは出さないわ」

「いい心がけだ」彼女にキスをしてから、ケイレブは顔をしかめた。「ここにいるのは僕たちだけ？」

「ええ、そうよ」

「取材は？」

「終わったわ。とりあえずは。デイジーはニューヨークに戻って草稿をまとめるそうよ。あとは鑑定の結果待ちだけど、結果が早く出るように働きかけてみるとも言ってたわ」

「馬車馬みたいな人だな」

「ええ」

「彼女は君が消えたプリンセスだと確信しているようだね」

もうデイジーの話はたくさん。「おしゃべりはあとにして、もう一度キスしてくれない？」

「夕食は？」

「少なくともあと三十分はオーブンの中よ」

「三十分あれば十分だ」ケイレブは彼女を両腕に抱き上げて寝室へ向かった。イリーナは笑って彼にキスをした。

ケイレブはイリーナをベッドの脇に立たせると、手早く彼女を裸にし、自分の服を脱ぎ捨てた。

それから、彼はイリーナをベッドに横たえ、彼女の体に沿ってゆっくりとキスを始めた。彼の唇が喜びの源に達すると、イリーナは悲鳴をあげた。

ケイレブと結婚して二カ月。イリーナは今の暮らしが終わらないことを祈っていた。特にこういう時には、二人の時間が永遠に続くと思いたかった。

イースターがやってきた。二人はブラボー・リッジで家族とその日を過ごした。皆が質問してきた。デイジーの取材について。DNA鑑定について。いつイリーナの記事が『バニティ・フェア』に掲載されるかについて。

イリーナは答えた。「取材はもう終わったわ。あとは鑑定の結果待ちよ。私が本当にゴラチェク家の末裔かどうかは、それが出るまでわからないわ」

ケイレブは言った。「僕の妻は慎重なプリンセスなんだ」

「デイジーみたいなことを言うのね」イリーナは彼をからかい、デイジーの物真似《まね》をした。「〝絶対にそうなるんだから。間違いないわ、ベイビー〟」

「ああ、間違いない」ケイレブは断言した。「待ってろ。今にわかるから」

一週間が過ぎ、二週間が過ぎた。デイジーからは二度電話があった。だが、それは取材内容を確認し、新たに質問するための電話だった。

「もうすぐよ」デイジーは約束した。「すぐに前へ進めるようになるわ」

四月から五月に変わり、マーシーが男の子を出産した。赤ん坊は父親とマーシーの養祖父の名前を取ってルーカス・エミリオと名づけられた。

さらに一カ月が過ぎた。デイジーの取材から二カ月がたった六月の中旬頃には、いつ『バニティ・フェア』に記事が載るのかと訊《き》く者は誰もいなくなっていた。デイジーからの連絡も一カ月以上途絶えたままだった。

四月はあんなに大騒ぎしたのに、今はもう夢のように思えるわ。テレビで観《み》る映画みたいに現実離れした出来事に。

それならそれでいいじゃない。私は今、幸せなんだから。期限付きの結婚生活に満足し、ブラボー一族との時間を楽しんでいるんだから。計画どおりに永住権が取れたら、アメリカでの暮らしを続けられる。一月に高卒資格を取ったから、秋からは大学にも通えるわ。

私がプリンセスだと証明されたとしても、得になるのはお金のことだけね。スイスの銀行にあるという遺産。それがあれば、私の夢をかなえられる。誰かの力になることができる。

でも、手に入らないかもしれないお金の使い道を考えてなんになるの？　今は何も考えないことよ。DNA鑑定の結果が出るまでは。

サンアントニオに蒸し暑い夏がやってきた。七月四日の独立記念日、ブラボー・リッジでは一族総出のバーベキューパーティが開かれた。男たちはグリルと燻製《くんせい》を受け持った。家族の行事を記録し、メアリーの料理本に写真を載せるため、ゾーイはカメラを持ち込んだ。

イリーナは木陰に陣取り、ジニーを膝に抱きながら、キーラ――コリーンとマットの娘の相手をして過ごした。マーシーに休憩が必要な時には、小さなルーカスも預かった。イリーナは赤ん坊を抱いて、ひんやりとした家の中に入った。二階でオムツを交換し、子供部屋の白い揺り椅子に腰かけて、アルゴビアの古い子守歌を口ずさんだ。

ルーカスが眠ってしまうと、彼女は小さなベッドに赤ん坊を寝かせた。そして、ベビーモニターのスイッチを入れ、レシーバーを持ってパーティ会場へ戻った。レシーバーを渡されたマーシーは、疲れた笑顔で礼を言った。

それから一、二分もしないうちに、イリーナはキーラにつかまった。「リーナ叔母ちゃん、どこにいたの？」キーラは腰に小さな両手を当てた。「あたし、すっごく探したんだから！」

ジニーが声をあげた。「リーナ、リーナ！」

こうしてイリーナはまた子供たちの相手をすることになった。彼女はジニーを抱き、キーラのおしゃべりに耳を傾けた。延々と続くキーラのノックノック・ジョークに付き合った。

「とんとん」

「誰ですか？」

「カニです」

「どちらのカニさん？」

「質問はいいから、な〝かに〟入れてよ！」キーラは落ちを叫び、自分の冗談に爆笑した。

「子供の扱いがうまいな」背後で男性の声がした。

イリーナは肩ごしに視線を投げた。声の主はデイビスだった。「楽しいんです……子供たちといると」気後れを感じながらも、彼女は答えた。

キーラが弾《はじ》かれたように立ち上がった。「お祖父《じい》ちゃん！　高い高いして！」デイビスは孫娘を抱き上げ、自分の肩にのせた。キーラは雲一つない夏空に向かって両手を伸ばした。「わあ、高い！　ねえ、歩いて、お祖父ちゃん」

言われたとおり、デイビスは大股でピクニック・テーブルへ向かった。そこではマーシーとメアリーとアレタが男たちの料理を監督していた。イリーナは思慕のまなざしで彼らを見つめた。本当に素敵な家族だわ。でも、私はいつかこの家族と別れなくてはならない。私がケイレブの子供を産む日は永遠にやってこない。

ケイレブの姿を求めて、イリーナは周囲に目をやった。ケイレブはグリルの前に立ち、ハンバーグステーキを焼いていた。イリーナの視線を感じたのか、彼は振り返り、大きなフライ返しを手に敬礼のポーズを取った。イリーナは笑みを返した。胸がいっぱいになる。私はこの人が大好きだった。初めから。私が渡米できるように仕事をくれた時から。

でも、彼に恋するつもりはなかった。私の心は死んだんだと、もうそういう感情は持てないんだと思っていた。

でも、彼は私を目覚めさせた。おとぎ話のプリンスのように。その善良さと広い心と優しい情熱で私を愛に目覚めさせた。

バーベキューの数日後、イリーナはレイジー・H牧場へ車を走らせた。ゾーイが撮った写真を見せてもらい、料理本のバーベキュー部門に載せるレシピの整理を手伝うために。料理本はあと少しで出版社に渡せるところまで来ていた。メアリーは来春には書店に並ぶことを期待していた。

自宅に戻ったイリーナは夕食にラザニアを作ろうと決め、材料を揃えはじめた。大鍋で湯を沸かしていた時に電話が鳴った。

電話はデイジーからだった。「手紙は届いた?」

イリーナの膝から力が抜けた。彼女は引き寄せた椅子にへたり込んだ。「手紙?」

「メリーランド州の研究所からの手紙よ」

「いいえ」

「そう。でも、明日までには届くはずよ」

イリーナは口に手を当てた。「その手紙にはなんて書いてあるの?」

「あなたはゴラチェク家のプリンセスだと」

13

それからの一週間で、すべてが変わった。

まずは自宅と牧場で写真撮影がおこなわれた。さらに写真を撮るために、イリーナはケイレブとニューヨークへ飛んだ。彼らはパーク・アベニューの高級ホテルに泊まり、しゃれたレストランで食事を楽しんだ。ブロードウェイで観劇もした。

ケイレブは彼女をショッピングに連れ出した。イリーナは新たに明るい色の服を買った。ベッドで彼を誘惑するために、セクシーな寝間着も買い足した。

ゴラチェク家の末裔《まつえい》が見つかった、傷跡のある若く美しい女性だった、というニュースはたちまちのうちに広まった。世間が何より注目したのは彼女の傷跡だった。傷跡は物語の肝よ。そうデイジーは説明した。悲劇の象徴なんだから。

記者たちは自宅にも押しかけてきた。

イリーナは〝ノー・コメント〟と言って素早くドアを閉めることを学習した。

だが、ドアを閉められても、記者たちの勢いは止まらなかった。インターネットにも、週刊誌や新聞にも、彼女の名前が登場した。名前ばかりか写真まで。カメラを構えて飛び出してくるパパラッチが後を絶たず、イリーナは食料の買い出しにも苦労した。

そして、銀行家たちがやってきた。彼女は自分に残された遺産が二十億ドルを超えていることを知った。世界的な不況になる前は五十億ドル近くあったという。しかし、二十億ドルでも彼女には充分すぎる金額だった。

それだけのお金があれば、たくさんの人を救える。でも、具体的には何をすればいいの？　今は待つしかないわ。騒ぎが落ち着くのを。私がプリンセスという立場に慣れるのを。

七月の最終週にはデイジーの記事が載る『バニティ・フェア』が印刷に回された。イリーナは九月号の見本を受け取った。その表紙には、金のロケットとダイヤモンドのティアラだけを身につけ、裸にサテンのシーツをまとった彼女の姿が映っていた。

イリーナは見本を家族に配った。皆の反応は上々だった。彼らはイリーナの写真を褒め、彼女の物語に深い感銘を受けたと語った。エレナは記事を読みながら泣いたということだった。

デイジーはすでに出版契約に向けて動きはじめていた。

「一大プロジェクトよ」デイジーは誇らしげな口調で報告した。「あなたのおかげで私も大金持ちになれそうだわ」イリーナに向かってウインクすると、彼女はアルゴビア行きの件を切り出した。「本には写真をたくさん載せたいの。読者は祖国にいるあなたの姿を見たがるはずよ。できれば宮殿でも撮影したいわね」彼女が言う宮殿とはイリーナの祖父に当たるラディスラウス国王がかつて暮らしていた複数の建物のことで、現在は博物館や大統領官邸として利用されていた。「王族が隠れ住んでいた山中の写真も欲しいわ。あなたが生まれた家の写真も。もちろん、あなたが育った施設もね」

アルゴビアには二度と戻らないわ。たとえ一時的にでも。でも、そんなことを言ったら、デイジーに臆病者だと思われる。そこでイリーナは別の切り口で抵抗を試みた。「伯父さんと伯母さんの家は、もう残ってないんじゃないかしら」

「大丈夫、ちゃんと残っているから。私の調査に抜かりはないわ」

イリーナは肩を怒らせた。「私、アルゴビアに戻るつもりはないわ」

「まあまあ、ベイビー。一度は戻ってみるべきよ。きっといい経験になるわ」

「いい経験？」

「カタルシスよ。心の傷を癒やすの」

「私はいや」

「だだをこねないで。ぜひ行きましょうよ。きっと行ってよかったと思えるから」

「私は行きたくないの。かりに行きたくても、アメリカを離れるわけにはいかないの。一度出国したら、私はもうここには戻れないわ」

「何を言ってるの、ダーリン？」

イリーナは辛抱強く説明した。永住権が認められるまではこの国を離れられないことを。

「荷造りを始めて」デイジーは命じた。「言い訳はもうたくさん。そっちは私がうまくやるから」

「うまくやる？　ばかを言わないで。移民局に裏技は通用しないわ」

デイジーは鼻を鳴らした。「状況が変わったのよ、ベイビー。あなたはもうただの難民じゃない。王族なんだから」

「名目だけはね。アルゴビアの君主制は半世紀以上前に終わったのよ」

「それでも王族は王族だわ。しかも、お金のある王族よ。わからない、ベイビー？　肝心なのはお金なの。このアメリカであなたに幸せになってもらうためなら、国務省はどんなことでもやるでしょうね」

「また適当なことを言って」

「真面目な話よ。来年の四月、あなたは国税庁に相続した遺産を申告する。もちろん、すべてが課税対象にはならないわ。その点は、あなたの優秀な資産運用会社がうまくやるはずよ。それでも、あなたは高額納税者の仲間入りをする。アメリカにとって、今のあなたは市民から仕事を奪う厄介者じゃないわ。国の役に立つ人間なの。考えてみて。あなたはもうどこにでも住めるのよ。この広い世界のどこにでも。熱帯のビーチで暮らすことも、シャンゼリゼの高級ホテルで暮らすことも可能なの」

「私はアメリカで暮らしたいわ」イリーナは言った。「私はアメリカで暮らすつもりよ」

「いいじゃない。それなら楽勝よ」デイジーは片手を振った。「あなたの銀行に連絡して。永住権を申請中だということを証明する文書を移民局から取るように言って」

「銀行に？　なぜ？」

「銀行は弁護士を知ってるわ。適切な弁護士を。それで問題はあっという間に解決よ」

「適切な弁護士？　弁護士ならゲイブが――」

「だめだめ。あなたに必要なのは移民専門の弁護士よ。腕利きの弁護士」

「ゲイブは腕利きの弁護士よ」

「ええ、そうね。でも、彼は移民法の専門家じゃないわ」

「とにかく私、アルゴビアへは行きませんから」

「いいから弁護士を雇って。グリーンカードを手に入れて。そっちが片づいたら、改めて話し合いましょう」

その夜、イリーナは夕食の席でケイレブにデイジーから言われたことを報告した。

「押しが強いにもほどがあるな」ケイレブはぶつぶつ言った。「でも、彼女の言うとおりだ。最初から優秀な弁護士を雇っておけば……」

「なぜ？　私、お金の無駄遣いはしたくないわ」

ケイレブは笑った。「君の移民問題を解決できるなら、無駄遣いとは言えないだろう」

「そうね」イリーナはため息をついた。

「銀行に電話しろよ。弁護士を雇うんだ」

翌日、イリーナは銀行に連絡を取った。その次の日には新しい弁護士が決まった。弁護士の名前はリタ・ロドリゲスといった。

リタはさっそく仕事に取りかかった。そして、イリーナの財務記録を丹念に調べ、違法行為がないことを確認すると、これまで移民局に申請した書類をすべて持ってこさせた。

三度目に会った時、彼女はイリーナに言った。「これで手続きの時間を短縮できるはずよ。こちらから連絡するまで待っていて」

二日後、秘書からの電話を受けて、イリーナは弁護士のオフィスへ出向いた。

「話はついたわ」リタは言った。「一週間以内に移民局からあなたに手紙が届くはずよ。条件付きであなたの在留資格を認める通達が。本物のグリーンカードが出るのはもう少し先ね。数週間後か、あるいは数カ月後か。でも、この通達にはグリーンカードと同じ効力があるわ。通達が届いたら、それを持って地元の移民局に行き、パスポートにスタンプを押してもらうの。スタンプには有効期限があるから更新を忘れないで」

「わかったわ」

「十日たっても通達が届かない時は私に電話して。結婚から二年が経過して、グリーンカードの条件解除を申請できるようになったら、請願の準備をするから、また私のところに来てちょうだい。そうそう、あなたたち夫婦には共有財産がないのね。そこはなんとかするべきよ。市民の妻として永住権を申請したら、移民局に共有財産を調べられることになるから」

「共有財産……」イリーナは気まずい思いでつぶやいた。共有財産については彼女も知っていた。彼女が読んだ移民関係の本でも、その重要性が説かれていた。

しかし、彼女はあえてそのことを考えないようにしてきた。ケイレブにその話題を持ち出すことを避けてきた。それがケイレブの人生に深入りする行為、詐欺に詐欺を重ねる行為のように思えたからだ。

リタは爪でデスクの表面をたたいた。「夫婦共用のクレジットカードを作るべきね。家を共同購入しなさい。あるいは、今、住んでいる家を共有名義にするとか」

家の共同購入。

それなら可能なんじゃない？　今の私にはお金がある。そのお金で家を買って、彼と共有名義にすればいいのよ。

リタは相手の心まで見抜くような鋭いまなざしで依頼人を観察していた。「あなたの結婚は確かなものなのよね」

「ええ」イリーナは椅子の上で身を硬くした。「ええ……もちろん」

リタが哀れむような目で私を見ているわ。私の思い過ごしかしら？　偽りの結婚をした後ろめたさがあるから、そんなふうに思えるのかしら？　偽りの結婚。でも、最近はそのことを忘れてしまう。自分が本当に結婚したような気分になってしまう。

事実は何も変わらないのに。

リタが言った。「永住権のために偽装結婚をするのは違法行為よ。それはわかっているわね？」

「もちろん、わかっているわ」

「それならいいけど」リタは作ったような笑顔になった。「選択肢はほかにもあるわ。もし夫婦関係に変化が生じた場合は――」

「それはありません」内心の迷いを隠して、イリーナはきっぱりと否定した。

「でしょうね」リタは穏やかに相槌《あいづち》を打った。「でも、もしそういうことになったら、すぐに私のところに来てちょうだい」

その日、イリーナはリタとデイジーから言われたことについて考えつづけた。

選択肢はほかにもあるわ。

状況が変わったのよ、ベイビー。

ケイレブには本当によくしてもらったわ。彼は私の大切な人よ。私が愛する人。

今なら、その愛する人を自由にしてあげられるかもしれない。

ケイレブには自由になる権利がある。私は彼の恩に報いたい。彼が自由になりたいのなら、自由にしてあげたい。アメリカから追い出される心配がないのなら、二年も待つ必要はないんじゃないの？

デイジーは言ったわ。今の私なら世界中のどこにでも住めると。万が一アメリカから追い出されたとしても、アルゴビアに戻る必要はないのよ。ほかの土地に住めばいいんだから。誰にも頼らずに裕福な暮らしを送れるんだから。

私は地面に這《は》いつくばるようにして生きてきた。ただ生き延びることしか考えられない状態で。そして今は、後ろめたさとともに生きている。ケイレブとの結婚が本物じゃないから。いつかは終わってしまうものだから。

私は今の暮らしを続けたい。でも、それは必要に迫られて選んだ暮らし。嘘《うそ》で固めた暮らしなのよ。

半年前にケイレブと結婚したのは、ほかに選択肢がなかったからだわ。でも、今は違う。今は私の前に世界が広がっている。

そろそろ賭けに出るべきなのかしら。ただ生きるだけの状態を脱するべきなのかしら。愛する人を自由にするべきなのかしら。

私自身を自由にするべきなのかしら。

一週間後、イリーナに条件付きの永住権を認める通達が届いた。彼女はさっそく移民局に出向き、パスポートにスタンプを押してもらった。スタンプは彼女の在留資格を証明するもので、有効期限は一年となっていた。

その夜、彼女はケイレブの好きなラムチョップと新ジャガの料理を用意した。帰宅したケイレブは彼女の朗報を喜び、祝杯だと言って、とっておきのシャンパンを開けた。

食事をする間も、ケイレブは喜びの言葉を口にした。彼女も喜ぼうと努力した。

食後、二人はテレビを観《み》て、十時くらいに寝室へ移動した。ケイレブは彼女を引き寄せてキスをした。それから、彼女にほほ笑みかけた。

その笑顔を見上げながら、イリーナは思った。今の暮らしが永遠に続けばいいのにと。

でも、終わりは必ず来るわ。今の暮らしが長く続けば続くほど、つらい終わりになるのよ。

ケイレブはからかいを含んだまなざしを返した。「なんだよ、変な顔をして。今夜はずっとそわそわしてたね。僕は何かまずいことを言ったかな？」

イリーナは彼の抱擁から身を引いた。「私たち、家を共同購入するべきだと思うの」考えるより先に言葉が飛び出していた。

ケイレブは眉をひそめた。「なんのために？　この家じゃ不満か？」

「そんなことないわ。私はこの家が大好きよ」

「だったら、なぜ引っ越す？」

「弁護士に言われたの。夫婦の共有財産が必要だと。グリーンカードの条件解除を申請すると、移民局にそういうことを調べられるんですって」

「なるほどね。じゃあ、この家を君と共有名義にしないか？　そのほうが話が簡単だ。ヒル・カントリーの空き家を買う手もあるが、あそこにはもうブラボー家のキャビンがあるからな。そのうち君も連れてってやるよ。きっと気に入るはずだ。もし家を買うなら、エキゾチックな場所がいいな。バハマとかカンクンとか。海と砂と太陽がある土地でさ」

なんていい人なの。イリーナは顔を両手で覆った。ここはケイレブに調子を合わせるべきよ。素敵なアイデアねと言って、この話を終わらせるべきだわ。

でも、私にはできない。

ケイレブが彼女の肩に触れ、おずおずとさすった。本気で心配してくれているのだ。「イリーナ。話してごらん。何か気になることがあるんだろう？」

イリーナは口に両手を押しつけた。その両手が力を失い、だらりと落ちていった。「ああ、ケイレブ、あなたはわかってないわ」

「何がわかってないんだ？」

「私はあなたと一緒に家を買いたいの。このサンアントニオで」

「この家が好きなんだろう？　だったら、なぜ？」

「その家に引っ越すためよ。私一人で」

14

ケイレブは何かを壊したい衝動に駆られた。「なんだって？」

イリーナはたじろいだ。弾《はじ》かれたようにあとずさった。「お願いだから怒鳴らないで」

ケイレブは己の愚かさを恥じた。彼女に怒鳴ってはいけなかったのだ。

でも、わけがわからない。イリーナはなんの話をしてるんだ？　引っ越す？　なんのために？

オーケー。確かに僕は傷ついている。だから、かっとなってしまったんだ。

口調を抑えて、彼は続けた。「僕のせいかな？　僕が何かしたから？」

「いいえ。あなたのせいじゃないわ。あなたは何も悪くない。それだけは信じて」イリーナは思い詰めた顔をしていた。見るからに惨めな様子だった。

ケイレブはゆっくりと息を吸い込んだ。なんとか落ち着きを取り戻そうとした。「本当にわけがわからないんだ。僕たちには計画がある。君はその計画をぶち壊しにしたいのか？　急にどうしたんだ？　今まではあんなに慎重だったのに。慎重すぎるほど慎重だったのに」

「わかってるわ」イリーナは唇を引き結んだ。

「僕たちは沈黙を誓った。これが本当の結婚じゃないことは誰にも――ビクトルにさえ――言わないと約束した。君は触れられることを嫌っていた。にもかかわらず、移民局の戸別訪問を恐れて、最初から同じベッドで眠るべきだと主張した。それが今になって自分だけ引っ越したいだと？」

「でも、私の永住権は認められたんだし、そこまで用心する必要はないんじゃないの？　自分だけ引っ越すなんて無謀すぎる」

「そこまでも何も。自分だけ引っ越すなんて無謀すぎる」

「私は……あなたの自由を返したいの」

「僕の自由？」ケイレブは苦々しげに吐き捨てた。「そんなもの、誰が返せと言った？」

「でも……あなたに申し訳なくて」

「何に対して？　僕は言ったはずだ。二年間はこの計画に関わると。君はそれをぶち壊しにしたいのか？」

「それは違うわ」

「いいや、違わない。もし君だけ引っ越したら、この計画はおしまいだ」

「そうじゃないの」イリーナは前髪をかき上げた。「そんなつもりで言ったんじゃないのよ」

「じゃあ、どんなつもりで言ったんだ？」

「私はずっと怯《おび》えていたでしょう。何もできない状

「君のために嘘《うそ》をつけ、ということだな。これまでそうしてきたように」

「ケイレブ」イリーナの表情が曇った。彼女はサンドレスのファスナーに伸ばしかけていた手を引っ込めた。「そうね。これまでどおり、私のために嘘をついてもらえるとありがたいわ」イリーナはベッドの端に腰を下ろした。「でも、あと一年半もあなたを縛りつけるのは心苦しくて。だから、あなたを自由にしてあげたいの。今すぐに」

ケイレブの怒りが再燃した。「ばかを言うな。なんだ、その屁理屈《へりくつ》は？」

「屁理屈じゃないわ。あなたはわかってない。私は――」

ケイレブは手を一振りして彼女の言葉を遮った。「わかってるさ。君は頭が変になってるんだ。これだけ苦労してアメリカに残れるようになったのに、急に引っ越したいとか言い出して。下手すりゃ刑務所態だったわ。でも今は……少し強くなった。違う見方ができるようになった。以前の私には選択肢がなかった。でも、今はあるの」

選択肢。イリーナには選択肢がある。

ケイレブはまた怒鳴りそうになった。誰にそんな危険な考えを吹き込まれたのか、イリーナを問い詰めたかった。

彼はぎりぎりで自分を押しとどめた。怒鳴ったところで何も解決しない。それに、誰に吹き込まれたにしても、イリーナに選択肢があるのは事実だ。彼女はプリンセスなのだから。彼が一生かかっても稼げないほどの大金を持っているのだから。

イリーナはケイレブの沈黙を同意と受け取ったようだった。「要は目立たないようにすればいいのよ。二年が過ぎて、私の永住権が認められるまで。その時が来たら、あなたには私の夫として保証人になってほしいわ。当初の予定どおりにね」

所行きだぞ。アメリカから永久追放になるんだぞ。正気を失ったとしか思えないね」

しかし、イリーナは一歩も引かなかった。「私は正気よ。私が追放されることはないはずだわ。私たちが結婚したことはすでに証明済みでしょう。あとは二年間離婚しなければ、それで充分よ」

「いや、充分じゃない。君が言ったんだぞ。本物の結婚でなきゃだめだと。もし君が一人暮らしを始めて、僕がほかの女性たちとデートするようになったら、本物の結婚とは言えないだろう」ケイレブはかぶりを振った。「まったく、わけがわからないよ」

イリーナは奇妙な目つきで彼を見つめた。「本当にわからないの？」

「ああ、さっぱり」

彼女はしばらくケイレブを見つめていた。それからサンダルを脱いだ。そのサンダルを手に化粧室へ消えた。

ケイレブはあとを追いたい衝動に耐えた。今あとを追えば、また怒鳴りはじめそうな気がしたからだ。その代わりに彼はシャツを脱いだ。ズボンと靴と靴下も脱ぎ、ボクサーショーツ一枚の姿でベッドの端に腰を下ろした。

いったいどうしたっていうんだ？　僕は女性に怒鳴るようなタイプじゃないのに。人間関係も人生も成り行きまかせの男なのに。

その答えが出ないうちに、イリーナが化粧室から戻ってきた。彼女はニューヨークでケイレブに買ってもらった夏用の短いローブを着ていた。薄いピンクのサテンが官能的な曲線を際立たせていた。今の彼女は食べてしまいたいほど魅力的に見えた。少なくとも、首から下は。

だが、彼女の表情は違った。そこには誘惑のかけらもなかった。

イリーナは窓際の安楽椅子――ベッドと彼から離

れた場所に浅く腰かけた。「私が言いたかったことを最後まで言っていいかしら？　お願いだから聞いてくれる？」

「言いたきゃ言えよ」ケイレブは歯を食いしばった。なぜ僕はこんなに頭に来てるんだろう？　この結婚には期限がある。それは最初からわかっていた。そうでなければ、そもそも結婚なんてしなかった。

「私を取り巻く状況は大きく変わったわ。私はようやく……独り立ちするチャンスを手に入れた。これはあなたのチャンスでもあるの。あなたの人生を取り戻すチャンス。以前のように自由に生きられるチャンス」

「それが君の望みなのか？　僕を厄介払いすることが？」

イリーナは無言で彼を見つめていた。そして、ようやく口を開いた。「いいえ。私はあなたを愛しているもの。できれば、あなたと暮らしたい。あなたのそばにいたい。でも、かなわない望みもあるわ」

ケイレブの緊張がほんの少しだけ和らいだ。「本気なんだな？　君は僕のそばにいたいんだな？」

「ええ、本気よ」

「だったら、何が問題なんだ？　僕は今の暮らしに満足している。別に迷惑はしていない」

イリーナは彼を見つめた。「迷惑はしていない」

「ああ。それに、このほうが安全じゃないか。二年の間、この状態を続けるほうが」

イリーナはうなだれた。「だめよ」

「だめ？　だめってどういうことだ？」ケイレブは危うく怒鳴りそうになった。

「言ったでしょう。私はこれ以上強制的な結婚生活を続けたくないの。今の私には選択肢がある。今の私ならその道は選ばないわ」

「その道？　何が言いたいんだ？　君が引っ越せば、別居ってことになるんだぞ」

イリーナは視線を逸《そ》らした。「私が言いたいことはわかるでしょう」

「危険を承知で言っているのか？　ここでやめたら、困るのは君だ。君と僕だ」

「それはどうかしら。私たちは結婚したのよ。みんなも私たちが本物の夫婦だと信じてる。私は誰にも事実を話してないわ。あなたは？」

「話すわけないだろう。僕は、約束は守る」

「ケイレブ」イリーナは辛抱強く訴えた。「本物の結婚でさえうまくいかないこともあるでしょう。人生にトラブルはつきものよ。移民局もそれくらいは理解してくれるわ」

「確かに、お互い刑務所には行かずにすむだろう。でも、君は国外退去になるかもしれない。君はここに残りたいんだろう。何があってもアメリカに住みつづけたいんだろう。ずっとそう言っていたのに、急にどうしたんだ？　気が変わったのか？」

イリーナは顎を引いた。「アメリカが私を望まないなら、それはそれでけっこうよ。私がよそに行くまでだわ。今なら行く先も自由に選べるし」

彼女を揺さぶってやりたい。正気を取り戻すまで揺さぶりつづけたい。「君らしくない台詞《せりふ》だ」

「でも、これが今の私よ」理解してほしい、と大きな瞳で懇願していた。「私はもうあなたが結婚した哀れな難民じゃないわ。事情が変わったのよ。私は急に大金持ちになった。消えたプリンセスになった。でも、それだけじゃない。私が本当の意味で変わったのはあなたのおかげなの。私がどんなに感謝しているか、あなたには……」

感謝の言葉なんかいらない。僕が欲しいのは……。それは自分でもわからない。でも、何がいやかはわかってる。僕は彼女を失いたくない。

言ってることがおかしくないか？　もちろん、僕は彼女を失うことになる。最初からそういう計画だ。

彼女が永住権を得るために、僕たちは夫婦のふりをする。そして、二年後に離婚する。

でも、それは一年半も先の話だ。僕は今の暮らしに馴染《なじ》んでる。今の暮らしに満足している。

幸せな暮らし。

幸せすぎる暮らし。

「ケイレブ？」イリーナが立ち上がった。彼女はベッドに近づき、ケイレブのむき出しの肩に手を置いた。「お願いだから怒らないで」

ケイレブは茶色の瞳を見上げた。彼女には権利がある。自ら選択をする権利。自由になる権利。独り立ちをする権利。男なら彼女の意思を尊重するべきだ。「怒ってないよ。驚いただけさ」

イリーナは前屈《かが》みになり、彼に軽くキスをした。

「これでいいのよ。今にわかるわ」

ケイレブは彼女の香り――甘く女らしい香りを吸い込んだ。「どっちに転んでも、君はグリーンカードを手にできるわけだ」

「ええ、ケイレブ」

「その言い方、好きだな」

「ええ、ケイレブ」

ケイレブは彼女のうなじをとらえ、引き寄せてまたキスをした。

二人はいつもどおりにベッドに入り、情熱的に愛し合った。

しかし、それから数日もたたないうちに、イリーナは違和感を抱くようになった。二人の間に距離を感じはじめたのだ。

引っ越しの話が出たあの夜以来、二人は一度も愛し合わなかった。ケイレブの帰宅も遅くなり、六時に帰ってくる日もあれば、さらに遅くまで残業する日もあった。

家族の行事には相変わらず二人で参加した。ブラボー・リッジの食事会にも。レイジー・H牧場のバーベキューにも。

メアリーには何か問題があるのかと尋ねられた。イリーナは何もないと嘘をついた。もし偽装結婚の事実を打ち明ければ、メアリーにも迷惑をかけることになるからだ。

ケイレブが誠実であることには変わりないわ。彼は私との約束を守り、今の関係を尊重してくれている。でも、どこかよそよそしいのよ。私との間に距離をおこうとしている感じがするの。

それは私にも言えることだけど。

私は彼に愛していると言ったわ。あなたのそばにいたいと言った。でも、彼は私を愛しているとは言わなかった。確かに私のやり方にも問題はあったと思うわ。あんな曖昧な言い方では気持ちは伝わらなかったかもしれない。

私はあなたを愛してる。あなたに恋してる。もしあなたが愛してくれるなら、私は一生あなたのそばを離れない。本当はそう言うべきだったのかしら。

でも、今さらそんなことは言えないわ。向こうは私と一緒にいたくないかもしれないのに。

イリーナは自分の持ち物を結婚前に使っていた部屋へ戻した。自分もそこで眠るようになった。その件について、ケイレブは何も言わなかった。

気がつくと、二人は夫婦と言うよりルームメイトのような間柄になり、互いに対してよそよそしく丁重にふるまうようになっていた。イリーナは自分に言い聞かせた。私たちの関係は終わったの。それを事実として受け入れなさい。

彼女は大学へ通いはじめた。講義を受けるのは週に数時間だったが、そのおかげで忙しい気分になれた。複雑にこじれた自分の結婚生活から気を逸らすことができた。

九月に入ると、ケイレブはカリフォルニアへの出張で一週間ほど留守にした。マディ・リズは男の子を出産した。赤ん坊はアンドリュー・バシリと名付けられた。産後の手伝いをするために、イリーナは泊まりがけでダラスへ飛んだ。子供たちの世話を焼き、小さな赤ん坊を抱いていると、少しは心が慰められた。

水曜日にサンアントニオへ戻ると、今度はデイジーがニューヨークから訪ねてきた。デイジーは単行本の執筆のために新たな質問を用意していた。単行本は国王の追放から消えたプリンセスの発見までゴラチェク家の歴史をたどる内容で、六百ページを超える大作になるということだった。

本の出版日を尋ねるイリーナに、デイジーは辛抱強いまなざしを返した。「まだ下書きの段階だから、当分先になるわね」

「当分？」

「本を出すってそういうことよ。原稿を完成させるのにあと半年、いいえ、八カ月は必要だわ。原稿ができたら、次は製作。全部で一年半はかかるかしら。それから販売計画を立てるわけだから、出版されるのは再来年の夏ってところじゃない。ところで、アルゴビアへの旅はどうするの？」

イリーナの返事は変わらなかった。「私、あそこへは二度と戻らないわ」

「グリーンカードの件は片づいたんでしょう？」

「デイジー、私は行けないんじゃないわ。行く気がないの。たぶん、一生そんな気にはならないわ」

デイジーはまじまじと彼女を見返した。「あなた、行くのが怖いのね」

イリーナはひるまなかった。「そうじゃないわ。行きたくないの。あそこはもう私の住む場所じゃないわ。私にとっては死と苦しみの記憶しかない場所なのよ」

デイジーはうなった。「あなた、自立心の強い頑固者になってきたわね。自分で気づいてる?」
イリーナはにんまり笑った。それに応えるように
デイジーもにんまり笑った。次の瞬間、二人は同時
に噴き出していた。
デイジーがニューヨークへ戻ると、入れ替わるよ
うにケイレブがカリフォルニアから帰ってきた。彼
は以前にも増してよそよそしくなっていた。引っ越
しを先延ばしにしていたイリーナは、ついに重い腰
を上げた。不動産業を営むエレナの母親に電話をか
け、物件探しを依頼した。
ルースは様々な物件を見せてくれた。だが、イリ
ーナにはどれもぴんと来なかった。なかなかイエス
と言わない彼女にルースはやんわりと尋ねた。「あ
なた、本当に引っ越す気はあるの?」
その夜、家政婦時代に使っていた部屋のベッドの
中で、イリーナは悶々《もんもん》として過ごした。ケイレブが
恋しくてたまらなかった。本当は今すぐ彼のところ
へ行って懇願したかった。私をあなたのベッドと人
生に連れ戻してほしいと。もう一度あなたの妻にな
るチャンスをくださいと。
その夜、彼女はケイレブの夢を見た。ケイレブに
触れられ、キスされる夢を。彼女はうめき声ととも
に目を覚ました。自分に触れながら。嗚咽《おえつ》をもらし
ながら。
このままではだめよ。こんなこと、やめるべきだ
わ。
翌日、ルースは大学から帰ってきたイリーナを一
軒の空き家に案内した。その家はケイレブの家から
わずか数ブロックの距離にあった。モダンなキッチ
ンを備えた二階屋で、主寝室には大きなバスタブが、
美しく造成された庭にはプールがついていた。
「ここに決めたわ」イリーナは告げた。
ルースは笑った。「どうやら本当に引っ越すつも
りみたいね」

「ええ。私、ここが気に入ったの」

「ケイレブはいつここに連れてくるの？」

イリーナは微笑した。「彼に見せる必要はないわ。彼は……私の判断に任せるって」

売買の交渉が始まった。ルースは値引きさせるべきだと主張した。せめて一通りの検査がすむまでは待つべきだと言って、即決で買おうとするイリーナを思いとどまらせた。

イリーナは家探しの状況を逐一ケイレブに伝えていた。交渉がまとまった日も、彼にそのことを報告した。

ケイレブは真顔で祝いの言葉を述べた。そして、部屋から出ていった。イリーナは彼の後ろ姿を見送った。彼に心臓をむしられ、持ち去られたような気分だった。

九月最後の金曜日、イリーナはついに自分の家を手に入れた。ルースはケイレブが契約に立ち会わないことに驚いていたが、イリーナが彼を共有名義人にしていたため、それはそれで納得したようだった。なにしろ、今のイリーナには大金がある。大金持ちは変わったことをするものなのだ。

その夜、イリーナはケイレブに契約成立を伝え、家具を揃《そろ》えたらすぐに引っ越すつもりだと告げた。

「よかったじゃないか」ケイレブは言った。

「話し合いどおり、あなたを共有名義人にしたわ」

「移民局の連中に疑われないためか」

「ええ」

二人の視線がぶつかった。突然、イリーナの全身に熱い震えが走った。ケイレブは何を考えているのかしら？　そう思った次の瞬間、ケイレブが言った。

「シャンパンでお祝いしないとな」

ノーと言いなさい。私は哀れな物乞いじゃないんだから。自分の部屋に戻って勉強するべきよ。そうでなきゃ、引っ越し用の買い物リストを作るとか。

結局、イリーナは笑みを返していた。「ええ。お祝いしましょう」

ケイレブはワインクーラーから瓶を取り出し、栓を抜いて二つのグラスに注《つ》いだ。片方のグラスをイリーナに渡してから、自分のグラスを軽く触れ合わせた。「僕のお気に入りのプリンセスに乾杯。君の夢がすべてかないますように」

「あなたの夢も」イリーナはいっきにシャンパンを飲み干した。グラスを置くと、ケイレブが彼女を見つめていた。

ケイレブもグラスを置き、彼女のほうへ手を伸ばした。「もう一度」彼の声は低く、ざらついていた。緑色の瞳には暗い炎が燃えていた。

私は彼を拒むべきなの？　たぶん、そうね。でも、私の体は彼を求めている。体だけじゃないわ。心も。魂も。

イリーナはため息をつき、自ら彼の腕の中に収まった。ケイレブは彼女にキスをした。舌を差し入れられて、イリーナは熱いうめき声をもらした。

ケイレブは彼女を抱き上げて自分の寝室へ連れていった。そこで彼女を床に下ろすと、彼はキスを続けながら服を剥ぎ取りはじめた。

イリーナもためらわなかった。彼のベルトを外し、ファスナーを開け、ズボンとボクサーショーツを押し下げた。床に膝をついて、靴と靴下まで脱がせた。

裸になったケイレブを前にして、彼女はため息をついた。ケイレブが硬くなっている。私を求めている。彼女は誇らしげにそそり立つものを手にとらえ、そっと撫《な》でた。ケイレブは彼女を立ち上がらせ、改めて唇を合わせた。

彼はイリーナをベッドに横たわらせた。イリーナは唯一身につけていたサンダルを蹴り捨てた。

ケイレブのキスが彼女の身を焦がし、燃え上がらせた。彼は両手で胸の膨らみをとらえ、片方を口に含むと、軽く歯を立て、激しく吸った。イリーナは大きな体を引き寄せ、左右の肩に爪を食い込ませた。もっと欲しい。ケイレブのすべてが欲しい。しかし、ケイレブは彼女の懇願のすすり泣きに屈しなかった。

今はまだ。

彼はキスを続けた。イリーナを悩ませた夢のように、手と唇の両方を使って彼女の全身を味わった。

ようやく彼が両脚の間に入ってくると、イリーナは引き締まった腰を両手でつかんだ。彼のすべてを求めて、自ら体を押しつけた。

ケイレブはイリーナの求めに応じ、力強い一突きで彼女を満たすと、体を浮かせて彼女を見下ろした。

イリーナは彼の視線を受け止めた。ケイレブの瞳。緑の炎が燃えているみたいだわ。彼に言いたい。彼に与えたい。私の持っているもののすべてを。私のすべてを。私の未来のすべてを。

ケイレブはたくさんのものを私にくれた。この魔法も、この狂おしい官能も含めて。ケイレブのおかげで、私は失ったと思っていた喜びを取り戻すことができた。

これは彼からの大切な贈り物よ。

彼を恨むのは筋違いだわ。彼はもともと私のものじゃなかったんだから。彼は一度も愛を約束しなかった。それでも、私に多くのものを与えてくれた。

ケイレブが彼女を激しく貫いた。全身でイリーナは腰を浮かせて彼を包み込んだ。全身で彼に応え、彼とともに絶頂の時を迎えた。

私たちの最後。この魔法の瞬間がいつまでも終わらなければいいのに。

しかし、魔法は解けた。

翌朝、イリーナは夜明け前に自分のベッドへ戻った。それから二時間後には起き出して、一人で朝食をすませた。

　彼女はキッチンを片づけ、大学へ行った。午後はショッピングに費やした。空っぽの家を満たすために買わなくてはならないものが山ほどあった。

　一週間後、イリーナは新しい我が家へ引っ越した。落ち着くとすぐにメアリーをランチに招き、ケイレブとうまくいっていないことを打ち明けた。だが、詳しい事情までは話さなかった。メアリーは彼女を抱きしめ、いつでも力になると言ってくれた。

　その翌日にはビクトルが訪ねてきた。「ケイレブと話した。あいつをぶちのめそうとしたら、まず君と話をするように言われた」

　イリーナは従兄《いとこ》を抱擁した。彼に自分の新居を見せ、エスプレッソを出して懇願した。「お願いだから、ケイレブにひどいことをしないで」

「あいつを愛してるんだな」ビクトルは言った。

「でも、あいつは君にはふさわしくない」

「ケイレブはとてもよくしてくれたわ。言葉に尽くせないくらい」

「そうか」彼女の従兄はつぶやいた。

　それからの数日間は客の来訪が続いた。エレナにアレタにマーシー。アッシュの妻のテッサまで。彼女たちは皆、イリーナを愛していると言った。イリーナの力になりたいと言った。

　マットの妻のコリーンもやってきた。娘のキーラと生まれたばかりのキャスリーンを連れて。イリーナは赤ん坊を腕に抱き、キーラの最新のノックノック・ジョークに耳を傾けた。

　イリーナが慈善活動を考えていることを知ると、ブラボー家の女性たちはそれぞれに提案してくれた。彼女は投資カウンセラーにも相談し、ＹＭＣＡや女性支援団体、恵まれない子供たちのための校外学習プログラム、移民のための英語学習プロジェクトに多額の寄付をした。

充実した毎日。これもケイレブのおかげだわ。彼の助けがなかったら、私は今ここにいなかった。亡命資格が取り消されると知った時点でどこか遠くへ逃げていた。でも、彼のおかげで私は短いけれど幸せな時間を持てた。彼のおかげで心の傷も治せた。今の私には頼れる友人が大勢いる。人助けができるほどのお金がある。

確かにケイレブが恋しくてたまらない時もあるわ。でも、これ以上望むのは欲張りというものよ。私はただ彼の幸せを祈るだけ。彼が自由を満喫していることを祈るだけ。

イリーナが去ったあと、ケイレブはずっと自分に言い聞かせていた。これでよかったんだと。これが最善の道だったんだと。

イリーナは過去の恐怖を乗り越えた。今の彼女にはすべてがある。人生を一からやり直す権利がある。

彼女が僕と結婚したのは、それしか方法がなかったからだ。彼女は僕を愛していると言った。でも、それは一時的な感情に過ぎない。自分を助けてくれた人に愛情を抱くのはよくあることだ。彼女は僕に恩を感じているんだろう。でも、僕は恩で彼女を縛りつけたくない。彼女には自由に生きてほしい。自分の可能性を試してほしい。

僕もかつては自由を満喫していた。でも、もうあの頃の自分には戻れそうにない。彼女のいない家は寒々としている。とんでもなく散らかっている。

掃除だけならなんとでもなる。家政婦を雇えばすむ話だ。でも、もしキッチンに入っていって、違う女性が流し台に立っているのを見たら、僕は壊れてしまうかもしれない。

だったら、このまま散らかしておくほうがましだ。

ケイレブは努めて外へ出ようとした。以前のようにバーへも行ってみた。しかし、見知らぬ女性とダンスをするどころか、酒を飲む気にさえなれず、結局は自宅へ車を飛ばすことになった。

彼は昔からスピード狂だった。彼自身もそのことを自覚し、制限速度を守るように心がけていた。しかし、うっかり飛ばしてしまうことも多かった。

ビクトルからぶちのめされそうになったあと、彼は父親からも説教をされた。イリーナのようにすばらしい女性を手放すとはどういうことかと詰問された。彼はほっといてくれと言い返した。父親は彼を大ばか者と呼び、ようやく説教から解放してくれた。

次にやってきたのはルークだった。開口一番、ルークは言った。「なんだ、ここは？　豚小屋か？」

ケイレブは答えた。「ビールでも飲む？」

ビールを受け取ると、ルークはまた弟をいびりはじめた。「僕がマーシーとデートしてた時、おまえはなんて言った？　僕たち二人を見て、おまえはこう思ったんだよな？　結局はこうなるのかと。覚えてるか？」

「何が言いたいのさ？」

「なぜイリーナを手放そうとする？　おまえは彼女に夢中じゃないか。自分でもわかってるんだろう」

「イリーナの差し金でここに来たのか？」ケイレブはうなった。そうであることを心のどこかで期待していた。

「誰の差し金でもない。僕がここに来たのは、おまえが僕の弟だからだ」

ケイレブの期待はもろくも潰《つい》えた。「じゃあ、僕のことはほっといてくれよ。頼むから」

ルークの次はマットが現れた。続いてゲイブもやってきた。ケイレブは兄たちに言い渡した。自分とイリーナのことには口出しするなと。

こうしてケイレブは孤独になった。孤独と家族の説教と。どちらがましなのかはわからないが。

みんなはわかってないんだ。僕とイリーナが結婚した事情も。僕たちが今、別々に住んでいる理由も。いや、理由なんかどうでもいい。肝心なのは僕が彼女を失ったということだ。僕に彼女を取り戻す気がないということだ。

　これが最善の選択だということだ。

　やがて、エレナが週に二、三度、立ち寄るようになった。ケイレブは異母妹とビールを飲み、映画を観《み》た。エレナはイリーナとの破局について自分の思うところを語った。彼にいやな顔をされても引き下がらなかった。

「あなたはばかよ。イリーナはあなたを愛しているわ。あなただって彼女を愛しているじゃない」

「そんな単純な話じゃないんだよ。よけいな口出しはやめてくれ」

「私がアドバイスしてあげる。イリーナのところに行きなさい。そして、彼女に言うのよ。君を愛してる。君がいないと寂しくてたまらない。家政婦を雇う気にもなれないから、洗濯物がたまりっぱなしだ。僕の心はずたずただ。お願いだから戻ってきてくれって」

「よく言うな。兄妹《きょうだい》付き合いを始めて一年ちょっとしかたたないのに」

「あなたにばかだと言ってやれる人は私しかいないもの」

「いいや。みんなにもそう言われた」

「でも、みんなはあきらめて黙っちゃったでしょう。私はあきらめないわ」

「それはいい知らせ？」

「イリーナのところに行きなさい。彼女は三ブロック先に住んでいるわ」

「彼女の住まいなら知ってる」

「花を持っていくのよ。ドアをノックして。ドアが開いたら、彼女に言うの。君を愛してるって。家が散らかってるって。それですべてうまくいくから」

「口を閉じて、ポップコーンを回せ」

エレナは口を閉じた。少なくとも、次に彼を責めはじめるまでは。「あなた、怖がってるのね？　どうしたの？　家庭環境に問題があったとは思えないけど。確かに、あなたのパパは一度愚かな真似《まね》をしたわ。私という子供を作り、それですべてを失いかけた。でも、あなたのパパとママは幸せな夫婦としてやってきたじゃない。結婚して何十年もたつのに、いまだにお互いを愛してる。自分の殻に閉じこもってちゃだめよ。あなたの妻を取り戻しなさい」

悔しいが、エレナの言うとおりだ。僕のイリーナに対する感情は、過去の女たちに対する感情とはまったく違う。僕はイリーナがアメリカに残れるように力を貸しているつもりだった。でも、彼女はいつのまにか僕の心の中に忍び込んできた。そして、気がついた時には僕の心を占拠していた。

そんな感情に振り回されないほうが、男の人生ははるかに楽なんだが。

浅はか。イリーナは僕のことをそう表現した。結婚を決めたあの日に。浅はかだが、心は善良だと。僕は浅はかな人間かもしれない。浅はかな生き方を好んでいたかもしれない。自分の妻を追い払い、そのほうが彼女のためだと自分をごまかしていたのかもしれない。実際は怖かっただけなのに。

彼女に人生を変えられ、自分自身を変えられて、死ぬほど怯えていただけなのに。

ケイレブはバー通いをやめた。バーにいても気が滅入《めい》るだけで、そのあとはただやみくもに自宅まで車を走らせることになるからだ。

実際、この調子ではいつ事故を起こしてもおかしくない。それは彼自身にもわかっていた。だからこそ、ハンドルを握る時は慎重な運転を心がけ、絶対に制限速度を守るようにしていた。

それだけに、彼の身に起きたことは皮肉としか言いようのないものだった。

イリーナが出ていってから三十五日が過ぎた木曜日の午後、仕事を終えたケイレブは制限速度五十キロの道を四十五キロで走行しながら自宅へ帰ろうとしていた。

前方の信号は赤だった。だから、彼はブレーキを踏んだ。しかし、信号が青に変わったので、そのまま進むことにした。

交差点の中央に差しかかったところで、視界の左隅に何かが見えた。彼は反射的に左側の窓を見やった。大型のピックアップ・トラックが彼のほうへ迫りつつあった。ハンドルを握る男の姿が見えた。男は高齢だった。胸に拳《こぶし》を当て、恐怖に目を見開いていた。

これで終わりか。僕は死ぬのか。スピードを出してもいないのに。

イリーナ。

次の瞬間、衝撃が襲ってきた。金属のぶつかる音がして、全世界が回りはじめた。けたたましい音が聞こえた。人間の悲鳴のような音が。

けたたましい音が消えると、あとには静寂が残った。どこかで壊れたラジエーターが低くうなっていた。彼は血で濁った目で割れたフロントガラスの外を眺めた。イリーナの顔が見えた気がした。彼女の美しい顔が。

「イリーナ」彼はささやいた。だが、イリーナがそこにいないことはわかっていた。

15

救急車が駆けつけた。隊員たちは車の残骸からケイレブを助け出し、ストレッチャーで救急車まで運んだ。

「大丈夫。あんたは助かる」彼の手の甲に点滴の針を刺しながら、救命士が声をかけた。その言葉にケイレブは心の底から安堵《あんど》した。どこもかしこも痛かった。彼を台に固定するための拘束具が胸に食い込んでいた。頭には斧《おの》で殴られたような痛みがあった。

ケイレブは尋ねた。「あの老人……ピックアップ・トラックの老人は？」

「心不全だ」救命士は隣の台を顎で示した。ほかの救命士たちが老人の治療に当たっていた。「今のところ、なんとか持ちこたえてる」

ケイレブは救急処置室へ搬送され、飛んできた金属片で切れた額を縫合された。傷口は十センチに及んでいたが、それでも運がよかったと言われた。アウディの補強鋼とサイドエアバッグのおかげで、この程度ですんだのだと。

ああ、僕は運がいい。あとはこの胸の痛みをなんとかしてくれ。それから、頭の痛みも。

手当てがすむと、彼は個室へ運ばれた。そこに携帯端末を持った女性がやってきた。女性は彼にほほ笑みかけ、携帯端末をペンでつついた。

ケイレブは尋ねた。「僕にぶつかった男は？　心不全を起こしたと聞いたが……」

「あの人はまだ手術中よ」女性はきびきびとした口調で答えた。「でも、希望はあるわ。うちの循環器センターは州でもトップクラスなの。助かる見込みは五分五分以上じゃないかしら。ちなみにあなたは問題なしよ」

「よかった。じゃあ、帰っていいかな？」ケイレブはうなりながら起き上がろうとした。

女性があわてて駆け寄り、彼をそっと押し戻した。「お願いだから、じっとしてて。頭の傷の様子を見たいから、一晩はここにいてちょうだい。誰か連絡してほしい人はいる？」

「僕の妻に」ケイレブは答えた。考えるより先に言葉が出ていた。彼はイリーナの電話番号を告げた。この五週間、臆病風に吹かれて使えずにいた番号を。

それから、彼はベッドに仰向けになり、壁の時計を見つめて待った。ずきずき痛む頭の中でイリーナの名前を唱えながら。彼女が来てくれることを祈りながら。

そして二十分が過ぎた。

ドアがそろそろと開き、イリーナが入ってきた。彼女は黒っぽい髪を肩に垂らしていた。白いVネックのセーターにタイトなジーンズを合わせ、ヒールの高いしゃれたブーツを履いていた。そして、耳にはケイレブが買ってやったダイヤモンドのイヤリングをつけていた。

「きれいだ」ケイレブはささやいた。

「ああ、ケイレブ」大きな茶色の瞳に涙が浮かんだ。イリーナはベッドに近づき、彼の手を握った。「あなた、何をやらかしたの？」

「何もやらかしてないよ。本当さ。僕はスピードを出してなかった。心臓発作を起こした老人が僕の車に突っ込んできたんだ」

「ああ、ケイレブ……」

「彼はまだ手術中らしい。たぶん助かるだろうって話だよ」

イリーナは彼の手を自分の胸に押し当てた。「あなたはどうなの？」

「僕は大丈夫。様子を見るために今夜はここにいろと言われているけど」

「よかった」イリーナはつぶやいた。本心からそう思っているようだった。

ケイレブは異母妹に言われたことを思い出した。

「僕は君を愛してる。うちは散らかり放題で、僕は惨めな状態だ。花がなくてごめん」

「ああ、ケイレブ……」

「〝ああ、ケイレブ〟ずっとそればかり言ってるね」

「だって……ほかになんて言えばいいの？　あなたはひどい有様だと？　あなたが生きていて本当に嬉《うれ》しいと？」

「どこもかしこも痛いんだ。特に心がね。僕のところに戻ってきてくれ」

「ああ、ケイレブ……」イリーナの唇の両端がわずかに上がった。これはイエスという意味か？　だが、彼女はケイレブの手をそっとマットレスに戻した。

ケイレブは期待を込めて提案した。「とりあえずキスしてくれないか？」

「あなたの頭、かわいそう」イリーナは包帯を巻かれた彼の額に指を近づけた。

「傷跡が残るかもしれないね。でも、いいんだ。傷跡はセクシーだから」

「そう？」

「そうさ。キスは？」

「ああ、ケイレブ……」イリーナは頭を下げた。

ケイレブは彼女の香りを吸い込んだ。そう、これだ。この甘くて清潔な香り。どこにいても、僕はこの香りで彼女がわかる。百人が押し込められた真っ暗な部屋の中でも、彼女の居場所を当てられる。

イリーナが彼にキスをした。控えめなキスは一瞬で終わった。

「もう一度。今度は長くて深いのを」

イリーナはためらった。

彼女の瞳に浮かぶ迷いの色。この迷いを消すためにはなんと言えばいいんだろう？　ケイレブがその答えを見つけ出すより先に、再びドアが開いた。

今度は彼の両親だった。

アレタがうわずった声をあげた。「ケイレブ。ああ、ハニー……」

デイビスが妻の肩を握った。「落ち着け、アレタ。こいつを見てみろ。そりゃまあ、多少は壊れてるかもしれん。だが、大丈夫だ」

「私が連絡したの。二人には知らせておくべきだと思って」イリーナはあとずさり、ケイレブの両親に場所を譲った。

両親はベッドに駆け寄り、左右から彼を取り囲んだ。

ケイレブは両親を愛していた。彼が必死に妻を取り戻そうとしているところに現れたからといって、二人を恨むのは筋違いだろう。それでも、彼は両親を憎らしく思った。ほんの一瞬だけ。

しかし次の瞬間には、彼は両親に感謝の笑みを返していた。「来てくれてありがとう」

アレタは息子の頬にキスをした。「その様子なら大丈夫そうね」

デイビスは息子の腕を軽くたたいた。「こいつはタフだよ。うちの坊主どもはみんなそうだ」

「そうそう」ケイレブはうなずいた。「うちは石頭が揃《そろ》ってる。みんな、父親に似たんだな」

デイビスは笑った。アレタはため息をついた。

ケイレブは二人に断言した。「実際、たいした怪《け》我《が》じゃないんだよ。今夜はここに泊まることになるけど、それも様子見のためでね」

「でも、どうしてこんなことになったの？」アレタは疑わしげな目つきで息子をにらみつけた。「またスピードの出しすぎ？」

「違うよ。制限速度は守ってた」ケイレブは心臓発作を起こした老人のことを説明した。

そこに看護師が入ってきた。看護師は血圧を測り、瞳孔をチェックしてから、目眩《めまい》や吐き気はないかと質問した。彼がないと答えると、それなら心配はいらないと言って、病室から出ていった。

ケイレブはそわそわしはじめた。今のやりとりでイリーナは付き添いはいらないと判断するかもしれない。このまま帰ってしまうかもしれない。それだけは阻止しなければ。なんとしても。

彼は父親と目を合わせた。「ほらね。父さんたちは心配しなくていいよ。僕にはイリーナがついてるから」

デイビスは息子のメッセージを理解し、妻に視線を投げた。「そうか。じゃあ、そろそろ……」

「そうね」アレタはうなずき、改めて息子の頬にキスをした。「さっきの看護師さんに頼んでおくわ。もし何かあったら、すぐに私たちにも連絡してもらえるように」

「オーケー、母さん。何もないと思うけどね」

彼が死にそうにないことを確かめると、両親はようやくドアへ向かった。

アレタがドア口で立ち止まり、イリーナに小声で話しかけた。「あなたがいてくれたら安心ね」

デイビスもぶっきらぼうにつぶやいた。「あいつを頼む」

イリーナは曖昧にうめいた。あれはイエスという意味だろうか？　それとも、仕方ないというあきらめの声だろうか？

そして、病室には二人だけが残された。

気まずい雰囲気の中で、ケイレブは懸命に知恵を絞った。次は何を言うべきか。自分が本気だということをどうやって彼女に理解してもらうか。

彼が答えを探している間に、イリーナは来客用の椅子をベッドの脇まで引きずってきた。

そして、彼の手を握った。

その瞬間、ケイレブの不安が消えた。これならきっとうまくいくと確信できたのだ。

喉のつかえをのみ込んで、彼は切り出した。「覚えてるかい？　最初の頃、僕たちがどんなふうに寝ていたかを」

イリーナの唇が震えた。彼女は小さくうなずいた。「あなたは片方の端に寝て、私はもう一方の端に寝ていたわ。でも、手だけはつないでいた」伏せたまぶたからこぼれた涙が彼女の頬を伝った。「アレタとデイビスが来る前に、あなたが言ったことだけど……」

「あれは僕の本心だ」ケイレブの声が感情で乱れた。「すべて本気の言葉だよ。僕のところに戻ってきてくれ。僕の望みはそれだけだ」

イリーナは椅子から立ち上がった。ベッドに身を乗り出し、軽くキスをしてからささやいた。「あなたは……独身生活に満足していた。私にはそう思えたわ」

ケイレブは思い切って手を伸ばし、彼女のつややかな髪を撫《な》でた。「自分に足りないものがわかってなかったんだよ。でも君のおかげで、僕はもっと豊かな生き方があることを知った。僕は……自分に言い聞かせた。君を手放すのが正しいことだと。でも、本当は怖かったんだ。あまりにも君を愛してしまったから。君が僕にとってあまりに大きな存在になってしまったから」

「ちゃんと考えて。自分の気持ちを見定めて」またあふれ出た涙を、イリーナは手で拭った。「私はたくさんのものを失ってきたわ。私の心はもうぼろぼろなの」

「わかってる。君には荷の重い話かもしれない。二年でも長すぎたのに」

イリーナは小さく笑ってから真顔に戻った。「ケイレブ、私は真面目に話しているのよ」

　ケイレブは彼女の視線を受け止めた。「僕もだ。僕の気持ちははっきりしている。僕は君が欲しい。僕は君を愛している。死ぬまで君と一緒にいたい。この結婚をあらゆる意味で本物にしたい。感謝祭もクリスマスも君とともに過ごしたい。新年を、バレンタインデー――僕たちの最初の記念日を君とともに迎えたい。君と子供を作りたい。二人が年を取って白髪になっても、同じベッドに並んで横たわり、手をつないで眠りたい」

「ああ、ケイレブ……」

　ケイレブは彼女の頬に手のひらを当てた。涙に濡《ぬ》れた頬の感触を愛《いと》おしく思った。「どんなに君が恋しかったか。君がそばにいないと、何もかも虚《むな》しく思えるんだ。君が出ていってからの毎日は最低で最悪だった」

　イリーナはまぶたを閉じた。「ケイレブ……」

　ケイレブは息を詰めて待った。彼女がまぶたを開くのを。自分が切望する答えを口にするのを。

「イエス」イリーナはささやいた。それから、決然とした口調で繰り返した。「イエスよ」

「永遠に」ケイレブは誓った。

「永遠に」イリーナは答えた。「愛しているわ、ケイレブ」

「僕もだ、イリーナ。君を愛している」ケイレブの言葉には思いと情熱が込められていた。二人で人生を歩もうとする覚悟が込められていた。

　彼は期せずして宝物を手に入れた。美しく誇り高いプリンセスを。どんなに傷つけられても屈しないたくましいプリンセスを。

　二年の期限は永遠に変わった。これは生涯の約束だ。ケイレブはそう確信していた。

ハーレクイン®

シルエット・ラブ ストリーム　2000年2月刊（LS-82）
マイ・バレンタイン　2015年1月刊（V-23）

スター作家傑作選～溺れるほど愛は深く～

2025年2月20日発行

著　　者　シャロン・サラ　他
訳　　者　葉月悦子（はづき　えつこ）他

発 行 人　鈴木幸辰
発 行 所　株式会社ハーパーコリンズ・ジャパン
東京都千代田区大手町 1-5-1
電話 04-2951-2000（注文）
0570-008091（読者サービス係）

印刷・製本　大日本印刷株式会社
東京都新宿区市谷加賀町 1-1-1

装 丁 者　中尾　悠
表紙写真　© Dimabl | Dreamstime.com

ISBN978-4-596-72199-0 C0297

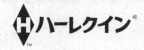

ハーレクイン・シリーズ 2月20日刊 発売中

ハーレクイン・ロマンス

愛の激しさを知る

記憶をなくした恋愛０日婚の花嫁 《純潔のシンデレラ》	リラ・メイ・ワイト／西江璃子 訳	R-3945
すり替わった富豪と秘密の子 《純潔のシンデレラ》	ミリー・アダムズ／柚野木　菫 訳	R-3946
狂おしき再会 《伝説の名作選》	ペニー・ジョーダン／高木晶子 訳	R-3947
生け贄の花嫁 《伝説の名作選》	スザンナ・カー／柴田礼子 訳	R-3948

ハーレクイン・イマージュ

ピュアな思いに満たされる

小さな命を隠した花嫁	クリスティン・リマー／川合りりこ 訳	I-2839
恋は雨のち晴 《至福の名作選》	キャサリン・ジョージ／小谷正子 訳	I-2840

ハーレクイン・マスターピース

世界に愛された作家たち
～永久不滅の銘作コレクション～

雨が連れてきた恋人 《ベティ・ニールズ・コレクション》	ベティ・ニールズ／深山　咲 訳	MP-112

ハーレクイン・プレゼンツ作家シリーズ別冊

魅惑のテーマが光る
極上セレクション

王に娶られたウエイトレス 《リン・グレアム・ベスト・セレクション》	リン・グレアム／相原ひろみ 訳	PB-403

ハーレクイン・スペシャル・アンソロジー

小さな愛のドラマを花束にして…

溺れるほど愛は深く 《スター作家傑作選》	シャロン・サラ 他／葉月悦子 他 訳	HPA-67

文庫サイズ作品のご案内

◆ハーレクイン文庫・・・・・・・・・・・・・・毎月1日刊行
◆ハーレクインSP文庫・・・・・・・・・・・毎月15日刊行
◆mirabooks・・・・・・・・・・・・・・・・・毎月15日刊行

※文庫コーナーでお求めください。

2月28日発売　ハーレクイン・シリーズ 3月5日刊

ハーレクイン・ロマンス
愛の激しさを知る

二人の富豪と結婚した無垢　ケイトリン・クルーズ／児玉みずうみ 訳　R-3949
〈独身富豪の独占愛Ⅰ〉

大富豪は華麗なる花嫁泥棒　ロレイン・ホール／雪美月志音 訳　R-3950
《純潔のシンデレラ》

ボスの愛人候補　ミランダ・リー／加納三由季 訳　R-3951
《伝説の名作選》

何も知らない愛人　キャシー・ウィリアムズ／仁嶋いずる 訳　R-3952
《伝説の名作選》

ハーレクイン・イマージュ
ピュアな思いに満たされる

捨てられた娘の愛の望み　エイミー・ラッタン／堺谷ますみ 訳　I-2841

ハートブレイカー　シャーロット・ラム／長沢由美 訳　I-2842
《至福の名作選》

ハーレクイン・マスターピース
世界に愛された作家たち
～永久不滅の銘作コレクション～

紳士で悪魔な大富豪　キャロル・モーティマー／三木たか子 訳　MP-113
《キャロル・モーティマー・コレクション》

ハーレクイン・ヒストリカル・スペシャル
華やかなりし時代へ誘う

子爵と出自を知らぬ花嫁　キャサリン・ティンリー／さとう史緒 訳　PHS-346

伯爵との一夜　ルイーズ・アレン／古沢絵里 訳　PHS-347

ハーレクイン・プレゼンツ作家シリーズ別冊
魅惑のテーマが光る
極上セレクション

鏡の家　イヴォンヌ・ウィタル／宮崎　彩 訳　PB-404
《ハーレクイン・ロマンス・タイムマシン》

※予告なく発売日・刊行タイトルが変更になる場合がございます。ご了承ください。

今月のハーレクイン文庫

2月1日刊

珠玉の名作本棚

「コテージに咲いたばら」
ベティ・ニールズ

最愛の伯母を亡くし、路頭に迷ったカトリーナは日雇い労働を始める。ある日、伯母を診てくれたハンサムな医師グレンヴィルが、貧しい身なりのカトリーナを見かけ…。

（初版：R-1565）

「一人にさせないで」
シャーロット・ラム

捨て子だったピッパは家庭に強く憧れていたが、既婚者の社長ランダルに恋しそうになり、自ら退職。4年後、彼を忘れようと別の人との結婚を決めた直後、彼と再会し…。

（初版：R-1771）

「結婚の過ち」
ジェイン・ポーター

ミラノの富豪マルコと離婚したペイトンは、幼い娘たちを元夫に託すことにする——医師に告げられた病名から、自分の余命が長くないかもしれないと覚悟して。

（初版：R-1950）

「あの夜の代償」
サラ・モーガン

助産師のブルックは病院に赴任してきた有能な医師ジェドを見て愕然とした。6年前、彼と熱い一夜をすごして別れたあと、密かに息子を産んで育てていたから。

（初版：I-2311）